L'EXPÉRIENCE UTOPIA

Robert Ludlum, maître incontesté du suspense, est l'auteur de plus de vingt romans, vendus à plus de deux cents millions d'exemplaires à travers le monde et traduits en trente-deux langues. Il lance le personnage de Jason Bourne en 1980 avec *La Mémoire dans la peau*, premier volume d'une série ininterrompue de triomphes internationaux qui a été adaptée au cinéma avec Matt Damon dans le rôle principal. Robert Ludlum est décédé en 2001.

Kyle Mills est né en 1966 dans l'Oregon. Auteur de thrillers fasciné par le monde de l'espionnage, la plupart de ses livres mettent en scène le personnage de Mark Beamon, agent du FBI.

d'après
ROBERT LUDLUM

Kyle Mills

L'Expérience Utopia

TRADUIT DE L'ANGLAIS (ÉTATS-UNIS) PAR ALEXANDRE GUÉGAN

GRASSET

Titre original :

THE UTOPIA EXPERIMENT
Publié par Grand Central Publishing ; 2013

Prologue

Erfurt, Allemagne de l'Est
Décembre 1972

« On est en retard. Il ne faudra pas m'en vouloir si on reste bloqués sous la neige. »

Sans tourner la tête, Christian Dresner acquiesça en silence. Derrière le pare-brise sale de la Trabant, un épais manteau blanc semblait vouloir engloutir la ville. De chaque côté de l'étroite rue où ils se trouvaient, quelques lumières brillaient à l'intérieur de maisons délabrées, et les lignes électriques emmêlées formaient de gros nœuds qui menaçaient de s'écraser au sol. Au centre, les phares de la Trabant faisaient scintiller les pavés verglacés.

« Nous devrions nous rendre directement au point de rendez-vous, s'impatienta le conducteur. Il est presque minuit.

— Vous avez pris notre argent, lui rappela Dresner. Vous suivrez donc nos instructions. »

Le chauffeur se pencha sur son volant poisseux et fronça les sourcils. Puis il accéléra en douceur afin de ne pas perdre le contrôle de son véhicule.

Il y eut alors comme un bruissement sur la banquette arrière, suivi par une voix à peine audible dans les râles du moteur communiste. « Christian ? »

Dresner se retourna vers un petit homme chétif qui serrait un attaché-case contre sa poitrine. Âgé de vingt-six ans, Gerhard Eichmann était de deux ans son aîné, mais son physique et ses manières donnaient l'impression qu'il était resté coincé quelque part entre l'adolescence et l'âge adulte. Cependant, derrière cette allure enfantine se dissimulait un brillant psychologue – ce qui lui avait valu la bienveillance des politiciens soviétiques déterminés à contrôler le moindre aspect de la vie de leurs compatriotes. Qui plus est, Eichmann était son ami – une qualité exceptionnelle dans un monde rempli d'apparatchiks zélés, d'agents de la police secrète, et d'informateurs prêts à tout pour s'en sortir. Cet homme fragile était peut-être le seul véritable allié qu'il aurait jamais. Et un compagnon de sa trempe en valait cent autres. Dresner était conscient d'avoir une chance inestimable.

« Ne t'inquiète pas, Gerd. Demain, nous nous réveillerons dans un lit douillet de l'autre côté du mur. Nous serons libres d'aller et venir. Libres d'agir et de réaliser nos rêves. Je te le promets. »

Eichmann se força à sourire en serrant davantage sa serviette contre lui. Ils n'emportaient rien d'autre. Rien de ce qu'ils possédaient n'avait plus de valeur. L'attaché-case contenait le résultat des recherches qu'ils avaient menées dans le complexe secret où ils avaient été enfermés durant ces quatre dernières années. Ces documents leur permettraient de s'acheter une nouvelle vie.

Le conducteur ralentit, et Dresner pivota une nouvelle fois sur son siège. Ils attaquèrent une rue sinueuse, dont la pente douce se montra aussitôt trop abrupte pour les pneus lisses de leur véhicule.

Dresner sortit de la voiture avant qu'elle ne s'arrête et, une fois qu'il eut trouvé son équilibre sur la glace, il avança. Le vent et la neige couvrirent les avertissements paniqués d'Eichmann.

La bâtisse grossissait au fur et à mesure que l'homme se rapprochait du sommet – il distinguait déjà les arches fissurées et défraîchies qui par miracle soutenaient encore la façade, ainsi que la tour centrale dont le crépi s'écaillait et tombait en ruine, à l'image de cette ville et de ses habitants.

Tout en haut, une fenêtre éclairée d'une faible lueur lui rappela celle qu'il avait aperçue le jour où on l'avait enlevé. Il détourna les yeux, angoissé à l'idée que son passé le rattrape, et que l'enfant effrayé et désespéré qu'il avait été ressurgisse et l'empêche d'agir.

Le portail avait disparu, mais son cœur s'emballa lorsqu'il franchit l'emplacement où il se dressait jadis. La balançoire, elle, n'avait pas bougé, piégée dans la boue et le givre, de même que l'échelle horizontale et le cheval à bascule coupé en deux. Vestiges de l'avant-guerre, toutes ces ferrailles étaient encore, du temps de son enfance, peintes en rouge et jaune. Des couleurs qui rappelaient aux Allemands leur pays avant l'arrivée des Soviétiques. Certains après-midi ensoleillés, absorbé dans la contemplation de leur éclat, Dresner s'était imaginé vivre à cette époque, lorsque les enfants jouaient ici en riant avant de rentrer chez eux.

Mais aujourd'hui, même la peinture s'était effacée, dévorée par la rouille ou noircie par la suie des feux de charbon qu'*ils* allumaient pour se réchauffer.

Il releva le col de son manteau et traversa la cour silencieuse. Il s'arrêta devant l'entrée et tambourina à la porte. Comme il n'y eut pas de réponse, il saisit la pelle posée contre la balustrade et en utilisa le manche pour marteler à nouveau le bois massif. Sa respiration s'accélérant, la buée qui se dégageait de sa bouche brouilla sa vision. À chaque coup porté, il sentait monter en lui la colère et la haine qu'il avait refoulées toutes ces années. Il avait de plus en plus de mal à contenir les frustrations engendrées par son impuissance passée.

Enfin, une lumière s'alluma. Il fit aussitôt un pas en arrière et resserra sa main tremblante autour du manche de la pelle.

La porte s'ouvrit. Ce n'était pas l'homme qu'il était venu voir, mais la femme qui l'avait vu partir, il y avait plus de quinze ans. Elle portait le même tailleur très strict, et ses cheveux courts étaient toujours coiffés au bol. Seuls changements : la peau de son cou avait perdu son élasticité, et son regard était trouble.

« Bonsoir, Marta. »

Elle le reconnut immédiatement, et Dresner se reprocha son élan. Il aurait dû prévoir sa présence. Il ne voulait pas l'effrayer, aussi baissa-t-il les yeux à l'idée qu'elle ait pu se sentir menacée par son attitude et le ton de sa voix. Car elle n'avait jamais vraiment été méchante. Seulement faible. Et insensible.

Il l'effleura en entrant et, tandis qu'il se rapprochait du grand escalier qui menait au deuxième étage, remarqua qu'il régnait à l'intérieur le même froid glacial qu'au-dehors. En haut des marches, les jeunes captifs devaient se tapir dans l'ombre, comme il l'avait fait avant eux à chaque fois que l'orphelinat avait reçu une visite surprise. Pétrifiés, ils retenaient sans doute leur respiration en se répétant que, cette fois-ci, l'inconnu était un parent éloigné, un cousin, un frère ou une sœur qui allait les emporter loin d'ici.

Il continua d'avancer dans l'obscurité, évitant, de mémoire, les meubles qui l'entouraient. Puis il grimpa l'escalier qui s'enroulait jusqu'au sommet de la tour. Au dernier étage, l'unique porte baignait dans une lumière grise intermittente. Il resta un moment immobile, essayant de se concentrer sur l'instant présent et non sur les souvenirs du passé.

Une voix résonna de l'autre côté : « Qui est là ? À ta place, je filerais vite d'ici ! »

Mais Dresner tourna la poignée de la porte et pénétra dans la pièce. Aussitôt, la chaleur du poêle à pétrole l'enveloppa. Enfants, ils avaient tous entendu parler de ce chauffage et en avaient tous rêvé. Ignorant l'homme massif et torse nu qui était affalé sur le canapé, il examina cette chambre illuminée par la seule lueur d'un petit poste de télévision en noir et blanc, cette chambre où aucun d'entre eux n'était jamais entré et qu'il s'était toujours imaginé être un palace rempli d'or, de pierres précieuses et de sucreries. En fait, cet endroit ne contenait que les reliques surannées d'une Allemagne à jamais disparue.

Le regard de Dresner tomba sur une longue baguette posée dans un coin de la pièce. Elle semblait encore en bon état mais, à certains endroits, le vernis et la peinture noire avaient disparu, laissant apparaître la couleur naturelle du bois. Son dos était-il l'unique responsable de ces traces d'usure ? Son propriétaire en avait-il cassé la pointe le jour où il avait battu à mort cette fillette de huit ans accusée d'avoir brisé une vieille lampe qui n'avait jamais fonctionné ?

« Qui es-tu ? » fulmina l'homme en se redressant avec colère. L'âge ne l'avait pas adouci, mais il n'était plus aussi vif qu'avant. Et, à l'inverse de Marta, il ne reconnut pas Dresner.

Bien que légèrement grossis par les verres de ses épaisses lunettes, les yeux de Dresner étaient la seule chose qui n'avait pas changé chez lui. Les autres scientifiques du complexe s'étaient étonnés qu'il insiste pour qu'on le soumette aux mêmes entraînements que les athlètes. Il leur avait assuré qu'il agissait dans le seul intérêt de la science. Mais il leur avait menti. Il se préparait déjà au moment qu'il était en train de vivre. Voilà pourquoi il avait transformé sa fragilité d'enfant famélique en un corps plus adapté pour le jour où son heure viendrait.

« Christian ? » balbutia l'homme ivre. Il reposa sa bouteille de vodka sur la table, et ses yeux mouillés s'écarquillèrent.

Dresner hocha la tête. Les mots lui manquaient. Pendant des années, il avait planifié ce moment, pourtant il ne se souvenait plus de ce qu'il était censé dire.

« Tu es devenu costaud. » L'homme frappa son torse flasque. « C'est grâce à moi. C'est moi qui t'ai rendu fort. »

Pour la première fois, Dresner discernait de la peur dans le regard du vieil homme. Comment aurait-il pu réagir autrement ? Il n'était qu'un soldat brisé qui se saoulait dans un orphelinat oublié, alors que Dresner avait été adopté par le parti. Il appartenait à cette nouvelle génération qui devait montrer au monde la supériorité du communisme et du système soviétique. Il représentait le futur alors que ce vieil homme incarnait un passé lointain et révolu.

« Ne t'inquiète pas, dit Dresner en s'avançant vers la tige de bois. Je ne dirai rien à la Stasi.

— Ce que tes parents ont fait est terrible, bégaya le vieux. Il fallait que je te prépare à affronter ce monde et ceux qui se dresseraient contre toi. » Il marqua une pause avant d'ajouter rapidement : « Et t'accuseraient d'un crime qui n'est pas le tien.

— Et c'est ce que tu continues à faire ? » demanda Dresner en ramassant la baguette en bois. Il se rappelait avec une précision photographique l'état dans lequel il avait laissé la verge le jour de son départ. Aussi, quand il passa sa main dessus, ses doigts sentirent les nouvelles éraflures, les nouvelles entailles, tous les endroits où la peinture avait sauté. « Tu les prépares toujours à affronter le monde ? »

Le vieux vit le coup partir, mais l'alcool l'avait rendu trop lent. La baguette claqua si fort sur sa joue qu'il fit un tour sur lui-même et s'écroula sur l'accoudoir crasseux du canapé. La deuxième fois, lorsque Dresner le frappa dans le dos, il lâcha un grognement sourd.

Le jeune homme perdit alors tout contrôle et s'acharna sur son bourreau qui, après avoir glissé au sol, levait maintenant les mains pour tenter de se protéger. Les os de ses doigts, fragilisés par la vieillesse, se brisèrent sous les coups, et il cessa bientôt de bouger. Ce qui n'empêcha pas Dresner de continuer à le flageller.

Il n'arrêta que lorsqu'il n'eut plus la force de soulever son bras. Le regard vide, il contempla alors le corps inanimé du soldat en essayant de rassembler ses dernières forces.

Il savait bien qu'il en avait terminé. Une flaque de sang s'était formée autour des semelles de ses chaussures, et les yeux du mort fixaient les siens comme s'ils pouvaient voir en lui l'enfant terrifié qu'il avait été.

Dresner laissa tomber la baguette de bois et descendit l'escalier en titubant. Il se retrouva bientôt devant les enfants qui avaient osé sortir de leur cachette.

Afin de discerner leurs visages, il cligna plusieurs fois des yeux.

« J'aimerais pouvoir faire plus, dit-il enfin. Un jour. Je vous le promets. »

1

Allongé sur le sol d'un bâtiment en pierre laissé à l'abandon, Aditya Zahid rampa vers un mur à moitié détruit pour observer les habitants de Sarabat.

Les maisonnettes carrées couleur sable n'étaient pas nombreuses, même pour cette partie de la campagne afghane. Pourtant, le simple fait que Sarabat existe toujours emplit Zahid de honte, une honte que son père et son grand-père avaient éprouvée avant lui. La querelle entre leurs deux villages était si vieille que tous en avaient oublié la cause exacte. Certains parlaient d'un vol de bétail, les autres croyaient se souvenir d'une vague histoire de fiançailles rompues. Mais une chose était sûre, la haine farouche qu'ils portaient à leurs rivaux était inscrite dans leurs gènes.

Malgré cela, et bien qu'ils soient deux fois plus nombreux, les hommes de Zahid n'avaient jamais réussi à écraser leurs adversaires. Chacun de leurs sanglants affrontements s'était soldé par une défaite. Dieu merci, ils allaient enfin mettre un terme à cette longue humiliation. Du moins les anciens l'avaient-ils prédit. Zahid, lui, n'en était pas si sûr.

15

Il se remit à couvert. Puis il ferma les yeux et visualisa la scène qu'il venait d'observer. Il avait compté sept individus : deux femmes, un enfant, et quatre hommes qui donnaient à boire à leurs chèvres autour du puits construit par les Américains pour leurs *nouveaux amis*.

Au-dessus de sa tête, le soleil tapait fort. Il dut plisser les yeux pour distinguer les parois du petit canyon. Ses compagnons avaient complètement encerclé le village. Pour autant, ils restaient invisibles : ils s'étaient fondus dans le paysage.

Il aurait été plus logique d'attaquer de nuit, voire en fin d'après-midi, pour mieux se dissimuler dans les ombres du canyon. Mais ceux qui avaient rendu cet assaut possible avaient insisté pour qu'il se déroule à cette heure précise de la journée. En revanche, les étrangers s'étaient abstenus de révéler leur identité. Voilà pourquoi Zahid ne partageait pas l'euphorie des siens à l'idée de se débarrasser, une bonne fois pour toutes, de leurs ennemis jurés. Il éprouvait un mélange de peur et de méfiance. Quelque chose clochait…

Pourtant, les inconnus avaient respecté leur part du marché. Entre ses mains, Zahid tenait l'un des rutilants AK-47 qu'ils leur avaient fournis, et il portait en bandoulière une Remington 700 équipée d'un silencieux. La carabine américaine lui avait permis d'abattre discrètement la sentinelle qui gisait à ses pieds.

Il examina le cadavre avant de le relever et de l'adosser contre le mur en ruine. Comme la tête du mort dépassait, elle offrait une silhouette rassurante aux hommes trop confiants de Sarabat qui ne se doutaient pas de ce qui se tramait.

La montre digitale à son poignet – neuve, elle aussi – n'affichait pas l'heure mais un compte à rebours de moins de deux minutes. Alors débuterait l'assaut final.

Une fois de plus, Zahid ferma les yeux. Il s'était opposé à la proposition des étrangers. Il ne leur faisait pas confiance et ne voulait ni de leurs armes ni de leur argent. Ça sentait le piège à plein nez – sûrement un coup de la CIA. Mais les anciens ne comprenaient plus le nouveau monde dans lequel ils vivaient. Et leur haine des Américains n'était rien en comparaison de celle qu'ils portaient à leurs ennemis de toujours. De plus, lui avaient-ils expliqué, les envahisseurs étaient sur le point d'être vaincus. Ils repartiraient bientôt la queue entre les jambes, et ne seraient plus qu'un lointain souvenir. Comme tant d'autres avant eux.

Tout en agrippant fermement son fusil, Zahid priait Allah pour la victoire lorsque retentit le bip du compte à rebours. Ses hommes avaient dû se mettre en mouvement, et il pouvait parier que les plus jeunes menaient la charge. Il se releva et se rapprocha du village en se dissimulant du mieux possible. Il gardait un œil sur l'horizon, à l'affût des soldats américains et de leurs hélicoptères de combat. Mais il ne vit ni les uns ni les autres.

Soudain, le silence fut brisé par le cri aigu d'un enfant et le grondement familier d'une kalachnikov. Une femme se mit à courir. Touchée au dos, elle fut projetée en avant et s'écrasa dans la poussière, les bras en croix, immobile, morte. L'un des hommes de Zahid sortit de derrière une maison et visa un villageois qui tentait de s'échapper. Au dernier moment, un jeune garçon de huit ou neuf ans l'empêcha de tirer en repoussant le canon sur le côté. Zahid accéléra pour intercepter le fuyard tandis que son acolyte fendait le crâne de l'enfant d'un coup de crosse.

L'homme que poursuivait Zahid devait avoir vingt ans et quelques. Il était grand et fort mais semblait désorienté. Soudain, il cessa de courir. Il fixa la sortie du village, puis se retourna en direction du massacre. Il essaya de saisir le fusil qu'il portait en bandoulière, mais une force invisible empêchait ses doigts de se refermer sur l'arme.

Zahid s'immobilisa, posa un genou à terre, épaula l'AK-47 et pressa la détente pour envoyer une salve courte et précise. Sa cible oscilla et tomba à genoux, les yeux écarquillés et levés vers le ciel. À aucun moment, il n'essaya de riposter.

Craignant une ruse, Zahid se rapprocha avec prudence, en balayant du regard le paysage désert. Étaient-ils en train de les attirer dans une embuscade ? Qu'attendaient-ils ? Pourquoi se laissaient-ils massacrer comme des animaux ?

Il s'immobilisa à deux mètres de son jeune ennemi. Il le tenait toujours en joue. Touché à la jambe, l'homme saignait abondamment. Il n'en avait plus pour longtemps.

« Pourquoi vous ne vous défendez pas ? »

Il ne lui répondit pas. Il se contentait de le dévisager, et ses yeux vides ne trahissaient ni haine ni peur.

« Pourquoi vous ne vous défendez pas ? » répéta Zahid, en jetant un coup d'œil par-dessus son épaule, après que les tirs et les cris eurent cessé. Les Américains n'étaient pas venus. Dieu avait abandonné le village de

Sarabat. Après tant d'années, l'honneur de son clan avait enfin été restauré. Mais comment? Et pourquoi?

« Dieu est grand », fit Zahid en déplaçant son doigt sur la gâchette et en se retournant vers son ennemi.

Le blessé fronça les sourcils et leva une nouvelle fois les yeux vers la lumière éblouissante du grand soleil afghan. « Dieu n'existe pas », répliqua-t-il enfin.

*

Claude Géroux pointa son téléobjectif sur l'un des derniers survivants de Sarabat : une vieille femme tentait en vain d'échapper à un cavalier qui la rouait de coups avec un gourdin. Soudain, son sang éclaboussa la robe du cheval, et elle s'effondra. Elle eut un dernier réflexe, celui de se couvrir le visage lorsque les sabots de l'animal la piétinèrent.

Il dézooma ensuite afin de cadrer l'ensemble du champ de bataille – si tant est qu'on puisse parler d'un champ de bataille. Il avait combattu au Congo, en Irak, en Bosnie, pour ne citer que ces pays-là, et il pensait avoir vu toutes les horreurs dont l'être humain était capable. Or il n'avait jamais rien vu de tel.

Il pivota en direction de l'un des attaquants, accroupi à côté de la dépouille d'un villageois. La victime était armée. Tous les hommes du village l'étaient. Sauf qu'aucun d'entre eux ne s'était défendu. Certains avaient fui, mais la plupart s'étaient laissé massacrer avec leur famille.

Les tirs cessèrent. Géroux filma encore quelques secondes. Bizarrement, les guerriers ne célébrèrent pas leur victoire en levant les bras au ciel et en poussant les cris de joie de circonstance. Au contraire, confus et silencieux, ils errèrent parmi les cadavres de leurs ennemis.

Géroux éloigna son œil de la caméra et l'éteignit. Les images qu'il venait d'enregistrer resteraient à jamais gravées dans sa mémoire. Elles s'ajouteraient à toutes les autres, toutes celles qu'il ne parvenait pas à oublier.

2

À peine arrivé au palais des congrès de Las Vegas, Jon Smith se dirigea vers les autres invités rassemblés au centre de l'immense édifice. Il était resté coincé plusieurs heures sous le soleil brûlant du désert, mais quelques minutes seulement suffirent pour que l'air conditionné sèche son dos et sa chemise trempés de sueur. Le niveau de sécurité déployé pour couvrir cet événement l'étonnait – détecteurs de métaux, multiples contrôles d'identité, et plusieurs chiens de la brigade de déminage. En comparaison, la Tranportation Security Administration et les services secrets faisaient figure d'enfants de chœur.

Mais quand il rejoignit la foule, il comprit ce qui avait motivé un tel dispositif. L'élite de l'industrie high-tech était présente. Il reconnut les désormais célèbres fondateurs d'Amazon et de Facebook. Sur sa droite, le nouveau PDG d'Apple était absorbé dans une conversation animée avec deux grands jeunes hommes dégingandés que Smith ne connaissait pas, mais qui, du fait de leur présence et de l'extravagance de leurs baskets, devaient être riches à milliards.

Ne se sentant pas vraiment à sa place, Smith contourna la foule et se mit en quête de nourriture. Au passage, il remarqua une centaine de chaises alignées devant une scène sur laquelle se dressait un écran géant. Il ne tarda pas à atteindre son objectif : une table gigantesque qui manquait de s'effondrer sous le poids d'une impression-nante sculpture de glace et d'un buffet exotique encore plus impressionnant.

Manque de bol, le canapé sur lequel il avait jeté son dévolu se révéla être un mélange raté de caviar et de dattes. Aussi se rua-t-il sur le bar pour commander de quoi se rincer la bouche.

« Une pinte », fit-il à l'un des barmen qui se tenait der-rière une centaine de pompes à bière.

« Bien sûr. Je peux vous proposer de la Fat Tire, de la Snake River Lager, de la Sam Adams, de la Corona… »

Angoissé à l'idée que le goût de ces dattes lui reste jusqu'au lendemain dans la bouche, et persuadé que le jeune homme serait capable de lui réciter le nom de toutes leurs bières pression, Smith l'interrompit d'un geste de la main : « Je vous fais confiance. »

Il entendit alors une voix féminine s'élever au-dessus du brouhaha : « Vous êtes plutôt du genre à boire de la Budweiser, je me trompe ? »

Il fit volte-face et se retrouva nez à nez avec une jeune femme qui affichait un large sourire. Ses lèvres écarlates contrastaient fortement avec sa peau laiteuse. Elle devait avoir dans les vingt-cinq ans, mince mais bien proportionnée, les cheveux courts avec une frange qu'elle repoussa sur le côté pour l'examiner de la tête aux pieds. Il baissa les yeux sur le badge qu'elle portait autour du cou : « Janine Redford / *Wired Magazine*. »

Le sien, comme elle l'avait sans doute déjà remarqué, indiquait simplement : « Jon Smith. »

« Je vous ai observé.

— Moi ? » s'étonna-t-il. Il attrapa le verre qu'on lui tendait et joua des coudes pour franchir l'attroupement qui s'était formé autour du bar. « Pourquoi ? Je ne suis personne. »

Elle désigna son badge. « Et vous semblez en tirer une très grande fierté.

— On ne choisit pas son nom. Cela dit, ça aurait pu être pire, mon père voulait m'appeler Gomer, comme son frère. Heureusement, ils se sont fâchés juste avant ma naissance. »

Elle soupira. « De près ou de loin, je connais tous les invités. Mais vous, vous n'avez rien à faire ici.

— Vraiment ?

— Vraiment. Vous n'êtes ni un geek, ni le patron d'une multinationale, ni l'un de ces jeunes multimillionnaires qui ont fait fortune grâce à Internet… » Elle marqua une pause. « Alors qui êtes-vous ? »

Elle avait l'œil. Les épaules de Smith étaient un peu trop larges, ses cheveux noirs, coiffés trop court, et son visage buriné portait les premières séquelles de ses longues expositions au soleil, au vent, à la neige – et aux occasionnelles, mais inévitables, explosions en tout genre.

« Peut-être m'ont-ils invité par erreur ? » avoua-t-il en toute franchise. Lui-même ne savait pas comment il avait atterri ici. Mais à cheval donné, on ne regarde pas les dents. Un bon quart de la population mondiale se serait coupé un orteil pour participer à cette conférence. D'ailleurs, pour être honnête, il faisait partie de ces 25 %.

Elle lui adressa un petit sourire suspicieux et sirota son martini. « Christian Dresner ne commet jamais d'erreur.

— Très bien. Alors, à vous de me dire ce que je fais ici.

— Vous êtes un militaire.

— Je suis médecin, riposta-t-il. Microbiologiste, pour être exact. Mais ces derniers temps, je travaille avec des personnes handicapées.

— D'accord. Je veux bien vous croire. À ceci près que vous êtes un médecin *militaire* et que vos patients sont des soldats blessés au combat. N'essayez pas de me la faire à l'envers. Je suis très douée à ce petit jeu. »

Il considéra ses options un moment : « Lieutenant-colonel Jon Smith.

— Est-ce que l'armée en sait un peu plus ? enchaîna-t-elle en lui serrant la main avec une fermeté surprenante. Sur ce que Dresner va nous annoncer aujourd'hui, j'entends ?

— Aucune idée. »

Elle fronça les sourcils d'un air blasé : elle avait du mal à le croire. Quand elle reprit la parole, il ne sut pas si elle s'adressait à lui ou si elle pensait à voix haute. « Dresner est plutôt du genre à sauver le monde, pas à le faire sauter…

— Écoutez, Janine, je vous assure que mes recherches n'ont rien à voir avec notre arsenal. Je suis vraiment médecin. Donc, si je n'ai pas été invité par erreur, j'imagine que Dresner va nous présenter sa dernière grande découverte médicale. Ses antibiotiques ont joué un rôle majeur lors des derniers conflits, et ses prothèses auditives font fureur chez nos vétérans. »

Elle acquiesça. « Mon grand-père, qui était artilleur au Vietnam, s'en est fait poser une paire.

— C'est une technologie extraordinaire.

— Tout à fait. Avant, lorsque je lui hurlais bonjour dans les oreilles, il me répondait un truc du genre : "Oui, oui, vers 11 heures." Désormais, il entend une aiguille tomber dans la pièce d'à côté. »

On faisait souvent l'erreur de comparer le système de Dresner avec les implants cochléaires, or sa technologie était beaucoup plus avancée. Il avait trouvé le moyen de faire abstraction totale de l'oreille et, à l'aide d'un champ magnétique, de communiquer directement avec le cerveau. Autrement dit, pour les jeunes générations, la surdité ne serait plus jamais une fatalité.

Elle tapota le côté gauche de sa tête avec un doigt. « En revanche, comme il est chauve comme un œuf, on ne voit plus que les deux récepteurs métalliques étincelants qu'ils ont vissés sur son vieux crâne ridé. Je l'adore, mais c'est un peu glauque.

— Vous savez que le département des Anciens combattants le rembourserait s'il les faisait peindre couleur chair.

— Il estime que le gouvernement a mieux à faire que s'occuper de son sex-appeal. »

Smith leva son verre à la santé du vieil homme et but une longue gorgée de bière.

« De toute évidence, continua-t-elle, il ne va pas nous présenter une nouvelle version de ses prothèses auditives. Alors de quoi s'agit-il ?

— Je serais bien incapable de vous répondre. En revanche, voilà ce que j'aimerais qu'il nous annonce. Nous travaillons sur de nouvelles prothèses contrôlées par la pensée et, même si nous avons fait de grands progrès, notre technologie reste très rudimentaire. Or, s'il y a une personne sur terre capable de nous faire passer à la vitesse supérieure, c'est Christian Dresner. »

Elle plissa les yeux et considéra cette possibilité. « Nous avions publié un article sur un singe qui pouvait actionner mentalement un énorme bras mécanique. Il ne se rendait même pas compte que ce n'était pas le sien. Flippant !

— Figurez-vous que j'ai bien connu ce singe, plaisanta Smith. Flippant est le mot juste. »

Elle secoua la tête. « Mais ça ne peut pas être ça.

— Non ? Pourquoi pas ?

— Premièrement, vous êtes le seul médecin de la salle – les autres invités bossent tous dans les nouvelles technologies. Et deuxièmement, il y a quelques années, Dresner a payé une fortune pour racheter une start-up espagnole qui développait un système de réalité augmentée pour téléphones portables.

— Comme l'application d'astronomie sur mon iPhone ? La nuit, je le pointe vers le ciel et ça me montre les étoiles et leurs noms. J'adore ce truc. »

Elle soupira. « Dresner se fichait bien de l'entreprise. Ce qui l'intéressait, c'était son chef de projet, un vieux hacker nommé Javier de Galdiano.

— Et qu'est-ce qui lui est arrivé, à ce Galdiano ?

— Aucune idée. En revanche, je sais que Dresner a aussi racheté de nombreux fabricants de composants électroniques et plusieurs brevets liés aux recherches de Javier.

— Vous en savez des choses.

— Mon job consiste à enquêter sur tout ce que fait Dresner. Je mettrais ma main à couper qu'il se lance dans l'informatique.

— Le marché n'est-il pas déjà saturé? Ces dernières années, chaque nouveau produit n'est qu'une version plus puissante, plus petite, ou plus légère d'un truc qui existe déjà. Si Steve Jobs excellait dans l'art de rendre les dernières innovations technologiques accessibles au plus grand nombre, Dresner est plutôt du genre à nous estomaquer avec une découverte jusque-là inconcevable. La preuve, ce mec a révolutionné la communication entre le corps et l'esprit. Ses travaux dans le domaine de l'immunologie ont sauvé des centaines de milliers de vies et empêché une catastrophe sanitaire qui, je vous le garantis, nous pendait au nez. Je reste persuadé qu'il va nous éblouir une fois de plus. »

Elle enroula son bras autour du sien et le tira en direction des chaises installées devant la scène. « Dans ce cas, frayons-nous un chemin à travers cette horde de geeks et dégotons-nous deux places au premier rang. On pourrait peut-être s'asseoir côte à côte, mon colonel? Je me sentirais plus en sécurité. Vous savez, au cas où les Russes attaqueraient. »

Il lui fit un grand sourire et, tandis qu'ils évitaient l'un des créateurs de Google, il lui répondit quelques mots en russe.

« Je suis impressionnée. Qu'est-ce que ça veut dire? »

Il s'agissait d'un vieux proverbe sur les avantages dont jouissent les belles jeunes femmes. Il décida de se montrer plus subtil.

« Je vous ai demandé si vous pouviez m'indiquer les toilettes. C'est la seule chose que je sais dire en russe.

— L'espace d'un instant, j'ai cru que vous le parliez couramment. Vous m'avez bien eue, et c'est ça qui compte. »

3

« Bordel, mais qu'est-ce qui s'est passé ici ? »

Survolant le village à cent vingt mètres d'altitude, l'hélicoptère de Randi Russell traversa une nouvelle fois la fumée noire qui s'élevait des maisons calcinées. Préférant se concentrer sur le pilotage de l'appareil, la jeune femme avait confié ses jumelles au rouquin en uniforme assis à ses côtés. Il aurait été plus pratique de voler à basse altitude, mais un vent violent soufflait sur le canyon et, de son aveu personnel, elle n'était pas la meilleure pilote d'Afghanistan. À vrai dire, n'importe quel jeune diplômé de l'aviation civile s'en serait mieux sorti.

« Qu'est-ce que tu vois, Deuce ?

— Comme d'hab', un sacré beau merdier. Je te propose de rentrer boire un verre à la base pour oublier tout ça. C'est presque l'heure de l'apéro. »

Randi jeta un coup d'œil aux corps éparpillés sur le sable. D'étranges fleurs de sang avaient fleuri au-dessus de leurs épaules. Un beau merdier ? Certes. Mais rien à voir avec ce qu'ils se tapaient d'habitude.

« Il faut que je voie ça de plus près. »

Le soldat fronça les sourcils et se tourna vers elle. « Minute. Tu ne vas quand même pas essayer de faire du rase-mottes ? »

Elle le fusilla du regard. « Je pensais plutôt atterrir.

— Laisse tomber, Randi. Tu vois bien qu'ils sont tous morts. Il n'y a aucun survivant. Même pas un lézard. En plus, ce canyon doit grouiller de snipers. Allez, pense à l'happy hour. Je t'invite.

— T'as la pétoche ou quoi ? »

À la vérité, le lieutenant Deuce Brennan des forces spéciales était l'un des hommes les plus courageux de l'armée américaine. Quand il avait débarqué dans ce pays, ses faux airs de cow-boy et son humour potache avaient exaspéré Randi, mais elle s'était vite rendu compte de ses nombreux talents. Aussi utilisait-elle toutes les excuses possibles et imaginables pour qu'il assure sa protection à chacune de ses sorties.

« Randi, tu sais que je t'adore. Merde, t'es la raison pour laquelle je déteste un peu moins les bouffons de la CIA. Mais j'aimerais vraiment me tirer d'ici en un seul morceau. Sauf que plus je traîne avec toi, plus j'ai l'impression que c'est mal barré.

— Donne-moi cinq minutes, lui répondit-elle, en diminuant la vitesse de l'hélico pour passer en vol stationnaire. Après ça, on rentre à la base, et je paie ma tournée de margaritas. »

Pour une fois, elle se posa en douceur : elle pouvait remercier le sable d'avoir absorbé le gros de l'impact. Ils descendirent de l'appareil, lui, en tenue de combat, elle, en treillis et t-shirt kaki. Ils formaient un drôle de couple.

Un foulard dissimulait ses cheveux courts et blonds qui, dans cette partie du globe, attiraient tout de suite l'attention. D'un geste de la main, elle s'assura qu'aucune mèche ne dépassait. Deuce s'avança vers le nord. Il scrutait chaque recoin, chaque ombre de ce village paisible dont les habitants avaient toujours montré une certaine sympathie à l'égard des forces d'occupation américaines.

Randi s'approcha du corps d'une jeune femme. Elle s'agenouilla pour examiner la blessure sur la poitrine de la victime. L'effroi se lisait encore sur son visage.

Dix mètres plus loin, elle se pencha sur l'une des dépouilles qui avaient attiré son attention depuis les airs. Le jeune homme aussi avait été abattu d'une balle en plein cœur, mais ses assassins l'avaient ensuite décapité. À la place de sa tête, ils avaient tracé un cercle sur le sol que le sang avait noirci.

Randi étudia attentivement chacun des cadavres. Elle dégaina son Beretta quand elle ne fut plus qu'à quelques mètres des maisons calcinées. Un peu plus loin, elle aperçut Deuce qui lui faisait un signe de la main. Elle comprit que son coéquipier avait découvert la même chose qu'elle : la mort.

Elle se baissa pour passer sous la porte à moitié brisée d'une petite maison cubique. La puanteur de la chair humaine brûlée l'obligea à retenir sa respiration. Elle découvrit deux corps dans un tas de cendres encore fumant. À en juger par leur taille, il s'agissait d'enfants. Leurs têtes n'avaient pas été tranchées.

Toujours aussi évasif, Fred Klein l'avait chargée d'enquêter sur une « activité mercenaire suspecte ».

Sauf que tout semblait pointer dans une autre direction : les agresseurs portaient les traditionnelles chaussures afghanes, et les nombreuses traces de sabots

30

indiquaient la présence de cavaliers. Rien à voir avec l'équipement standard d'un groupe paramilitaire.

Mais il ne s'agissait pas non plus d'un énième massacre entre clans rivaux, comme il y en a dans ce pays depuis des milliers d'années. Outre les étranges décapitations, les empreintes de pas des victimes suggéraient plusieurs hypothèses, toutes absurdes. Certaines d'entre elles auraient d'abord couru, pour ensuite faire demi-tour. Impossible ! Dans une telle situation, n'importe qui aurait détalé à toute allure et fui le plus loin possible. Rien ne prouvait non plus qu'ils aient essayé de se défendre et de protéger leurs familles. Comment ces hommes qui avaient fait plier le monde entier, d'Alexandre le Grand à l'Union soviétique, avaient-ils pu se faire massacrer aussi facilement ?

Elle entendit un léger craquement sur sa droite. Elle fit pivoter doucement son arme en direction du bruit.

« Ne tire pas ! C'est moi », cria Deuce, en sortant de derrière un mur d'adobe.

Elle rangea son arme. « Tu en penses quoi ?

— À mon avis, ils ont été pris par surprise. Mais je ne pourrais pas te dire qui a fait le coup : les agresseurs ont emporté les armes de leurs victimes et n'ont abandonné aucun de leurs morts. Si tant est qu'il y en ait eu un seul de leur côté, car je n'ai rien découvert qui puisse le laisser penser.

— Tu as trouvé les têtes ?

— Non. »

En se protégeant les yeux des rayons du soleil couchant, Randi prit une grande inspiration. Elle avait bien connu les habitants de Sarabat. C'est elle qui avait convaincu l'Agence de financer la construction d'un puits pour qu'ils aient enfin accès à l'eau potable.

« Ceci dit, j'ai du mal à y croire, ajouta Deuce.

— Tu veux dire que c'est impossible. Ces hommes étaient entraînés au combat et toujours sur le qui-vive. Ils avaient de nombreux ennemis. Encore plus depuis qu'ils nous avaient filé un coup de main. C'est tout simplement impensable qu'ils aient pu se faire exterminer aussi facilement.

— Et pourtant j'en ai bien peur. »

Un coup de feu retentit. Sans réfléchir, Randi s'abrita et dégaina son arme. Elle entendit la balle percuter la tôle.

« Merde ! cria Deuce. Ça vient du sud du canyon. Ils visent l'hélicoptère ! »

Dos au mur, Randi commença à se déplacer latéralement. Le sniper tira une seconde fois. Le vent soufflait de plus en plus fort et le tireur avait du mal à faire mouche. Mais l'hélico n'étant pas blindé, un coup de chance suffirait à le mettre hors-service. Ils seraient alors obligés d'appeler des renforts.

Randi atteignit bientôt l'extrémité du mur qui la protégeait. Elle traversa ensuite un sentier pour aller se planquer à l'intérieur d'une maison. Elle s'était déplacée sans se précipiter afin d'attirer l'attention du sniper. Elle aperçut un petit nuage de poussière à un mètre environ sur sa droite. A priori, le tireur devrait délaisser l'hélicoptère, maintenant qu'il avait des cibles de chair et de sang à sa disposition.

« J'imagine que ce mec a des amis », cria Deuce. Bien que la portée de son arme fût beaucoup trop courte, il tira une rafale. « Tu peux être certaine qu'ils ne vont pas tarder à débarquer. »

Randi désigna l'un des corps décapités à mi-chemin entre leur position et l'aéronef. « On bouge à mon signal. Au passage, on ramasse ce cadavre. Je veux pratiquer une autopsie.

— Une autopsie ? fit Deuce, incrédule. Je ne suis pas médecin, mais je suis presque certain qu'il a été tué par la balle qui lui a perforé le cœur. Ça et le fait que sa putain de tête ait disparu !

— Je ne suis pas venue jusqu'ici pour repartir les mains vides. »

Il tira une nouvelle salve, plus par frustration que dans l'espoir de décourager le sniper. « Randi, je te jure qu'un jour je profiterai que les autres aient le dos tourné pour t'étrangler. »

4

Las Vegas, Nevada, USA

Janine n'avait pas menti et leur avait déniché deux places au quatrième rang. Son obstination, sa jeunesse et sa beauté leur avaient permis de fendre la foule sans trop de difficulté.

« Je me demande s'il a enfin changé de lunettes, dit-elle en posant sa main sur l'avant-bras de Smith. On a tous parié là-dessus au bureau, et la cagnotte dépasse les cinq cents billets. »

Au même moment, comme pour répondre à sa question, Christian Dresner entra en scène. Raide comme un piquet, il s'avança à grands pas vers l'unique lutrin qui se dressait au centre de l'estrade. Les lunettes à double foyer qu'il portait depuis les années 80 n'avaient pas quitté le bout de son nez, et il était toujours affublé du costard-cravate qu'il avait dû acheter à la même époque.

À vrai dire, Dresner détonnait autant que Smith dans cette assemblée. Il n'y avait pas que ses vêtements qui faisaient tache. Ses cheveux blonds grisonnants étaient coiffés en pétard, si bien que la terre entière était persuadée qu'il se les coupait lui-même. Mais Smith n'était pas dupe : tout était calculé pour faire oublier la mâchoire carrée, les larges épaules et la taille encore fine de l'Allemand. Avec des lentilles de contact, un bon tailleur et deux ou trois coups de ciseaux, il aurait incarné l'aboutissement du programme eugéniste nazi.

Quelques applaudissements le mirent mal à l'aise tandis qu'il essayait d'installer un kit main libre Bluetooth sur son oreille. De fait, il s'agissait seulement de la quatrième apparition publique de cet homme aussi célèbre pour son génie que pour sa timidité.

Si la comparaison avec Steve Jobs était évidente, Smith avait toujours trouvé l'analogie avec le personnage de Willy Wonka plus pertinente : un reclus loufoque qui débarquait sans crier gare avec une incroyable découverte, avant de retourner se réfugier à l'intérieur du sanctuaire qu'était son usine.

« Je vous remercie d'être venus si nombreux, dit-il avec le léger accent germanique dont il n'avait jamais réussi à se débarrasser. J'espère que vous allez apprécier ce qui va suivre. »

L'écran derrière lui s'illumina, et l'image d'une main tenant un appareil qui ressemblait à un iPhone gris sans écran apparut.

« Un étui à cigarettes électroniques ? » plaisanta Janine en donnant un petit coup de coude à Smith tandis qu'un léger brouhaha se faisait entendre.

Il n'en avait pas la moindre idée. Mis à part un petit interrupteur et une lumière bleue clignotant sur le côté droit, il ne s'agissait que d'un élégant morceau de plastique.

Dresner ouvrit sa veste pour leur montrer qu'il en portait un exemplaire accroché à sa ceinture. « Je vous présente le Merge. La nouvelle – et peut-être dernière – génération de systèmes informatiques personnels.

— Purée, maugréa Janine en se tapant le front avec la paume de sa main. Il a inventé le téléphone portable. Mieux, il le trimballe dans un étui accroché à sa ceinture.

— Combien d'entre vous ont déjà utilisé un programme de réalité augmentée ? continua Dresner, à qui le sarcasme de Janine avait échappé. Vous savez, les applications d'astronomie, ou celles qui vous permettent de consulter les avis sur le restaurant devant lequel vous vous trouvez… ce genre de choses. »

Plus de la moitié du public leva la main, Smith inclus. Déçue, Janine croisa les bras.

« Et combien d'entre vous les trouvent faciles à utiliser ? »

Toutes les mains se baissèrent. Smith avait beau adorer son application à 2,99 $, tendre les bras vers le ciel afin d'observer les étoiles sur l'écran de son téléphone était loin d'être une expérience inoubliable.

« Grâce au GPS, cette technologie a fait un grand bond en avant, mais nous sommes toujours obligés d'utiliser une interface quasi similaire à celle des premiers PC. Et c'est justement cette interface, pas le logiciel, qui nous empêche de faire des progrès. Nous sommes tous conscients de l'énorme potentiel de la réalité augmentée, mais personne ne s'attèle à son développement parce qu'il nous manque une plateforme matérielle fonctionnelle. Laissez-moi vous montrer ce que je suis en train de voir. »

Le public apparut sur le grand écran derrière lui, et la caméra qui le filmait se déplaçait au rythme de ses mouvements de tête. Sur le côté gauche figurait une colonne semi-transparente d'icônes rouges et vertes qui brillaient plus ou moins fort. En haut, les informations de base – connexion WIFI, température intérieure et extérieure, mais aussi des abréviations et des chiffres dont le sens échappait à Smith.

Janine se pencha une nouvelle fois vers lui. « Il faut avouer que ça a de la gueule. J'ai essayé la dernière version des lunettes Google, elles n'affichent que quelques indications en haut de l'un des verres. »

Smith hocha la tête. « J'ai testé un prototype anglais qui projette les infos directement sur la rétine grâce à un procédé de transparence qui ressemblait un peu à celui-ci. Excellente idée, sauf que je voyais flou en permanence, et que le moindre mouvement des lunettes sur mon nez faisait planter le programme. Dresner a peut-être réussi là où tous les autres ont échoué.

— J'admets que ce n'est pas mal, dit-elle en haussant les épaules. Mais pas question que je passe le reste de mon existence avec un masque de plongée sur le visage. »

Le regard de Dresner s'arrêta sur un homme assis au deuxième rang, et le visage étonné de celui-ci occupa soudain tout l'écran. « Si vous le permettez, j'aimerais passer un coup de fil. Bob, tu veux bien te lever, s'il te plaît ? »

Bob s'exécuta timidement, conscient que tous les regards étaient désormais braqués sur lui.

« Comme M. Stamen est un citoyen modèle, je suis sûr qu'il a éteint son téléphone avant le début de la conférence. Bob, pourrais-tu le rallumer s'il te plaît ? »

Dresner releva la tête pour contempler l'assistance. Sur le côté de l'écran, l'icône en forme de téléphone s'agrandit et, en un clin d'œil, la liste de ses contacts passa de la lettre « A » à la lettre « S », pour finir par s'arrêter sur « Stamen, Bob ». Aussitôt, le refrain de *Call me* de Blondie retentit dans la salle.

De plus en plus nerveux, Bob décrocha son téléphone, et sa voix, retransmise via le Merge de Dresner, résonna dans les haut-parleurs de l'auditorium : « Allô ?

— Salut Bob. Comment vas-tu ?

— Très bien. »

Perplexe, Janine plissa les yeux et se pencha en avant. « Comment contrôle-t-il les icônes ? Et comment a-t-il fait défiler les noms de son répertoire ? Est-ce que le système suit les mouvements de ses pupilles ? »

Smith s'était posé la même question. « Je ne pense pas. Nous aurions vu l'image se déplacer sur l'écran. Or il ne nous a pas quittés des yeux.

— C'est peut-être une sorte de play-back. Ce machin pourrait être réglé sur un mode de démonstration.

— Je n'en ai aucune idée. C'est possible… »

Dresner retira son oreillette Bluetooth et la posa sur le lutrin avant de se rapprocher du bord de l'estrade. « J'ai toujours détesté ces machins. Ils m'irritent derrière l'oreille. Pas toi, Bob ? »

Comme tous les autres invités, Bob essayait de comprendre par quel miracle la sono continuait de diffuser la voix de Dresner. Encore plus extraordinaire, Stamen l'entendait toujours dans le haut-parleur de son téléphone. « Moi non plus, je ne les aime pas.

— On est d'accord. Du coup, je me suis dit : et si je pouvais fixer un minuscule microphone sur l'une de mes molaires ? Avec, en plus, une version encore plus petite et plus sophistiquée de mes implants auditifs pour relayer le son directement vers mon cerveau ? »

Le temps s'arrêta une seconde. Puis tout le monde se mit à glapir à l'unisson. Pour autant, l'assistance ne semblait pas vraiment enthousiaste, plutôt sceptique. Un sentiment partagé par la jeune femme assise à côté de Smith.

« Bon, j'admets qu'il vient officiellement de se lancer dans l'informatique ultracool. Sauf que le type qui trouve les oreillettes Bluetooth vraiment inconfortables peut toujours s'en faire fabriquer une paire sur mesure. Ça reste plus simple et moins cher que de se faire poser une couronne et des implants dans le crâne.

— Pas sûr, répondit Smith. Les vétérans qui utilisent son système auditif m'ont tous assuré que ça fait un peu mal les premiers jours puis qu'on les oublie très vite. Qui plus est, il vient de nous dire qu'il les avait encore miniaturisés. »

Elle esquissa un rictus et s'enfonça dans sa chaise en croisant les bras. Une chose était sûre : quand il s'agissait de haute technologie, la génération de Janine était difficilement impressionnable. Ils en voulaient toujours plus.

« Merci, Bob. On se reparle plus tard », dit Dresner. Redevenue transparente, l'icône de téléphone se réduisit d'elle-même et retrouva sa place sur le côté de l'écran.

Dresner se remit ensuite à arpenter l'estrade. Son public ne le quittait plus des yeux. « Toute ma vie, j'ai souffert de ma mauvaise vue, et je suis conscient que ces culs-de-bouteille sont ridicules, mais je n'ai jamais pu m'habituer aux lentilles de contact. »

Il retira ses lunettes et les laissa pendre au bout de ses doigts. La logique aurait voulu que le plancher apparaisse derrière Dresner. Pourtant, bien que flous et déformés, les invités occupaient toujours le grand écran.

« Qu'est-ce qui se passe ? » marmonna Janine. Smith ne répondit pas. Il était presque certain d'avoir deviné la suite, mais il ne pouvait se résoudre à y croire.

Une phrase, d'abord illisible, apparut en haut de l'écran. Petit à petit, les mots gagnèrent en netteté.

CORRECTION DE LA VISION EN COURS

Toute la salle se tut. Dresner se réinstalla derrière son lutrin et se pencha en avant. « Du coup je me suis dit : si j'arrive à envoyer du son à mon cortex auditif, pourquoi ne pas envoyer des images à mon cortex visuel ? »

Cette fois-ci, personne ne broncha. Le seul bruit qui retentit dans l'auditorium fut celui d'une centaine d'hommes et de femmes pianotant à la vitesse de la lumière sur leur téléphone dans l'espoir d'être celui qui révélerait au monde entier le nouveau miracle que venait d'accomplir Christian Dresner.

5

Marrakech, Maroc

Gerhard Eichmann fit glisser sa chaise un peu plus à l'ombre et, d'un geste de la main, essaya une nouvelle fois de chasser le cireur de chaussures qui s'entêtait à lui offrir ses services. Le serveur s'en mêla, et quelques mots sévères en arabe éloignèrent le jeune garçon qui se rabattit sur la route, évitant le trafic chaotique, à la recherche d'un client moins farouche.

Bien qu'il vécût à Marrakech depuis plus de dix ans, Eichmann ne s'était jamais assis à la terrasse de ce café. La plupart des tables étaient occupées par des Marocains venus partager une tasse de thé entre amis. Les seuls autres visages pâles étaient ceux d'un couple de Français qui, pour lutter contre la chaleur de la mi-journée, vidaient quelques bouteilles d'une bière locale hors de prix.

Eichmann dévisageait les passants qui arpentaient le trottoir, à la recherche de celui qui mettrait fin à ce moment difficile. Mais ils continuaient tous d'avancer d'un pas rapide vers les remparts et les bazars pleins à craquer de la ville rouge.

Ce mouvement perpétuel, ce tumulte, ce mélange de modernité et d'histoire l'avaient convaincu de venir s'installer à Marrakech. Celle-ci offrait l'anonymat à tous ceux qui voulaient disparaître, sans les priver des avantages et des pièges du monde civilisé. Ainsi, Eichmann se donnait l'impression d'être un spectre planant entre passé, présent et futur.

Un homme vêtu d'une chemise en lin tachée de sueur et d'un pantalon pastel sortit de derrière une charrette remplie d'oranges et trottina jusqu'à la terrasse. Lorsque son regard croisa celui d'Eichmann, l'individu ne détourna pas les yeux.

« Puis-je me joindre à vous ? dit-il en désignant la chaise inoccupée rangée sous la petite table. Je me suis tordu la cheville en faisant mes courses dans le souk. »

La bouche d'Eichmann devint toute sèche, et il eut du mal à articuler une réponse. « Bien… bien sûr. Les pavés de la ville sont traîtres. »

Il détestait ce genre de situations – sortir de sa zone de confort, se mettre en danger, rencontrer ces hommes. Mais on lui avait interdit d'utiliser Internet. La Toile était encore trop incontrôlable, peuplée d'anonymes aussi curieux qu'intelligents.

« Est-ce que vous l'avez sur vous ? »

L'homme – Claude Géroux – leva son bras musclé pour faire un signe au serveur et commanda, en français, une bouteille d'eau gazeuse.

« Est-ce que vous l'avez sur vous ? » répéta Eichmann, dissimulant sa peur mais non son impatience. Il s'envolait pour la Corée du Nord dans moins de trois heures et, vu le mal qu'il s'était donné pour obtenir la permission de faire ce voyage, rien ni personne ne le mettrait en retard.

« Bien entendu, dit Géroux, en anglais cette fois et avec un accent très britannique. Et vous ?

— Bien entendu. »

Le Français non plus ne semblait pas effrayé. Certainement parce que lui ne l'était pas. Après tout, de quoi aurait-il bien pu avoir peur ? De qui ? Eichmann n'essayait pas de dissimuler l'homme qu'il était : un universitaire ayant atteint l'âge où la minceur trahissait la fragilité, la pâleur la maladie. Géroux devait le trouver drôle à regarder.

Conscient d'avoir l'avantage physique sur son interlocuteur, le Français lui tendit nonchalamment une clé USB. Eichmann sortit son ordinateur portable et y introduisit le périphérique. Après s'être assuré, d'un dernier coup d'œil, que le seul être vivant derrière lui était un chat de gouttière perché au sommet d'un mur fissuré, il pianota le mot de passe dont ils avaient convenu au préalable et ouvrit le fichier vidéo qu'il était venu récupérer.

Il visionna très vite les scènes de violence capturées par Géroux, en éprouvant cet étrange mélange de fascination et de dégoût, ce sentiment qui lui était devenu bien trop familier au cours de ces vingt-cinq dernières années.

« Et moi qui pensais qu'il n'y avait rien de nouveau sous le soleil », dit Géroux avant d'être interrompu par le serveur qui lui apportait sa bouteille d'eau. Lorsque le Marocain fut reparti, Géroux reprit : « Ils ne se sont pas défendus, ils n'ont même pas essayé de se sauver. Alors que les Afghans se battent toujours. Merde, c'est bien la seule chose qu'ils savent faire. »

Eichmann fit mine de ne pas l'entendre et se connecta sur le site Internet d'une banque située au Yémen.

« Qu'est-ce qui les a empêchés de riposter ? Les boîtiers en plastique qui leur ont été repris ? Ceux qui étaient attachés à leurs ceintures ? Contenaient-ils une drogue qui les aurait neutralisés ? »

Concentré, Eichmann continuait de l'ignorer. Les boîtiers auxquels Géroux faisait allusion n'avaient jamais contenu de drogue ; d'ailleurs ils n'existaient plus. Douze heures avant ce rendez-vous, l'Allemand avait reçu la confirmation de leur incinération dans un avant-poste militaire secret.

« C'est fait », dit-il en refermant d'un coup son ordinateur.

Le regard vide de Géroux le fixait toujours. Le Français but une gorgée d'eau avant d'attraper son téléphone portable. Un sourire presque imperceptible apparut sur ses lèvres lorsqu'il découvrit le montant de la somme transférée sur son compte.

« J'espère que vous pardonnerez ma curiosité, dit-il en se levant. J'ai combattu dans de nombreuses guerres, un peu partout dans le monde, mais ça… »

Il secoua la tête et jeta un billet de cent dirhams sur la table, avant de se lever et de se faufiler entre les clients du café. Il zigzagua entre les automobiles et, après avoir dépassé un vieux tacot, trottina en direction du terre-plein central où une foule de badauds attendaient de pouvoir traverser la route.

Soudain, le conducteur d'un camion chargé de matelas perdit le contrôle de son véhicule et fit une embardée dans sa direction. La calandre du camion percuta Géroux avec une telle force que la tête du Français fit voler le pare-brise en éclats. Puis le véhicule se renversa sur le côté droit, semant la panique parmi les passants attroupés sur le terre-plein. Ils se mirent à plonger sur la chaussée, forçant les automobilistes à virer brusquement en direction du trottoir noir de monde.

Tous les clients du café étaient debout. Ils voulurent se précipiter vers le lieu de l'accident, mais battirent en retraite lorsqu'un pick-up vint s'écraser contre une voiture garée devant la terrasse. Eichmann, à qui plus personne ne faisait attention, se leva et rangea la précieuse clé USB dans sa poche.

Pris de nausée, son ordinateur portable serré contre sa poitrine, il longea les murs avant de se glisser dans une allée déserte qui puait l'urine. Il accéléra la cadence, osant un dernier regard derrière lui, en direction des hommes et des femmes paniqués qui déferlaient sur la route, et sur le capot ensanglanté du camion.

De toute évidence, la curiosité de Géroux ne lui avait pas été pardonnée.

6

Christian Dresner était tout sourires, tandis que l'auditorium retentissait du cliquetis des touches des téléphones portables. Ignorant toujours la raison de sa présence à Vegas, Smith n'avait personne à qui écrire, aussi médita-t-il calmement sur le potentiel de la nouvelle découverte de Dresner.

Parler d'une révolution tenait de l'euphémisme frôlant le ridicule. Rares avaient été ceux qui, comme Smith, avaient su reconnaître les prothèses auditives de Dresner pour ce qu'elles étaient : un premier pas hésitant vers le futur d'une humanité à jamais transformée. Leur grande nouveauté – ce qui les avait rendues si extraordinaires – était que, pour la première fois, leur architecte n'avait pas cherché à copier ce qui avait été perdu. À la place, il avait conçu une machine cent fois supérieure à celle que l'évolution avait mis des millions d'années à créer. De fait, sa plus grande réussite n'avait pas été de soigner les malentendants, mais de prouver que nous entrions dans une ère où Dame Nature pourrait être battue sur son propre terrain.

Ce nouveau pas en avant n'avait, quant à lui, rien d'hésitant. Dresner entraînait l'être humain dans ce qui serait sans doute la nouvelle étape de son existence. Jusqu'où irions-nous ? Qu'est-ce qui nous arrêterait ? Serions-nous *capables* de nous arrêter ?

Smith se retourna vers Janine, mais la jeune femme avait les yeux rivés à l'écran de son iPhone.

Ceci dit, Dresner allait devoir répondre à certaines questions. Primo, est-ce que ça fonctionnait ? Aussi formidables qu'elles puissent paraître, les innovations technologiques trop complexes ou peu pratiques tombaient toujours dans l'oubli. Après tout, les écrans tactiles, les oreillettes et les interfaces à contrôle vocal fonctionnaient déjà à merveille.

Sa deuxième question concernait les modifications corporelles. Il avait passé sa vie à éviter de se faire trouer la peau et, à l'exception de quelques balles perdues et d'un ou deux coups de couteau, il s'en était plutôt bien tiré. Le pékin moyen accepterait-il qu'on lui enfonce des vis dans le crâne pour avoir le privilège de se débarrasser de son smartphone ?

Son regard se porta une nouvelle fois sur Janine, et plus précisément sur le piercing en diamant de sa narine et le tatouage bariolé sur son bras. Il venait d'obtenir la réponse à sa question. Pour la génération qui avait suivi la sienne, transformer son corps était aussi banal que de changer de chaussettes.

Lorsque les invités relevèrent la tête, Dresner se remit à déambuler sur l'estrade. Ce qu'il voyait était retransmis en direct sur le grand écran, comme si une caméra était connectée à chacune de ses rétines. « Je ne vous apprends rien, une machine comme celle-ci n'est utile que si les logiciels disponibles le sont eux aussi. Au final, le Merge n'est qu'une plateforme. C'est ce que nous mettrons sur cette plateforme qui m'intéresse. Bien sûr, on y retrouve déjà toutes les applications de base : téléphone, emails, réseaux sociaux, GPS, etc. Mais nous avons aussi créé des applications pour le monde de la finance et celui de la politique – deux secteurs qui jouent un rôle essentiel dans notre société et qui, vous ne me contredirez pas, ont toujours besoin d'aide.

— C'est l'invention la plus dingue depuis celle de l'imprimerie, et il ne trouve rien de mieux à faire que de nous sermonner », marmonna Janine.

Dresner avait dû lire dans ses pensées. « Mais ne vous inquiétez pas, il y aura aussi de quoi vous amuser. »

Sur l'écran, les portes de la salle s'ouvrirent brusquement, et une horde de vampires assoiffés de sang se rua à l'intérieur. C'était assez réaliste pour provoquer quelques cris d'effroi, et plusieurs invités pivotèrent sur leur chaise pour s'assurer qu'ils étaient bien en sécurité. Lorsqu'ils se retournèrent vers Dresner, celui-ci imitait la forme d'un pistolet avec sa main et tirait en riant sur les goules qui chargeaient dans l'allée.

« Génial ! dit Janine en se reconnectant à son compte Twitter. Je n'avais jamais vu un truc aussi cool. C'est encore mieux que la fois où j'ai aperçu George Clooney en maillot de bain. »

Les monstres disparurent, et Dresner considéra les membres encore un peu troublés de son auditoire. « Vous n'allez peut-être pas me croire, mais le Merge n'était pas mon idée principale – il me fallait juste quelque chose pour faire tourner le moteur de recherche que j'avais imaginé. Le problème d'Internet – et du monde en général – n'est pas la disponibilité de l'information, c'est qu'il y en a beaucoup trop et qu'elle est trop souvent inutile.

48

Mais imaginez que nous puissions évaluer instantanément la qualité de ce qu'on nous raconte et de ce qui nous entoure. »

Il fit quelques pas en direction de Bob Stamen. « Bob, voudrais-tu te lever une nouvelle fois ? »

Stamen se redressa, un peu réticent. Sur le grand écran, une application dont l'icône ressemblait à une liste en forme de pièce montée s'activa. Soudain, Stamen fut entouré d'un halo verdâtre, et son nom se mit à flotter au-dessus de sa tête.

« Pour créer notre système de reconnaissance faciale, nous avons détourné celui du cerveau humain. Voilà pourquoi mon nouveau moteur de recherche – Layer-Cake – l'a tout de suite reconnu et lui a assigné cette jolie lueur verte. Celle-ci m'indique que Bob est un mec bien. Vous allez me demander sur quoi se base le logiciel. C'est très simple : sur toutes les sources d'informations disponibles – Wikipédia, articles de presse, etc. Layer-Cake rassemble et analyse tous ces documents, puis il les compare, dans une certaine mesure, avec ce qu'il connaît de mes valeurs personnelles, et me propose son point de vue. Alors, pourquoi ai-je choisi Bob ? Parce qu'il est la personnification du gendre idéal : il dirige une formidable association caritative, son casier judiciaire est vierge, il n'a aucune dette. Tout le monde ici ne pourrait pas se vanter d'avoir une aura aussi verte que lui », dit-il avec un grand sourire.

Certains gloussèrent joyeusement, mais beaucoup rirent jaune. Tous se demandaient la même chose : qu'est-ce que Layer-Cake penserait d'eux ?

Les couleurs des icônes affichées à gauche de l'écran prenaient désormais tout leur sens. Celle de la Bourse, encore vert pâle quelques minutes auparavant, devint plus sombre – les centaines de SMS et de tweets envoyés depuis le début de la conférence faisant grimper la valeur des actions de Dresner Industries. Celle de la météo était coupée en deux, vert du côté gauche et rouge de l'autre : il devait y avoir de l'orage dans l'air.

« Et ça ne fonctionne pas seulement avec les êtres humains », dit Dresner en se redirigeant vers son lutrin pour y saisir son oreillette. L'appareil fut aussitôt entouré du même halo vert et rassurant que Bob Stamen.

« Alors, là encore, sur quoi se base Layer-Cake ? Après tout, je viens de vous expliquer qu'il vaut mieux se méfier d'Internet. » L'icône s'élargit pour révéler plusieurs liens hypertexte : « Avis », « Prix », « Détails », « Où l'acheter ». Dresner sélectionna la rubrique « Avis », et une liste de sites apparut. Mais les étoiles qui caractérisaient leurs évaluations étaient absentes, remplacées par une lueur autour de leurs logos.

« Vous remarquerez que certaines couleurs sont plus transparentes que d'autres. C'est lié à la quantité d'informations que Layer-Cake a pu rassembler sur le site en question, et le degré de fiabilité qu'il lui accorde. Par exemple, il ne doutera jamais des notes décernées par Consumer Reports. En revanche, avec Amazon, il doit comparer les retours positifs et négatifs de tous les clients avant d'établir une moyenne. »

Là encore, quel formidable potentiel. Smith s'imaginait déjà déterminant l'état de santé de ses patients en fonction de la couleur de leurs auras – persuadé que Layer-Cake prendrait en compte la moindre information disponible, de leur dernier bilan sanguin à la maladie dont ils avaient souffert vingt ans auparavant.

Dresner reposa l'oreillette et se dirigea à grands pas vers le rebord de l'estrade. Tous les regards étaient fixés sur lui. « Une journée entière ne suffirait pas à vous en expliquer toutes les potentialités. C'est pourquoi le manuel d'utilisation de l'appareil et du logiciel sera mis en ligne sur notre site après la conférence. En attendant, je vais répondre à quelques-unes de vos questions. »

Toutes les mains se levèrent d'un coup.

Dresner désigna un homme assis dans le fond de la salle. On lui fit passer un micro. Sur l'écran, son nom s'afficha au-dessus de sa tête, mais la couleur de son halo resta neutre. Dresner avait désactivé son système d'évaluation, sans doute pour éviter à certains l'embarras d'une aura rouge sang.

« Quand recevrez-vous les autorisations nécessaires pour commercialiser votre produit ?

— Je n'ai besoin d'aucune autorisation. Le Merge se connecte sur n'importe quel réseau cellulaire ou WIFI existant. Le micro dentaire est un dispositif électronique amovible que vous pourrez vous faire poser par votre dentiste, et les implants crâniens bénéficient des mêmes autorisations que nos prothèses auditives. La seule différence, c'est qu'au lieu d'avoir deux capteurs de sept millimètres vous en aurez six, deux fois plus petits. Mais, pour répondre à votre question, le Merge sera mis en vente la semaine prochaine. »

Les invités reprirent d'assaut leurs téléphones, et la couleur des actions de D.I. s'assombrit encore davantage. Smith profita de la distraction générale pour lever la main une nouvelle fois. Mais il fut moins rapide qu'une femme assise au premier rang.

« Les implants sont-ils obligatoires pour que le Merge fonctionne ?

— Absolument pas. Une oreillette avec des électrodes intégrées sera incluse avec chaque appareil. Mais je vous préviens qu'elle a une drôle de forme, et que la qualité du son et de la vidéo en pâtit. Elle ne facilite pas non plus l'utilisation de la fonction sommeil de l'appareil. »

Nouveaux bras levés. Dresner pointa son doigt vers l'un d'entre eux.

« Qu'est-ce que vous appelez la fonction sommeil ?

— Aurais-je oublié de vous en parler ? » Il eut un léger sourire. « Certains d'entre vous savent déjà que Dresner Industries s'est associé avec le centre de recherches sur le sommeil de Stanford, et que nous avons réussi à créer un somnifère non pharmaceutique qui fonctionne en manipulant les ondes cérébrales. Jusqu'ici, la machine nécessaire pour administrer cette thérapie faisait la taille d'une petite voiture, ce qui nous obligeait à traiter uniquement les patients hospitalisés pour des troubles sévères du sommeil. Il nous manquait donc un appareil plus pratique, et c'est là où le Merge intervient. J'ai soixante-sept ans et je vous assure que je dors désormais comme un bébé. »

Une fois de plus, Smith profita de l'obsession des autres invités pour les réseaux sociaux, et sa persévérance porta enfin ses fruits. Il se mit debout et, sans quitter leurs smartphones des yeux, ses voisins lui firent passer le micro.

Layer-Cake le reconnut sur-le-champ et afficha son nom, son grade et sa qualité de médecin. Pour un homme qui s'était toujours tenu à l'écart des projecteurs, c'était un peu déroutant. Dieu merci, les évaluations étaient toujours désactivées. Il était préférable que certains renseignements à son sujet restent secrets.

« Vous semblez capable de manipuler mentalement les icônes de l'interface. Pourriez-vous aussi contrôler des membres artificiels ? Et, par ailleurs, le Merge serait-il capable de soigner la cécité ?

— Excellentes questions ! s'exclama Dresner, excité à l'idée qu'on s'intéresse à autre chose qu'aux milliards de dollars que sa création allait générer. En ce qui concerne la cécité, et pour faire court, la réponse est oui. Si le sujet possède toutes ses facultés mentales, il suffit de deux petites caméras intégrées à une paire de lunettes pour retransmettre une excellente vision binoculaire. Bien entendu, nous fournirons ces appareils gratuitement aux personnes concernées. Maintenant, pour ce qui est des prothèses, nous y travaillons. Cependant, les données de sortie sont plus difficiles à traiter que les données d'entrée. Le contrôle des icônes est encore rudimentaire – ouvrir, fermer, faire défiler, sélectionner. Nous y arriverons, c'est certain, mais dans les cinq ou dix prochaines années. »

De nouvelles mains se levèrent, mais il leur signala que la conférence touchait à sa fin. « Lisez le manuel. Si quelque chose n'est pas clair, faites-le-nous savoir, et nous le corrigerons dans l'heure. Mieux encore, achetez-vous un Merge la semaine prochaine et faites-vous votre propre opinion. »

7

Province de Khost, Afghanistan

« Je me doutais que c'était encore un de tes mauvais coups ! »
Peter Mailen lui lança un regard noir auquel Randi répondit par son sourire le plus innocent.

Il venait de fêter son cinquantième anniversaire, mais il était toujours en pleine forme, avec d'épais cheveux blond vénitien et une moustache qui, de son propre aveu, lui donnait un faux air de Tom Selleck dans la série *Magnum*. C'était sûrement la raison pour laquelle il portait une chemise hawaïenne sous son tablier en toile que le temps avait rendu grisâtre, une couleur qui rappelait celle des carreaux du mur derrière lui. À ceci près que le tablier, lui, n'était pas criblé d'impacts de balles.

« Tu en as mis du temps, dit Randi. Ils t'ont traîné jusqu'ici dans un canot pneumatique ou quoi ? »

Elle longea un mur recouvert d'une bâche en plastique qui dissimulait un trou causé par un tir de mortier la semaine précédente. Il était impératif de conserver un minimum de fraîcheur dans cette morgue de fortune. Malheureusement, ça ne suffisait pas à masquer la puanteur envahissante de la chair en décomposition.

« Non, dans la soute d'un avion-cargo. J'adore être secoué dans tous les sens pendant des heures avec pour seule compagnie dix mille bouteilles de flotte. »

Elle lui adressa un signe de tête compatissant. Puis elle s'avança vers un brancard où reposait un corps enveloppé dans un drap blanc taché de sang. « J'avais pourtant insisté pour qu'ils te prennent un siège en première classe.

— Je suis médecin, Randi. Je travaille avec des êtres vivants. » Il désigna l'étiquette accrochée à l'un des orteils nécrosés du mort. « Or ce mec ne m'a pas l'air de respirer. Bien sûr, je peux me tromper.

— Arrête, Pete. Je t'ai fait venir ici pour deux raisons : la première, c'est que tu sais rester discret. La seconde, c'est que t'es un génie. »

L'expression sur le visage de Mailen s'adoucit. Il avait deux faiblesses : la flatterie et les jolies blondes – et Randi n'avait jamais eu aucun scrupule à les exploiter. En outre, elle n'avait pas menti : cet homme était un génie. Ironie du sort, il détestait faire ce dans quoi il excellait. Mais ce n'était pas le problème de la jeune femme.

« Dis-moi ce que tu as découvert, et je te promets que le retour sera bien plus confortable.

— J'aurai aussi droit à une belle hôtesse de l'air ?

— Avec des lèvres pulpeuses et des jambes interminables. »

Sans bouger d'un pouce, il lui adressa un regard suspicieux. Il ne céderait pas aussi facilement, du moins pas sans s'être d'abord persuadé de lui avoir tenu tête. Question de principe. Aussi lui refit-elle son plus beau sourire et patienta-t-elle jusqu'à ce qu'il estime que son honneur était sain et sauf. C'était la moindre des choses, après l'avoir sorti de son lit douillet pour le traîner dans une morgue en ruine au beau milieu d'un no man's land afghan.

Leur duel silencieux dura plus longtemps que prévu. Enfin, Mailen lâcha un long soupir exaspéré et souleva le drap qui recouvrait la dépouille. La cage thoracique du corps décapité avait été ouverte. La puanteur s'intensifia, et Randi plissa le nez.

« Je n'arrive pas à croire que tu m'aies fait venir ici pour ça, Randi. Est-ce que tes hommes t'ont raconté qu'on a failli se faire descendre en chemin ? »

La version du pilote était différente : ils avaient aperçu la traînée blanche d'une roquette à une cinquantaine de kilomètres de leur position. Malgré tout, elle le gratifia d'un regard plein de commisération.

« J'aurais pu me faire tuer, marmonna-t-il en relisant un bloc-notes noirci de ses pattes de mouche. J'ai vu ma vie défiler devant mes yeux…

— Parle-moi du cadavre, Pete, l'interrompit-elle.

— En l'observant très attentivement, tu remarqueras que sa tête a disparu et qu'une balle lui a perforé la poitrine.

— T'as mangé un clown ce matin ? Qu'est-ce qui l'a tué ?

— La balle. Il était déjà mort lorsqu'il a été décapité.

— Toxicologie ?

— Rien, pas même la trace d'une aspirine.

— Tu en es sûr ? » insista-t-elle. Son examen de la zone de combat l'avait laissée perplexe.

« Si je te le dis, c'est que j'en suis sûr à 100 %. Pourquoi est-ce que tu t'intéresses autant à ce type ? Ce n'est pas comme si la décapitation était rare dans le coin.

— Oui, mais cette fois, c'est différent. Tous les hommes du village ont subi le même sort. Et on dirait qu'ils n'ont même pas essayé de se défendre. À aucun moment. »

Mailen considéra ce scénario, et son visage se détendit encore un peu.

« Combien ?

— Je dirais dans les soixante-dix.

— Est-ce que tu m'en as ramené une ?

— Une tête ? Non. A priori, les assassins les ont emportées avec eux.

— Donc il ne s'agit pas d'un rituel. Ils les ont massacrés dans le seul but de les décapiter.

— On dirait bien, mais je ne comprends toujours pas pourquoi. Ils tournaient une nouvelle vidéo de propagande pour le jihad, ou quoi ?

— Une chose est sûre, ces têtes avaient beaucoup de valeur à leurs yeux.

— Qu'est-ce qui te fait dire ça ?

— Les assassins avaient tout prévu. Regarde, ils ont d'abord scié les cervicales, avant de trancher le reste avec un couteau à dents. Et puis une tête, ce n'est pas léger. Soixante-dix caboches, ça doit peser pas loin de trois cents kilos.

— Combien de temps ça prend d'en couper une ? J'imagine qu'ils n'ont pas couru le risque de s'attarder sur le lieu du massacre.

— Difficile à dire.

— On pourrait emprunter un corps ? Et une scie ?

— Non, Randi. En plus, ils n'ont pas utilisé une scie manuelle. Les marques autour du cou suggèrent un outil électrique. »

Randi contempla une nouvelle fois le corps mutilé et réfléchit à ce que son ami venait de lui apprendre. « Écoute, je suis presque certaine de savoir qui sont les coupables – les habitants de Sarabat étaient en guerre contre les talibans d'un village voisin. Mais j'ai du mal à imaginer ces fanatiques débarquant au magasin de bricolage pour acheter une scie électrique. Aux dernières nouvelles, ils n'ont même pas l'électricité.

— Va comprendre, fit Mailen en haussant les épaules. On vit dans un monde de fous.

— Ça ne répond pas à ma question. Pourquoi ont-ils fait ça ? Et pourquoi maintenant ? Pendant deux mille ans, Sarabat a repoussé les attaques des talibans et, soudain, ces enflures auraient débarqué et massacré tout le village sans essuyer une seule perte ? Impossible, ils ont dû être aidés.

— Qu'est-ce que ça peut te faire ? L'Afghanistan ne sera bientôt plus qu'un mauvais souvenir, quelques pages jaunies dans les livres d'histoire.

— J'ai besoin de savoir, Pete.

— C'est plus facile à dire qu'à faire. Comment vas-tu t'y prendre ?

— Je pensais aller leur demander.

— À qui ? Aux talibans ? Je ne pense pas qu'ils t'accueilleront à bras ouverts.

— Peut-être bien. Mais c'est le genre d'histoire qui m'empêche de dormir. »

Mailen reposa le drap sur le cadavre et commença à retirer son tablier. « En ma qualité de médecin, je te recommande plutôt de te procurer la dernière invention de Christian Dresner. Il paraît qu'avec on dort comme un bébé. »

8

Comté de Prince George, Maryland, USA

Le lieutenant-colonel Jon Smith avait beau s'acharner sur l'accélérateur de sa Triumph de 1968, elle ne semblait guère disposée à accroître son allure. Il lui avait pourtant accordé beaucoup de temps et d'amour. Force était d'admettre que toute la bonne volonté du monde ne remplacerait jamais le savoir-faire d'un vrai mécanicien. La portière côté passager avait une fâcheuse tendance à s'ouvrir d'un coup lorsqu'il tournait à gauche, et les hésitations du moteur semblaient s'être aggravées depuis que la fraîcheur de l'automne l'avait emporté sur la chaleur de l'été. Il était plus que temps qu'il ravale sa fierté, qu'il dépose ses outils, et qu'il l'emmène chez un garagiste.

Il décéléra jusqu'à atteindre 80 km/h. Derrière les arbres, il entrapercevait de-ci de-là la rivière Anacostia que recouvrait une légère brume. N'importe qui d'autre aurait trouvé cette scène – la route déserte, l'air frais qui s'engouffrait dans sa voiture par les vitres baissées – lénifiante. Mais pas Smith. D'expérience, ce chemin le conduisait toujours là où il se ferait tirer dessus, poignarder, ou précipiter dans le vide depuis un endroit affreusement haut.

Il alluma la radio et joua avec le bouton fatigué pour naviguer entre les stations. Les infos étaient toujours aussi déprimantes, et il continua de zapper jusqu'à s'arrêter sur la matinale d'un animateur local ; mais il n'y en eut bientôt plus que pour la fascinante histoire d'un jongleur stripteaseur. Quelques tours de bouton plus loin, il tomba sur la station NPR et fut surpris d'entendre une voix familière grésiller dans les haut-parleurs de la Triumph.

« Je vous le répète, cette chose va transformer le monde d'une manière radicale. Je n'ai pas l'habitude de faire ce genre de prédictions mais, cette fois-ci, j'en mettrais ma tête à couper. »

Il avait tout de suite reconnu sa nouvelle amie, Janine Redford.

« Qu'est-ce que vous entendez par "de manière radicale" ? lui demanda l'animateur sans se donner la peine de masquer son scepticisme. D'une transformation semblable à celle qui a suivi la naissance de l'automobile ou du premier iPod ?

— Je vous parle d'un truc vraiment révolutionnaire ! De la découverte du feu et de l'agriculture. »

Le type lâcha un rire homérique. « Quand vous jouez les voyantes, vous n'y allez pas de main morte, n'est-ce pas Janine ? Bon, le Merge vient de sortir. Depuis combien de temps l'utilisez-vous ? »

Le Merge était disponible depuis environ vingt-six heures. Une semaine après la conférence de Dresner, des pop-up stores avaient ouvert dans toutes les plus grandes villes du monde – installés en une seule nuit dans des locaux que D.I. louait depuis des mois dans le plus grand secret. Smith était passé devant celui de Washington DC, une incroyable structure de verre et de néons. Il avait même émis l'idée de s'y arrêter, mais s'était aussitôt ravisé. La queue faisait déjà le tour du pâté de maisons.

« J'ai chopé le mien hier, après une présentation réservée aux membres de l'industrie high-tech. Depuis, il ne me quitte plus. D'ailleurs, je suis en train de l'utiliser.

— Vraiment? » Un ange passa. « Je voudrais signaler à nos auditeurs que Janine ne porte pas d'oreillette. »

Smith sourit en s'engageant sur une route sinueuse qui descendait jusqu'à la rivière. Le cynisme de la jeune femme avait fait long feu.

« Je dois vous avouer qu'au départ j'étais méfiante et que l'engouement général m'a beaucoup influencée. Mais bon, voilà, je suis désormais l'une des premières grandes fans du Merge.

— Et de mon côté je dois admettre qu'ils sont totalement invisibles.

— Quoi? Les implants? Si vous voulez mon avis, on ne peut pas vraiment parler d'une intervention chirurgicale. Vous mettez la tête à l'intérieur d'une machine, ils vous placent des écouteurs sur les oreilles pour couvrir le bruit de la perceuse et, l'instant d'après, c'est fini.

— Pas d'anesthésie?

— Les plus douillets pourront toujours avaler quelques cocktails avant d'y aller, mais la procédure est si rapide qu'on n'a pas le temps de sentir quoi que ce soit. Ça tire un peu après coup, mais je m'amuse tellement avec mon nouveau jouet que je ne pense jamais à prendre d'antidouleur.

— Est-ce que vous avez néanmoins essayé l'oreillette? L'opération en vaut-elle la peine?

— Avec l'oreillette, l'image est un peu floue. Et puis qui voudrait se balader toute la journée avec ce truc sur la tête ? La résolution offerte par les implants est incroyable. Mon acuité visuelle est passée à 18/10, et je n'ai plus besoin des lentilles de contact que je portais depuis le collège. Sans oublier que la qualité sonore est époustouflante.

— Parce que ça améliore aussi l'audition ? Il y a un capteur comme sur les prothèses auditives ?

— Non, je continue de percevoir tous les sons extérieurs avec mes oreilles. En revanche, j'ai téléchargé ma bibliothèque musicale sur mon Merge, et c'est un régal.

— Vous utilisez le micro dentaire ?

— Non plus, je me sers d'un minuscule micro cravate. Mais j'ai pris rendez-vous avec mon dentiste.

— Si je comprends bien, Dresner a réussi son coup ?

— Je casserai les deux bras à quiconque essayera de me piquer mon Merge.

— J'en prends bonne note. Maintenant, que pensez-vous de Layer-Cake ? »

Smith s'arrêta devant un portail qui ne payait pas de mine mais aurait stoppé net un poids lourd lancé à 60 km/h. Il se pencha sur son volant afin que les nombreuses caméras cachées puissent l'identifier.

« Je ne sais pas encore – je passe beaucoup trop de temps à jouer à Vampire Armageddon. Les applications de base – téléphone, météo, GPS – fonctionnent à merveille, et le code-couleur est super intuitif. Hier, après que mon sèche-cheveux a rendu l'âme, je suis sortie pour en acheter un neuf. Bien entendu, je me suis retrouvée devant des dizaines de modèles différents. J'ai lancé Layer-Cake et, deux secondes plus tard, j'avais choisi celui avec le halo vert le plus foncé.

— Et pour ce qui est d'évaluer les êtres humains ? Il semblerait que l'opinion soit divisée.

— Je préfère m'abstenir pour le moment, mais, contrairement à ce qu'affirment mes confrères, j'ai l'impression que ça va fonctionner. J'ai testé l'application sur mes amis et elle ne s'est pas trompée. Du coup, je me dis qu'il n'y a aucune raison que ça ne marche pas avec des inconnus. Sans oublier qu'elle s'améliore au fur et à mesure qu'elle accumule les données et les retours des utilisateurs. »

Le portail s'ouvrit et, à en croire la pancarte, Smith pénétra dans l'enceinte de l'Anacostia Seagoing Yacht Club. Un chemin goudronné et bordé de buissons serpentait avec élégance entre les bâtiments administratifs – sous couvert d'accentuer le prestige du domaine, cet aménagement empêchait toute attaque frontale. Smith fit une grimace lorsque la Triumph heurta un ralentisseur. Il vira ensuite en direction d'une longue jetée où étaient amarrés plusieurs bateaux, ultime leurre visant à faire passer cet endroit pour un terrain de jeu pour millionnaires.

« On vit une époque formidable », dit l'animateur avant que Smith n'éteigne la radio.

Tu l'as dit…

9

Soudain la silhouette d'un berger se détacha du paysage désertique afghan. Son sang ne fit qu'un tour, et Randi tira un grand coup sur les commandes de l'hélicoptère. À vrai dire, elle ne craignait pas tant pour sa vie que pour celle de l'appareil.

Il n'en existait que trois de ce type, et la CIA avait tendance à ne jamais les prêter aux pilotes qui se considéraient eux-mêmes comme médiocres. Qu'ils aient pu changer d'avis à son sujet relevait moins du miracle que de l'influence discrète de Fred Klein, même s'il lui avait répété que la moindre éraflure lui coûterait très cher.

Ni le berger ni ses chèvres ne levèrent la tête lorsqu'elle passa au-dessus d'eux, et elle se rappela alors pourquoi elle était tombée amoureuse de l'aéronef. Ses pales, qui avaient une forme inédite d'ailes de chauve-souris, réduisaient le bruit du rotor de moitié ; le reste était étouffé par une série de haut-parleurs qui utilisaient la même technologie que les casques à réduction de bruit. Pour se fondre dans le ciel afghan, les patins et toute la partie inférieure de l'appareil avaient été peints en bleu pastel, et la partie

supérieure était d'un brun clair qui rappelait le sol monotone du pays.

Bien sûr, il y avait quelques inconvénients. Son
autonomie était ridicule, et il ne pouvait transporter
qu'une seule personne pour une charge maximale de
cent quinze kilos. Elle avait donc été forcée de troquer
Deuce contre plusieurs jerricans d'essence qu'elle avait
entassés avec elle dans le cockpit. Niveau confort, on
avait connu mieux. Au moins, si elle s'écrasait, elle
partirait dans une grande explosion. Mourir brûlée vive
lui semblait préférable à l'idée d'avoir à annoncer à
Klein qu'elle avait crashé le joujou hors de prix de la
CIA.

Randi suivait une ligne de crête, naviguant de mémoire
vers le village de Kot'eh. Elle était presque certaine de la
culpabilité des talibans. Peu importe que le massacre de
Sarabat laissât ses collègues indifférents ; elle n'arrivait
pas à oublier les images des corps décapités.

Elle n'aperçut la fumée qu'après avoir atteint les
limites d'un immense plateau – plusieurs petites colonnes
s'élevaient tout droit sur une centaine de mètres avant
d'être balayées par les vents latéraux contre lesquels elle
bataillait depuis son décollage.

« Nom de Dieu », s'écria-t-elle, sa voix couvrant
presque le bourdonnement du moteur et le sifflement des
rotors dernier cri. Elle tira sur le collectif pour gagner en
altitude – mais l'aéronef ne pouvait pas dépasser les deux
cents mètres. Pathétique.

Quelques passages au-dessus de Kot'eh lui confir-
mèrent que les talibans avaient tous péri. Au final, son
hélicoptère invisible ultraperfectionné ne lui avait servi à
rien ; sa présence ne dérangerait personne. Même si elle

avait envisagé cette possibilité, le nœud autour de son estomac se resserra davantage.

Elle survola une nouvelle fois le nord du village et s'interrogea à voix haute : « Et maintenant, Randi, tu peux m'expliquer la suite de ton plan brillantissime ? »

En guise de réponse, elle amorça sa descente. Promis, elle ne jetterait qu'un rapide coup d'œil. Tout se passerait comme sur des roulettes.

Lorsqu'elle toucha terre, elle n'entendit que le bruit du sable fouettant le pare-brise. Étrange, pensa-t-elle. Toujours aucun signe de vie. Elle bondit hors de l'appareil et, la joue collée contre la crosse de son fusil d'assaut, traversa en courant le nuage de poussière qui se dissipait déjà.

Quelques mètres plus loin, elle se redressa et balaya le village à l'aide de sa lunette. Un novice aurait trouvé cette scène presque banale. Un énième village afghan réduit en cendres et jonché de cadavres – exactement comme Sarabat, à ceci près qu'ici les hommes avaient toujours la tête sur les épaules.

Mais Randi n'avait rien d'une novice. Elle remarqua sur-le-champ que quelque chose clochait. D'abord, les armes utilisées contre Kot'eh étaient bien plus vulnérantes que les traditionnels AK-47 des combattants afghans. Plusieurs corps présentaient de larges blessures causées par les balles de calibre .50 d'un fusil de précision, certains bâtiments avaient été endommagés par des tirs de lance-roquettes, et trois gros cratères suggéraient l'utilisation d'une artillerie légère mais sophistiquée.

Au vu des traces laissées sur le sol, les assaillants portaient des bottes de combat. Elle reconnut sans mal les empreintes des rangers de l'armée américaine et de plusieurs armées européennes. Celles qu'elle ne remettait pas devaient appartenir aux modèles en vente libre qui avaient la cote chez les paramilitaires. Mais ce n'était pas tout. Elle remonta la piste jusqu'à son origine et découvrit deux longues traces parallèles qui lui suggérèrent que ces hommes avaient sauté d'un hélicoptère avant de se déployer avec une dextérité digne des plus grands professionnels.

Autre différence avec Sarabat, les talibans s'étaient défendus bec et ongles. Ça, Randi n'en doutait pas. Comme elle ne doutait pas de la futilité de leur résistance. À seulement trois endroits, elle avait repéré des taches de sang ne menant à aucun cadavre – autrement dit, pas plus de trois mercenaires avaient été blessés, puis évacués.

Le soleil amorçait sa lente descente à l'ouest du plateau mais elle poursuivit néanmoins son exploration. Elle trouva enfin ce qu'elle cherchait près d'une barrière carbonisée : la dépouille de Farhad Wahidi. Leur relation éphémère datait de l'époque où les intérêts de la CIA coïncidaient encore avec ceux des talibans. Elle n'irait pas jusqu'à dire que la mort de ce fanatique l'attristait, mais elle avait espéré pouvoir le questionner sur le massacre de Sarabat.

Elle retira ses lunettes de soleil, les plaça sur sa tête enturbannée, et poursuivit ses recherches. Les yeux fixés sur le sol, elle se déplaçait en traçant des cercles concentriques toujours plus larges autour des petites maisons. Elle repérait parfois les empreintes d'un homme ou d'une femme qui avait tenté de prendre la fuite. Elle suivait alors leur piste mais finissait toujours par découvrir la même chose : un corps inanimé abattu d'une balle dans le dos.

Le jour déclinait. Bientôt, l'obscurité envelopperait les derniers indices, puis le sable et le vent les feraient disparaître pour toujours. Elle était sur le point d'abandonner, lorsque, près d'un enclos, de nouvelles traces attirèrent son attention. Les déplacements étaient maladroits. Randi en déduisit que l'individu avait d'abord couru en position accroupie, dissimulé derrière les animaux paniqués. Une cinquantaine de mètres plus loin, la foulée s'allongeait en direction de l'est et des montagnes rocailleuses qui rougeoyaient à l'horizon.

Trois paires d'empreintes ne tardèrent pas à rejoindre celles du fugitif, mais ces hommes avançaient en formation serrée et sans se presser. Leur traque n'avait pas débuté pendant l'affrontement. Non, comme elle, ils avaient découvert la piste du fuyard après le combat, et ils le pourchassaient désormais comme un animal.

La lune s'était levée. Randi s'en servirait pour retrouver les paramilitaires. Autrement, la seule personne capable de répondre à ses questions risquait de ne plus jamais voir la lumière du soleil. À condition, bien sûr, qu'elle ne soit pas déjà morte.

Sauf que cette battue nocturne l'obligeait à abandonner l'hélico. Rien que d'y penser, elle eut une nouvelle bouffée d'angoisse : elle s'imaginait revenant au village pour retrouver l'appareil désossé, posé sur quatre parpaings.

« Très mauvaise idée », murmura-t-elle en sortant son téléphone satellite. Puis elle composa un numéro qu'elle connaissait par cœur.

Plusieurs secondes s'écoulèrent avant que la ligne soit sécurisée, mais la voix familière de Fred Klein finit par résonner dans l'appareil.

« Tu as découvert quelque chose ?

— Rien qu'une "activité mercenaire suspecte". Plus sérieusement, tous les villageois sont morts.

— Si je comprends bien, ces talibans ont massacré les habitants de Sarabat, on ne sait pas trop comment, avant de se faire eux-mêmes zigouiller par un mystérieux groupe paramilitaire.

— C'est ça. Si tu veux mon avis, ceux qui les ont aidés à détruire Sarabat sont revenus pour couvrir leurs traces. Mais pourquoi? Qui pourrait s'intéresser à deux villages perdus au beau milieu de nulle part? »

10

Comté de Prince George, Maryland, USA

Conscient qu'il était observé sous tous les angles, Jon Smith avançait sans se précipiter. Le couloir avait beau être agrémenté de magnifiques tapis, de jolis vases et de plusieurs bouquets de fleurs fraîchement cueillies, le doux parfum des gardénias n'était pas près de lui faire oublier ce qui se cachait derrière ces murs : une dizaine d'hommes armés jusqu'aux dents, chargés d'éliminer quiconque tenterait de pénétrer dans les bureaux sans y avoir été invité.

L'un d'entre eux apparut au bout du corridor, et Smith lui fit un signe de la main – autant pour le saluer que lui montrer que celle-ci était vide. En retour, l'ancien membre des forces spéciales ne lui adressa qu'un rapide hochement de tête, avant de disparaître à nouveau derrière les boiseries vernissées.

L'organisation Covert-One n'avait plus grand-chose à voir avec celle créée par le Président après la tragédie du virus Hadès. Au départ, il n'avait été question que d'une petite cellule sans réelle structure, fonctionnant sur un principe de confiance – le Président faisait confiance à son vieil ami Fred Klein, et Klein faisait confiance à une poignée d'agents talentueux postés aux quatre coins du globe.

Mais, au fur et à mesure qu'elle avait prouvé son efficacité, l'organisation avait grandi. Désormais, C-1 possédait son propre quartier général et un modeste budget – de l'argent qu'ils siphonnaient discrètement dans les caisses des autres agences gouvernementales.

Voilà pourquoi, à elle seule, son existence mettait en danger tous ceux qui en faisaient partie – en particulier le président Sam Adams Castilla. Pour être honnête, Smith avait parié que Castilla finirait par se dégonfler, et que Covert-One serait démantelée dans les mois suivant sa création. Mais le monde était chaque jour un peu plus dangereux, les hommes politiques de plus en plus imprévisibles, et les vieilles agences de renseignements incapables de s'en sortir. La nécessité d'une petite structure, capable de réagir dans l'instant, s'était renforcée à chaque nouveau conflit, chaque nouveau programme nucléaire lancé par une nation ennemie, chaque nouvelle attaque terroriste.

Smith pénétra dans une antichambre occupée par un grand bureau modulable sur lequel trônaient cinq gigantesques moniteurs. De l'inestimable Maggie Templeton, il n'aperçut qu'une mèche blonde grisonnante qui dépassait de l'écran du milieu.

Il était sur le point d'ouvrir la bouche lorsqu'elle leva la main et pointa son doigt en direction d'une porte ouverte au fond de la pièce. Lorsque Maggie était concentrée, il valait mieux ne pas la déranger. Sans un mot, il se remit en marche, jetant au passage sa veste sur un canapé où probablement personne ne s'était jamais assis.

« Quoi de neuf, Fred ? »

Le bureau de Klein était bien plus modeste que celui de son assistante. Il se redressa pour serrer la main de Smith avec fermeté et l'invita à s'installer en face de lui. Le temps ne semblait plus avoir d'emprise sur cet homme – son front avait cessé de se dégarnir depuis longtemps et, derrière ses lunettes cerclées de métal, ses yeux n'avaient rien perdu de leur intensité.

« Comment s'est passée la conférence ?

— La quoi ?

— La conférence à Las Vegas. La présentation du Merge. »

Il venait enfin de comprendre comment un banal microbiologiste de l'armée avait pu être invité à cet événement réservé aux milliardaires de l'industrie high-tech et à quelques journalistes spécialisés. Klein, bien sûr. Sa relation avec le Président et ses antécédents à la NSA et à la CIA lui permettaient d'obtenir tout ce qu'il désirait. Cependant, ayant tendance à pécher par excès de prudence, il faisait usage de ses privilèges avec parcimonie, pour éviter de trop se faire remarquer. Sauf en cas d'extrême urgence. Or, envoyer Smith au palais des congrès de Las Vegas pour qu'il s'enfile des petits-fours n'avait rien d'une urgence. À moins que…

« Il est encore trop tôt pour que je te donne mon avis définitif, lui dit Smith.

— Mais tu as été impressionné, n'est-ce pas ? Le président voulait l'opinion d'un homme de confiance. »

Que cherchait-il à savoir au juste ? Si cette nouvelle technologie avait un potentiel militaire ? Si elle leur permettait d'améliorer leurs systèmes de surveillance ?

« Pour être tout à fait honnête, son discours m'a semblé un peu tiré par les cheveux. Sauf qu'au vu des premières réactions, il semblerait qu'il ait fait un sans-faute avec sa machine et que Layer-Cake n'ait pas fini de nous surprendre – en bien comme en mal. Pour l'instant, il n'existe que peu d'applications, mais dès que les développeurs indépendants s'y mettront, les fonctionnalités seront quasi infinies.

— Tu ne l'as pas essayé ?

— Impossible de m'approcher du magasin de Washington. J'espérais que la queue diminuerait, mais les futurs clients campent désormais sur le trottoir.

— À croire que ce machin va sauver l'humanité !

— C'est peut-être un peu exagéré. »

Klein attrapa sa pipe et la fit tourner dans ses mains avant de l'allumer. « Je dois t'avouer que je suis sceptique. On dirait un nouveau smartphone avec une interface améliorée. Si on peut qualifier d'amélioration le fait de se faire percer le crâne par un inconnu. »

Smith esquissa un sourire. « Je ne suis pas certain que tu appartiennes à la tranche démographique visée. Ceci dit, n'oublie pas que ses implants auditifs ont rencontré un franc succès. Même si je pense comme toi que ça ne va pas sauver l'humanité, le Merge – et Layer-Cake peut-être plus encore – va la transformer de manière radicale.

— Je n'ai plus l'âge d'avoir une nounou, Jon. Et même si c'était le cas, je ne suis pas certain que mon choix se porterait sur Christian Dresner. » La fumée qu'il recracha fut aussitôt aspirée par un système de ventilation ultrasophistiqué. Maggie n'était pas du genre à tolérer le tabagisme passif.

« Je suis d'accord, il faut rester méfiant, mais on ne peut pas non plus ignorer le potentiel de Layer-Cake.

Souviens-toi de l'énorme impact qu'ont eu les radars pédagogiques sur le comportement des automobilistes. Maintenant, imagine une application qui surveillerait nos ondes cérébrales et qui ferait apparaître une petite icône dans notre champ visuel dès qu'on aurait un coup dans le nez. Ce serait une bonne chose, n'est-ce pas ? Mieux encore : imagine un monde dans lequel tes actions modifieraient immédiatement la manière dont les autres te voient. Tu n'y réfléchirais pas à deux fois avant de faire une connerie ? »

Klein prit un air renfrogné. « Dresner est persuadé qu'il y a du bon en chacun de nous. Mon expérience m'a prouvé le contraire.

— C'est un peu naïf de sa part, mais tu ne peux pas lui en vouloir d'essayer de rendre le monde meilleur. Ce mec a passé toute sa vie au service de l'humanité. C'est indéniable, Fred. On est sur le point d'éradiquer les maladies auto-immunes grâce à ses recherches consacrées à l'influence du cerveau sur le système immunitaire. Avec ses nouveaux antibiotiques, la pharmaco-résistance est en passe de devenir un mauvais souvenir. Sans oublier ce qu'il a fait pour les sourds et les malentendants, et les millions de dollars qu'il a investis dans l'éducation, la…

— D'accord, l'interrompit Klein, je veux bien admettre qu'il mérite le prix Nobel de médecine. Et si son logiciel peut vraiment améliorer nos systèmes politiques et financiers, je ferai en sorte qu'il reçoive aussi le Nobel de la paix. Mais, pour l'instant, le grand cynique que je suis va te poser une question toute simple : que sais-tu vraiment de cet homme ?

— Sur sa vie privée ? Pas grand-chose, admit Smith. J'ai lu que ses parents, après avoir survécu aux camps de la mort, ont fini leur vie en Allemagne de l'Est. C'est là qu'il a grandi, jusqu'à ce qu'il s'en échappe, vers ses vingt ans.

— Ça, c'est la version officielle.

— Parce qu'il en existe une non officielle ? »

Klein hocha la tête et tira sur sa pipe. « Son père était physicien, sa mère, médecin. Tous les deux brillants. Les Soviétiques ont profité de leurs talents jusqu'au jour où les Dresner sont tombés en disgrâce pour je ne sais quelle raison. Ils ont tenté de passer à l'Ouest, mais ils se sont fait prendre. Les parents ont fini au trou, et Christian dans un orphelinat. Il avait six ans. Lorsque les Russes ont découvert qu'il était lui aussi d'une rare intelligence, ils l'ont envoyé à l'université. À l'âge de dix-huit ans, il avait déjà obtenu un double doctorat en biologie et en neurosciences. Une fois diplômé, il a travaillé pour les communistes. Sur quoi ? On ne le sait pas – mais ça ne m'étonnerait pas que ça concerne les armes de destruction massive. Quelques années plus tard, avec un jeune psychologue du nom de Gerhard Eichmann, ils sont parvenus à passer de l'autre côté du mur. Là, Dresner a été engagé par une entreprise munichoise spécialisée dans la recherche pharmaceutique. Cependant, ils ont estimé qu'il était trop instable et l'ont licencié quelques mois plus tard. C'était en 1973. L'année suivante, il avait amassé assez d'argent pour financer sa start-up, et tout le monde connaît la suite.

— Très bien, dit Smith. Sauf que je ne comprends toujours pas ce qui t'intéresse dans tout ça, ni mon rôle dans cette histoire. Je n'ai pas eu le droit à la biographie détaillée de Steve Jobs après la sortie de l'iPad.

— L'iPad n'est pas relié directement au cerveau de son utilisateur et ne rassemble pas des informations en continu pour créer sa propre définition du bien et du mal. Si cette chose est aussi indispensable que tout le monde s'accorde à le dire, alors la moitié du monde industriel y sera connecté dans les prochaines années. Je ne suis pas certain que ce soit une bonne idée d'accorder un tel pouvoir à un homme dont on ne sait presque rien.

— Dresner n'a plus vingt-quatre ans, Fred. Il était peut-être instable à l'époque, mais tu ne peux pas lui en vouloir, ses parents ont disparu quand il avait six ans, et tout le monde sait que les orphelinats en RDA n'avaient rien d'une colonie de vacances. »

Dans son fauteuil, Klein ne dit mot et tira sur sa pipe.

« Allez, Fred. Tu ne m'as pas fait venir ici pour me raconter la mystérieuse histoire de Christian Dresner. Il y a autre chose, n'est-ce pas ?

— En effet.

— Arrête de me faire mariner. Pourquoi Covert-One s'intéresse-t-elle au Merge ?

— À vrai dire, ce n'est pas nous que ça intéresse. Tu es ici en ta qualité de soldat de l'armée américaine. »

Smith fronça les sourcils. « Très bien. Je t'écoute.

— Dresner a créé une version militaire du Merge, et il semblerait disposé à nous en donner l'usage exclusif.

— Une version militaire ? s'écria Smith. Dresner s'est toujours tenu à l'écart du complexe militaro-industriel. Et puis, en quoi consiste cette exclusivité ?

— Je sais seulement que son entreprise a contacté le Pentagone pour organiser une rencontre. Perso, ça ne me surprend pas. Si Dresner veut vraiment sauver la politique et la finance, il doit se dire que l'armée a encore plus besoin de lui.

— Tu penses qu'il veut quelque chose en échange ?

— Il doit s'imaginer capable de nous remettre dans le droit chemin, répondit Klein. Qu'une arme aussi formidable pourrait signer la fin des guerres de façon définitive.

— Ça, je veux bien y croire. Et s'il y arrive, je lui paierai un coup à boire.

— Le Président n'est pas contre, mais il veut s'assurer que nous comprenons bien dans quoi nous nous embarquons, et si nous pourrons utiliser le Merge d'une manière qui servira aussi nos intérêts. Pas seulement ceux de Dresner.

— Je ne comprends toujours pas ce que je fais ici.

— Le général Montel Pedersen a rendez-vous avec le PDG de Dresner Industries cet après-midi. Tu vas l'accompagner. Tu possèdes les connaissances scientifiques et militaires nécessaires, et Sam te fait entièrement confiance. »

Smith fit une grimace. « Je ne suis pas certain que ce soit une excellente idée, Fred. Les technologies émergentes sont le domaine de Pedersen, or lui et moi ne sommes pas vraiment en bons termes.

— Ah bon ? fit Klein qui savait très bien à quoi Smith faisait référence. Pourquoi ça ?

— Pedersen est un imbécile doublé d'un mégalomane. C'est tout juste s'il est capable d'allumer un ordinateur. Et c'est ce mec qui décide quelles technologies l'armée devrait adopter ? Laisse-moi rire. D'un autre côté, il est persuadé que je suis un crétin arrogant qui ne sait pas rester à sa place.

— Je préfère ne pas prendre parti, dit Klein avec un sourire en coin. Tu vas y aller pour lui servir d'assistant.

— S'il te plaît, Fred. Je peux te donner le nom de trois ou quatre personnes brillantes qui s'en sortiront aussi bien que moi. Je ne pense pas que le Président sache à quel point ce mec me méprise. »

La réponse de Klein fut sans appel.

« Détrompe-toi, il le sait mieux que personne. Seulement, il s'en contrefiche. »

La conversation était terminée.

11

Environs de Baltimore, Maryland, USA

Depuis la rue, les murs blanchis à la chaux du complexe lui donnaient des allures de prison. Mais une fois le portail franchi, Smith dut reconsidérer sa première impression. Les jardins étaient aménagés de manière à mettre en valeur l'architecture moderne et élégante des bâtiments éparpillés çà et là. Les voitures étaient rares, et les jeunes employés en tenue décontractée se déplaçaient en tramway dans ce décor immaculé qui lui rappelait un peu la ville imaginaire de Stepford.

Que se passait-il derrière ces fenêtres sans tain ? Des chercheurs étaient-ils en train de découvrir le vaccin contre le cancer ? De construire un robot capable de ressentir des émotions ? D'inventer le moyen d'envoyer des hommes et des femmes sur Mars ? Ou bien s'agissait-il des bureaux de la comptabilité ou des ressources humaines de D.I. ?

Selon le souhait de Dresner, chaque branche de son entreprise disposait de son propre site – on en trouvait aux quatre coins de la planète, où une tâche bien spécifique leur avait été assignée. La communauté scientifique avait tendance à penser que sa réussite reposait sur l'échange, le dialogue et la réciprocité. Mais la philosophie de Dresner allait à l'encontre de cette convention. Il disséquait ce qui lui posait problème jusqu'à en isoler les éléments fondamentaux, puis il demandait aux plus grands experts de plancher séparément sur chacun d'entre eux. Son travail – son génie – était d'identifier ces éléments fondamentaux et d'être capable de les réassembler à la fin.

Lorsque Smith les dépassa, un groupe de jeunes gens qui trottinaient sur un sentier parfaitement entretenu lui lancèrent un regard noir. Il regretta aussitôt de ne pas avoir loué une Prius. Mais comment aurait-il pu se douter que sa petite Triumph passerait pour un poids lourd super polluant à l'intérieur de l'éden qu'avait créé Dresner ?

Il les ignora et accéléra en direction du parking visiteurs, caché derrière une haie de pins. Une seule voiture y était garée : une berline noire près de laquelle se tenait un homme dans un uniforme impeccable.

Smith était arrivé avec quinze minutes d'avance pour éviter cette situation. De toute évidence, le général avait anticipé le coup. Un point pour Pedersen.

« Vous ne portez pas votre uniforme, colonel ? En auriez-vous honte ? »

D'expérience, Smith savait que les scientifiques se méfiaient de tout ce qui ressemblait de près ou de loin à un militaire. À leurs yeux, les soldats étaient tous des monstres sanguinaires. Voilà pourquoi il avait jugé préférable d'opter pour un pantalon et un polo.

« Toutes mes excuses, mon général. »

Pedersen, qui allait sur ses cinquante ans, faisait plus que son âge. Trop gros pour lutter contre les effets de la gravité, son ventre pendait par-dessus sa ceinture et en recouvrait la boucle méticuleusement lustrée. Coupés très court, les quelques cheveux encore dressés sur son crâne accentuaient l'impression que son visage était en train de fondre. Il racontait à qui voulait l'entendre qu'il avait été boxeur dans sa jeunesse et, a priori, il avait perdu plus de combats qu'il en avait gagné.

« Que les choses soient bien claires, colonel. Votre présence ici m'a été imposée.

— Je comprends, mon général. Je vais faire…

— Vous n'allez rien faire du tout. Vous ne parlerez à personne sans ma permission. Est-ce bien compris ? »

Smith hocha la tête en guise de soumission.

Pedersen resta immobile et le fusilla du regard. Le général n'avait pas inventé la poudre, mais il n'était pas non plus le dernier des imbéciles. La présence d'un soldat plus jeune et plus calé que lui représentait une menace qu'il ne pouvait ignorer. Voilà qui ne ferait qu'envenimer leurs relations.

À vrai dire, les nouvelles technologies étaient l'affaire de la jeunesse et, d'année en année, Pedersen perdait pied. La majorité de ses hommes ne comprenait pas comment il pouvait toujours être en poste, et ils priaient tous les soirs pour qu'il soit mis au placard. Dès qu'ils avaient appris la présence de Smith à cette rencontre, ils l'avaient bombardé de messages pour lui demander s'il s'agissait de la première étape visant à lui faire prendre la place de leur supérieur.

Plutôt mourir.

*

Une fois dans la salle de conférences, Pedersen s'assit en bout de table, et Smith se réfugia quelques chaises plus loin à sa droite. Il était certain d'en savoir autant que Pedersen sur le Merge : celui-ci renfermait un certain potentiel militaire dont Dresner voulait faire don aux États-Unis. Mais de quel genre de potentiel parlait-on ? Avaient-ils développé des applications similaires à celles destinées à la politique et la finance ? Quels avantages leur garantirait ce contrat d'exclusivité ?

« Messieurs. Vous êtes en avance. Excusez-moi de vous avoir fait attendre, dit Craig Bailer en entrant dans la pièce.

— Merci de nous recevoir, répliqua Pedersen en lui serrant la main.

— Mais c'est toujours un plaisir de rencontrer nos riches amis du département de la Défense », répondit le PDG avec un grand sourire. Puis il fit le tour de la table pour aller saluer Smith. « Docteur. Je suis ravi que vous ayez pu vous joindre à nous. Christian a vraiment apprécié vos questions lors de la présentation. Cette partie du programme le passionne, et ce n'est pas tous les jours qu'il a l'occasion d'en parler. Ces derniers jours, la date de sortie de notre application Facebook est l'unique préoccupation des Américains. »

Smith se contenta d'un hochement de tête et laissa les deux hommes s'asseoir avant de prendre place. Bailer mesurait bien cinq centimètres de plus que lui, avec des cheveux gris mi-longs et un visage bronzé qui respirait la même fraîcheur que tout ce qui se trouvait dans l'enceinte du complexe. Smith avait fait quelques recherches, le parcours de Bailer n'avait rien d'extraordinaire : diplômé d'une prestigieuse université, il avait travaillé pour de nombreuses grandes entreprises avant de prendre les rênes de Dresner Industries. Il avait la réputation d'être un brillant homme d'affaires, avec une connaissance sérieuse de la complexité des produits que sa compagnie fabriquait.

« Alors, de quoi s'agit-il? demanda Pedersen, pour entrer dans le vif du sujet. Vous êtes resté très vague au téléphone.

— Il s'agit d'une version militaire du Merge.

— Une autre version de l'appareil? »

Bailer se pencha en avant et posa ses mains entrelacées sur la table. « Tout à fait. La version civile est beaucoup trop fragile pour ce type d'utilisation. Il nous fallait quelque chose de plus solide, mais aussi de plus léger et de plus compact.

— Est-ce que vous avez un prototype à nous présenter?

— Mieux que ça, général. La dernière version a passé tous les tests, et nous sommes en mesure de démarrer la production. Nous avons déjà une cinquantaine d'unités fonctionnelles avec lesquelles vous pourrez repartir si vous le souhaitez. »

Pedersen et Smith firent de leur mieux pour cacher leur excitation. « Et pour ce qui est du logiciel?

— Nous avons aussi conçu une version militaire du système d'exploitation. Ce dernier est plus simple, plus robuste et encore plus efficace. Vous n'aurez aucun mal à développer toutes sortes de programmes dessus.

— C'est nous qui développerons les applications? » lui demanda Smith.

Bailer s'enfonça dans sa chaise afin d'avoir une vue d'ensemble de ses invités. Visiblement, Pedersen n'avait pas apprécié la soudaine intervention de son nouvel auxiliaire.

« Les États-Unis d'Amérique seront les seuls autorisés à créer et utiliser des applications de combat, ainsi qu'à contrôler leurs systèmes d'armes.

— Aucune autre armée ne pourra utiliser la technologie du Merge ? dit Pedersen.

— Aucune autre armée ne pourra utiliser sa version militaire. Mais elles pourront néanmoins profiter sur le terrain des avantages de la version civile – des améliorations audio et vidéo, du GPS, des systèmes de communication. En revanche, elles ne pourront ni accéder au système d'exploitation militaire ni créer des applications de combat, et encore moins contrôler leurs systèmes d'armes.

— Et vous pouvez nous le garantir parce que votre compagnie supervise le développement des logiciels du Merge, c'est bien ça ? lui demanda Smith en évitant de regarder en direction de Pedersen.

— C'est exact. Nous nous réservons le droit d'approuver ou non chaque application. Une fois validée, c'est nous qui la compilons et qui l'intégrons au système. Le Merge a une trop grosse influence sur la perception de la réalité, il est donc primordial que l'interface d'un programme soit irréprochable. Il s'agit d'éviter aux utilisateurs d'avoir des vertiges, et certains problèmes évidents de sécurité. Il n'est pas question de laisser quelqu'un créer une application YouTube qui puisse être utilisée en conduisant. En ce qui concerne la version militaire, nous serons moins regardants puisque nous savons que vous ne mettrez jamais la sécurité de vos hommes en jeu.

— Serons-nous capables de compiler et d'intégrer nous-mêmes nos applications ? continua Smith avant que Pedersen n'ait eu le temps d'ouvrir la bouche.

— Nous conserverons les codes d'accès au système d'exploitation. Vous devrez nous envoyer vos programmes pour que nous les chargions dans le système.

— C'est vous abandonner beaucoup de pouvoir.

— Vous êtes méfiants, et c'est compréhensif. Mais ces conditions ne sont pas négociables. Christian ne cédera jamais le contrôle de sa technologie. Les risques sont trop grands.

— Combien ? s'exclama enfin Pedersen, excédé d'avoir été mis à l'écart.

— Pour une intégration totale, nous estimons le prix d'une unité à trois mille cinq cents dollars. »

Le général se lança dans une série de calculs mentaux, ce qui permit à Smith de poser l'une des questions qui se bousculaient par milliards dans sa tête.

« Je dois vous avouer que cette proposition est très surprenante. Le docteur Dresner n'avait jamais manifesté le désir de collaborer avec l'armée. Je dirais même qu'il a toujours tout fait pour l'éviter.

— C'est vrai, mais vous devez comprendre que Christian considère l'Amérique comme une force du bien. Une force imparfaite et incapable de s'intéresser à autre chose qu'elle-même, mais une force du bien. C'est un humaniste, néanmoins il a aussi conscience que le mal existe et qu'il doit être éradiqué. Vu son parcours, il le sait peut-être mieux que quiconque. Son objectif est d'améliorer votre précision. Pour que vous n'ayez plus à raser toute une banlieue pakistanaise dans l'espoir de tuer un seul homme suspecté d'être un terroriste. Afin que vous ne détruisiez plus un pays entier pour destituer un pauvre dictateur.

— Messieurs... »

Smith pivota en direction de la voix familière et vit l'image de Christian Dresner apparaître sur un écran encastré dans un mur. « Je m'excuse de ne pas pouvoir être là et j'espère que Craig prend bien soin de vous.

— Oui, oui », répondit Pedersen. Mais Dresner ne sembla pas l'entendre.

« Docteur Smith. Je suis un grand admirateur de vos travaux en matière de prothèses.

— Merci. Je suis impatient de voir comment le Merge augmentera leur efficacité.

— La route est encore longue, mais, dans l'absolu, les possibilités sont quasi illimitées. En tant que scientifique, je suis sûr que vous comprenez que chaque détail compte. Nos clients sont tellement impressionnés par la manière dont le Merge fusionne avec l'esprit humain qu'ils en oublient qu'envoyer des données d'entrées aussi complexes est un véritable casse-tête chinois. J'aurais voulu inclure une évaluation en temps réel de ce que les gens vous racontent dans une conversation, mais j'ai dû renoncer à cause de la lenteur d'escargot des réseaux cellulaires. »

Son regard se troubla et, l'espace d'un instant, il se perdit dans les méandres de ses incroyables pensées. Quand il reprit la parole, Smith eut l'impression qu'il se parlait à lui-même. « Sans oublier les problèmes que posent le sarcasme et l'humour. Deux notions absolument impossibles à coder...

— Vous auriez peut-être dû concevoir un appareil qui rend tout le monde heureux, plaisanta Smith. Alors plus personne ne se serait soucié des détails. »

Une expression énigmatique traversa le visage de Dresner et disparut dès que Pedersen fit irruption dans la conversation.

« J'aimerais en savoir plus sur les capacités offensives du Merge… »

Dresner acquiesça poliment mais son regard suggérait qu'il était ailleurs. « Craig en sait plus que moi sur le sujet. Vous m'excuserez, mais je dois déjà vous quitter. Je vous souhaite une excellente démonstration. »

Smith se mordit la lèvre inférieure pour ne pas hurler sur Pedersen. Mais, à vrai dire, il n'était pas certain que ce soit sa question qui ait fait fuir Dresner. Même s'il adorait reprocher au général tout et n'importe quoi, c'était la plaisanterie de Smith qui avait chamboulé l'Allemand.

Pedersen repoussa sa chaise, se leva, et jeta un regard impatient en direction de Craig Bailer. « Alors comme ça, vous allez nous faire une démonstration ? »

12

Environs de Storuman, Suède

Lorsqu'il était plus jeune, une bête était sortie des ténèbres et l'avait approché tout doucement – elle avait alors pris l'apparence d'une ombre passagère et, profitant du chaos constant qui régnait dans son esprit, elle s'y était cachée. Aujourd'hui, réveillée par un simple commentaire inoffensif ou le parfum subtil d'un passé oublié, elle l'attaquait sans crier gare et de plein fouet. Et parfois, elle surgissait même sans aucune raison.

Christian Dresner sortit dans son grand jardin. Son Merge localisa sa position et ferma toutes les applications, à l'exception de la correction visuelle. La neige tombait dru et absorbait le bruit de ses pas tandis qu'il zigzaguait entre les arbres saupoudrés de blanc.

D'un geste de la main, il essuya un banc isolé pour s'y asseoir et laissa le froid s'emparer de lui. Dans son dos, le bâtiment dont il était sorti avait des allures de bunker. Une forteresse de solitude silencieuse et, à bien des égards, aussi glaciale que le climat lapon. Dresner possédait de nombreux refuges comme celui-ci aux quatre coins du globe. Combien exactement ? Dix ? Quinze ? Était-ce son esprit vieillissant qui l'empêchait de s'en souvenir ? Ou bien le fait qu'il n'était attaché à aucun d'entre eux ? Car il ne s'agissait pas de petits nids douillets, mais de prisons où il s'enfermait volontairement pour se sentir en sécurité. Sentiment illusoire, certes, mais qui lui permettait d'avoir l'esprit tranquille. Dans ses jardins, pendant de courts et précieux moments, il pouvait oublier le monde extérieur.

Mais pas aujourd'hui. Aujourd'hui, son esprit avait décidé de faire ressurgir les histoires que son père, mort depuis une éternité, lui racontait à propos des camps de concentration : comment sa peur et sa détresse initiales s'étaient transformées en une torpeur imperméable à la mort et aux souffrances des autres. Comment la cruauté des matons et le désespoir des prisonniers avaient fini par se confondre. Et l'impression terrible de sentir son humanité s'estomper.

La première fois que Dresner avait entendu ces récits, son père, essayant encore de comprendre ce qui s'était passé dans la tête de ses compatriotes, s'obstinait à n'accuser personne. « Les Allemands ignoraient ce qui se passait dans les camps », répétait-il. Seule une poignée de tordus était responsable de l'horreur qui s'était abattue sur son pays.

Après la guerre, il avait embrassé l'idéal communiste. Ah ! qu'il avait été fier alors de mettre son talent au service du peuple. Puis, quelque chose avait changé. Il s'était mis à boire et passait de longues nuits enfermé seul dans leur cave glaciale et moisie. Il parlait de moins en moins et, quand il ouvrait la bouche, ses paroles étaient dures et sévères. « Certes, ils ont menti au peuple allemand, marmonnait-il sous la lumière blafarde qui éclairait la table bancale de la cuisine. Mais la vérité était sous leurs yeux. Ils ont refusé de la regarder en face. »

Voilà pourquoi Christian n'avait pas été surpris lorsque ses parents l'avaient réveillé en pleine nuit pour s'enfuir. Le régime marxiste ne leur avait offert ni le bonheur ni l'égalité qu'il leur avait promis. L'idéologie communiste était devenue une nouvelle arme au service d'hommes dénués de conscience – des hommes prêts à tout pour conserver les rênes du pouvoir.

Les nazis n'étaient pas les coupables, lui avait expliqué son père alors qu'ils se cachaient sous le faux plancher d'un camion. L'humanité tout entière était responsable. Nous étions toujours des primates violents animés par le même instinct de survie.

Bien sûr, ils s'étaient fait capturer au premier barrage. Son père, un homme pourtant d'une intelligence extraordinaire, n'était pas très futé. En revanche, la police secrète allemande était un vivier de créatures paranoïaques et sadiques qui savaient comment profiter de la part obscure de l'homme pour la retourner contre son voisin et créer un réseau impitoyable d'informateurs, de traîtres et d'espions.

Il n'avait plus jamais revu sa famille. Les rapports de la Stasi les concernant n'avaient été rendus publics que très récemment. Son père avait continué à travailler pour les Soviétiques sous peine de voir sa femme et son fils exécutés sous ses yeux. Enfermé dans un laboratoire quatre-vingts heures par semaine, il était mort d'épuisement peu de temps après. Devenue inutile, sa mère avait été envoyée dans un goulag en Sibérie où elle avait succombé à la tuberculose. Quant à Christian, il avait atterri dans un orphelinat lugubre dans le centre de l'Allemagne.

Mais son génie n'avait pas tardé à se manifester et les apparatchiks locaux avaient été forcés de reconnaître son potentiel. Aussi l'avaient-ils transféré dans un pensionnat où il allait pouvoir prouver sa valeur et son utilité à la grande nation soviétique.

Comme son père, il avait d'abord adhéré sans retenue aux mensonges de ses chefs. Après des années d'une vie violente, ses tortionnaires étaient apparus comme des sauveurs, et les opportunités qu'ils offraient à ce fils de traître prouvaient la supériorité de l'esprit égalitaire du régime communiste.

Dresner se souvenait encore de son désir d'appartenir à quelque chose de plus vaste que lui. D'être accepté et respecté. De sortir de l'opprobre dont ses parents l'avaient couvert, et de prouver sa fidélité au pays qui l'avait pris dans ses bras malgré sa terrible ascendance.

Étrangement, ç'avait été l'une des périodes les plus heureuses de sa vie. L'une des plus extatiques. Mais ça n'avait pas duré. Les promesses du communisme avaient brillé de mille feux et s'étaient consumées aussi vite. Comme son père le lui avait promis.

Deux décennies après son évasion, l'empire maléfique qu'on appelait l'Union soviétique s'était effondré. Pour autant, sa chute avait rendu le monde encore plus dangereux. Ses démons grouillaient désormais dans l'ombre, et leurs rangs grossissaient de façon exponentielle, mais sans jamais prendre une forme assez tangible pour qu'on puisse les combattre.

Le progrès et la mobilité sociale, d'abord porteurs des mêmes promesses que le communisme, avaient été corrompus à leur tour par une espèce qui semblait déterminée à s'interdire une existence paisible et prospère. La religion n'était plus l'opium du peuple. Elle avait été remplacée par de nouvelles idéologies encore plus étranges, et les politiciens n'hésitaient pas à s'en servir pour maintenir les plus faibles dans un état de terreur constante. L'inégalité sociale avait atteint un niveau record qui rappelait celui de l'Antiquité. Les armes de destruction massive tombaient entre les mains de fanatiques en tout genre. Les systèmes financiers internationaux étaient devenus des machines fragiles qui enrichissaient les plus riches et affamaient les plus pauvres.

Et tout indiquait une inévitable descente aux enfers. La diversité grandissante des médias offrait la possibilité de ne jamais se remettre en cause, de ne jamais douter de ses préjugés – créant ainsi une population de plus en plus xénophobe, consumée par ses passions, et pour qui les faits n'avaient aucune valeur. On se faisait la guerre pour des ressources naturelles dont on ne manquait pas, et la démocratie s'était dégradée jusqu'à ressembler à une tyrannie exercée par une majorité mal informée et superstitieuse.

Il avait cru qu'il pourrait les sauver. Comme tant d'autres avant lui, il s'était imaginé capable de perfectionner l'humanité. De créer une Utopie.

Dresner baissa les yeux et regarda les flocons de neige fondre sur la peau tachée de ses mains abîmées. Avec une cinquantaine d'années supplémentaires, il aurait réussi. Il aurait triomphé là où Platon, Marx et même Dieu avaient échoué.

Mais son rêve était mort – victime du temps et de sa sénescence cachée. Il ne lui restait plus qu'à prendre sa place aux côtés des monstres qu'il avait méprisés. C'était le seul moyen de donner à l'humanité le temps dont elle avait besoin pour sauver son âme.

13

Province de Khost, Afghanistan

Randi Russell pivota sur la gauche et s'adossa contre un rocher. Immobile, son corps se confondait avec la pierre, la rendant ainsi invisible. Une lune gibbeuse brillait au-dessus de sa tête. Les traînées vaporeuses de la Voie lactée traversaient l'obscurité et projetaient une lueur blafarde sur le paysage.

Les trois paramilitaires se trouvaient au fond du canyon, juste en dessous d'elle. Néanmoins, depuis sa position, elle ne pouvait les distinguer tant il y faisait noir.

Deux heures auparavant, elle avait réduit la distance qui les séparait à une centaine de mètres et en avait profité pour les observer et les écouter parler. Elle qui se targuait d'avoir un don pour les langues n'avait pourtant rien compris à leur conversation. Tout juste si elle avait réussi à discerner qu'ils parlaient ukrainien.

L'Ukraine ne faisant pas partie de la force de coalition déployée en Afghanistan, Randi était maintenant certaine que ces hommes étaient des paramilitaires. Vu leur vitesse de déplacement, leur discrétion et la qualité de leur équipement, elle était aussi convaincue de ne pas avoir affaire à des marioles.

Voilà pourquoi elle avait opté pour cette piste surélevée où elle avançait, à pas de loup, collée à la paroi. Elle devait prendre garde à ne pas faire tomber un seul petit caillou, ou les tueurs auraient été alertés de sa présence. Mais ce n'était pas la seule raison pour laquelle elle avait choisi le chemin le plus difficile d'accès.

Six mois auparavant, elle avait traqué un membre d'Al-Qaeda dans ce même canyon et avait fait la même erreur que les Ukrainiens.

Au fur et à mesure qu'elles s'élevaient, les parois friables des gorges devenaient de plus en plus escarpées, jusqu'à se transformer en de saillantes falaises culminant à environ quinze mètres de hauteur. Alpiniste chevronnée, Randi en avait conclu que le terroriste n'avait pas pu s'enfuir par là, et elle s'était précipitée vers la sortie pour le rattraper avant qu'il n'atteigne la plaine. Ce qu'elle ignorait alors – et qu'elle n'avait découvert qu'une fois sa cible disparue depuis belle lurette –, c'est qu'il y avait un passage dans la paroi nord du canyon qui le traversait complètement.

Elle leva les yeux vers le sommet de la falaise et profita d'une puissante bourrasque pour accélérer la cadence. Si des graviers leur tombaient dessus, les trois hommes blâmeraient le vent.

Randi ralentit aussitôt que la nuit redevint calme. Son sac la faisait transpirer et, avec le froid, son dos était glacé. Soudain, elle entraperçut quelque chose bouger à une vingtaine de mètres de sa position. Elle s'avança en se souciant moins de sa vitesse que du bruit de ses pas.

En même temps qu'elle se rapprochait, elle réfléchit aux options qui s'offraient maintenant à elle. Comme d'habitude, aucune d'entre elles ne lui parut judicieuse. Et, comme d'habitude, il aurait été plus sage de faire demi-tour et de foutre le camp. À part ça, elle avait le choix entre prendre contact avec sa cible depuis sa position – d'où elle disposait encore d'une certaine marche de manœuvre – ou alors tenter de l'attraper à l'entrée du passage – où l'exiguïté neutraliserait le seul avantage qu'il lui restait.

Bien qu'elle risquât de tomber dans un piège, la première option lui parut sensiblement meilleure. Si elle faisait preuve de finesse, cela pourrait même marcher.

« Attends-moi ! » dit-elle en pachto et en étouffant les mots avec sa main.

Elle maîtrisait la langue à la perfection mais n'avait jamais réussi à se débarrasser de son léger accent. Dans la mesure du possible, il valait mieux qu'elle s'en tienne à des phrases courtes.

L'ombre s'immobilisa. « Qui est là ?

— Adeela », répondit Randi. Elle avait choisi un prénom de femme très courant dans la région.

Il y eut une longue pause avant que l'homme, car c'était un homme, ne parlât à nouveau. « Adeela ? Comment as-tu réussi à t'échapper ? Vite, viens par ici. »

Randi passa la bretelle de son fusil de précision autour de son épaule et laissa pendre son arme derrière son dos. Lorsqu'elle se remit en marche, la crosse cogna contre ses mollets mais, comme ça, l'Afghan n'apercevrait pas l'ombre du canon dépasser au-dessus de sa tête.

L'homme se glissa derrière la petite pile de rochers qu'il avait construite pour dissimuler l'entrée du passage et qui, en cas d'attaque, lui servirait de couverture.

Elle s'approcha lentement, essayant de percer l'obscurité pour distinguer le fugitif. Mais c'était impossible, il faisait trop sombre.

Son cœur battait à tout rompre. Elle dégaina le pistolet équipé d'un silencieux qu'elle portait à la ceinture.

« Adeela, dit-il doucement. Comment… »

Il s'avança alors vers elle, ce qui permit à Randi de le
localiser. Avant qu'il n'ait le temps de poser sa main sur
elle, elle appuya le silencieux de son arme contre le menton de l'Afghan.

« Reste calme, lui dit-elle en pachto. Je ne suis pas
avec les trois autres. Je n'ai rien à voir avec ce qui est
arrivé à ton village.

— Alors qui es-tu ?

— Je m'appelle Randi Russell. »

Le canon bougea un chouïa, et elle comprit qu'il
hochait la tête. « La femme de la CIA.

— C'est ça. J'étais amie avec Farhad Wahidi »,
dit-elle, histoire de donner le nom de son chef.

Il lâcha un grand rire moqueur qui brisa le silence de
la nuit. « Lui ne t'a jamais appelée son *amie*.

— D'accord. Peut-être pas une amie, mais une
connaissance digne d'intérêt. Qui es-tu ?

— Zahid. Qu'est-ce que tu veux ?

— Je veux savoir ce qui s'est passé à Sarabat.

— Pourquoi devrais-je te le dire ? »

C'était une bonne question. Les yeux de Randi avaient
fini par s'adapter à l'obscurité. Elle pouvait discerner la
silhouette de l'Afghan et fit un pas en arrière, en baissant
son arme comme preuve de bonne volonté. « Pourquoi
pas ? »

Il resta immobile et silencieux pendant ce qui lui parut
une éternité. Puis il reprit : « Les hommes qui sont à ma
poursuite sont ceux qui ont attaqué mon village. Ils ont
massacré les femmes et les enfants. »

Il n'était pas le mieux placé pour donner des leçons de morale, mais Randi décida que ce n'était pas le moment de le lui faire remarquer. « Et ?

— Je n'étais pas armé. C'est pour cette raison que j'ai fui. Pour survivre et les retrouver. Les retrouver et les tuer. Et voilà que Dieu t'a conduite à moi.

— Je ne pense pas que Dieu ait grand-chose à voir avec notre rencontre.

— Détrompe-toi. Il a créé cette opportunité pour que nous puissions tous les deux obtenir ce que nous désirons. »

Randi fronça les sourcils. Elle avait plutôt l'impression que Dieu leur jouait l'un de ses mauvais tours préférés. En engageant le combat contre ces trois hommes, ils prendraient de gros risques, ce dont Zahid se fichait. Il voulait rejoindre ses amis au paradis, recouvert du sang de leurs assassins. Elle, elle comptait seulement élucider le mystère de Sarabat et rentrer à la base pour siroter un cocktail. Ou dix.

« Très bien, dit-elle en rangeant son pistolet et en lui tendant son fusil d'assaut. Mais on fait ça à ma façon.

— J'ai entendu les histoires qu'on raconte à ton sujet, mais je n'y crois pas. »

Elle retira son sac à dos et détacha la bandoulière de son fusil de précision. « Parce que je ne suis qu'une simple femme, c'est ça ?

— Ces hommes ne se laisseront pas distraire par les avances d'une putain. »

Elle chercha une surface stable pour installer son arme et balaya le canyon avec la lunette de vision nocturne. « Je ne voudrais pas mettre en péril notre nouvelle amitié, mais, la prochaine fois que tu ouvres la bouche, il vaudrait mieux pour toi que ce soit pour me causer de Sarabat. »

Il y eut un long silence. « Notre village a été attaqué depuis les airs et le sol. Nous en avons blessé quelques-uns, mais ils nous sont tombés dessus trop vite et trop fort. Ils ont massacré tout le monde. Je ne sais pas qui c'était. Ils ne portaient pas d'uniformes américains. J'ai entendu plein d'accents différents, et leurs armes aussi étaient toutes différentes.

— Si tu penses que j'en ai quelque chose à foutre, Zahid, tu te mets le doigt dans l'œil. Raconte-moi ce qui s'est passé à Sarabat. »

Face à son silence, elle leva les yeux et découvrit qu'il contemplait les étoiles.

« Est-ce que notre marché tient toujours ? dit-elle

— Je t'ai promis mon aide en échange de la tienne. Or, pour le moment, tu n'as toujours rien fait. »

Elle se remit en position de tir et pivota vers la droite en direction de l'Ukrainien qui fermait la marche. Elle jugea la visibilité insuffisante et continua de déplacer son viseur jusqu'à l'éclaireur positionné juste en face d'elle. Il s'éloignait en direction de la sortie du canyon et lui offrait son dos. Elle retint sa respiration, centra la mire métallique entre les omoplates de sa cible et compta dans sa tête les battements de son cœur.

Elle effleura la gâchette. L'arme recula avec force, et la balle fut éjectée du canon dans un claquement assourdissant.

Elle l'atteignit un peu trop bas sur la gauche, mais le calibre lui permettait une certaine marge d'erreur ; le dos de l'Ukrainien fut déchiqueté. Elle ne prit pas la peine de suivre sa chute et se mit tout de suite à couvert pour éviter les tirs d'armes automatiques qui éclatèrent en contrebas et ricochèrent contre les rochers.

« Et d'un, dit-elle en s'adossant contre le muret de pierres. Maintenant, parle-moi ou tu seras le prochain. »

14

Environs de Baltimore, Maryland, USA

Les portes de l'ascenseur s'ouvrirent, et Craig Bailer les invita à pénétrer dans un entrepôt souterrain presque assez grand pour qu'on s'y perde. Le modeste bâtiment par lequel ils étaient arrivés n'abritait qu'un poste de sécurité et une ou deux sculptures abstraites, mais Smith se trouvait désormais dans une pièce qui mesurait bien deux cents mètres de long sur cent mètres de large, avec un plafond caché par-delà des poutres métalliques situées à une quinzaine de mètres au-dessus de leurs têtes.

Tout au fond, il aperçut une vraie jungle gardée par un tank grandeur nature et plusieurs mitrailleuses protégées par des sacs de sable. Pour assurer la démonstration, Smith s'attendait à trouver une batterie d'équipements informatiques et tout autant de techniciens. Au lieu de ça, Bailer les conduisit devant une table sur laquelle étaient posés deux Merges et deux ordinateurs portables.

Le général Pedersen ramassa un exemplaire pour l'examiner. L'appareil était un peu plus gros que la version civile, avec un revêtement mat en carbone noir. Smith inspecta le second et remarqua que la diode clignotante avait disparu, ainsi que l'interrupteur et la prise de connexion à une source d'alimentation. Pour le coup, on aurait vraiment dit un gros morceau de plastique.

« Très bien, dit Bailer en réveillant les ordinateurs. Si je ne m'abuse, aucun d'entre vous n'a jamais utilisé le Merge ? »

Les deux hommes firent non de la tête.

« Dans nos magasins, nous expliquons à nos clients comment les paramétrer, mais je vais vous laisser vous débrouiller pour que vous vous rendiez compte que c'est d'une simplicité enfantine. Je voudrais juste vous faire remarquer que la version militaire est dénuée de tout connecteur. Pour deux raisons : la première, nous nous sommes rendu compte que ces derniers étaient responsables de 90 % des plantages. Et la seconde, c'est que c'est beaucoup plus simple.

— Si c'est vraiment mieux, expliquez-moi pourquoi la version civile possède un bouton marche-arrêt et un port USB ? lui demanda Smith. Ce ne serait pas plutôt une histoire de coût de fabrication ? »

Bailer resta confondu. « Bien vu, docteur, mais la réalité est encore plus étrange. D'après nos études marketing, les clients préfèrent les connexions câblées car, bien qu'obsolètes, leur disparition diminue, selon eux, la valeur de l'appareil.

— Comment les recharge-t-on ? fit Pedersen.

— Docteur Smith ? Une hypothèse ? »

La question l'agaça et il faillit donner la mauvaise réponse exprès. Mais sa fierté reprit le dessus. « Par système d'induction.

— C'est exact, dit Bailer. Chaque unité est livrée avec une plaque de chargement qui se branche sur une prise de courant ordinaire. Pour recharger l'appareil, il vous suffit de le poser dessus. Il faut compter environ une heure pour une charge complète, et une autonomie d'environ vingt-cinq heures en utilisation normale. L'augmentation de la taille de la batterie est presque entièrement responsable du poids additionnel que vous avez pu constater.

— Et comment est-ce qu'on les connecte aux ordinateurs ? demanda Pedersen.

— Avec une simple connexion Bluetooth. Mais ce n'est nécessaire que pour l'installation. Ensuite, ils fonctionnent de manière autonome. »

Il mit un genou au sol et sortit deux casques militaires d'une cantine rangée sous la table. Mis à part les deux caméras dernier cri fixées à l'avant et à l'arrière, ils ressemblaient à ceux de l'armée américaine. « Auriez-vous l'obligeance de les enfiler et de vous approcher des ordinateurs ? Vous serez prêts pour la démo en moins de deux.

— Donc le système fonctionne avec un casque ? l'interrogea Pedersen.

— Non. Ils ne vous serviront que pour cette démonstration. En situation de combat, vous devrez utiliser les implants. »

Smith serra sa mentonnière et s'assit en face d'un ordinateur. Il trépignait d'excitation. Bien que passionnante, la conférence de Dresner n'avait été qu'une succession de tours de passe-passe sur grand écran. Il allait enfin ressentir le lien qui unirait son cerveau avec une machine. Il n'aurait jamais imaginé qu'une telle chose lui arriverait de son vivant.

« Excusez-moi, mais comment est-ce que ça s'allume ? demanda Pedersen.

— Docteur Smith ? Vous vous en sortez à merveille jusqu'ici. Une idée ?

— Pas la moindre », dit-il franchement, et sa réponse remonta un peu le moral du général.

« Rien de plus simple. Secouez-le un bon coup. »

Smith s'exécuta. L'ordinateur reconnut l'appareil, afficha le numéro de série du Merge sur l'écran et lui demanda s'il voulait procéder à l'installation.

« Je peux commencer ? »

Bailer fit un pas en arrière. « Je ne vous aide plus. Je veux que vous viviez la même expérience que vos soldats lorsqu'ils se connecteront pour la première fois. »

Smith cliqua sur « poursuivre », et cinq images du même arbre apparurent sur l'écran. Il devait choisir la plus nette. Ce qui ressemblait à un examen ophtalmologique continua encore quelques minutes : il évalua les couleurs et la vitesse de rotation et de déplacement de plusieurs objets. Puis, le mot « argent » s'afficha, et le programme lui demanda de le répéter plusieurs fois dans sa tête. Quelques secondes plus tard, un message lui confirma la fin de l'installation, et des icônes s'affichèrent dans le coin inférieur droit de son œil.

« Ouah ! s'écria-t-il en s'enfonçant dans sa chaise et en clignant plusieurs fois des yeux.

— Je sais, c'est un peu déroutant au début, lui expliqua Bailer. Mais il suffit de quelques secondes pour s'y habituer. »

Smith se leva et commença à tituber. Le Merge capta aussitôt son déséquilibre, et les icônes s'estompèrent jusqu'à devenir presque invisibles. Bailer n'avait pas menti. En moins d'une minute, son esprit s'était accoutumé au système.

« Général ? Comment est-ce que ça se passe de votre côté ? lui demanda Bailer.

— J'ai terminé », dit-il en s'agrippant à la table après s'être relevé un peu trop vite.

Une fois que Pedersen eut retrouvé son équilibre, Bailer attaqua son pitch. « Sachez d'abord qu'avec des implants votre vision serait plus nette, et la qualité tridimensionnelle bien améliorée. Le contrôle des icônes se fait grâce à des commandes mentales très simples, comme de penser aux mots "météo" ou "position actuelle". Cependant, comme il faut au moins deux heures pour prendre le coup de main, je vais utiliser notre logiciel de démonstration pour faire tourner les applications de vos unités. Si ça ne vous dérange pas, bien entendu. »

Les deux hommes acquiescèrent.

« Je vous le disais plus tôt, il s'agit de l'interface dans sa version la plus pure. Comme nous ne savons pas comment fonctionnent vos systèmes d'armement, nous avons mis de côté cet aspect du design pour le moment. Mais je suis certain que vous pouvez imaginer de quoi le Merge serait capable s'il était connecté, par exemple, à l'ordinateur de bord d'un avion de chasse. Le pilote n'aurait même plus besoin de se trouver à l'intérieur de son jet. Plusieurs caméras lui permettraient d'avoir une vision à 360 degrés, et il pourrait contrôler mentalement l'avion et toutes les caméras. Mais, pour l'instant, concentrons-nous sur une utilisation un peu moins ambitieuse. C'est parti ! Alors, messieurs, si vous pouviez vous retourner vers la jungle et me dire combien d'hommes vous y apercevez. »

Le général plissa les yeux et identifia deux mannequins en tenue de camouflage nichés dans les arbres.

« Deux, dit-il.

— Docteur Smith ?

— Quatre. Le troisième est positionné juste derrière celui qu'on voit immédiatement, et le dernier est collé à un arbre, à l'extrême droite du guetteur.

— Je suis impressionné. Personne n'avait jamais réussi à repérer le quatrième d'aussi loin. »

Ça n'avait rien de surprenant. Non seulement Smith était né avec un excellent coup d'œil, mais il n'avait jamais cessé de se perfectionner. Ce talent, ainsi que tous ceux qu'il avait accumulés au fur et à mesure de ses années de service, lui avait évité à de nombreuses reprises de finir au cimetière d'Arlington.

« Je vais démarrer l'application qui retransmet les images filmées par vos casques. »

L'une des icônes qui flottait dans la vision périphérique de Smith clignota une seule fois. Rien d'autre ne changea.

« Très bien, maintenant je vais lancer différents modes de vision, et passer de l'un à l'autre. Le premier dessine les contours des ennemis. Pour cela, l'ordinateur utilise un algorithme qui recherche et surligne les formes humaines et celles de leurs armes. Pour info, notre cerveau fait déjà quelque chose de similaire, d'où l'existence des illusions d'optique. Mais, et avec tout le respect que j'ai pour Dame Nature, notre système fonctionne beaucoup mieux. »

Soudain, les contours des quatre hommes que Smith avait repérés furent surlignés en rouge. Mais quelque chose d'autre le laissa estomaqué.

« Combien d'hommes maintenant ?

— Six, s'exclama Pedersen. Et il y a aussi une mitrailleuse camouflée.

— Très bien, dit Bailer. Trichons encore un peu plus. J'active la vision dite "biologique". Elle va vous débarrasser de la végétation.

— Bon sang », s'écria Smith. Soudain, il n'y avait plus six, mais dix combattants ennemis en face de lui. Et, tout au fond, du matériel d'artillerie dépassait du feuillage. « Est-ce que ça fonctionne aussi la nuit ?

— Non, car ça mesure l'absorption de la lumière. Rassurez-vous, il y a d'autres options pour affronter l'obscurité. » Les lumières s'éteignirent. Il ne restait plus que la faible lueur des étoiles artificielles qui brillaient maintenant au-dessus de leurs têtes.

« Voici la vision nocturne. »

Ses yeux furent couverts d'un voile verdâtre très familier. Pour autant, Smith ne voyait plus que les deux hommes identifiés par Pedersen au début de l'exercice.

« Et si j'ajoutais un peu de fumée ? » dit Bailer. Un léger bourdonnement remplit la pièce. Puis un gros nuage de fumée dégageant une forte odeur chimique enveloppa complètement la jungle. « Les mannequins dégagent une chaleur corporelle de 37,2 degrés. J'active la vision thermique. »

Ils eurent alors l'impression que la fumée avait disparu, et les dix mannequins ainsi que leurs armes furent visibles à nouveau.

« J'active l'ensemble des filtres.

— Bon sang », marmonna Smith pour la deuxième fois. Il se serait cru en plein trip : les ennemis étaient rouges, et leurs armes étaient bleues. Tous les contours étaient surlignés en gras, et des sections, jusqu'alors trop sombres, étaient désormais visibles.

Bailer avait dû lire dans ses pensées, et il sortit deux fusils d'assaut de sous la table. Il en tendit un à Pedersen et l'autre à Smith. Smith n'avait jamais rien vu de pareil – une sorte de M16 redessiné par Apple.

« Comment fait-on pour viser ? dit Pedersen. Il n'y a ni lunette ni viseur. »

Smith avait sa petite idée, mais il n'arrivait pas à y croire.

« Posez un doigt sur la détente, s'il vous plaît. »

C'est ce qu'ils firent mais rien ne se passa.

« J'ai l'impression que le mien ne fonctionne pas, dit le général.

— Pointez l'arme devant vous. »

Smith épaula son fusil, et une mire apparut au milieu de son champ de vision.

« L'arme a juste besoin de connaître sa position dans l'espace. Où elle se situe par rapport à vos yeux n'a aucune incidence. Associée au Merge, elle mesure la distance qui vous sépare de la cible et calcule automatiquement la balistique extérieure. Vous n'avez qu'à vous soucier du vent, et de rester stable. »

Smith tenait son arme à la hanche. Il balaya la jungle du regard. La mire projetée dans son esprit passait avec fluidité d'un mannequin à l'autre. Il se serait cru dans un jeu vidéo.

« Est-il possible de tirer à angle droit ?

— La programmation ne serait pas très difficile, mais il vous faudrait beaucoup d'entraînement pour surmonter les vertiges occasionnés par la séparation entre votre perception et votre corps.

— Et l'armée américaine aura l'exclusivité de toutes ces technologies ? demanda Pedersen.

— Non. Nous travaillons déjà avec Mercedes pour intégrer les visions thermiques et nocturnes à leurs voitures. Mais le système de visée, l'algorithme unique qui permet de surligner les contours des ennemis, et le filtre biologique ne seront que pour vous.

— Mais tout ça fonctionne-t-il uniquement grâce aux caméras fixées sur nos casques ? continua le général. Ou est-ce que nos yeux sont toujours mis à contribution ?

— Nous utilisons le signal que l'œil nous envoie, mais il nous est impossible de lui ajouter les capacités qu'il ne possède pas, comme l'amplification de la lumière et de la chaleur. Donc, oui, les caméras, ou les implants, sont nécessaires.

— À quoi sert celle située à l'arrière ? demanda Smith.

— À vrai dire, c'est le vestige d'une vieille expérience. Cela dit, vous pourriez trouver ça amusant. » Il entra une commande dans l'ordinateur, et soudain la vision de Smith devint périphérique. Bailer l'agrippa par le col de son polo pour qu'il ne bascule pas à la renverse.

« Certains insectes maîtrisent cette vision à la perfection, mais le cerveau humain est encore incapable de l'assimiler. »

Il pianota sur le clavier, et tout redevint normal. *C'est beaucoup mieux comme ça*, pensa Smith.

« Nous avons aussi essayé une vue arrière semi-transparente, similaire au système d'aide au stationnement des voitures. Mais nous avons fini par abandonner après avoir découvert que nous pouvions générer des sensations avec le Merge. Imaginez que deux de vos hommes soient positionnés derrière vous. Un à droite, et l'autre à gauche. »

Soudain, Smith sentit une chaleur agréable se répandre de son épaule gauche à son épaule droite.

« Maintenant, un individu non identifié s'approche de vous par-derrière. »

Il sentit une vive piqûre près de sa colonne vertébrale.

« Il y a encore plein d'autres possibilités », dit Bailer en rallumant les lumières et en éteignant le programme de démonstration. « Démangeaisons, froid, picotements. On peut attribuer une signification à chaque sensation. Libre à vous et à votre ministère de choisir lesquelles.

— Que se passerait-il si l'ennemi mettait la main sur l'un de nos soldats ? demanda Smith en retirant son casque et en le posant sur la table.

— La manière dont votre cerveau communique avec votre système est unique. C'est pour cette raison que chaque soldat doit faire l'installation initiale. Vous seriez extrêmement désorienté si vous utilisiez une autre unité. Bien sûr, vous pourrez toujours installer un pare-feu supplémentaire sur votre réseau, mais ce serait redondant et inutile. »

En même temps qu'il écoutait Bailer, Smith s'amusait à passer d'une icône à l'autre. Il en sélectionna une qui lui permit de zoomer sur le tank et faillit alors basculer par-dessus la table.

« Alors, messieurs, que pensez-vous de notre système ? Docteur Smith ? »

Il ne répondit pas immédiatement. À dire vrai, il n'avait jamais vu une technologie aussi fascinante et prometteuse. Mais, si une chose semblait trop belle pour être vraie, c'est que tel était vraiment le cas.

« Il me faut encore un peu de temps pour y réfléchir. Abandonner autant de pouvoir au docteur Dresner ne m'enchante pas trop.

— Je comprends, mais c'est la condition sine qua non.

— Et puis cela me rappelle les inventions militaires de Léonard de Vinci.

— Intéressant. Comment ça?

— Formidables en théorie. Je suis curieux de voir ce que ça donnera sous le feu de l'ennemi avec de la boue jusqu'aux genoux. »

15

Province de Hamgyong-Namdo,
Corée du Nord

« La brume est très belle aujourd'hui », lui dit le jeune homme. Son douloureux accent coréen ne l'empêchait pas de se faire comprendre malgré le bruit d'enfer de la capote fouettée par le vent. De toute évidence, sa maîtrise de la langue anglaise était la raison pour laquelle il ne mourrait pas de faim comme le reste de ses compatriotes.

Gerhard Eichmann acquiesça mécaniquement et contempla le paysage par la vitre de la jeep. C'était vraiment un endroit magnifique. Ils étaient entourés d'un champ de collines dont les côtes dentelées étaient tantôt vert émeraude tantôt gris taupe. Au-dessus de leurs têtes, attirés par le tourbillon d'une immense chute d'eau, des nuages effilochés avançaient en file indienne vers l'ouest.

Mais cette vision paradisiaque était trompeuse. La beauté du paysage ne pouvait lui faire oublier que ce pays était aux mains d'un petit groupe de sadiques dégénérés insensibles aux souffrances du peuple. La Corée du Nord était la preuve irréfutable que la nature était capable du meilleur comme du pire.

Obligés de contourner un récent glissement de terrain, ils empruntèrent un chemin encore plus inconfortable. Eichmann se tourna vers son chauffeur et aperçut, loin derrière lui, les contours d'un grand complexe niché au fin fond d'un canyon. La déviation leur permettait d'entrapercevoir la clôture et les toits camouflés de certains bâtiments, invisibles depuis la route principale. Kyong, le jeune Coréen, imita le vieux scientifique. Mais il détourna aussitôt les yeux et fixa l'horizon devant lui, comme si cesser de regarder le complexe pouvait mettre un terme à son existence.

Étrange, étant donné que, deux ans auparavant, le jeune homme l'y avait déjà accompagné lorsque Eichmann avait voulu s'enquérir de l'avancée de ses recherches. Ou, du moins, d'une partie des recherches. Il pivota encore davantage sur son siège pour tenter d'apercevoir l'aile ouest du complexe qui disparaissait déjà derrière les arbres. De cette section du centre, il ne connaissait que le nom : la Division D. Toutes les questions qu'il avait posées à son sujet avaient été ignorées. Chacune de ses demandes d'accès, refusée catégoriquement. Au début, il avait cru à une erreur – un problème de traduction, ou un nouveau cafouillage de la bureaucratie dysfonctionnelle du pays. Mais, après enquête, il avait compris que ses suppositions étaient fausses.

Ils s'engagèrent sur un étroit chemin de terre qui tortillait pendant près d'une centaine de mètres avant de déboucher sur un parking. Ici débutait une piste presque invisible qui servait parfois à acheminer provisions et personnel. Eichmann se souvenait encore des quatre heures horribles qu'il avait passées sur ce chemin escarpé et pierreux.

Il sortit du véhicule et baissa les yeux sur ses jambes fragiles et ses vieilles chaussures de randonnée. Il eut alors un moment d'hésitation. Mais il ne pouvait plus renoncer. Il avait passé ces trois derniers mois à mendier un laissez-passer, et le moment qu'il avait tant désiré était enfin arrivé – il admirerait bientôt le fruit d'une vie de travail.

Alors commenceraient les derniers moments d'une existence qu'il n'aurait jamais crue possible.

*

Eichmann dut se rendre à l'évidence : le temps ne l'avait pas épargné. Cette fois-ci, il lui avait fallu six bonnes heures pour arriver à destination. Sa fatigue et ses pieds ensanglantés le faisaient tellement souffrir qu'il faillit verser une larme lorsqu'il aperçut les premiers signes de civilisation. Il ne s'agissait ni du complexe ni d'une route, mais d'un groupe de fermiers travaillant dans une grande rizière. De loin, la scène semblait banale. Pourtant ce tableau de la vie pastorale locale n'avait rien d'idyllique.

Si leurs outils et leurs vêtements étaient ceux des paysans nord-coréens, aucun de ceux et de celles qui travaillaient ce champ ne l'était. Des Africains, des Latins, des Caucasiens, des Arabes. Les quelques Asiatiques étaient originaires de Chine, du Laos ou du Japon. Il y avait autant d'hommes que de femmes, et ils avaient tous grosso modo la vingtaine.

Lorsque Eichmann et Kyong passèrent à côté des agriculteurs, le jeune Coréen se mit à bavarder nerveusement en faisant mine de ne pas les voir. Quant à eux, ils avaient cessé leur activité et dévisageaient les étrangers qui s'approchaient de leur village perdu.

L'architecture des bâtiments n'avait rien de spécial : de grands murs blancs surplombés par des toits pointus. Ce qui les rendait unique était leur dimension impressionnante. Pourtant ils n'abritaient aucune famille, seulement un groupe de gardiens et les professeurs qui avaient éduqué ces jeunes gens, en suivant à la lettre la méthode conçue par Eichmann. L'hébergement était collectif. Les assignations se faisaient au hasard et changeaient régulièrement afin d'éviter que des liens trop forts ne se tissent. Les interactions avec les figures d'autorité étaient limitées, afin d'empêcher toute forme de favoritisme. Et, bien sûr, les relations avec le monde extérieur étaient inexistantes. En substance, il s'agissait d'une expérience psychologique menée avec un niveau de contrôle sans précédent.

Ils pénétrèrent à l'intérieur d'un bâtiment qui ressemblait à tous les autres et qui s'avéra une école. Eichmann avança en direction des voix qui résonnaient au fond du hall. Ses chaussures faisaient craquer le parquet, et une odeur de vieux bois embaumait le couloir. Il ne voulait rien oublier, se souvenir de tout dans les moindres détails.

Lorsqu'il entra, la jeune fille pivota sur sa chaise. Son visage oblong était très pâle. Eichmann y lut un mélange de surprise et de peur. Quoi de plus normal ? Un inconnu venait de faire irruption dans son petit monde réglé comme du papier à musique.

Elle ne s'en souvenait pas, mais ils s'étaient déjà rencontrés quelques années après son arrivée. Eichmann avait du mal à croire que dix-sept ans s'étaient déjà écoulés.

D'une voix sévère, l'homme assis en face d'elle la rappela à l'ordre, et elle se retourna pour lui accorder toute son attention. L'enseignant reprit alors la lecture de sa feuille de tests.

Le jour de sa naissance, cette Caucasienne aux cheveux blonds avait été arrachée à son foyer en Roumanie. Néanmoins, l'examen se déroulait en coréen – la seule langue qu'elle parlait, la seule dont elle connaissait l'existence.

Les résultats de son test d'effort, ceux de ses prises de sang, de son IRM et de son scanner avaient déjà été transmis à Eichmann. Ces deux derniers tests – QI et personnalité – étaient les pièces finales d'un puzzle si complexe qu'il n'essayait plus depuis longtemps d'en comprendre tous les tenants et les aboutissants.

Il s'assit sur un banc pour l'observer encore un moment. Son professeur enclencha un chronomètre, et elle se mit aussitôt à noircir son cahier. Elle semblait hyperconcentrée.

Pourtant, on ne lui avait promis aucune récompense en cas de réussite. Seulement une punition très sévère en cas d'échec. Le bâton sans la carotte. Ce n'était pas l'idéal, mais les enjeux avaient imposé certaines restrictions obligatoires. Et, d'ailleurs, quel genre de récompenses auraient-ils pu offrir à ces jeunes gens qui ne savaient même pas que le monde extérieur existait? L'argent, le concept de propriété privée, la réussite sociale leur étaient inconnus et, par conséquent, ils n'en éprouvaient pas le désir. Ils étaient bien nourris et logés confortablement. Les soins médicaux étaient distribués en quantité raisonnable, afin de ne pas fausser les résultats de l'expérience.

Eichmann était venu à pied car ils n'avaient jamais vu une voiture. Les seules machines qu'ils connaissaient étaient celles qui servaient à les tester – les trouvaient-ils terrifiantes ? – et les avions qui passaient parfois au-dessus de leurs têtes. « Ce ne sont que des oiseaux », leur assuraient leurs professeurs.

La jeune fille avait une sœur jumelle qui habitait en France avec ses parents adoptifs. Elle vivait dans un monde complètement différent. Cependant, elle venait de passer les mêmes examens – ce qui, bien sûr, avait exigé une organisation beaucoup plus complexe, et surtout un prétexte pour ne pas éveiller les soupçons de sa famille et des autorités françaises.

Eun – c'était son nom – le regarda du coin de l'œil. La présence d'Eichmann allait sans doute fausser un peu les résultats de son test. Mais ça n'avait aucune importance. Il connaissait déjà les conclusions de l'étude. Il les connaissait depuis très longtemps. Bien avant de s'être embarqué dans ce voyage.

Christian et lui avaient-ils été incapables de regarder la vérité en face ? Était-il possible qu'ils aient encore espéré découvrir l'œuvre de Dieu ? Que l'homme était vraiment une créature à part, et que l'humanité finirait par trouver sa voie et dépasser ses limites ?

Il sourit tristement. Il avait du mal à croire qu'ils aient pu être aussi jeunes.

16

Malgré sa lunette de vision nocturne, Randi ne pouvait plus suivre les deux hommes en simultané. Elle passait donc de l'un à l'autre pendant que Zahid tirait à l'aveuglette dans leur direction.

Ignorant les petits cailloux pointus qui lui tailladaient la peau, elle s'aplatit un peu plus contre le sol. Force était d'admettre que les deux mercenaires étaient d'une sacrée efficacité. Ils n'avaient pas perdu de temps à vérifier si l'homme qu'elle avait touché était mort : ils s'étaient immédiatement séparés et dirigés vers leurs cibles. Incroyablement furtifs, ils se déplaçaient de rocher en rocher par mouvements rapides et coordonnés.

Elle avait espéré que la fatigue les ralentirait mais avait vite déchanté. Elle ne réussirait plus non plus à faire mouche avec son fusil de précision, et le combat rapproché était hors de question. Elle ne connaissait pas ces hommes, mais une chose était sûre, ils méritaient chaque centime de leur salaire.

Zahid se redressa et tira une nouvelle salve. Sauf que, cette fois, les paramilitaires étaient prêts à riposter et ils bondirent de derrière leur couverture, armes à l'épaule.

Randi allait presser la détente de son fusil, mais au dernier moment elle lâcha son arme et força l'Afghan à se coucher à côté d'elle.

Zahid la repoussa tandis que les balles ricochaient sur les parois de leur refuge. L'idée saugrenue qu'elle ait pu se servir de lui comme d'un bouclier le dérangeait moins que de n'avoir pas pu prouver sa bravoure face à une mort certaine.

Randi se doutait que les mercenaires profiteraient de cette opportunité pour se rapprocher. Elle roula vers son fusil, se remit en position et tira sur le plus proche des deux. Mais l'angle n'était pas bon, et elle le manqua. La balle décrocha néanmoins un gros morceau de roche à cinquante centimètres de la tête de l'Ukrainien, ce qui s'avéra suffisamment dissuasif pour que les deux hommes se remettent à couvert.

« Zahid, chuchota-t-elle, est-ce que tu es touché ?

— Juste une égratignure. »

Dans l'obscurité, elle ne distinguait que sa silhouette : il chancela avant de se laisser tomber contre l'un des murs de la grotte.

« Raconte-moi ce qui s'est passé à Sarabat, dit-elle.

— Ils nous ont payés, répondit-il tandis qu'elle scannait à nouveau la pente avec sa lunette. Je ne sais pas qui c'était, et je crois que les anciens ne l'ont jamais su non plus. Ils nous ont donné des AK-47 flambant neufs, les positions des hommes qui protégeaient le village, et ils nous ont demandé d'attaquer vers midi ; d'après eux, nous ne rencontrerions aucune résistance. »

Il épaula le fusil d'assaut de Randi et tira une nouvelle salve dans le néant.

« Arrête ! grommela-t-elle. Tu tires n'importe où. On va manquer de munitions par ta faute. Pourquoi en plein milieu de la journée ?

— Je ne sais pas. » Il se laissa glisser le long de la paroi et s'assit dans une position qui n'avait rien de naturel. Sa voix commençait déjà à faiblir. « J'étais sceptique, mais ils nous ont offert beaucoup d'argent. Et l'opportunité de nous débarrasser enfin de Sarabat après toutes ces années d'insultes. »

Elle appuya sur la détente de son fusil. La balle percuta le sol et souleva un petit nuage de sable à quelques centimètres du rocher derrière lequel se cachait l'homme le plus à l'est. Une manière de lui rappeler qu'elle ne l'avait pas oublié.

Elle rechargea son arme, et l'Ukrainien en profita pour progresser d'au moins cinq mètres. Pour le couvrir, le second arrosait les pierres derrière lesquelles Randi et Zahid se planquaient.

Les paramilitaires continueraient de s'éloigner jusqu'à ce qu'ils puissent les contourner en toute sécurité et atteindre une position surélevée. Alors, ça sentirait le roussi.

« Les inconnus vous avaient dit la vérité, n'est-ce pas ? Les hommes de Sarabat n'ont pas résisté.

— Ils n'avaient pas menti », murmura-t-il si doucement qu'elle eut du mal à l'entendre. Était-ce dû à sa blessure ? Ou au souvenir de ce qui s'était passé là-bas ?

« Les enfants et les femmes, oui. Mais pas les hommes. Ils sont restés immobiles et se sont laissé massacrer comme des moutons. »

Le mercenaire qui avançait vers l'est se remit en mouvement lorsqu'une bourrasque fit tourbillonner assez de poussière pour le dissimuler. Randi fit feu dans sa direction. Sans résultat.

Ce qu'elle craignait venait d'arriver. Il était désormais trop loin pour qu'elle puisse lui tirer dessus sans risquer de se faire abattre par le deuxième homme. Il faudrait environ deux minutes à l'Ukrainien pour qu'il s'en rende compte, puis une ou deux minutes supplémentaires pour qu'il se mette en position au-dessus d'eux. Elle jeta un coup d'œil par-dessus son épaule, vers le petit passage souterrain qui traversait le canyon. Il ne lui restait plus beaucoup de temps.

« Pourquoi ne se sont-ils pas défendus, Zahid ?

— Je ne sais pas. On aurait dit qu'on leur avait volé leur âme. Lorsque j'ai pointé mon arme sur l'un d'entre eux, il n'a même pas essayé de saisir son fusil. Il est tombé à genoux et s'est mis à fixer le ciel. » L'Afghan marqua une pause, absorbé dans ses souvenirs. « J'ai loué la gloire d'Allah, et il m'a répondu que Dieu n'existait pas. »

Sa voix trembla. Cette fois encore, elle n'aurait pu en déterminer la cause. La mort de femmes et d'enfants innocents importait peu à Zahid. Mais que quiconque puisse abandonner Dieu l'affligeait bien plus que leur étrange capitulation.

« Pourquoi les avoir décapités ? » lui demanda-t-elle en braquant son arme sur l'homme côté ouest. Il n'avait pas bougé. En revanche, son coéquipier n'allait pas tarder à leur tomber dessus.

« Ils nous ont ordonné de prendre leurs têtes.

— Pourquoi ?

— Je ne sais pas. Ils nous ont seulement dit qu'elles devraient disparaître pour toujours. Alors nous les avons cachées dans une grotte.

— Une grotte ? Quelle grotte ?

— À dix kilomètres d'ici, au sud-est. Dans une montagne que nous appelons la Porte de Mohammed. »

Elle connaissait cet endroit – quelques années plus tôt, trois Marines s'y étaient fait tuer. « Il doit y avoir une centaine de grottes. Laquelle ?

— Une seule est accessible par le sommet. Les têtes sont… »

Ils essuyèrent une nouvelle salve d'arme automatique. Randi se jeta loin du muret et roula vers l'entrée du passage. Une fois à l'intérieur, le souffle court, elle fit un rapide inventaire de ses blessures. Rien de grave.

Malgré son expérience, elle avait sous-estimé la vitesse de ce salaud d'Ukrainien. La curiosité était un vilain défaut, un défaut qui finirait par lui coûter la vie.

Les coups de feu cessèrent. Mais le silence qui s'ensuivit fut aussitôt brisé par les bruits de pas de l'homme qui gravissait l'escarpement, et ceux des cailloux qui dégringolaient sur la paroi en même temps que le second mercenaire déboulait des hauteurs du canyon.

« Zahid », chuchota-t-elle. Pas de réponse. Il avait basculé sur le côté, et sa tête reposait bizarrement sur la crosse de son M4. Le fusil de précision de Randi était toujours installé sur le haut du muret, mais pas question d'y toucher. Les Ukrainiens savaient qu'on leur avait tiré dessus avec deux armes différentes. Si l'une d'entre elles disparaissait, ils partiraient à sa recherche.

Afin d'effacer ses empreintes, Randi tendit le bras et attrapa son sac à dos. Elle le ramena ensuite jusqu'à elle en le faisant glisser de droite à gauche. Elle ne devait pas avoir été assez discrète car une nouvelle série de tirs, cette fois des deux côtés, l'obligea à se réfugier dans la crevasse. Il était temps de mettre les voiles.

Elle s'enfonça à reculons dans le passage. L'acoustique de la cavité amplifiait et déformait les bruits de pas des paramilitaires. L'espace d'un instant, elle eut l'impression qu'ils s'étaient lancés à sa poursuite mais se rendit compte que ce n'était qu'une illusion. Un peu plus loin, il y avait un creux dans la roche ; une niche où elle devrait se cacher avant que ses assaillants ne découvrent le corps de Zahid. Sa vie en dépendait. Sauf qu'elle n'avait aucune idée de la distance qui la séparait de son salut.

Des voix résonnèrent autour d'elle, et elle en profita pour accélérer son allure. Même si elle ne comprenait toujours pas ce que les deux hommes se racontaient, elle aurait parié qu'ils se préparaient à lancer l'assaut final en spéculant sur les probabilités que leur cible soit encore vivante.

Il y eut un cri, suivi d'une rafale de tirs à l'arme automatique. Randi n'eut aucun mal à imaginer la suite – car elle aurait fait la même chose à leur place.

Le mercenaire positionné en hauteur canarderait l'entrée de la grotte pendant que son coéquipier la contournerait pour s'approcher par l'est…

Malgré ses lunettes de vision nocturne, l'Ukrainien ne verrait pas tout de suite le corps de Zahid. Il serait donc dans l'impossibilité d'évaluer les risques encourus, ce qui le ralentirait un peu. Mais pas longtemps.

De nouveau, le silence. Randi leva le pied.

À l'affût du moindre mouvement, le mercenaire avancerait lentement, accolé à la paroi du canyon. À proximité du trou par lequel elle s'était faufilée, il marquerait une pause. De là, il apercevrait enfin le pied de Zahid et l'observerait un instant. L'immobilité caractéristique de l'Afghan lui confirmerait sa neutralisation.

L'homme tournerait ensuite son attention vers le petit passage creusé dans le sol. Sans doute n'y verrait-il pas une menace, mais, en vrai professionnel, il ne pourrait pas non plus l'ignorer.

Alors résonna le cri qu'elle avait tant redouté. Randi se remit à avancer le plus vite possible. L'Ukrainien introduisit le canon de son arme dans le trou et tira plusieurs salves à l'intérieur du passage. Une balle brûlante siffla à quelques millimètres de sa tête, une autre ricocha sur une pierre à sa droite dans un bruit assourdissant. Et, soudain, le sol disparut sous ses mains : elle bascula en avant et percuta le sol la tête la première. D'autres balles sifflèrent au-dessus de ses fesses. Trop étourdie, elle resta immobile et silencieuse comme le canyon.

Il y eut un dernier cri, suivi par le bruit d'une chute de pierres. Les deux paramilitaires s'étaient rejoints. Zahid était mort, et le ton de leur conversation laissait supposer qu'ils se félicitaient d'avoir accompli leur mission.

Randi s'extirpa de la niche et se remit à avancer. Les mercenaires avaient traqué et éliminé leur cible et, a priori, ils n'avaient aucune raison de penser que quelqu'un d'autre était impliqué. Néanmoins, elle ne relâcha pas son attention.

L'obscurité commençait à prendre une teinte grisâtre, mais elle n'accéléra pas pour autant. Il se passa encore cinq interminables minutes durant lesquelles elle craignit que les Ukrainiens la mitraillent. Enfin, Randi finit par se retrouver à l'air libre, au pied d'un raidillon baigné par le clair de lune.

Elle grimpa immédiatement au sommet de la pente pour avoir l'avantage sur ses adversaires en cas d'attaque.

Allongée sur la roche, un Glock équipé d'un silencieux posé sur la poitrine, elle patienta une quinzaine de minutes sans bouger. Mais toujours aucun signe des Ukrainiens.

Alors seulement elle se détendit. Elle plongea son regard dans le ciel étoilé et effectua un dernier inventaire de ses blessures. Du sang avait coulé sur son visage : elle aurait un joli bleu sur le front. Une égratignure. En revanche, sa cheville droite avait morflé et les cinq heures de marche qui la séparaient de l'hélico s'annonçaient laborieuses ; surtout qu'elle devrait descendre le versant escarpé et instable de la montagne dans l'obscurité. Pas question d'attirer l'attention avec sa lampe torche.

Elle sortit son téléphone satellite de son sac et composa le numéro de Klein.

« Randi ? dit-il en décrochant. Il paraît que tu n'es toujours pas rentrée à la base. Est-ce que tu vas bien ?

— Au poil. Le dernier survivant de Kot'eh vient de se faire descendre par des paramilitaires ukrainiens. Avant de mourir, il m'a raconté que des inconnus les ont payés pour attaquer Sarabat. Ils leur ont aussi fourni tous les renseignements nécessaires ainsi que du matériel de combat. Leur accord stipulait qu'ils décapitent les hommes du village. Apparemment, ils ont caché toutes les têtes dans une cave au sud-est de ma position.

— Rien d'autre ?

— Il m'a expliqué que les hommes de Sarabat ne se sont pas défendus. Les femmes et les enfants ont essayé, mais les hommes se sont laissé abattre comme des animaux.

124

— Très bien, fit Klein après une courte pause. Donne-moi un peu de temps, je vais voir ce que je peux faire pour t'aider. D'ici là, est-ce que tu peux rentrer à la base toute seule?

— À ton avis? » dit-elle en contemplant l'obscurité.

17

Environs de Santiago, Chili

La route était encore plus impraticable que prévu, et Craig Bailer regretta de ne pas avoir engagé un chauffeur. Il avait profité de la durée du voyage pour se préparer psychologiquement à cette entrevue, mais, après avoir traversé trois cours d'eau et manqué de se retrouver coincé dans un bourbier, son appréhension avait ressurgi. Ce n'était pas un endroit pour un homme élevé dans l'Upper East Side.

Il aperçut enfin un bâtiment. Malgré la distance, il sut tout de suite que c'était le bon. Même s'il communiquait avec Christian Dresner par messages interposés ou par vidéoconférences, chacune de leurs rencontres s'était déroulée dans l'une des forteresses reculées de l'Allemand. De l'extérieur, elles ressemblaient toutes à une version miniature de ses imposants centres de recherches. À croire que Christian ne pouvait pas s'en empêcher.

Bailer s'arrêta devant le portail. Pour la première fois, le garde lui fit juste signe d'avancer. Dresner affirmait que ces hommes surentraînés étaient nécessaires à sa protection. Mais contre qui, contre quoi ? Personne ne le savait. Avait-il vraiment besoin d'anciens membres des forces spéciales israéliennes et américaines pour repousser ses hordes de fans ?

De fait, le manque apparent de rigueur du gorille ne signifiait pas que l'obsession sécuritaire de Dresner avait diminué ; au contraire. À l'aide de son logiciel de reconnaissance faciale et d'un cryptosystème qui authentifiait les ondes cérébrales, le Merge de la sentinelle avait instantanément confirmé l'identité de Bailer. Le cryptosystème faisait partie d'une série d'applications tenues secrètes en attendant que le grand public apprenne à surmonter ses inévitables inquiétudes concernant le respect de la vie privée. À terme, ce programme permettrait de mettre fin aux escroqueries et aux usurpations d'identité. Entre autres choses.

Il se gara en face de la porte d'entrée monumentale, gardée elle aussi par un colosse à lunettes noires. Aucune voiture n'était stationnée dans la cour. Il n'eut pas besoin qu'on l'escorte à l'intérieur car le plan du bâtiment était le même que celui des bunkers qu'il avait visités en Scandinavie et en Afrique du Sud. Le vaste jardin dans lequel il entra ressemblait lui aussi à tous les autres : un arrangement soigné de plusieurs plantes locales à la mode japonaise.

Tout au fond, Dresner était assis, seul, sur un banc à l'ombre d'un grand mur. Il se leva, et les deux hommes se serrèrent chaleureusement la main. Une belle démonstration d'hypocrisie de leur part.

« J'apprécie que tu sois venu jusqu'ici, Craig. Il me semblait important que nous ayons cette conversation face à face. Je t'écoute, j'ai hâte d'entendre ce que tu as à m'annoncer.

— C'est moi qui te remercie pour ton invitation, Christian. C'est toujours un plaisir de te voir. » Encore un mensonge. Il n'aurait jamais dû s'absenter du siège de D.I. La situation était bien pire que ce que Dresner imaginait.

« Assieds-toi, s'il te plaît, dit le vieil homme en reprenant sa place et en lui servant un verre d'eau. Alors, dis-moi, comment ça se passe ?

— Plus ou moins comme prévu. Nos points de vente sont submergés par les demandes de démonstration, mais c'est quelque chose que nous avions anticipé. Et 73 % de ceux qui essaient le produit repartent avec.

— Continue.

— Cinq jours après la sortie du Merge, 89 % des utilisateurs utilisent toujours l'oreillette. Mais 50 % d'entre eux ont émis le souhait de se faire poser les implants au plus vite. Un pourcentage qui ne cesse d'augmenter à la faveur des retours, tous très positifs.

— Quel est l'âge moyen des clients ?

— Sans surprise, les ventes ont explosé chez les 25-35 ans. Mais le système rencontre aussi un franc succès chez les plus de trente-cinq ans. La fonction sommeil y est sans aucun doute pour quelque chose – il me semble que les avis à son sujet sont dithyrambiques. Je ne serais pas surpris que les seniors se ruent sur le Merge uniquement pour profiter de cette application.

— Mais, pour cela, nous devrons les convaincre de se faire poser les implants. L'oreillette n'est pas ce qu'il y a de plus pratique pour s'endormir.

— Absolument. D'ailleurs, nous sommes en pourparlers avec Medicare et de nombreux organismes de santé européens pour qu'ils conventionnent l'opération. Si nous parvenons à obtenir son remboursement, les ventes grimperont en flèche. »

Dresner contempla son verre que la lumière du soleil faisait scintiller. « Donc, si je comprends bien, nous avons dépassé toutes nos prévisions ?

— C'est exact. Ce soir, six cent cinquante mille unités de la version civile auront été vendues dans le monde. À la fin du trimestre, ce chiffre devrait avoisiner les quatre millions.

— Et la version militaire ?

— Difficile à dire pour l'instant. Après-demain, le colonel Smith va procéder à une simulation en situation réelle. J'ai l'impression que la décision finale lui appartient – et que l'opinion du général Pedersen n'intéresse personne.

— Tant mieux, dit Dresner sans lever les yeux. Smith est un homme attentif, intelligent et bien plus compétent que le général. Je suis convaincu qu'il recommandera l'adoption totale à sa hiérarchie. »

Bailer resta silencieux.

« Tu n'es pas d'accord, Craig ? Je t'en prie, exprime-toi.

— Non, je ne doute pas qu'ils accepteront votre proposition. Mais ça ne représente qu'un million et demi de soldats, Christian. Les armées d'Europe, de Chine et de Russie en comptent cinq millions au total. Si nous étendions notre offre à ces pays… »

Dresner l'interrompit d'un geste de la main. « Ils pourront toujours se procurer la version civile et profiter de son système de communication, de plusieurs modes de vision, etc. Ces applications leur donneront déjà un énorme avantage.

— Mais rien d'équivalent à la version militaire. Si nous leur proposions la même chose qu'aux Américains, nous pourrions créer…

— Une nouvelle course à l'armement ?

— Oui ! Ils s'empresseraient tous de dépenser des milliards pour que leur armée soit la plus efficace. Au bas mot, nous doublerions nos ventes dès la première année.

— Pour nous retrouver dans une nouvelle impasse politico-militaire qui ne profiterait à personne. Ce n'est pas ce que je souhaite léguer à l'humanité, Craig. Les Chinois sont bornés et tournés sur eux-mêmes. Les Russes sont dangereux et imprévisibles. Les Européens sont inutiles. Les Américains ont certes commis des erreurs, mais ils ont su gérer mieux que personne leur incroyable puissance. Certes, ils manquent parfois de finesse, mais ils se battent au nom de la démocratie et pour assurer un semblant de stabilité dans le monde.

— Mais nous avons besoin de…

— Le chaos n'est jamais un avantage sur le long terme. »

Bailer se tut. Il essaya de se calmer et de ravaler sa colère, un sentiment qu'il ressentait à chaque fois qu'il se retrouvait face à Christian Dresner. Malgré ses soixante printemps, l'Allemand était toujours imposant physiquement, et il restait, sans aucun doute, l'un des cerveaux les plus brillants et les plus influents du siècle dernier. Cependant, en vieillissant, cette idée naïve qu'il pourrait sauver la planète – avec ses antibiotiques, son Merge, ses dons à des associations humanitaires, son étrange obsession pour les applications politiques et financières – l'empêchait d'y voir clair. Il ne se rendait pas compte que les hommes ne voulaient pas être sauvés, et que ce fatalisme fournirait à sa compagnie des opportunités illimitées. À condition que Dresner mette un terme à sa croisade. Or il les conduisait droit dans le mur.

« Le chaos ne peut pas nous faire de mal, Christian. Car nous sommes déjà morts.

— Je pense que tu exagères…

— Pas du tout ! dit Bailer qui osa enfin hausser le ton. Même en atteignant nos objectifs les plus optimistes, on ne gagnera jamais assez pour sauver l'entreprise. Nous avons épuisé nos liquidités et, dès le mois prochain, nous serons dans l'incapacité de payer nos factures et de rembourser nos dettes. Lorsque nous avons décidé de tout miser sur cette technologie, nous savions que notre survie dépendrait de ces contrats militaires. Mais soudain tu as décidé d'en réserver l'exclusivité aux Américains.

— Craig, nous…

— Wall Street et les banques sont de plus en plus nerveux : nous venons de lancer le système informatique le plus révolutionnaire depuis le PC, et nos actions ne sont montées que de quelques malheureux points. Remercions le ciel qu'ils n'aient aucune idée des difficultés financières que nous traversons. Car, si c'était le cas, nos actions passeraient en dessous de la barre des un dollar, et les huissiers seraient déjà en train d'embarquer nos meubles.

— Tu as fini ? »

C'était la première fois que Bailer voyait Dresner en colère et il éprouva un curieux sentiment de peur. Mais ce n'était pas le moment de se laisser aveugler par l'aura divine du « Grand Homme », comme tout le monde s'accordait à le surnommer.

« Non, je n'ai pas fini. Si nous lançons la fabrication des appareils dont nous avons besoin pour sauver l'entreprise, Wall Street va découvrir notre faiblesse, et le prix de nos actions va tellement plonger qu'une offre de rachat hostile sera inévitable. Mais, si on ne lance pas la fabrication, alors nous devrons *mendier* un rachat pour que la compagnie ne s'effondre pas.

— Ce n'est qu'une question d'argent pour toi, n'est-ce pas ? » dit Dresner. Sa colère s'était muée en déception.

« Réveille-toi, Christian ! Si nous sommes rachetés, ou si nous faisons faillite, non seulement tu ne pourras plus jouir du confort de tes forteresses, mais tous tes secrets seront révélés. Que se passera-t-il lorsque le monde découvrira ce que nous avons fait pour mettre au point ta dernière grande invention ? Quelle allure aura ton altruisme ? Tu ne peux pas te permettre que ça arrive. Ni toi ni personne d'autre. »

En guise de réponse, Dresner se retourna pour observer les arbres et les fleurs de son jardin parfaitement entretenu. Le sens de son geste était limpide. Bailer pouvait disposer.

18

Environs de Frederick, Maryland, USA

Jon Smith posa ses pieds nus sur la table basse et s'envoya une gorgée de bière avec quelques Advil supplémentaires. Toujours installée sur une pile de cartons, sa télévision penchait un peu sur le côté, et il inclina la tête pour compenser.

Le bulletin d'information rendait compte d'une nouvelle dégradation des relations entre les États-Unis et l'Iran, et il zappa aussitôt. Il eut des frissons rien qu'à l'idée de repartir là-bas. Il serait toujours temps d'y penser le moment venu. Jamais, si possible.

CNN diffusait un débat enflammé sur la dette nationale. Il s'enfonça tant bien que mal dans son canapé, en se maudissant d'avoir laissé la vendeuse le convaincre de sacrifier le confort au design.

La raison pour laquelle il n'avait pas encore changé de chaîne n'était pas sa grande passion pour le budget fédéral, mais la petite icône qui s'était mise à clignoter dans son champ de vision lorsqu'il était passé sur CNN. L'application se nommait TV-Monitor, et sa fonction était de confirmer la véracité ce qui se disait sur les plateaux télé. La vitesse des réseaux Internet rendant son utilisation impossible en temps réel, il en conclut que cette émission avait dû être diffusée plus tôt dans la journée. Layer-Cake allait pouvoir lui faire la démonstration de ses talents.

Smith se concentra sur le nom de l'application, et elle s'ouvrit aussitôt. Craig Bailer n'avait pas menti. Une fois que vous aviez compris le truc, lancer, manipuler et fermer les différentes fonctions du Merge était d'une simplicité enfantine.

Le présentateur énonça quelques chiffres, et l'icône de TV-Monitor scintilla d'une aura verte. Après une très longue question sur les dernières propositions de coupes budgétaires, un membre du Congrès épilogua sur la nécessité d'une grande réforme de Medicare : le pictogramme prit alors une teinte rougeâtre, suggérant que ses propositions n'auraient jamais l'effet escompté. Lorsqu'il fut question de la réduction du budget de la Défense et du faible impact qu'elle avait eu sur l'économie du pays, TV-Monitor repassa au vert.

Le concept était très simple. Layer-Cake comparait les propos des intervenants avec toutes les informations factuelles qu'il avait trouvées sur les différents sites du gouvernement, sur Wikipédia, Snopes, etc. Lorsque ça concordait, l'icône prenait une couleur verte. Autrement, elle virait au rouge. Bien entendu, lorsqu'il s'agissait d'un échange d'opinions – sur l'avortement, par exemple –, les valeurs morales de l'utilisateur étaient mises à contribution. Mais pas au point de réfuter un fait jugé incontestable par le programme.

D'ailleurs, qu'en était-il de nos préjugés ? Smith lança une fonction de TV-Monitor qui divisait l'icône en deux. En analysant leurs ondes cérébrales, le côté droit affichait désormais les réactions des téléspectateurs qui s'étaient connectés à l'application. Il fut aussitôt fasciné par les pulsations bicolores totalement aléatoires du pictogramme. L'opinion publique différait encore trop souvent de ce qu'on aurait pu appeler la vérité objective. Quelque chose que Dresner espérait corriger avec sa boucle de rétroaction.

Les applications politiques du Merge se nourrissaient de ce genre d'informations. Voilà pourquoi les politiciens s'étaient tous rués dessus. La possibilité de suivre les réactions des électeurs en temps réel, et de savoir quand le programme lui-même vous traitait de menteur, en faisait un outil très efficace – et indispensable pour quiconque briguait un mandat législatif.

Aux yeux de Smith, il s'agissait avant tout d'une gigantesque expérience psychologique. Dresner atteindrait-il son objectif ? Changerait-il le fonctionnement de notre société, la manière dont les individus pensent et réagissent au monde qui les entoure ? L'humanité ferait-elle confiance à Layer-Cake ? Ou bien préférerait-elle se conforter dans ses préjugés ? De son propre aveu, Smith tenait aussi certaines vérités pour absolues, et il n'était pas certain d'apprécier que l'Allemand veuille les remettre en question – malgré la noblesse de ses intentions.

Il avala une nouvelle gorgée de bière ; sa migraine avait presque disparu. Il passa d'une chaîne à l'autre avant de s'arrêter sur Fox News, où plusieurs invités débattaient de la question du moment : l'utilisation du Merge porte-t-elle atteinte à la vie privée ? Curieusement, TV-Monitor se mit sur pause. A priori, il n'avait pas eu le temps d'analyser cette émission. Ou peut-être que son sujet l'empêchait de se prononcer. Le moteur de recherche de Dresner serait-il incapable de critiquer son créateur ?

« C'est différent, déclarait avec emphase une femme assise sur la droite. Je ne vous parle pas des informations que le logiciel récolte sur son utilisateur, mais sur son entourage. Sommes-nous certains que le système de reconnaissance faciale n'enregistre pas les faits et gestes de tous ceux et celles qui croisent son chemin ? Que se passerait-il si je vous apercevais devant un club de strip-tease ? Si vous allumiez un joint devant moi ? Est-ce que votre évaluation en pâtirait ? Et si, au supermarché, la femme devant moi achetait un test de grossesse ? Cette information serait-elle immédiatement envoyée ou vendue à son assurance santé ? À un site de vente en ligne de vêtements pour bébé ? À ses futurs employeurs ? D'ailleurs, pourquoi s'arrêter là ? Pourquoi ne pas surveiller nos ondes cérébrales afin d'enregistrer les sensations produites par tel ou tel signal visuel ? Je suis certaine qu'Amazon et Target en raffoleraient.

— Toutes ces activités sont formellement proscrites par la charte d'utilisation rédigée par Dresner lui-même, répondit un autre invité.

— Et, bien entendu, on peut lui faire confiance, dit-elle en ricanant. Ne faites surtout pas de bêtises, les enfants ! Sauf si ça peut vous rapporter des milliards de dollars.

— Laissez tomber, Sharon. Nous vivons à l'époque de la surinformation : tous ces trucs se baladent déjà dans la nature. Aussi avons-nous besoin d'un moyen de faire le tri, et c'est ce que nous offre Dresner. D'ailleurs, si vous voulez mon avis, mieux vaut que ce soit lui qu'un autre.

— Cela dit, leur demanda le présentateur, que savons-nous de la précision de Layer-Cake ? Imaginons que je porte le même nom qu'un meurtrier : le Merge me confondrait-il avec lui ? Ça risquerait de changer énormément le comportement des autres à mon égard, vous ne croyez pas ? Existe-t-il quelque chose qui permette de prévenir ou de corriger ce genre d'erreurs ?

— Le programme prend en compte la qualité des informations et de leurs sources, tout en faisant preuve de beaucoup de prudence. Vous pouvez aussi examiner les détails de votre profil et les contester de la même manière que vous contesteriez vos antécédents bancaires.

— Quand bien même ces informations seraient exactes, un problème demeure, dit l'homme assis à droite du présentateur. Prenez mon cas. J'ai le sentiment d'être un homme honnête. Mais je vote républicain. Je chasse. Je suis favorable à la peine capitale. Est-ce que le Merge d'un démocrate me décrirait comme l'incarnation du mal absolu ?

— Dresner ne peut pas être tenu responsable de nos préjugés. Cela dit, l'opinion que cet homme aurait de vous serait plus favorable que vous ne le pensez puisque l'application modère les idées reçues en les confrontant à la réalité.

— Je ne suis pas certain de vouloir d'une machine omnisciente capable d'influencer chacune de mes opinions.

— Trop tard. Les jeunes ont une conception de la vie privée très différente de la nôtre. Ils se contrefichent d'être constamment sous les projecteurs, bien au contraire. Ils ne font rien sans le raconter sur Twitter, pas même boire un café. Et ils veulent tout savoir sur leurs semblables.

S'ils sont chrétiens, s'ils partagent leur passion pour les chats siamois, s'ils ont des amis en commun, s'ils sont célibataires, etc. »

La discussion s'enflamma encore davantage, et Smith coupa le son de la télé. La question était trop complexe pour qu'on la réduise à une simple opposition manichéenne. N'empêche qu'elle divisait une fois encore les générations entre elles. Et Smith se trouvait en plein milieu.

Il se redressa et marcha lentement jusqu'à la salle de bains. Il s'appuya sur le lavabo et contempla son reflet dans le miroir. Ses cheveux très courts trahissaient l'endroit où on les avait rasés. Il tourna la tête et aperçut l'un des implants argentés que, le matin même, on lui avait vissés dans le crâne. Bizarrement, l'opération avait été plus rapide et moins dérangeante que l'installation du micro que Bailer lui avait envoyé. Il ouvrit la bouche, tira sur sa joue avec son index, mais fut incapable d'identifier la molaire en question.

Il avait d'abord envisagé de porter une oreillette et un laryngophone, mais s'était vite ravisé. Après tous les microbes, les drogues, les armes et les radiations que l'armée avait testés sur ses soldats au fil du temps, ne pas aller jusqu'au bout lui avait paru déshonorant. Aussi, comme tant d'autres avant lui, avait-il été promu au rang de cobaye.

Smith éteignit la lumière de la salle de bains, se dirigea vers sa chambre et s'effondra sur son lit défait. Chez lui, il portait toujours le même uniforme : un vieux survêtement qui devait avoir plus de dix ans. Par réflexe, il tendit son bras vers son réveil mais s'arrêta aussitôt. À la place, il déposa son Merge sur le chargeur à induction installé sur sa table de nuit. Lorsque l'appareil détecta qu'il était connecté à une source d'alimentation, l'icône grisée de la fonction sommeil s'activa.

Smith ne dormait pas très bien. Dans l'obscurité silencieuse, le passé se débrouillait toujours pour revenir le hanter – les amis disparus, les ennemis abattus, toutes les fois où ça s'était joué à pas grand-chose, toutes les erreurs qu'il avait commises. Et ces dernières ne manquaient pas.

À de nombreuses reprises, il s'était prescrit des somnifères mais avait toujours fini par les balancer à la poubelle. Pourquoi ? Il n'en était pas sûr. Peut-être qu'inconsciemment il considérait ces pilules comme un aveu de faiblesse. Ou peut-être estimait-il que les morts avaient le droit d'être entendus.

Smith fixa l'icône quelques secondes avant de se décider à l'activer. Après tout, il ne faisait pas ça pour lui mais pour son pays.

L'interface était aussi simple d'utilisation que toutes les autres. Il régla l'heure de départ sur « immédiat » et le réveil sur 6 h 00. L'application offrait plusieurs fonctions avancées, dont la possibilité de se réveiller à différentes heures de la nuit, mais il n'en sélectionna aucune et laissa sa tête retomber sur l'oreiller.

*

Smith se réveilla et cligna des yeux plusieurs fois pour retrouver ses esprits. Il ne ressentait ni la torpeur des nuits difficiles ni la décharge d'adrénaline qui le parcourait à chaque fois que son inconscient captait un bruit suspect.

Il fronça les sourcils. Il s'était assoupi quelques minutes. Rien de plus. Il allait devoir se faire une raison :

il n'était pas près de dormir tranquille. Le Merge avait beau être révolutionnaire, il passerait une nouvelle nuit devant une chaîne de téléachat ou un film d'horreur de série B. Même Christian Dresner n'avait pas réussi à le transporter au pays des rêves.

Une icône en forme de montre grossit dans le coin inférieur de son œil droit. Bien qu'il s'agît d'une image mentale, il plissa les yeux pour la lire. L'habitude.

6 h 00

Il roula vers la table de nuit et en reçut la confirmation après avoir attrapé son réveil. Incrédule, il se dirigea vers la fenêtre de sa chambre et ouvrit les rideaux. Dehors, les premières lueurs du jour se reflétaient sur les toits de son quartier.

« Nom de Dieu ! » s'exclama-t-il.

Il n'avait pas dormi comme ça depuis qu'il était gamin. Et encore, à l'époque, il ne retrouvait toute sa lucidité qu'après avoir parcouru la moitié du chemin qui le séparait de l'arrêt de bus. Or il était déjà frais comme un gardon – sans doute le Merge manipulait-il ses ondes cérébrales pour qu'il soit au top de ses capacités.

Tout le monde, lui le premier, s'était étonné que Dresner ait choisi d'inclure une telle fonction à son appareil. Mais il s'agissait là encore de la preuve de son génie. Car, même si le Merge n'avait rien pu faire d'autre, même si la seule autre application disponible avait été une calculatrice, une seule nuit comme celle-ci suffirait à convaincre n'importe quel quidam de plus de trente-cinq ans de vendre son âme et ses enfants pour en posséder un exemplaire.

19

Le crachin battait la végétation luxuriante des collines du camp d'entraînement. Son équipe allait vraiment en baver, mais Smith n'aurait pas pu espérer de meilleures conditions pour mettre en pratique l'exercice qu'il avait imaginé.

Le sentier était déjà couvert de boue. Elle collait à ses bottes de combat et éclaboussait son treillis empesé tandis qu'il se dirigeait vers le point de ralliement situé à exactement trois cent vingt-six mètres de sa position. Quelques semaines auparavant, dans les mêmes conditions, il aurait été obligé de chercher son chemin sur une carte trempée, en se demandant si tous ses hommes s'étaient déjà retrouvés. Mais plus maintenant.

En plus de la distance qui le séparait de son objectif, le logiciel d'entraînement militaire du Merge affichait une flèche qui pointait dans la bonne direction, une estimation de son heure d'arrivée en fonction de sa vitesse et, sur une carte satellite, plusieurs points verts indiquaient la position de ses recrues.

Il traversa un buisson et se retrouva dans une petite clairière où cinq soldats en tenue de combat s'étaient abrités sous un arbre. Lorsqu'ils aperçurent Smith, ils se mirent maladroitement en rang et lui adressèrent quelques saluts à la limite du ridicule.

Son pote des SAS, Peter Howell, les aurait qualifiés de « belle bande de pieds nickelés ». Sur les deux femmes que comptait la petite troupe, l'une avait au minimum treize kilos de trop, et la seconde allait sur ses cinquante piges. L'homme à leur droite était encore plus vieux et plus gros : avec son visage joufflu et pâlichon, cet avocat du JAG avait vraiment la gueule de l'emploi. À côté de lui, un maigrichon d'une vingtaine d'années ajustait un casque trop large pour sa minuscule tête : le reste du temps, il programmait des logiciels de gestion de stock. Au bout de cette rangée de bras cassés, se tenait un membre du 75e régiment de Rangers. Il avait l'air perplexe et devait se demander ce qu'il fichait là.

« Repos. »

À l'exception du Ranger, ils semblaient loin d'être détendus. Deux jours plus tôt, ces vaillants ronds-de-cuir étaient encore à mille lieues de s'imaginer qu'ils participeraient à un tel exercice.

Si Smith avait sélectionné ces hommes et ces femmes capables de se noyer dans un verre d'eau, c'est qu'ils étaient tous équipés du Merge, des implants et d'un micro. Bien sûr, Pedersen l'avait traité de cinglé. Et maintenant qu'il se tenait debout devant eux, Smith se demandait si le général n'avait pas eu raison. Néanmoins, il restait convaincu que cette mise à l'épreuve lui en apprendrait davantage que d'opposer deux équipes de professionnels dont une seulement aurait été équipée du Merge. De cette manière, la technologie de Dresner partait avec un gros handicap et, si elle parvenait à le surmonter, Smith aurait alors une bonne idée de ses capacités.

« Je vous remercie tous d'avoir accepté de participer à notre petit jeu », leur dit-il, bien qu'il n'ignorât pas qu'on ne leur avait pas laissé le choix.

Ils hochèrent la tête avec nonchalance.

« On m'a informé que vous aviez tous reçu un exemplaire de la version militaire du Merge et que vous aviez eu le temps de vous familiariser avec ses fonctions. Je me trompe ? »

En guise de réponse, il n'eut droit qu'à quelques balbutiements.

« Je vais me répéter, mais c'est la dernière fois. Maîtrisez-vous tous sur le bout de vos putains de doigts la version militaire du Merge ?

— Oui, mon colonel ! » hurla le Ranger, aussitôt imité par ses camarades soudain plus réactifs. Smith avait eu raison d'inclure un vrai soldat dans le groupe. Au moins, il montrerait l'exemple.

« Voilà. C'est ce que je voulais entendre. » Il pointa son doigt vers une colline située à environ quatre kilomètres de leur position. « L'objectif est simple. Au sommet de cette colline flotte un drapeau américain. Notre mission est de le mettre à l'abri de la pluie. Des questions ? »

L'avocat pâlichon – le major Gregory Kent – leva timidement la main.

« Oui, Greg ? » Sa gueulante avait produit son effet, aussi Smith décida-t-il de la jouer plus cool. Inutile de les effrayer davantage.

Kent désigna cinq fusils d'assaut enveloppés dans des sacs plastique et empilés les uns sur les autres. « Et ça, c'est pour quoi faire ?

— Excellente question. Vos adversaires portent des uniformes équipés de capteurs, et ces armes, qui sont connectées au système de visée du Merge, tirent des lasers.

— Nos adversaires, mon colonel ? s'exclama le Ranger soudain ragaillardi.

— Aurais-je oublié de mentionner que cinq commandos Delta ont reçu l'ordre de nous arrêter ? »

Comme prévu, les pieds nickelés se répandirent en lamentations.

Smith les fit taire d'un geste. « Si vous êtes touchés – mais je vous ordonne de ne pas l'être –, le logiciel d'entraînement évaluera les dégâts, et votre Merge réduira votre efficacité en proportion. »

La peur sur le visage du programmeur maigrichon se transforma en curiosité circonspecte. « Comment est-ce que ça fonctionne, mon colonel ?

— En réduisant votre vision et votre équilibre afin d'imiter les conséquences réelles d'une blessure par balle.

— Et si nous sommes tués ? » demanda la jeune femme grassouillette. Stacy quelque chose. Elle pilotait des drones.

« Alors vous deviendrez aveugles et vous n'entendrez presque plus rien. Mais surtout ne paniquez pas. Ce n'est qu'une illusion générée par votre Merge. Après avoir évalué la situation, j'utiliserai le logiciel de contrôle pour redémarrer votre appareil. Restez assis en attendant le reboot, puis retournez à la tente principale pour boire un café jusqu'à l'arrivée des autres. C'est bien compris ? »

Ils n'avaient plus autant la pêche. Il décida cependant de ne pas y prêter attention et désigna la femme plus âgée, qui avait levé la main. « Oui, Carrie ?

— Mon colonel, vous avez dû faire une erreur. À l'exception du caporal Grayson, nous ne sommes pas des soldats.

— Peut-être, mais vous êtes tous équipés d'un Merge. Ce qui n'est pas le cas de l'escadron Delta.

— Je ne vois pas comment ce joli téléphone portable pourrait faire la différence, dit Kent. J'ai défendu un de ces types et j'ai cru comprendre qu'on ne pouvait pas les tuer, juste les énerver davantage. »

Grayson leva les yeux au ciel.

« Écoutez, nous sommes ici pour tester l'efficacité de cette nouvelle technologie, répondit Smith. Oui, je veux ce drapeau. Mais le plus gros échec serait que vous paniquiez ou que vous ne vous donniez pas à 100 %. C'est bien compris ? » Pas de réponse. « Est-ce que c'est bien compris ?

— Oui, mon colonel ! »

À sa grande surprise, ils avaient réussi à crier d'une même voix. Voilà qui était bon signe.

« Très bien. Pour commencer, j'aimerais que vous sortiez vos Merges et que vous les jetiez dans la boue. »

Personne ne bougea.

« Un problème ? »

Grayson parla le premier. « C'est qu'on nous a bien précisé qu'il s'agissait de prototypes hors de prix, et que nous devions les restituer sans la moindre éraflure.

— Sauf que les ordres viennent de changer. Allez, balancez-les par terre et piétinez-les jusqu'à ce que je vous dise d'arrêter. »

Les quatre soldats non combattants obéirent, mais ne purent s'empêcher de faire preuve d'une certaine délicatesse. Quant à Grayson, il avait compris le but de l'exercice : il bondit dans les airs et retomba sur son appareil avec une telle force que celui-ci fut englouti par la boue.

Smith se retourna et contempla leur objectif à la recherche d'un signe de l'ennemi. Il avait déjà mis la solidité de son Merge à l'épreuve. Néanmoins, il devait s'assurer que le matériel de ses hommes répondait aux mêmes standards.

« Très bien, dit-il en enfilant un brassard qui lui attribuait le statut d'observateur. Tous en selle. »

*

De facto, le caporal Grayson avait pris le commandement du groupe et, contre toute attente, il tenait compte des piètres capacités de ses coéquipiers. Tout en leur évitant les chemins les plus escarpés, il les faisait avancer l'un derrière l'autre, à cinq mètres d'intervalle.

Certes, ils trébuchaient trop souvent, manquaient de souffle, et le stress les rendait maladroits – ils avaient fait tomber leur arme à plusieurs reprises – mais ils progressaient vers leur objectif, et aucun d'entre eux ne s'était encore tordu la cheville ou n'avait fait d'infarctus. Pour Smith, c'était déjà un miracle.

Il les laissa prendre de l'avance et se concentra sur une carte semi-transparente dans le coin supérieur de son œil droit. Ses hommes y étaient représentés par des points verts de différentes teintes en fonction de leurs états de service – bien entendu, de par son expérience du combat et ses multiples talents, Grayson était le plus foncé des cinq. Les autres étaient beaucoup plus clairs, voire translucide dans le cas du programmeur.

Mais les points rouges l'intéressaient davantage. Comme il menait l'exercice, il était le seul à savoir que son équipe se dirigeait vers l'embuscade tendue par les Delta. Smith activa ensuite les améliorations visuelles et laissa au logiciel le soin de choisir les filtres les plus adaptés. L'espace d'un instant, il fut aveuglé par la vision thermique que la pluie rendait inutilisable. Son Merge la ferma aussitôt pour la remplacer par le filtre biologique auquel il associa la fonction qui surlignait les contours et celle qui éclaircissait les zones d'ombre. À partir de là, il n'eut aucun mal à identifier la forme d'un bras qui dépassait d'un tronc d'arbre déraciné.

Et il n'était pas le seul à l'avoir repérée.

« Vous voyez ça? chuchota Stacy. Qu'est-ce que c'est? À 13 heures. »

Incroyable. Bien qu'ils fussent aussi discrets qu'un troupeau de bisons, ils avaient réussi à repérer un soldat surentraîné et presque invisible avant même de se faire détecter.

« Stop. Baissez-vous, leur ordonna Grayson. Bien joué, lieutenant. Il s'agit d'un bras, et nous allons le dégommer. Pour ça, rapprochons-nous, mais tout doucement. Ce n'est pas une course. Prenez votre temps et gardez l'œil ouvert. Ses camarades ne doivent pas être très loin. »

Ils se débrouillèrent à merveille, mais ils avançaient beaucoup trop lentement. À cette vitesse, ils n'atteindraient pas les Delta de sitôt.

« J'en vois un autre », dit Kent. Son Merge retransmettait sa voix avec une incroyable clarté. « Plus ou moins à 11 heures. Près du petit talus.

— Je ne le vois pas depuis ma position, répondit Grayson. Vous en êtes sûr ?

— À 100 %. »

Smith ouvrit une fenêtre et se connecta au signal vidéo de l'avocat. Il s'agissait bien d'un deuxième commando. Il était recouvert de boue, si bien que Smith serait passé devant sans le voir s'il n'avait pas été équipé de son Merge.

« Très bien. Nous affrontons cinq hommes et nous en avons déjà deux à notre merci. Si on continue d'avancer, on risque de se faire repérer. Pour éviter que ça parte en vrille, je vous propose qu'on descende tout de suite ces deux fils de pute. D'accord ? »

Ils acquiescèrent, et Smith sortit de derrière son arbre. Pas question de manquer ce qui allait suivre.

« C'est bon, j'ai le premier dans ma ligne de mire…

— Négatif, l'interrompit Smith. Je sais que vous êtes capable de l'avoir, caporal. Laissez les autres tenter leur chance.

— Bien reçu. Lieutenant, c'est vous qui l'avez repéré. À vous l'honneur.

— Mais… Mais, je…

— Détendez-vous, Stacy, dit Smith. N'oubliez pas que ce n'est qu'un jeu.

— Vous allez y arriver, lieutenant, ajouta Grayson. Alignez-vous sur la mire du Merge et prévenez-moi quand vous serez prête. Major Kent ? J'imagine que vous êtes déjà en position ?

— Affirmatif.

— Parfait. Les autres, on se replie sans faire de bruit. On va se positionner à une vingtaine de mètres afin de les couvrir s'ils doivent battre en retraite. En attendant, lieutenant, préparez-vous à dézinguer votre cible. »

Grayson et ses deux coéquipiers firent marche arrière et se mirent à couvert. A priori, ils avaient une vue dégagée sur leurs deux camarades.

« Vous êtes prête, lieutenant ?

— J'ai son bras dans mon viseur. C'est tout ce que je peux voir de lui.

— C'est parfait. Croyez-moi, ça suffira pour lui foutre le moral à zéro. À mon signal, je compte jusqu'à trois. Un… deux… *trois.* »

Il y eut deux flashs lumineux, suivis de deux détonations provenant de haut-parleurs installés de chaque côté des fusils d'assaut.

La réponse des commandos fut immédiate et brutale.

Persuadés de leur supériorité, ils chargèrent leurs adversaires pour les déstabiliser et neutraliser les deux soldats qui tentaient de rejoindre leurs coéquipiers. Le Merge de Smith l'informa qu'un tir était passé à quelques centimètres de Kent. Sur sa carte satellite, les points rouges clignotants des Delta se déplaçaient avec leur vitesse et leur grâce caractéristiques.

En temps normal, cette stratégie aurait pu fonctionner. Sauf que cette situation n'avait rien de normal.

Carrie et Duane, l'informaticien, les mitraillaient comme des dingues sans utiliser leur système de visée ; ils n'étaient pas près de faire mouche. En revanche, Grayson ne perdit pas son sang-froid et élimina celui qui menait l'assaut d'un tir en plein cœur. Il était sur le point d'en descendre un second, lorsque les opérateurs Delta, s'apercevant que la situation tournait au vinaigre, firent volte-face et disparurent dans la nature.

Lorsque Smith retrouva son équipe de bras cassés, ils s'étaient regroupés autour d'un large tronc d'arbre. À l'exception de Grayson, ils étaient tous essoufflés. Smith craignit même que Stacy fasse un malaise, mais elle se redressa aussitôt et lui adressa un grand sourire en levant les pouces des deux mains.

« Alors, qu'est-ce que vous en avez pensé ? demanda Smith. Cette séance de tir aux pigeons vous a plu ? »

Vu leurs têtes, ils avaient adoré.

« Voulez-vous que je vous donne vos scores ? Major, félicitations, vous en avez abattu un. Lieutenant, je suis désolé mais le vôtre s'en est sorti.

— Mince ! dit-elle dépitée.

— Ne soyez pas trop dure avec vous-même, lieutenant. C'était un tir vraiment difficile. Le simple fait que vous ayez réussi à vous approcher aussi près de ces types sans qu'ils vous repèrent est déjà en soi remarquable. Et, croyez-moi, ils en ont pris bonne note.

— Et moi, colonel ? demanda Grayson.

— En plein dans le mille. »

Le caporal leva son poing en l'air.

« En résumé, vous en avez laissé deux sur le carreau, et blessé un troisième. Et vous êtes tous sains et saufs. Si vous voulez mon avis, c'est un sacré bon début.

— Qu'est-ce qu'on fait, maintenant ? demanda Duane. Les survivants ne referont pas les mêmes erreurs.

— En effet, fit Grayson. On devrait bouger au plus vite vers le nord-est pour grimper sur le flanc le moins escarpé de la colline. Après ce qu'on leur a mis, je vous parie qu'ils vont nous surestimer et adopter une position défensive. Il faut qu'on en profite. »

La carte satellite de Smith lui confirma l'intuition de Grayson. Les Delta se préparaient déjà à repousser le prochain assaut de leurs terribles ennemis en couvrant les versants les plus raides de la colline, au sud et à l'ouest. Le côté est était à la limite du praticable, mais c'était le seul que son équipe parviendrait à gravir.

La pluie se calma, et ils se remirent en marche. Smith leur emboîta le pas. Ils passèrent devant les « cadavres » des deux commandos. Ils devaient tirer une de ces tronches. Malheureusement, la vision thermique avait repris le dessus, et Smith ne fut pas capable de discerner l'expression sur leurs visages.

Grayson avait désigné Stacy pour ouvrir la marche. La plus lourde des deux femmes était épuisée, et Grayson comptait la sacrifier pour protéger les autres en cas d'attaque. Il n'aurait probablement pas agi de la sorte en situation réelle mais, dans le cadre d'un exercice, c'était la meilleure chose à faire.

« Stop ! fit Stacy. Caporal, venez voir, s'il vous plaît. »

Smith s'immobilisa à son tour et activa la fenêtre qui diffusait ce qu'elle examinait : au sol, une fine ligne bleue était tendue entre deux arbres.

« Les enfoirés ! s'exclama Grayson. Faites tous bien attention à ne pas marcher sur le fil piège. Ne vous inquiétez pas, vous ne pourrez pas le rater. »

En effet, avec l'aide du Merge, il était difficile de manquer ce minuscule câble relié à une mine et pourtant censé être invisible. C'était tout simplement incroyable.

Ils s'arrêtèrent une nouvelle fois lorsqu'ils aperçurent le lit d'une large rivière presque à sec. Ils allaient devoir traverser vingt-cinq mètres de terrain à découvert pour atteindre les arbres de l'autre côté.

« Est-ce qu'on peut la contourner ? » demanda Duane.

Grayson eut l'air absent, et ses yeux bougèrent de droite à gauche et de haut en bas tandis qu'il consultait mentalement une image satellite de la zone. « Non. On est obligés de passer par là pour atteindre le pied de la colline. C'est l'endroit le moins risqué.

— Alors comment fait-on ? demanda l'avocat.

— On court », répondit Grayson. Il se rapprocha de la lisière du bois et inspecta les environs à la recherche du moindre signe de l'ennemi. « À vous l'honneur, major. Courez aussi vite que possible. »

Kent n'avait rien d'une fusée, mais il donna son maximum et rejoignit l'autre rive sain et sauf. Grayson fut le deuxième, suivi de Carrie. Histoire de varier leurs trajectoires, il lui avait demandé de démarrer cinquante mètres plus bas. Elle était sur le point d'y arriver lorsqu'un coup de feu retentit.

Elle avait été touchée, et son Merge réduisit sa vision et son équilibre de 70 %. Résultat, elle fut projetée en avant et s'écrasa dans le lit rocailleux de la rivière. Smith fit une grimace. Il faudrait recalibrer le logiciel pour éviter que les utilisateurs se blessent lorsqu'ils évoluaient sur un terrain accidenté.

« Restez couchée ! » cria Grayson, oubliant que le son de sa voix était projeté dans leurs têtes. Ce n'était pas un problème car leurs Merges avaient réduit automatiquement le volume.

Malgré son avertissement, Stacy, paniquée, tenta de se relever. Smith aurait pu la déclarer morte mais il préféra étudier sa réaction. Elle lutta pour se mettre à genoux mais retomba aussitôt dans l'eau. À bout de souffle après une dernière tentative infructueuse, elle se résolut à rester allongée.

« Mon colonel ? » fit Grayson.

Smith réfléchit à ce qu'il allait lui révéler. « Soixante-dix pour cent de dégâts, finit-il par dire. Si vous la mettez à l'abri, elle pourrait survivre.

— Merde, marmonna le Ranger. Il faut qu'on s'occupe de ce foutu sniper. Mais je n'arriverai pas à le repérer d'ici. » Il laissa tomber son sac à dos. « Je vais monter en haut d'un arbre.

— Attendez, dit Duane. Laissez-moi faire. J'ai passé mon enfance à grimper dans les cerisiers de mon jardin. » C'était la première fois qu'il parlait avec autant d'assurance.

Grayson hésita un moment puis lui adressa un rapide signe de tête. « Et ne t'avise pas de redescendre avant d'avoir localisé le tireur. »

Le gamin se précipita vers le plus grand arbre à proximité et se mit à en escalader les branches. Smith n'était pas rassuré. Aucun d'entre eux n'était censé se blesser. Or Stacy, prise au piège dans le lit de la rivière, semblait déjà un peu amochée. Pas question de prendre le risque que le gosse fasse une chute et se brise la nuque.

Il se rua dans sa direction et se mit à grimper à l'arbre à son tour. Duane ne devait pas peser plus de soixante kilos. S'il glissait, Smith serait peut-être capable de le rattraper.

20

Sud du Nouveau-Mexique, USA

La voiture de location de Craig Bailer roulait tranquillement sur une route de campagne déserte. Le GPS avait rendu les cartes routières obsolètes, mais le Merge révolutionnerait encore plus le monde de l'automobile. Bien que les applications incluses dans les premiers modèles fussent encore rudimentaires, conduire était déjà une toute nouvelle expérience. Le macadam qui filait jusqu'à la ligne d'horizon brillait d'une belle couleur dorée. Au début, Bailer s'y était opposé, du fait de la comparaison trop évidente avec *Le Magicien d'Oz*, mais l'équipe de Javier de Galdiano avait ignoré ses remarques – prétextant un vague détail technique concernant la manière dont le cerveau traite les couleurs. Aujourd'hui, il était bien obligé d'admettre qu'une fois de plus l'ancien hacker avait vu juste.

Ce n'était pas tout. Les images transmises à son cerveau étaient analysées en permanence par l'application – ainsi, il serait averti si un enfant ou un animal s'approchait du bord de la route, ou en cas de comportements dangereux de la part des autres automobilistes. Le programme surveillait aussi l'angle mort et lui signalerait tout dépassement de la vitesse autorisée. Enfin, l'application sommeil, qui fonctionnait dans les deux sens, manipulait ses ondes cérébrales pour qu'il reste attentif et réactif.

Mais ce n'était qu'un début. Dans un an, Mercedes et d'autres constructeurs installeraient dans chacun de leurs véhicules des caméras compatibles avec une pléthore d'améliorations visuelles, et le Merge pourrait bientôt se connecter au régulateur de vitesse, aux freins et, en cas d'urgence, à la direction.

À condition que Christian Dresner ne coule pas sa compagnie d'ici là.

« Appeler David Tresco, dit-il à haute voix, le Merge n'étant toujours pas capable de gérer mentalement une commande aussi complexe.

— Portable, domicile, ou bureau ? lui demanda une voix dans sa tête.

— Portable. »

Il n'y eut aucune indication visuelle que l'appel était en cours – la plupart des applications et des icônes étaient désactivées lorsque l'utilisateur conduisait – mais il entendit le son de la numérotation automatique suivi de la tonalité du retour d'appel.

« Où es-tu ? » dit Tresco d'un ton sec. Bailer savait que « ces intrigues de merde », comme Tresco les avaient appelées, l'agaçaient au plus haut point. Or il n'allait pas tarder à changer d'avis.

L'itinéraire doré de Bailer quittait la route en direction d'une station-service isolée.

« J'arrive. »

Il aperçut le SUV de Tresco et ralentit. Une fois à son niveau, il s'arrêta juste assez longtemps pour que son collègue puisse grimper à bord et appuya aussitôt sur le champignon.

« Bon, je suis là. De quoi voulais-tu me parler, nom de Dieu ? »

Ancien PDG d'une compagnie pétrolière, Tresco était l'un des membres les plus influents du conseil d'administration de Dresner Industries. En revanche, il avait un caractère de cochon.

« Il y a certains problèmes dont j'aimerais m'entretenir avec toi.

— Je viens de lire tes rapports concernant le lancement. On dirait bien que les ventes vont dépasser toutes nos estimations. Et la presse est encore plus emballée que prévu – même au sujet des implants. Quels problèmes pourraient être si importants que tu doives me traîner dans une station-service au milieu de nulle part ? Au passage, je te signale que mes petits-enfants sont venus me rendre visite ce week-end.

— Développer le Merge a été beaucoup plus compliqué et onéreux que ce qu'on a bien voulu te faire croire », dit simplement Bailer.

Il n'eut pas besoin de quitter la route des yeux pour savoir que Tresco était pendu à ses lèvres. Son silence en disait long. Ce n'était pas un homme habitué à ce qu'on lui cache quoi que ce soit.

« Qu'est-ce que tu entends par là, Craig ?

— On a accumulé les dépenses, les dettes, et on les a dissimulées en les déplaçant sur les comptes de nos filiales et de nos partenaires à travers le monde. »

Tresco ne dit rien. Lorsqu'il se décida à parler à nouveau, le ton de sa voix trahit son appréhension. « On s'est endettés de combien ?

— Assez pour mettre la clé sous la porte, même si on vendait deux fois plus de Merges que prévu. Si on la joue malin, on pourra peut-être payer nos obligations à la fin du mois mais, pour le mois prochain, c'est mort.

— Pourquoi m'avoir caché tout ça ? » Son appréhension s'était transformée en peur. « Je ne pourrai être tenu responsable de ce que j'ignorais.

— Personne ne te croira.

— Est-ce que c'est une menace, Craig ? Est-ce que tu es en train de me menacer ? »

Bien entendu. Néanmoins, il était inutile d'insister. Tresco était riche comme Crésus, et il jouissait d'une réputation excellente sous tous rapports. Il ferait le nécessaire pour protéger ce qu'il avait passé sa vie à construire.

Bailer lui tendit une tablette tactile et s'engagea sur une route encore moins fréquentée qui filait vers les montagnes Organ. Le vent latéral qui secouait la voiture n'était pas la raison pour laquelle Tresco était devenu pâle comme un linge. Non, sa terreur était suscitée par les graphiques et les tableaux qu'il faisait défiler.

« Comment… Comment c'est arrivé ? Comment as-tu pu laisser arriver une chose pareille ?

— Je n'ignorais pas tout, mais je me suis rendu compte de l'étendue des dégâts il y a seulement un an.

— Mais Christian…

— On ne peut plus faire confiance à Christian. Il fut un temps où il était encore sensible aux réalités financières mais, avec l'âge, il s'est mis à vivre dans son propre univers. Un univers qu'il croit pouvoir sauver. C'est pour ça qu'il prend des décisions stupides comme de se focaliser sur un moteur de recherche qui juge les gens et des logiciels pour venir en aide aux financiers et aux hommes politiques. C'est aussi pour cette raison qu'il a limité la vente de nos équipements militaires à un faible pourcentage des forces armées internationales. »

Tresco éteignit la tablette et se tourna vers les montagnes Rocheuses. D'une main tremblante, il essuya la sueur qui avait coulé sur ses lèvres.

« Nous devons nous débarrasser de Dresner, David.

— As-tu une idée de l'impact que ça aurait sur le prix de nos actions ? dit Tresco en ricanant.

— On agira en toute discrétion, et il conservera un poste honorifique.

— J'ai du mal à croire qu'il abandonnera de son plein gré la compagnie qu'il a passé sa vie à construire. D'ailleurs, explique-moi, comment est-ce que ça réglera nos problèmes d'argent ? Nous allons devoir trouver un associé.

— Sauf que nous ne pouvons pas nous permettre de perdre le contrôle financier de la boîte.

— Pourquoi ?

— Certaines choses referaient surface, dit-il d'une voix tremblante. Des choses qui doivent rester dans l'ombre.

— Tu parles de la dette offshore ?

— Non, David, ça n'a rien à voir avec nos finances.

— Alors de quoi s'agit-il ? »

Bailer prit une grande inspiration. Même dans l'intimité d'une voiture, certaines choses étaient dures à dire à haute voix.

« Le cerveau humain est une machine très complexe. Peut-être la plus complexe de toutes. C'est difficile de s'y substituer. Quand nous avons commencé nos recherches, nous avons d'abord utilisé des chimpanzés…

— Et alors ?

— Alors, l'expérimentation sur les singes a vite montré ses limites. Nous sommes donc passés à des sujets humains.

— Je ne comprends pas où tu veux en venir.

— Certains tests – en particulier les premiers – n'ont pas tous réussi. »

Tresco ne saisissait toujours pas. « Est-ce que tu es en train de me dire que des volontaires ont été blessés ? »

Bailer fit non de la tête et accéléra pour sortir d'un virage serré. Son regard se fixa sur la pente raide qui descendait jusqu'à une vallée en contrebas. « Ce que je suis en train de te dire, c'est qu'il ne s'agissait pas de volontaires, David. Et que nous ne les avons pas seulement blessés. »

21

« Prends ton temps, lui dit Jon Smith. Surtout, ne te fais pas remarquer. »

Au-dessus de sa tête, Duane soufflait comme un bœuf tandis qu'il grimpait prestement vers la cime de l'arbre. Le vent faisait bouger les branches et masquait leurs mouvements, mais ils étaient à plus de dix mètres du sol, et Smith n'était pas pressé de vérifier s'il pouvait ou non arrêter le gamin dans sa chute.

Duane lui obéit et ralentit l'allure. Certes, son fusil s'était pris quelques fois dans les branches mais, à part ça, le programmeur s'était débrouillé comme un chef. À croire que la grimpe, comme le vélo, faisait partie de ces choses qu'on n'oubliait jamais – qu'importe le temps que vous aviez passé devant un ordinateur.

« Ici, ça m'a l'air parfait », fit Smith. Ils avaient atteint un endroit où les feuilles multicolores de l'automne étaient suffisamment tombées pour qu'ils aient une bonne visibilité, mais sans les exposer à la vue du sniper. Grayson avait mis les autres à l'abri. Il ne restait plus que Carrie, toujours allongée dans le lit de la rivière. Le logiciel d'entraînement avait d'abord réduit ses capacités à

30 %, mais comme il simulait aussi l'absence de soins médicaux, sa « jauge de vie » venait de passer à 27 %. À ce stade-là, ils n'avaient plus à se soucier qu'elle essaie de se relever car elle devait être dans l'incapacité de bouger le petit doigt. Christian Dresner, ce grand pacifiste, avait créé une application militaire bougrement vicieuse.

« Très bien, Duane. Je sais que c'est difficile mais essaie de te rappeler d'où provenait la détonation. Ensuite, il te faudra déterminer l'angle de tir du sniper, et enfin, regarde… »

Smith venait de se rendre compte que ses conseils étaient aussi inutiles que d'apprendre à un étudiant équipé d'un briquet comment démarrer un feu en frottant deux bouts de bois. La pluie avait cessé, et le Merge n'eut aucune difficulté à repérer le sniper situé à environ quatre cents mètres de leur position. Une tache rose et chaude dépassait de ce que Smith identifia comme étant un poncho recouvert de feuilles mortes. Le contour du canon de son fusil était encore plus facile à discerner, et le Merge ne tarda pas à leur transmettre le nom du modèle et celui du fabricant – une nouvelle fonction que les programmeurs venaient tout juste de développer. Le logiciel aurait aussi pu déterminer si Duane et Smith étaient à portée du tireur d'élite, mais un bogue non identifié n'avait eu de cesse de tronquer cette information.

« Ouais, je le vois, fit Duane, tout excité. Il est juste là !

— Bien joué. Tu en aperçois un autre ? »

Il marqua une courte pause. « Non, personne d'autre. Juste le sniper. »

Smith plissa bêtement les yeux… pour en arriver à la même conclusion que le jeune homme. « Ils ont dû adopter une position défensive à proximité du drapeau. »

Duane fit oui de la tête, et son casque trop large descendit sur ses yeux. « Qu'est-ce qu'on fait ? »

Techniquement, le sniper était à portée des M16 que leurs armes d'entraînement étaient censées émuler. À condition, bien sûr, d'être un excellent tireur et d'être allongé sur une surface stable. Qu'importe ! Après tout, ils étaient venus ici pour faire ce genre d'expériences.

« Dégomme-le.

— Pardon ? Je ne pourrai jamais le toucher d'ici. Il est beaucoup trop loin, mon colonel.

— En effet, tu risques de le rater. Si tu foires ton coup, planque-toi derrière le tronc. On descendra ensuite en faisant très attention. Je préfère qu'il te touche plutôt que tu tombes. Est-ce que c'est bien compris ? »

Duane acquiesça d'un hochement rapide et nerveux. Smith modifia les réactions du Merge de l'informaticien en cas d'impact – il désactiva la diminution de la vision et celle de l'équilibre, et ne laissa tourner que l'affichage des dégâts reçus.

« Trouve une position stable et appuie ton fusil sur une branche. Qu'est-ce que dit ton système de visée ? »

Duane serra l'arbre entre ses bras et pressa le côté de son arme contre le tronc qui était assez épais pour résister aux vents latéraux. « La mire est apparue, et le Merge m'indique que ma cible se situe à quatre cent douze mètres. Il me demande la direction du vent.

— Qu'est-ce que tu en penses ? Ce n'est pas un tir facile.

— Il souffle de gauche à droite, je crois.

— Très bien. En effet, c'est un vent d'est.

— Maintenant, il me demande la vitesse.

— Et?

— Je ne sais pas. Peut-être 8 km/h? »

Smith, pour qui ce n'était pas une première, décida de tricher un petit peu. « On va dire 10 km/h.

— D'accord. Voilà, c'est fait.

— Très bien, Duane. Ton équipe a besoin de traverser cette rivière. Pour ça, il faut que tu descendes ce fils de pute. Ou que tu lui foutes la trouille de sa vie.

— Est-ce que je dois les tenir informés de ce que je fais? » La voix du caporal Grayson résonna soudain dans leurs têtes. « Inutile, on est tous connectés sur le même canal et on vous entend très bien. Prêts à bouger à votre signal.

— Bien reçu », fit Duane. Puis il retint son souffle et ajusta sa visée. C'était un drôle de spectacle – l'arme n'avait ni lunette ni mire métallique et, par conséquent, le jeune homme n'avait pas besoin de coller sa joue contre son fusil.

« Ne presse pas la gâchette comme un bourrin, lui dit Smith. Appuie dessus tout doucement. Caresse-la dès que ta cible sera dans ta ligne de mire. »

Le son artificiel du fusil fit s'envoler les oiseaux perchés au sommet de l'arbre, et le rapport du tir s'afficha aussitôt dans la vision périphérique de Smith.

« Seigneur…

— Je l'ai eu! cria Duane. Allez-y, allez-y! »

Leurs coéquipiers se mirent à traverser la rivière à toute vitesse. La jauge de vie du sniper Delta était passée à 45 %. Il roula sur le côté pour se débarrasser de son poncho et, bon joueur, battit en retraite en titubant. Duane tira une deuxième fois mais le manqua. Maintenant que sa cible était en mouvement, il serait incapable de finir le travail. En revanche, Smith savait que lui y serait parvenu sans aucune difficulté. Fantastique.

Ils entamèrent leur descente. Bien qu'il essayât de se concentrer sur ce qu'il faisait, Smith ne cessait d'être distrait par les points verts représentant ses deux coéquipiers partis secourir Carrie. Certes, il s'agissait d'une information importante, mais, dans la situation présente, son Merge aurait pu s'en passer.

D'un autre côté, les gamins qui avaient grandi en jouant aux jeux vidéo seraient peut-être plus aptes à gérer plusieurs sources d'informations en simultané. De nombreuses études avaient aussi démontré que les recrues féminines excellaient dans le *multitasking*. Décidément, la liste des fonctionnalités à explorer ne cessait de s'allonger.

Une fois au sol, ils se précipitèrent vers la rivière et la traversèrent sans embûche. Avec ses capacités diminuées de 55 %, leur adversaire ne prendrait aucun risque, et il avait dû partir se réfugier au pied du drapeau avec ses camarades.

Toute l'escouade s'était regroupée autour de Carrie, à l'exception du Ranger qui faisait le guet, accroupi derrière un arbre.

« Qu'est-ce qu'on fait d'elle, colonel ? demanda Stacy. Elle ne peut plus marcher.

— À la guerre comme à la guerre, répondit Smith. Que feriez-vous si nous étions en Afghanistan ? »

Ils en discutèrent un moment et décidèrent que l'un d'entre eux devrait rester avec elle pour attendre une évacuation sanitaire.

« Mais qui ? » demanda Gregory Kent.

164

Smith haussa les épaules. « À vous de décider. »

Grayson les rejoignit. Il avait l'air impatient. « Nous les avons forcés à se replier et nous devrions profiter de cet avantage pour les attaquer sans tarder. Qui est le plus claqué d'entre vous ?

— Je me sens en pleine forme, dit Duane, encore sous le coup de l'adrénaline.

— Je suis fatiguée, mais toujours d'attaque, dit Stacy avec entrain.

— Major ? » fit Grayson en se retournant vers l'homme rondouillard assis dans la boue.

Il hésita un moment avant de répondre. « Je suis un peu trop vieux pour ce genre de choses. Je ne pense pas pouvoir grimper cette pente.

— Il n'y a aucune honte à ça, major. Il est impératif que l'un d'entre nous reste ici. En plus, vous pouvez vous vanter d'avoir descendu l'une de ces enflures. Les autres, il est temps de se remettre en marche. »

*

« Nous sommes ici », leur annonça Grayson en posant son doigt sur une carte plastifiée ; en groupe, l'utilisation du format papier était toujours préférable au Merge. Ils avaient atteint, doucement mais sûrement, la base du flanc est de la colline. De là, ils pourraient grimper jusqu'au drapeau. Sauf que les deux soldats non combattants étaient fatigués et trébuchaient dès qu'ils accéléraient un peu la cadence.

Grayson fit glisser son doigt sur la carte mouillée. « Je pense que notre sniper blessé se trouve ici. Le terrain au-dessus de lui est trop raide pour qu'il puisse le gravir dans sa condition, et le contourner lui prendrait trop de temps. Il va donc creuser une tranchée pour assurer la première ligne de défense.

— Tu penses que les autres se sont réfugiés à proximité du drapeau? demanda Stacy.

— Oui. Le bon côté des choses, c'est que, dispersés ainsi, ils sont affaiblis. Il faut qu'on en profite. Vous deux, je veux que vous remontiez cette crête. Allez-y tranquillement et restez le plus bas possible. Je vais passer par le chemin le plus escarpé et le prendre à revers. Le pauvre ne saura plus où donner de la tête.

— Et pour ce qui est des deux autres?

— Il va se remettre à pleuvoir, ce qui devrait diminuer leur visibilité. Aucun problème de ce côté-là.

— T'en es certain?

— Rien n'est jamais certain sur un champ de bataille. On joue sa vie comme on joue aux cartes. Parfois, il ne faut pas avoir peur de miser le tout pour le tout. »

Sur ces bonnes paroles, ils se mirent en route; Grayson d'un côté, Stacy et Duane de l'autre. Le Ranger ne s'était pas trompé: quelques gouttes de pluie se mirent à tomber et se transformèrent très vite en une violente averse.

Smith emprunta un chemin différent et permuta sur la fréquence radio du commando Delta.

« Lieutenant Raymond, ici le colonel Smith. Je m'approche de votre position par le sud.

— Bien reçu. »

Grayson avait aussi vu juste quant à la position du blessé. Mais le caporal avait opté pour un itinéraire plus prudent, et Smith rejoignit le sniper avant lui. Il trouva le malheureux à plat ventre dans une petite tranchée qui se remplissait d'eau à vue d'œil. Smith s'étendit à ses côtés,

166

et son treillis fut aussitôt trempé. Heureusement, le thermomètre affichait 26 degrés.

« Comment allez-vous ? »

Raymond secoua la tête d'un air dépité. Touché à l'épaule, il avait immobilisé son bras en l'attachant à son torse.

« Il semblerait que je me vide de mon sang, mon colonel. Ma visibilité est réduite à vingt-cinq mètres. Bordel, mais qui sont ces mecs ?

— Vous ne me croiriez pas si je vous le disais. »

Raymond fronça les sourcils, persuadé qu'il avait affaire aux membres d'une nouvelle unité commando ultrasecrète. Il rampa un peu hors de l'eau et enfonça son coude dans la boue afin de balayer le flanc est de la colline avec sa lunette.

Smith n'avait plus besoin d'utiliser ce genre d'accessoires obsolètes. Maintenant qu'il était immobile, il agrandit sa vue aérienne du champ de bataille. En face de lui, deux points verts s'approchaient lentement et, derrière lui, un troisième progressait un peu plus vite.

Puis il s'intéressa aux points rouges. Bien entendu, le premier se situait à ses côtés, mais il n'en aperçut qu'un seul à proximité du drapeau. Le troisième, qui se trouvait au-dessus de sa tête, se rapprochait en descendant ce qui, sur sa carte, ressemblait à une déclivité affreusement glissante. Le sniper Delta n'allait pas servir de première ligne de défense, mais d'appât.

« Bonne chance », lança Smith au blessé. Il sortit de la mare en roulant sur le côté, puis se posta à l'écart pour observer la scène sans révéler la position de Raymond.

Il pleuvait désormais à verse. Afin d'améliorer sa visibilité, le Merge de Smith utilisait la version bêta d'un logiciel de suppression de mouvements développé par Dresner et Mercedes. Lorsque le vent ne soufflait pas, les gouttes d'eau tombaient à vitesse constante en suivant toujours la même trajectoire. Le logiciel effaçait tout ce qui descendait du ciel à cette vitesse, et surlignait chaque mouvement discordant. L'image produite était un peu étrange, mais on s'y habituait assez vite.

Moins d'une minute plus tard, Duane et Stacy apparurent à une centaine de mètres du sniper. Ils parcoururent encore dix mètres, puis se jetèrent au sol et le mirent en joue. Incroyable. Smith désactiva ses améliorations visuelles : à l'œil nu, sa visibilité était réduite à une vingtaine de mètres.

Au moment où il réactiva son Merge, ses coéquipiers firent feu à l'unisson. Ils manquèrent leur cible, mais de peu. Le sifflement d'une balle virtuelle retentit dans l'oreillette de Raymond et lui indiqua la proximité de ses adversaires. Il se replia dans sa tranchée inondée et en ressortit aussitôt en crachant de la boue. Toujours connecté au canal de communication Delta, Smith entendit alors le message de Raymond : « Ils me tirent dessus depuis le flanc est. Je ne les ai pas vus arriver, et ils ont failli me toucher une deuxième fois. Qui sont ces types, bordel ? »

Le point rouge qui descendait du sommet de la colline sprinta en direction de Duane et Stacy, tandis que Grayson continuait de se rapprocher par le sud-ouest. La suite allait être intéressante.

Smith aperçut enfin le Ranger. Sa silhouette apparaissait et disparaissait par intervalles. Le vent s'était levé, et le logiciel expérimental commençait à déconner. Soudain, les rayons du soleil transpercèrent les nuages et firent scintiller les gouttes de pluie. Le soldat en mouvement en profita pour épauler son arme. Un coup de feu résonna et, dans la seconde qui suivit, le niveau de vie de Duane tomba à zéro.

« Je… je suis touché… Je ne vois plus rien ! s'écria-t-il, paniqué. Je ne vois plus rien !

— Calme-toi, lui dit Smith. Tout va rester noir pendant dix secondes, puis ton appareil va s'éteindre. En attendant, ne bouge pas. »

Sans prendre le temps de viser, Stacy tira sur l'homme qui se rapprochait d'elle. Smith ne pouvait pas voir le Delta, mais il remarqua néanmoins que le point rouge s'était immobilisé. Or Stacy se déplaçait avec une lenteur inhabituelle. Il en déduisit que, profitant que son adversaire s'était mis à couvert, elle reculait en traînant le corps paralysé de Duane.

« Il est mort, Stacy. Tire-toi d'ici… »

Un deuxième coup de feu retentit, et les points de vie de la jeune femme tombèrent à zéro. L'avantage que leur procuraient leurs Merges et l'euphorie de leurs premiers succès avaient fait oublier un détail très important aux membres de son équipe : les hommes qu'ils affrontaient étaient des combattants exceptionnels.

Grayson continuait d'avancer avec prudence. Allongé sur le dos, le lieutenant Raymond avait beau regarder dans la direction du Ranger, il ne le vit pas épauler son fusil ruisselant. L'ordinateur enregistra un tir mortel. Le sniper lâcha quelques jurons tandis que Grayson se précipitait vers lui et se glissait dans la tranchée.

Comme le Delta au-dessus d'eux ne pouvait toujours pas les voir, Smith courut vers son homme et s'allongea dans l'eau avec les deux soldats.

« On dirait bien qu'il ne reste plus que moi, mon colonel.

— Vous connaissez la chanson. La situation peut basculer à tout moment. »

Grayson acquiesça en appuyant son fusil sur une grosse pierre, au bord de la tranchée. « Voyons si j'arrive à égaliser. »

Assis en silence, le lieutenant Raymond cherchait en vain ce que visait Grayson sous la pluie battante.

Le Ranger fit feu, et le Merge de Smith l'informa que la jauge de vie du soldat qui se rapprochait d'eux venait de tomber à zéro.

« Mon colonel ? » lui demanda Grayson, impatient de savoir s'il avait fait mouche.

Smith était sidéré. « En plein dans le mille. Plus qu'un, major. »

22

Environs de Santiago, Chili

Toute la pièce était d'un blanc immaculé, et chaque centimètre des murs, du plafond et du sol rayonnait de la même lumière douce. Pour éviter les courants d'air, la température était réglée à 22 degrés grâce à un système de panneaux rayonnants.

Ce sanctuaire était sa partition vierge – un espace hors du temps où Christian Dresner pouvait organiser ses pensées et ses idées. Du moins c'est ce qu'il avait l'habitude d'y faire.

Dans le coin le plus reculé de la pièce, un moniteur de cent vingt-sept centimètres de diagonale était intégré au mur et, en dessous, un clavier reposait sur une petite étagère. Malgré leur design épuré, on ne voyait qu'eux ; une intrusion archaïque qui frisait le vulgaire et lui rappelait qu'il n'avait toujours pas réussi à sauver le monde.

Sur l'écran, une route dorée défilait au milieu des montagnes – il s'agissait d'une retransmission en direct du Merge de Craig Bailer.

Officiellement, il était impossible de pirater un Merge et d'en visionner les images. Le logiciel et la bande passante nécessaire pour ce genre de téléchargement n'auraient jamais échappé à l'attention des médias toujours obsédés par le concept obsolète de vie privée. Cependant, les unités fournies à ses employés n'étaient équipées d'aucun pare-feu et lui permettaient, à leur insu, de garder un œil sur eux.

Debout devant l'écran, Dresner suivait le regard de Bailer qui passait du visage de David Tresco à la route afin de négocier un virage difficile. L'image était floue et pixélisée, mais l'utilisation d'un moniteur était obligatoire : projeter un signal étranger directement dans votre cerveau vous donnait la nausée.

À cette pensée, Dresner se mordit la lèvre inférieure. On en revenait toujours aux vertiges et à la nausée. En évoluant, notre esprit était devenu très rigide. Si les informations ne venaient pas de nos yeux, de notre nez, de nos oreilles, de notre peau ou de notre langue, le cerveau les rejetait aussitôt. À force d'essayer, les enfants arriveraient peut-être un jour à supporter cette dissonance. Après tout, leurs esprits faisaient preuve d'une incroyable capacité d'adaptation.

La route redevint droite, et Bailer pivota vers Tresco. Soudain, l'image se figea – une conséquence de la médiocrité du réseau cellulaire qui transmettait les données. Dresner fit quelques pas en avant pour examiner l'expression horrifiée du passager. Puis, la diffusion reprit son cours.

« Vous avez utilisé des Nord-Coréens ? Doux Jésus, Craig, combien d'entre eux sont morts ? Combien ont fini handicapés ?

— Je ne me souviens plus du nombre exact. Ils…

— Tu ne te souviens plus du nombre exact ? Il y en a eu tant que ça ? Comment as-tu pu t'embarquer dans un truc pareil ? Comment Dresner a-t-il pu en arriver là ? Il…

— Pourquoi, quand, comment, dit Bailer en haussant la voix. Tout ça n'a plus d'importance. C'est arrivé, point. Et maintenant, nous devons agir en conséquence.

— Je n'étais pas au courant, fit Tresco qui essayait de trouver un moyen de s'en sortir. On ne m'a jamais rien dit.

— Que toi et les autres membres du conseil d'administration l'ayez su ou pas ne changera rien, David. C'est le genre de détails dont personne ne se souciera si cette tragédie éclate au grand jour. Dresner Industries s'effondrera, je serai jugé pour crimes contre l'humanité, et tu passeras le restant de tes jours en prison – ou alors à tout faire pour y échapper. Nous devrons payer, David. Qu'importe que tu sois coupable ou non. »

Tresco se figea derechef. Rien à voir cette fois avec la qualité du réseau. Paralysé, le regard perdu dans le lointain, il semblait avoir du mal à accepter que l'univers puisse lui reprendre toutes les richesses qu'il avait passé sa vie à amasser.

Bailer se concentra sur la route. « On peut encore tout arranger.

— Tout arranger ? Comment veux-tu arranger ce genre de choses ? »

C'était une excellente question, et Dresner tendit l'oreille. Le bruit du vent et du moteur était atténué par son Merge, mais la qualité du son n'en restait pas moins mauvaise – la faute à Bailer qui continuait d'utiliser la structure primitive de son oreille interne au lieu de profiter de l'indéniable efficacité du micro dentaire.

« Comme tu le sais, nous n'avons rien signé avec l'armée américaine. Pour le moment, il ne s'agit que d'une promesse orale faite par Dresner ; son énième tentative de sauver le monde.

— Et ?

— Sans que Christian le sache, j'ai contacté le gouvernement chinois. Ils sont prêts à nous virer de quoi couvrir nos dettes, via plusieurs sociétés privées dont ils ont le contrôle. En échange, nous leur fournirons la même version du Merge que celle promise aux Américains.

— Sont-ils au courant pour les Nord-Coréens ?

— Non, et il n'y aucune raison qu'ils le soient. Ils n'achètent pas d'actions et ne contrôleront pas la compagnie. Ils nous paient seulement pour que nous abandonnions le contrat d'exclusivité avec… »

Dresner coupa le son et lança l'application cartographique de Layer-Cake. Une image satellite apparut sur laquelle il pouvait suivre la position de la voiture de Bailer, ainsi que celle du véhicule qui la suivait à une distance d'environ deux kilomètres.

Son conducteur surveillait le PDG depuis deux mois, et Dresner lui envoya un message très court sur son téléphone portable. Le genre qu'il avait espéré ne jamais avoir à écrire.

Aussitôt, les deux points se rapprochèrent jusqu'à ne faire qu'un, et Dresner pivota vers le moniteur pour observer la suite à travers les yeux de Bailer. Bien qu'elle fût visible dans son rétroviseur, il ne semblait pas avoir remarqué la voiture qui le suivait. Son regard continuait de passer de la route au visage de Tresco dont les lèvres bougeaient en silence sur l'écran. Inutile de remettre le son. Ce qu'ils se racontaient n'avait plus d'importance.

Dresner lança une application qui n'existait que sur son Merge. Une liste de noms se déploya, et il sélectionna celui de son PDG. Le mot « activer » se mit alors à clignoter dans le coin de son œil.

Il attendit que Bailer attaque un virage très serré. Il aurait préféré quelque chose de plus concret, comme une paroi rocheuse, mais l'image satellite n'indiquait rien de tel à proximité. Il allait devoir se contenter de ce virage, et du ravin qu'il longeait.

23

Fort Bragg, Caroline du Nord, USA

« Pas mal, la nouvelle piaule », dit Smith en entrant dans une pièce aussi large et luxueuse qu'un placard à balais. Maggie Templeton fronça les sourcils sans quitter des yeux le minuscule écran de son ordinateur portable. Elle paraissait presque nue sans sa batterie de moniteurs et le porte-avion qui lui servait de bureau.

L'exercice terminé, Smith avait reçu l'ordre d'aller faire son rapport dans cette partie abandonnée de Fort Bragg. Il avait d'abord cru à une mauvaise blague du général Pedersen, aussi avait-il été très étonné de se retrouver nez à nez avec des agents de Covert-One. Pour qu'il accepte de sortir de sa cachette, Klein – et au-dessus le président Castilla – devait vraiment prendre cette histoire de Merge au sérieux.

Maggie leva une main et désigna une embrasure sans porte derrière elle. Smith obtempéra et se remit en marche.

Il entra dans une pièce à peine plus grande que la précédente et remplie d'un invraisemblable bric-à-brac : des tables pliantes empilées les unes sur les autres, des classeurs rouillés et quelques vieux casiers. Néanmoins, la présence de Klein donnait à ce cagibi des faux airs de bureau ovale. Où qu'il fût, il émanait toujours de cet homme une certaine majesté.

« Il paraît que tu as récupéré le drapeau.

— Ça m'a coûté quatre de mes hommes, mais nous avons gagné la partie, répondit Smith en se laissant tomber sur une chaise de bureau à laquelle il manquait une roulette.

— Alors ? Quelles sont tes premières impressions ?

— Cinq commandos Delta se sont fait dégommer par un Ranger et quatre gratte-papier – parmi lesquels deux sont probablement essoufflés quand ils sortent leurs poubelles. Tu peux imaginer que mes premières impressions sont plutôt positives.

— Donc tu penses que le département de la Défense devrait investir ?

— Absolument. Les avantages du Merge sont monstrueux. L'exercice d'aujourd'hui en est la preuve.

— Et les désavantages ?

— Dresner en conservera le contrôle. Par la suite, il pourrait décider de revenir sur notre accord, et vendre le Merge au tout-venant. Ou bien se dégonfler et refuser que nous ajoutions nos propres applications à son système. D'ailleurs, qu'est-ce qu'on peut faire de ce côté-là ?

— Rien, admit Klein. J'ai donné l'un des prototypes à mes contacts de la NSA. J'avais espoir qu'ils réussiraient à craquer le code source du logiciel, histoire d'avoir un atout au cas où Dresner changerait de camp. Mais ils sont complètement largués. »

Smith acquiesça. Ses collègues lui avaient plus ou moins dit la même chose. « Pour ce qui est de la probabilité qu'il retourne sa veste, il va bien falloir qu'on prenne le risque. Cela dit, les armées du monde entier utiliseront bientôt la version civile, et il est impératif que nous commencions à développer des contre-mesures. Autant réfléchir tout de suite aux moyens de se défendre contre la version militaire, au cas où elle finirait sur le marché. Ça nous donnera déjà une bonne longueur d'avance sur les autres pays. Enfin, n'oublions pas que l'armement de nos ennemis actuels est assez rudimentaire. Le Merge fera donc une sacrée différence sur le terrain. »

Klein s'enfonça dans sa chaise et alluma sa pipe. Mais ce bureau de fortune n'était pas équipé du système de ventilation ultrasophistiqué de son QG, et Maggie Templeton ne tarda pas à le lui rappeler : « Merci pour la fumée ! »

Klein fronça les sourcils et l'éteignit. « Tu as parlé avec Dresner, n'est-ce pas ? Qu'est-ce que tu penses de lui ? Partons du principe qu'il ne nous trahira pas : tu crois qu'il sera facile de travailler avec lui ?

— Ce sera donnant-donnant. Il va disséquer chacune de nos applications militaires pour en développer une variante civile. Rassure-toi, pas celles qui contrôleront notre arsenal : aucun risque de les retrouver sur la place publique.

— Donc, tu nous conseilles de courber l'échine et de serrer les dents ?

— Faut c'qui faut, dit-il en plaisantant. Qu'on le veuille ou non, le monde continue de tourner.

— Le contribuable peut faire une croix sur une éventuelle baisse d'impôts, soupira Klein.

— Appelle le secrétaire du Trésor et dis-lui de commencer à faire chauffer la planche à billets, car je te garantis que nous allons vouloir équiper la totalité de nos soldats.

— Et que penses-tu de la technologie en elle-même ? Quels en sont les inconvénients et les dangers ?

— Encore autre chose que nous ne pourrons évaluer que sur le long terme, mais pour l'instant, je ne me fais aucun souci. D'expérience, je peux t'assurer que les implants sont inoffensifs – quelques aspirines, et deux jours plus tard c'est oublié. J'en ai parlé avec les meilleurs neurologues du pays : ils n'ont découvert aucun risque physique ou psychologique. Les signaux audio et vidéo du Merge sont identiques à ceux que les yeux et les oreilles envoient au cerveau. Nous devrons juste veiller à ce que nos soldats n'en deviennent pas trop dépendants, histoire qu'ils restent compétents en cas de pépin. Ceci dit, c'est un problème qui touche toutes les technologies : les armes s'enrayent, les Humvee tombent en panne, les avions s'écrasent. En gros, tout ça dépendra de l'efficacité des programmes développés par nos informaticiens de génie.

— Je te fais entièrement confiance.

— Pardon ?

— Tu viens d'être nommé à la tête du développement du Merge pour l'armée des États-Unis d'Amérique.

— Moi ? Je suis médecin, Fred. Microbiologiste.

— Tu es un leader-né et un excellent scientifique avec une réelle connaissance du terrain. Qui pourrait faire ça mieux que toi ?

— Je ne crois pas que ça va être possible, Fred. Le général Pedersen va péter un câble s'il apprend que je dirige ce projet. »

Klein fit mine de compatir. « Au risque de me répéter, le Président s'en contrefiche royalement. »

24

Sean Maher accéléra et, lorsqu'il ne fut plus qu'à une cinquantaine de mètres, il ralentit pour caler son allure sur celle de la Ford. La route montait, descendait, serpentait le long des montagnes, si bien que même d'aussi près, il ne pouvait garder un œil en permanence sur sa cible. Cet endroit ne ressemblait vraiment pas à son Irlande natale mais conviendrait parfaitement à la mission qu'on venait de lui assigner. Il n'avait croisé aucune autre voiture depuis une bonne quinzaine de minutes, et le vent commençait à souffler assez fort pour faire trembler son SUV. Un véritable no man's land.

On avait beau l'avoir prévenu de ce qui allait se passer, il n'en fut pas moins surpris lorsque ça arriva. La Ford, qui roulait toujours à la même vitesse, s'engagea dans un virage en épingle, mais, au lieu de tourner à droite, elle se mit soudain à foncer en direction du ravin. Un rayon de soleil éclaira l'habitacle et, à travers la vitre arrière, Maher aperçut le passager qui se jetait sur le volant.

La voiture dérapa. Le crissement des pneus recouvrit le bruit du moteur et les hurlements du vent. Si le passager n'avait pas braqué à fond, ils auraient peut-être pu

180

s'en sortir. Mais l'arrière du véhicule chassa au-dessus du vide, et la loi de l'attraction fit le reste.

Maher laissa sa voiture décélérer tranquillement le long de l'accotement.

La Ford dévalait la pente à reculons. De plus en plus vite. Soudain, elle buta contre le rebord d'une ornière et se redressa à la verticale. Elle resta en équilibre sur son pare-chocs arrière un court instant, puis retomba sur son toit, fit une série de tonneaux, et s'empala sur un gros rocher.

Maher bondit hors de son SUV et se précipita aussi vite que possible vers le fond du ravin. Mais le sol était instable, et il dut faire très attention à ne pas glisser. Le toit de la Ford étant sérieusement enfoncé, la vitre arrière n'était plus qu'un lacis de fentes ressemblant à une toile d'araignée. Il essaya néanmoins de distinguer des signes de vie à l'intérieur du véhicule. A priori, plus personne ne bougeait. Il s'agissait peut-être de l'une de ces rares occasions où il serait payé pour ne rien faire.

Hélas, il discerna bientôt des mouvements sur le siège passager. Rien n'était gratuit en ce bas monde, et il allait encore une fois devoir se salir les mains.

Il contourna l'arrière de la voiture, saisit la poignée de la portière et tira plusieurs fois dessus d'un coup sec. Rien à faire, elle était coincée. Qu'importe : il ramassa une pierre et brisa ce qu'il restait de la vitre.

Comme prévu, le conducteur était mort – la tête penchée en arrière et le regard vide. Mais ce n'était pas le cas de l'homme qui l'accompagnait. En état de choc, il clignait des yeux et essayait de détacher sa ceinture de sécurité.

Maher s'assura que la route était toujours déserte. Puis il se glissa dans l'habitacle par la fenêtre. Le blessé se rendit compte qu'il n'était plus seul : il plissa les yeux, comme pour se persuader qu'il n'hallucinait pas, et sa détresse se transforma en soulagement.

« Aidez-moi à enlever cette… »

Maher saisit la tête du malheureux et l'écrasa contre la vitre. Sa stupéfaction fut brève et il tenta aussitôt de se débattre. Mais il était trop vieux et trop affaibli par l'accident ; c'était peine perdue.

Le tableau de bord aurait été plus efficace, mais il ne voulait pas prendre le risque de déclencher l'airbag : un médecin légiste trop zélé aurait pu trouver ça suspicieux. Même si, en principe, personne n'enquêterait jamais sur un accident aussi banal, Maher ne voulait pas tenter le diable. Cette mission était déjà assez bordélique comme ça.

Il continua de s'acharner sur le vieil homme. Il respirait de plus en plus fort et de la sueur commença à perler sur son front. D'une main, il repoussait parfois celles de sa victime qui tentait en vain de lui griffer le visage. Son rôle de bon Samaritain ne serait pas crédible une seconde si on retrouvait des morceaux de sa peau sous les ongles manucurés du mort.

Les muscles de ses épaules le brûlaient, et il soufflait comme un bœuf. Enfin, le vieillard perdit conscience. Pourtant, Maher n'en avait pas terminé. Pas tout à fait.

Il s'extirpa du véhicule et se glissa sous la voiture pour déchirer l'arrivée d'essence à l'aide d'un outil multifonctions. Il ne fallait pas que la coupure soit trop nette. Ce n'était peut-être pas nécessaire, mais son travail lui imposait de faire toujours preuve d'une grande prudence.

L'essence se répandit sur le sol brûlant du Nouveau-Mexique. Il sortit un briquet de sa poche pour l'enflammer. La fumée s'éleva en volutes noires et épaisses avant d'être balayée par le vent.

Comme il commençait à tousser, il couvrit sa bouche avec la manche de sa veste et recula pour se mettre à l'abri. Il entendit alors le bruit d'un moteur. Il leva la tête et aperçut une voiture qui se garait à côté de la sienne. Un couple de quinquagénaires en sortit. Aussitôt, il baragouina toutes sortes de jurons en se rapprochant de l'épave et tira en vain sur la poignée chauffée à blanc de la portière – une petite mise en scène extrêmement douloureuse mais nécessaire.

Lorsqu'il finit par battre en retraite, le couple lui cria quelque chose qu'il ne comprit pas. Ils étaient tous les deux obèses et sans doute incapables de descendre la pente du ravin. Néanmoins, afin de s'assurer qu'ils n'essaieraient pas de jouer aux héros, il leur indiqua, d'un signe de la main, qu'il allait bien et qu'il n'y avait plus rien à faire pour les occupants de la voiture en flammes.

Le feu s'intensifia, et Maher fit quelques pas en arrière. À chaque fois que la fumée le lui permettait, il jetait un coup d'œil sur le siège passager. Le vieil homme ne reprit même pas conscience.

25

Province de Khost, Afghanistan

L'Afghan remontait désormais le flanc de la colline en courant. Randi Russell tira plusieurs coups de feu mais ne parvint qu'à soulever un nuage de poussière à environ trois mètres sur sa gauche. À dire vrai, son véritable objectif était de permettre à ses deux coéquipiers de se mettre à couvert.

Elle avait passé ces trois derniers mois à traquer sans relâche un groupe de talibans responsable d'une attaque sur un avant-poste de la CIA. En plus de son zèle habituel, un sentiment de culpabilité l'avait poussée à mener cette mission à bien. Car, si elle n'était pas allée enquêter à Sarabat pour le compte de Fred Klein, elle aurait pu protéger ses camarades. Si elle n'avait pas quitté son poste, elle aurait peut-être arrêté leurs agresseurs, et ses amis seraient peut-être encore vivants.

Les corps de cinq des six coupables gisaient sur le sol, et une centaine de mètres seulement la séparait du dernier survivant.

Derrière elle, Billy Grant fit une glissade pour se planquer au fond d'un sillon. Deuce aussi s'était mis à l'abri et, depuis sa position, Randi n'apercevait que le sommet de son casque.

D'ailleurs, celui-ci n'avait plus rien à voir avec les casques réglementaires de l'armée américaine. Il avait été confectionné par un ancien SEAL qui gagnait sa vie en fabriquant des cadres de vélo de course sur mesure. Moulé à partir de la forme du crâne de son propriétaire, il était recouvert d'une pléthore de gadgets qui communiquaient toutes sortes d'informations au Merge. Et comme la quasi-totalité des soldats des forces spéciales avaient adopté la dernière création de Dresner, ils voulaient tous profiter de la légèreté offerte par la fibre de carbone, quitte à y perdre un peu en solidité. Du coup, le SEAL croulait sous les commandes et avait de plus en plus de mal à respecter ses délais.

Sans bouger la tête, Deuce fit glisser son fusil sur le côté du rocher derrière lequel il s'abritait. Randi utilisa la lunette de son arme et aperçut l'Afghan se jeter au sol après que la balle l'eut raté de quelques centimètres. Décidément, ce truc était sacrément efficace. Non seulement Deuce venait d'effectuer un tir d'une grande difficulté, mais il l'avait fait sans se mettre à découvert.

Même si elle préférerait toujours le talent, le courage et le caractère aux nouvelles technologies, elle était obligée d'admettre que le combinaison des quatre faisait un malheur.

Grant ne s'était pas encore converti au Merge. Profitant que l'Afghan était couché par terre et immobile, il sortit sa tête du sillon et le mit en joue. L'instant d'après, une balla arracha un morceau du mollet gauche du taliban.

Ils l'entendirent hurler de douleur. Puis, le blessé se redressa et sauta maladroitement derrière un rocher, après avoir balancé quelque chose dans leur direction. Deuce et Grant tiraient maintenant à l'unisson – une deuxième balle avait transpercé l'arrière de la cuisse du fuyard juste avant qu'il ne disparaisse derrière la grosse pierre. Cette fois encore, la précision du tir inspirait le respect. Mais Randi avait préféré focaliser toute son attention sur l'objet qu'il avait jeté et qui dévalait maintenant la pente dans leur direction.

« Grenade ! » cria-t-elle. Les coups de feu recouvrirent le son de sa voix.

Ils étaient trop loin pour être touchés par l'explosion. Mais la déflagration produisit un éboulement, et des dizaines de rochers se mirent à dégringoler dans un gros nuage de poussière rouge. Allongé à une trentaine de mètres à l'est de Randi, Grant se trouvait en plein sur leur trajectoire. Il parvint tout juste à bondir hors du sillon avant d'être englouti par la poussière.

« Merde ! » dit Randi entre ses dents, et elle pria pour qu'il n'ait rien de cassé. Mais la chance n'était pas de leur côté. Une fois le nuage dissipé, elle aperçut son coéquipier, encore étourdi, qui essayait en vain de se traîner vers son arme. Or, sa jambe gauche était coincée sous un rocher qui devait bien peser plus de cinq cents kilos.

Elle pesta une nouvelle fois lorsqu'une balle ricocha sur le sol, à une dizaine de mètres environ du soldat pris au piège. Gravement blessé, l'Afghan ne chercherait plus à fuir et se battrait jusqu'à la mort.

Il tira une deuxième fois et rata sa cible mais, à ce rythme-là, il n'allait pas tarder à faire mouche.

« Deuce, est-ce que tu vas bien ? demanda-t-elle.

— Ça va. Mais Billy est coincé et, depuis ma position, je n'ai aucune visibilité sur l'autre connard.

— J'ai quand même besoin que tu me couvres. À mon signal. Un, deux, *trois*. »

Deuce tira plusieurs salves en direction de l'ennemi, et Randi se mit à courir. Elle comprit aussitôt que son plan ne fonctionnerait pas. L'Afghan ne semblait pas inquiet à l'idée de se faire trouer la peau. Ou pire, il savait que Deuce ne pourrait jamais l'atteindre depuis sa position. Toujours est-il qu'il laissa Randi se rapprocher de Grant et, lorsqu'elle fut à mi-chemin, une balle siffla juste au-dessus de la tête de la jeune femme.

Il était trop tard pour reculer, et elle accéléra en direction des éboulis. Une balle traversa la crosse du lance-grenades qu'elle portait en bandoulière, et elle fit un tour sur elle-même avant de s'écraser dans la poussière.

Afin d'économiser ses munitions, Deuce avait cessé de tirer. Le taliban en profita pour faire feu. Randi serra les dents. Sauf qu'il ne la visait plus, et la balle passa à un mètre du bras de Billy Grant. Celui-ci oublia alors son fusil et essaya à la place de libérer sa cuisse ensanglantée. Sans succès.

L'Afghan finirait par l'avoir – une ou deux tentatives supplémentaires suffiraient. Randi n'était plus qu'à une dizaine de mètres du pauvre Billy, dix mètres qui, dans cette situation, en paraissaient cent. Cela dit, qu'est-ce qu'elle aurait bien pu faire si elle l'avait rejoint ? Il lui aurait fallu une pelle, voire un treuil, pour dégager la jambe de son ami.

Le tir suivant manqua l'Américain de peu. Au prix d'efforts très douloureux, le soldat se rapprocha le plus possible du rocher qui le retenait prisonnier.

« Randi ! » Deuce l'appelait dans son oreillette. « Est-ce que tu sais te servir du nouveau joujou ?

— Il s'est mangé une balle dans la crosse lorsque j'étais en train de courir. Mais, pour être tout à fait honnête, j'ai surtout peur de me faire dégommer si j'essaie de me redresser », lui répondit-elle en se tortillant pour retirer son gilet pare-balles. Elle l'agita ensuite au-dessus de sa tête pour attirer l'attention de Grant. Au bord de l'évanouissement, l'homme parvint néanmoins à lui adresser un hochement approbateur.

Elle jeta le lourd gilet dans la direction du soldat. Il virevolta dans les airs et retomba à ses côtés. À peine avait-il eu le temps de le plaquer contre son torse qu'une balle le percuta et le fit basculer en arrière. Il grogna de rage et de douleur mais il était toujours vivant, le gros de l'impact ayant été absorbé par les nombreuses couches de blindage de la veste.

« Deuce ! cria Randi. Sors-moi de ce merdier ! »

Après s'être redressé, Grant se recolla contre le rocher en essayant de se faire le plus petit possible derrière son gilet pare-balles. Il n'en restait pas moins très exposé et, en plus, lui aussi se vidait de son sang. En l'état actuel des choses, c'était à qui, de lui ou du taliban, crèverait le premier. Il fallait agir au plus vite.

« Randi, fit Deuce dans son oreillette, je vais attirer son attention. Prépare-toi à courir.

— Attends ! Je ne voulais pas… » Mais il ne l'écoutait déjà plus.

Il sortit de sa cachette et fila comme une flèche. Aussitôt, l'Afghan le prit pour cible. Randi se leva à son tour, sprinta un instant vers Grant et plongea sur le ventre aux abords des éboulis.

De son côté, Deuce s'était remis à couvert. L'Afghan se trouvait à environ soixante-quinze mètres au nord, allongé derrière deux rochers presque collés l'un à l'autre. L'espace entre les deux était juste assez large pour qu'il y glisse son fusil. De cette manière, même si sa visibilité était réduite, il était protégé des tirs en contrebas.

Il y eut un flash de lumière, et Grant bascula une nouvelle fois en arrière. Randi redouta qu'il ne se redresse plus. Mais, l'instant d'après, il s'appuya sur sa main gauche et parvint à se remettre droit. Lorsque leurs regards se croisèrent, le soldat lui adressa un grand sourire écarlate.

Pas question qu'elle le laisse mourir. Elle avait déjà perdu trop d'amis.

Randi lâcha son M16 et saisit le « nouveau joujou » de Deuce. Il y avait un trou de la taille de son poing dans la crosse, et elle se demanda combien Heckler & Koch allait lui réclamer pour la réparation. Vu le prix de la bête, trente-cinq mille dollars, et son poids, presque six kilos, elle avait d'abord rechigné à l'emporter avec eux. Mais Deuce l'avait convaincue du contraire. Décidément, pour ce qui était de l'art de la guerre, cet homme avait un sixième sens.

Randi chargeait le XM25 lorsque retentit une nouvelle détonation, suivie du bruit sourd et désormais familier de la balle qui s'écrase contre le Kevlar.

« J'ai l'impression que cet enfoiré vient de me casser une côte, cria Grant. Si tu pouvais le descendre, je t'en serais très reconnaissant.

— J'y travaille. »

N'étant plus dans la ligne de mire de l'Afghan, elle épaula le lance-grenades et pria pour que la balle qui avait explosé la crosse n'ait pas déréglé l'alignement de la lunette de visée.

Elle appuya sur un bouton situé près de la gâchette pour ajouter un mètre supplémentaire à la trajectoire programmée de la grenade : ainsi elle exploserait au-dessus des omoplates de sa cible. Il ne lui restait plus qu'à vérifier si ce truc valait vraiment tout l'argent que la CIA avait déboursé pour l'avoir.

Elle visa juste au-dessus des rochers et pressa la détente. La crosse cassée accentua la douleur occasionnée par le recul. À l'intérieur de la grenade digitale de calibre .25, un logiciel informatique enregistra le nombre de rotations du projectile et calcula la distance parcourue. Puis, à exactement quatre-vingts mètres, elle explosa et projeta des shrapnels mortels.

Le canon du taliban tressauta avant de retomber sur le sol.

« Est-ce que ça a marché ? » lui demanda Deuce.

Randi pointa sa lunette sur la droite des rochers. Le sol était criblé de petits trous semblables à des cratères miniatures. Même chose à gauche. « Ça m'a l'air bon, dit-elle calmement. Mais je ne peux rien vous garantir.

— Il n'y a qu'une manière d'en avoir le cœur net, répondit Deuce avant de détaler en direction de sa position précédente.

— Est-ce que tu peux me couvrir, Deuce ?

— Je ne pourrai pas le toucher d'ici, mais je vais soulever assez de poussière pour l'aveugler.

— Vas-y ! »

Elle lâcha le XM25 et dégaina son pistolet. Deuce tira plusieurs salves en direction de l'Afghan, et elle se mit à courir.

Lorsqu'elle ne fut plus qu'à une dizaine de mètres de sa cible, elle ralentit pour se rapprocher sans faire de bruit. À cinq mètres, Deuce cessa de tirer, de peur qu'un ricochet ne la touche. À l'affût du moindre bruit, du moindre mouvement, elle contourna les rochers en braquant son arme droit devant elle.

Au final, elle n'eut pas à s'en servir. Immobile, le doigt encore posé sur la détente de son fusil, le taliban était étendu sur le ventre. Et son dos, comme le sol autour de lui, était criblé de petits trous.

26

Centre de Marrakech, Maroc

Gerhard Eichmann arpentait nerveusement sa maison. Dans le vestibule, il retira une feuille morte qui flottait dans l'ancienne fontaine et vérifia une fois de plus que tout était en ordre.

Une vingtaine d'années auparavant, il avait acheté, rénové et raccordé entre eux ces trois riads abandonnés. La plupart des pièces étaient ouvertes sur les trois cours intérieures, et aucune fenêtre ne donnait sur l'extérieur. Dans cette ville où foisonnaient magasins, vendeurs à la sauvette et touristes, cet endroit était un véritable havre de paix.

Il avait envoyé Hafeza chez ses parents, dans les montagnes, et c'était bien la première fois depuis des années qu'il était livré à lui-même. Il avait beau vivre au Maroc depuis plus de vingt ans, il était toujours incapable de se débrouiller sans l'aide de la jeune fille – il balbutiait un français très approximatif, ne parlait pas un mot d'arabe, et avait tendance à se perdre dans le labyrinthe des ruelles qui s'étendait à travers la ville.

Eichmann poussa une superbe porte en bois sculpté pour s'assurer que les deux fauteuils installés près de la piscine étaient toujours à l'ombre, et que les glaçons empilés dans le seau à champagne n'avaient pas tous fondu. Cette fois encore, comme les trois précédentes, tout était parfait.

Très épais, les hauts murs avaient conservé la fraîcheur de la nuit précédente. Pourtant, des gouttes de sueur perlèrent sur son front tandis qu'il s'efforçait d'effacer, avec le revers de sa manche, des taches sur le revêtement en cuivre d'une porte bien plus moderne – et très sécurisée. D'ailleurs, où était la clé? Hafeza l'avait-elle déplacée en faisant le ménage? Mais son invité voudrait-il seulement pénétrer à l'intérieur de cette pièce?

Eichmann prit une grande inspiration pour se calmer. Non, aucune raison. Tous les ordinateurs étaient désormais en veille. Ils avaient fini de décrypter environ un quart de siècle de données, et les premiers résultats avaient confirmé ses soupçons. Des analyses complémentaires révèleraient sans doute une multitude de nouveaux détails fascinants, mais elles ne modifieraient en rien leur terrible conclusion. Ils avaient enfin trouvé les réponses aux questions qu'ils se posaient depuis si longtemps.

La sonnette retentit. Le cœur battant, il se précipita vers l'entrée et saisit le large anneau en métal au centre de la porte. Depuis combien de temps ne s'étaient-ils pas retrouvés face à face? La dernière fois qu'ils s'étaient vus, son ami n'était ni riche ni célèbre. Se pouvait-il que trente années se soient déjà écoulées?

Eichmann tira sur la lourde porte et se retrouva nez à nez avec Christian Dresner. Son sourire trahissait une certaine tristesse et sa peau était plus abîmée que sur les images qu'il avait vues à la télévision et sur Internet. Derrière lui se tenaient deux gorilles équipés d'oreillettes, tout de noir vêtus malgré la chaleur. Ils lui lancèrent un rapide regard suspicieux, avant de reprendre la surveillance des toits et des quelques passants qui circulaient dans la ruelle.

À la grande surprise d'Eichmann, Dresner fit un pas en avant et le prit dans ses bras. « Gerd. Mon ami, dit-il dans la langue de leur jeunesse à jamais perdue. Mon seul ami. »

Les gardes du corps ne semblaient pas décidés à entrer, et Eichmann referma la porte. Dresner admira le travail de restauration qu'avait accompli son hôte. « Je me souviens encore du jour où tu m'as annoncé que tu comptais venir t'installer ici. Je comprends enfin pourquoi. C'est vraiment magnifique, Gerd. »

Eichmann opina timidement et, après l'avoir conduit jusqu'à la piscine, l'invita à s'asseoir sur l'un des deux fauteuils. Il lutta ensuite avec le bouchon de la bouteille de champagne, tandis que Dresner l'observait avec un léger sourire énigmatique.

« Si tu savais à quel point je suis heureux de te revoir, Gerd. Ça fait une éternité. Lorsque je repense à ma vie, je me demande parfois à quel moment j'en ai perdu le contrôle. Le temps passe si vite.

— J'aurais préféré que les circonstances soient meilleures », dit Eichmann. Il réussit enfin à déboucher la bouteille et remplit leurs verres.

« Ce n'est pas ta faute. La première qualité d'un scientifique est de regarder la vérité en face. J'en conclus que ton analyse est terminée ?

— La première étape. Une vie entière ne suffirait pas à décortiquer toutes ces données. Il y a tant de choses à apprendre.

194

— Mais rien qui ne nous soit désormais utile, n'est-ce pas ? Et rien qu'on ne pourrait révéler au public. »

Eichmann détourna son regard et acquiesça en guise de soumission. Le message avait le mérite d'être clair. Bien qu'il eût espéré se faire un jour publier dans d'obscures revues de psychologie, au fond, il avait toujours su que Christian ne le lui permettrait pas. L'anonymat était le modeste prix à payer en échange de cette formidable existence. Car il devait tout à son ami : ces vingt-cinq années de recherches, sa maison, le champagne qu'ils buvaient…

Bien qu'il ne puisse jamais partager ses découvertes avec ses pairs, il était déjà très heureux de les avoir faites et de connaître la vérité. Même si celle-ci disparaîtrait avec lui.

Un peu crispé, il finit par s'asseoir et sortit de sa poche une clé USB qu'il tendit à Dresner. « Mes conclusions détaillées, ainsi que la vidéo d'Afghanistan ; mais je doute qu'elle te soit d'une quelconque utilité désormais. Tu aurais pu t'éviter le déplacement. »

Sans prendre la peine de l'examiner, Dresner glissa la clé dans la poche de sa chemise. « Je ne suis pas venu te voir pour ça, mais parce qu'à bien des égards je suis arrivé au terme de mon existence. J'ai décidé de tirer un trait sur les grandes découvertes, de ne plus chercher à révolutionner quoi que ce soit. J'ai fait de mon mieux dans le temps qui m'était imparti. »

Eichmann voulut raisonner son ami, mais celui-ci l'arrêta d'un geste de la main. « Je pense de plus en plus souvent au passé, Gerd. Tu vas me dire que la vieillesse s'accompagne d'un sentiment de nostalgie. Je nous revois encore jeunes, pleins d'espoir et de rêves. Je suis ici parce que tu es le seul qui puisse me comprendre…

— Christian, personne dans l'histoire de l'humanité n'a accompli autant de miracles que toi. Les rêves de jeunesse ne sont parfois que des rêves.

— Les nôtres étaient grandioses, n'est-ce pas, Gerd ?

— Ne sous-estime pas ton œuvre. La boucle de rétroaction de Layer-Cake est un formidable outil comportemental – on peut savoir immédiatement si quelqu'un nous ment, observer l'impact de chacune de nos actions sur autrui. Et ce n'est qu'un début. Qui peut dire si cette machine n'est pas le point de départ d'une nouvelle étape dans l'évolution de l'humanité ? Personne, pas même toi. »

Dresner but une gorgée de champagne et plissa les yeux pour contempler son reflet dans l'eau de la piscine. « C'est ce que je me suis dit pendant des années. Mais je sais désormais que c'est une vision très naïve du futur. Les puissants trouveront toujours le moyen de détourner le Merge pour qu'il ne serve que leurs intérêts. En ça, je ne suis qu'un chercheur comme les autres.

— Sauf que personne ne peut contrôler Internet. Il y aura…

— On peut *tout* contrôler, Gerd. Même Internet. Combien de temps tolèreront-ils l'existence de la liberté de l'information lorsque celle-ci commencera vraiment à leur nuire ?

— Je n'ai jamais dit que ça serait facile, admit Eichmann. Il faudra sûrement se battre pour ce qui est juste, comme nous le faisons depuis des millénaires. D'un côté, il y aura les partisans de la vérité et, de l'autre, les adorateurs du mensonge.

— Et, au final, les menteurs et les destructeurs gagne-ront une fois de plus. »

Eichmann se tut, et son vieil ami en profita pour siroter son verre de champagne. C'était étrange de le voir ici. Leurs jeunes années lui semblaient aujourd'hui irréelles. Il n'arrivait pas à admettre que cet homme assis devant lui était le grand idéaliste de sa jeunesse.

« Mon père a cru en Dieu la plus grande partie de sa vie, dit Dresner quand il reprit enfin la parole. Ni les camps d'extermination ni les Soviétiques n'ont réussi à lui faire perdre la foi. Mais, petit à petit, il a commencé à remettre en question l'idée que Dieu nous avait faits à son image. À la fin, il était persuadé que nous n'étions rien d'autre qu'une énième espèce animale – que nous n'étions ni meilleurs ni privilégiés. »

Il tapota sur la poche de sa chemise. « Il aura fallu attendre le résultat de tes recherches pour que je me rende compte que cette hypothèse aussi était fantai-siste.

— N'allons pas trop vite, Christian. Il serait présomp-tueux de croire que mon travail nous ait permis d'aperce-voir le visage de Dieu.

— Le visage de Dieu, répéta Dresner dans un sou-pir. J'ai dépensé plus d'un milliard de dollars pour ten-ter de découvrir en nous quelque chose qui prouverait – ou même suggérerait – son existence. Non, mon ami, nous ne sommes rien d'autre que des ordinateurs faits de chair et de sang. Et, qui plus est, des ordinateurs mal conçus – on nous empile n'importe comment les uns sur les autres depuis des millions d'années pour que nous sur-vivions à l'épreuve du temps.

— Quand bien même nous serions des machines capables du pire, regarde toutes les choses merveilleuses que nous avons aussi accomplies.

— Même nos fonctions cérébrales les plus vertueuses ne sont qu'une illusion visant à la survie de l'espèce. Nous n'aimons pas nos enfants parce que nous sommes fondamentalement bons, ou parce que Dieu a fait naître ce sentiment en nous. Nous les aimons parce que nous voulons répandre nos gènes plus vite que les autres. De même que la peur nous évite de nous mettre en danger, l'avidité nous permet de ne jamais manquer de rien. Et ce sont la violence et la haine qui nous permettent de protéger ce que nous possédons. Ce que nous voyons, ce que nous ressentons, tout ça n'est qu'un mensonge produit par des millions de neurones. »

Eichmann ne savait pas trop quoi répondre. Même si les conclusions de Dresner étaient bien plus radicales que les siennes, au fond, il avait raison. Mais en abandonnant le concept de réalité – en acceptant que notre bref passage sur terre ne fût qu'une illusion au service de la sélection naturelle –, son vieil ami s'était plongé dans un abîme de solitude. Les deux hommes s'accordaient au moins sur une chose : l'être humain était un animal qui devait sa survie à ses instincts, bien plus qu'à son éducation ou sa clairvoyance.

Nous ne pouvions pas changer ce que nous étions car tout avait été déterminé avant notre naissance. Notre intelligence, notre comportement, notre personnalité étaient inscrits dans nos gènes.

« Et les expériences conduites en Corée du Nord ont confirmé tes croyances ? » lui demanda Eichmann. Bien qu'il eût élaboré lui-même la plupart des tests, il ne savait presque rien de ce que Dresner tentait d'accomplir là-bas. Peut-être que son vieil ami allait enfin lui en dire un peu plus.

« En effet, nous avons trouvé toutes les réponses à nos questions, répondit Christian, le regard soudain lointain. L'installation est sur le point d'être démantelée. »

27

Province de Khost, Afghanistan

« Maintenant ! » beugla Randi. Derrière elle, le rotor de l'hélicoptère faisait un boucan d'enfer. À son signal, Deuce et le médecin poussèrent de toutes leurs forces sur les leviers et parvinrent à soulever de quelques centimètres le rocher qui retenait Billy Grant prisonnier. Ce serait suffisant.

« Excuse-moi », lui dit-elle en l'agrippant par les épaules et en le tirant vers elle. Il poussa un hurlement étouffé et tourna de l'œil, mais elle réussit néanmoins à dégager sa jambe avant que le rocher ne s'écrase à nouveau sur le sol.

Le sang se mit à gicler. Ils avaient eu raison de ne rien tenter avant l'arrivée des secours. Randi s'agenouilla et fit pression sur la blessure avec ses mains pendant que le médecin préparait un garrot.

« Je le clamperai dans l'hélico ! cria-t-il en leur faisant signe de l'aider à porter le blessé. Allez, tirons-nous d'ici ! »

Comme à chaque fois, Randi se sentit coupable. Grant ne récupèrerait jamais totalement l'usage de sa jambe, à condition, bien sûr, que les médecins parviennent à la sauver. Elle aurait dû anticiper l'explosion de la grenade. Elle aurait dû protéger Billy…

Deuce et le toubib grimpèrent à l'intérieur de l'hélico, mais, au lieu de les y rejoindre, Randi fit un pas en arrière.

« Qu'est-ce que tu fais ? lui demanda Deuce. Monte !

— Allez-y sans moi. Je vais rentrer toute seule.

— Randi, écoute-moi une seconde. Nos ordres étaient d'éliminer ces fils de pute, et celui qui se planquait derrière ces rochers était le dernier d'entre eux. Le compte est bon, OK ?

— Ouais, mais j'aimerais vérifier autre chose. »

Deuce leva les yeux au ciel et grommela une injure que l'accélération du rotor ne lui permit pas d'entendre. Puis il sauta de l'appareil avec tout son équipement.

« S'il te plaît, Deuce, pars avec Billy. Tout va bien se passer. »

Il fit un signe de la main au pilote, et l'aéronef décolla. Sans dire un mot, ils le regardèrent disparaître à l'horizon.

« Tu peux m'expliquer ce que je fous ici, Randi ?

— Je n'ai pas l'impression de t'avoir demandé de rester.

— T'as vraiment cru que j'allais rentrer à la base sans toi ? S'il t'arrivait un truc, je ne pourrais jamais me le pardonner. Allez, dis-moi ce qu'on cherche. »

Au lieu de répondre, elle tourna son regard vers une falaise située à environ vingt kilomètres de leur position. À partir d'une soixantaine de mètres, la roche était percée çà et là de petits trous, des grottes dont le nombre augmentait à mesure que la paroi s'élevait vers le ciel. Elle repéra la plus large et la plus haute de toutes et pointa son doigt dans sa direction.

« Tu te souviens du survivant de Kot'eh que j'avais réussi à rattraper ?

— Celui que tu as abattu à la sortie de son village ? »

Elle avait préféré ne pas lui dire toute la vérité. Lorsque Fred Klein était impliqué, la discrétion était de mise.

« Il m'a raconté…

— Une seconde. Tu lui as parlé ?

— Je ne te l'avais pas dit ? » lui répondit-elle avec innocence.

Il lui fit les gros yeux. « Probablement une amnésie temporaire.

— Bref. Il m'a raconté que lui et ses hommes avaient balancé toutes les têtes dans cette grotte.

— Ah, non, non, non. Encore Sarabat ? Ça s'est passé il y a trois mois, Randi. Laisse tomber.

— Figure-toi que c'est ce que j'avais fait, dit-elle en enfilant son sac à dos après y avoir attaché le XM25. Sauf que notre mission nous a conduits au pied de cette falaise. Ce doit être le destin.

— Mais bien sûr. Je suppose que tu as remarqué que le soleil est en train de se coucher, et que le chemin risque d'être super casse-gueule ?

— Il nous reste une bonne heure de lumière. Avançons et on campera jusqu'à l'aube.

— Tu plaisantes ? On peut atteindre l'entrée de cette grotte dans trois heures. Peut-être moins.

— Impossible, j'ai laissé mon matériel de vision nocturne à la base pour emporter le lance-grenades. »

Il se gratta la tête juste en dessous de son casque en carbone. Une manière de lui montrer les implants vissés sur son crâne ; il les avait fait teindre en noir mat, la couleur préférée des soldats. « Randi, quand est-ce que tu nous rejoins au XXI⁰ siècle ? »

*

Deuce avait été un peu trop optimiste : il leur avait fallu presque quatre heures pour arriver jusqu'à l'entrée de la faille. Mais Randi devait admettre que c'était entièrement sa faute. Pour la première fois de sa vie, elle était le maillon faible de l'équipe ; et c'était un sentiment très désagréable.

Ces dernières heures avaient été parmi les plus difficiles de sa carrière de soldat. Deuce était plus jeune et plus fort, néanmoins l'expérience de Randi lui avait toujours donné un léger avantage sur son camarade. Or, avec le Merge, tout ça avait changé. N'ayant pour seul éclairage que la faible lueur des étoiles, elle n'avait pas cessé de trébucher, tandis que Deuce avait escaladé le flanc instable et glissant de la montagne comme en plein jour. Heureusement, la descente depuis le sommet de la falaise jusqu'à l'entrée de la grotte avait été beaucoup plus facile – une piste assez large avec un faible dénivelé où les talibans pouvaient passer avec leurs charrettes. Autrement, elle aurait été forcée de lui tenir le bras. Sauf que, sa fierté l'en empêchant, elle aurait certainement terminé sa vie en mille morceaux au pied de la falaise.

« Quel est ton plan ? murmura Deuce en épaulant son arme.

— Il n'y a pas trente-six solutions. Il va falloir qu'on entre…

— Et vogue la galère, ajouta-t-il.

— Je passe en premier, dit-elle en sortant une petite lampe torche de son sac à dos.

— Qu'est-ce que c'est que ce truc ? » Il faisait trop sombre pour qu'elle puisse voir l'expression sur son visage, mais elle devina néanmoins sa mimique exaspérée.

« C'est une lampe torche. La vision nocturne ne fonctionnera pas à l'intérieur – il n'y a pas assez de lumière à amplifier.

— Vision thermique ?

— Ça ne t'empêchera pas de tomber dans un trou. » Randi n'avait pas menti : la vision thermique ne détecterait ni les obstacles ni les pièges naturels. En revanche, elle lui permettrait de repérer quiconque les attendrait tapi dans l'ombre. Mais pas question d'en parler ni de le laisser passer devant. Billy avait déjà morflé par sa faute, et si cette chasse au dahu devait envoyer quelqu'un d'autre à l'hosto, ce serait elle.

Il leva la main et tapota une petite boîte accrochée sur le côté de son casque. Elle n'y était pas aussi bien intégrée que les autres gadgets, ce qui signifiait que c'était une nouveauté. « Vision infrarouge. Invisible à l'œil nu – le tien, pas le mien. Ça éclaire sur environ dix mètres.

— Je m'en tape, Deuce. Je passe devant, point.

— Dans tes rêves. Mais que les choses soient bien claires, c'est la dernière fois que je te babysitte. Dès qu'on rentre à la base, t'as intérêt à attraper un convoi pour Kaboul pour aller t'y faire poser un Merge. »

Il s'avança ensuite vers l'entrée de la grotte. Elle rouspéta en silence mais savait qu'il avait raison. Non seulement sa lampe torche aurait averti les talibans de leur présence, mais elle leur aurait aussi permis de faire un carton.

Si elle avait eu son mot à dire, les soldats combattraient toujours à l'épée – une arme exigeante qui vous obligeait à regarder votre victime droit dans les yeux. Mais l'humanité était condamnée au progrès et, à présent, sa méfiance mettait ses hommes en danger. Elle allait devoir faire un effort.

Randi dégaina son pistolet et lui emboîta le pas. Soudain, il lui fit signe de s'arrêter. Elle eut alors l'impression qu'il mimait un compte à rebours avec ses doigts, mais l'obscurité l'empêchait d'en être sûre.

Il glissa sa tête à l'intérieur de la grotte une demi-seconde, puis s'immobilisa à nouveau sans rien dire. Elle était sur le point de lui demander ce qu'il fabriquait, lorsqu'elle comprit qu'il avait pris une photo avec sa caméra infrarouge et qu'il était en train d'examiner mentalement le cliché.

« Je pense que c'est bon », lui dit-il enfin. Elle agrippa son épaule, et ils pénétrèrent à pas de loup dans la caverne.

« Est-ce que c'est profond ? lui demanda-t-elle, désormais totalement aveugle.

— Aucune idée. Je n'en vois pas le fond. Mais le sol est plutôt plat et stable. Reste à côté de moi. »

La grotte se révéla plus grande que prévu et, à mesure qu'ils progressaient, ils modifièrent plusieurs fois leur trajectoire. Comme ses yeux ne lui servaient plus à rien, elle se concentrait sur ses autres sens, mais ne percevait rien d'autre que le bruit de leurs pas. Quand, soudain, elle renifla une odeur de putréfaction.

« Tu sens ça ? dit-elle.

— Quoi ?

— Tu plaisantes ? Tu ne trouves pas que ça pue ?

— Attends. Ah, ouais. Maintenant je m'en rends compte. »

Deux virages plus loin, Deuce s'arrêta d'un coup, et elle lui rentra dedans.

« Qu'est-ce qu'il y a ? lui murmura-t-elle dans l'oreille.

— Je capte un truc avec l'infrarouge. À douze mètres devant nous.

— Un être humain ? dit-elle en serrant la crosse de son pistolet un peu plus fort.

— Non, c'est à peine plus chaud que le sol. Je n'arrive pas à en discerner la forme. »

La puanteur était désormais à la limite du supportable. « Lorsque la chair se décompose, les bactéries produisent un peu de chaleur. Tu penses que ça pourrait être notre pile de têtes ? »

Deuce haussa les épaules et se remit en marche. L'instant d'après, il marqua une nouvelle pause. « Les voilà. Ça y est, nous les avons trouvées. »

Randi sortit sa lampe torche et l'agita au-dessus de sa tête pour attirer l'attention de son ami. « Est-ce que je risque de t'aveugler si je l'allume ?

— On est au…

— Vingt et unième siècle. Je sais, je sais », dit-elle en pressant le bouton.

Inutile d'être une experte en têtes décomposées pour se rendre compte qu'il s'agissait bien de ça. L'air de la montagne avait déshydraté la peau de celles situées au sommet de la pile. Elle se mit à genoux et fixa les orbites vides d'un visage qui arborait une grosse barbe. L'odeur et la chaleur provenaient du centre du monticule où de la moisissure devait persister.

« Allez, Randi. Tirons-nous d'ici. Ce n'est qu'un vieux tas de têtes dégueulasses. »

Elle en attrapa une par ses longs cheveux et braqua sa lampe dessus. Pourquoi étaient-elles ici ? Qui avait payé ces mercenaires pour anéantir le village de Kot'eh ?

Lorsqu'elle la reposa, elle aperçut un étrange reflet dans sa chevelure. Elle se pencha pour l'examiner et n'en crut pas ses yeux.

« Randi, pleurnicha Deuce. Si je reste une minute de plus, je vais vomir mes tripes. Si tu veux un souvenir, pourquoi tu n'en ramènerais pas une à la base ? »

Elle retira son sac à dos et se débarrassa de tout le matériel superflu.

« Oh non, gémit Deuce tandis qu'elle enfouissait la tête pourrie dans son sac. C'était une blague… »

28

Opération militaire,
À l'est du centre de test Walapai

Aux aguets, Jon Smith avançait avec prudence sur le chemin de terre. De chaque côté de la rue, de vieux immeubles en brique d'adobe portaient les cicatrices de nombreuses années de lutte : leurs murs étaient criblés d'impacts de balle ou de gros trous de roquette, et les débris de ceux qui s'étaient effondrés étaient empilés çà et là. Les badauds, que la destruction laissait indifférents, lançaient des regards suspicieux à Smith et ses hommes, et les vilipendaient en dari.

Une dizaine de mètres plus loin, une charrette remplie de ferraille était arrêtée en travers de la route : l'une de ses roues était cassée. Accroupis au pied du véhicule, deux hommes en tenue traditionnelle afghane examinaient les dégâts en se hurlant dessus.

Le Merge de Smith ne put les identifier mais lui indiqua néanmoins qu'ils étaient originaires du Moyen-Orient et qu'ils avaient entre seize et quarante-cinq ans. Aussi leur attribua-t-il une aura rougeâtre synonyme de danger potentiel. En revanche, debout à côté d'eux, une femme non identifiée – sa burqa la dissimulait totalement – reçut une évaluation plus neutre, du fait de son sexe.

Devant lui, malgré leur camouflage, ses coéquipiers brillaient d'un vert profond, et le halo d'un villageois qui s'avançait vers eux était d'un vert beaucoup plus pâle – c'était l'un des rares locaux que le système de reconnaissance faciale du Merge avait reconnus et jugés bienveillants.

Lorsqu'ils se croisèrent, l'Afghan le salua mais Smith ne l'entendit pas, du moins pas dans le sens littéral du terme. Il portait des bouchons d'oreille, et le son était transmis à son cortex auditif grâce à cinq microphones attachés à son uniforme.

« Mon cheval salue une chèvre pour ta vie », articula la voix digitale, et Smith eut un léger sourire. Un jour, le système serait capable de traduire le dari en simultané mais, pour le moment, il s'agissait plus d'un divertissement qu'autre chose.

Pour le reste, ils s'étaient inspirés de technologies existantes pour créer une application qui supprimait le bruit du vent, et une deuxième qui atténuait toutes les voix environnantes à l'exception de celle de la personne que vous regardiez. Toujours au stade expérimental, ce programme très prometteur péchait néanmoins par son incapacité à restituer la direction exacte du son. Après deux mois de travail acharné, quelle que soit la position de l'interlocuteur, sa voix vous arrivait toujours de face et légèrement sur la droite.

Smith pivota vers la gauche afin que les caméras montées sur son casque filment un groupe d'hommes qui accordaient un peu trop d'attention à l'escouade américaine. C'était le milieu de la journée, il faisait beau et, à l'exception de la reconnaissance faciale et de la détection des contours d'armes, il n'avait activé aucune autre amélioration visuelle. Au final, l'examen du groupe d'Afghans ne donna aucun résultat.

Sa vision trembla lorsqu'il redirigea son regard devant lui, et il serra un peu plus sa mentonnière. Il avait réquisitionné le casque qu'un Ranger s'était fait fabriquer sur mesure pour son énorme tête. Même trop large, cela n'en restait pas moins une remarquable pièce d'équipement. Si Smith avait son mot à dire – et c'était le cas –, l'ancien SEAL qui les confectionnait serait bientôt un homme riche.

« À droite ou à gauche, colonel ? » lui demanda l'éclaireur lorsqu'ils arrivèrent à un croisement.

Il consulta une photo satellite du village avant de répondre. « À droite. »

Smith, qui commençait à en avoir assez de cet exercice, avait choisi le chemin le plus court pour rentrer. La caméra à soixante mille dollars perchée sur son épaule pesait plus de sept kilos et, mis à part lui défoncer la clavicule, elle n'avait servi à rien. Quand bien même quelques bidouillages augmenteraient son efficacité, la prochaine fois, il désignerait quelqu'un d'autre pour la trimballer.

Son éclaireur s'engagea sur la droite, et Smith pivota vers la gauche en pointant son fusil devant lui pour le couvrir en cas de besoin. Sur son image satellite, les points verts représentant ses hommes se déployèrent derrière lui. En trois mois, la qualité de l'image s'était grandement améliorée ; rien à voir avec celle dont ses ronds-de-cuir avaient bénéficiée lorsqu'ils avaient capturé le drapeau des Delta. Mieux encore, son esprit s'habituait chaque jour un peu plus à toutes les données qu'il recevait, et Smith parvenait enfin à enregistrer ce flot d'informations sans se couper de la réalité.

« Rick, dit-il d'une voix presque inaudible pour quiconque se serait trouvé à ses côtés, mais que le micro dentaire capta sans problème. Tu t'éloignes un peu trop vers le nord-est. Rapproche-toi. »

Smith se remit en marche. Sans quitter son éclaireur des yeux, il porta son attention sur une parcelle de terre, au bord de la route, trente-deux mètres plus loin. Jusqu'alors en mode veille, la vision thermique s'était activée et coloriait en orange fluo une zone de la taille et de la forme d'une plaque d'égout : à cet endroit, le sol absorbait la lumière du soleil un peu plus vite, ce qui signifiait que la terre avait récemment été retournée.

Son homme aussi l'avait repérée. Même s'il ne s'agissait probablement que d'un tas d'ordures enterré par un villageois, l'éclaireur s'en éloigna et traversa la foule des passants.

Un homme de grande taille vêtu d'une tunique bleue sortit alors par une porte située juste en face du carré de terre. Une dizaine de secondes plus tard, il se mit à briller d'un rouge écarlate.

« Terry ! cria Smith en redressant le canon de son fusil et en activant son système de visée. Derrière toi ! »

L'éclaireur se retourna, mais trop tard. Celui que le Merge avait identifié comme un ennemi renversa le soldat d'un coup d'épaule avant de bousculer les passants pour se frayer un passage dans la rue bondée. Smith le mit en joue, mais le tumulte de la foule paniquée ne lui permit pas de tirer.

« Cible en mouvement vers le sud, dit-il tandis que le fuyard profitait d'un croisement pour disparaître. Ceux qui sont derrière moi, faites demi-tour et essayez de l'intercepter. Terry et moi allons le rabattre dans votre direction. »

Sa vision satellite lui confirma que ses hommes avaient obtempéré, et il se mit à courir vers son coéquipier.

« Est-ce que ça va ?

— Il m'a pris par surprise, colonel.

— C'est ma faute. Allez, on peut encore le rattraper. »

La lourde caméra qu'il portait sur son épaule le ralentissait, et Terry ne tarda pas à le dépasser tandis qu'ils écartaient les badauds terrifiés.

Une fois la rue dégagée, la version bêta d'une application programmée à la va-vite s'activa et coloria en orange fluo une pile de bois juste devant l'éclaireur.

« Terry ! Explosif ! »

Trop tard. Le processeur de son appareil étouffa presque entièrement le bruit de la détonation. En revanche, il ne put pas le protéger du flash aveuglant. Smith se jeta par terre, et sa grosse caméra percuta avec force le côté de son casque en carbone. La vision lui permettant de voir à travers la fumée se déclencha, et il constata que son homme ainsi que plusieurs civils avaient été touchés.

Une forme humaine se rapprochait maintenant à grands pas, et il eut tout juste le temps d'épauler son fusil. Il s'apprêtait à faire feu, lorsque la longue silhouette sortit de la fumée et se transforma en une jeune femme athlétique vêtue d'un blue-jean et d'un t-shirt noir moulant.

Elle s'arrêta à ses pieds et lui lança un regard amusé. La carte satellite indiquait que trois de ses hommes se rapprochaient de sa position, et que deux autres avançaient rapidement vers le sud – sans doute traquaient-ils encore leur cible. Il se concentra sur le mot « heure » et celle-ci s'afficha en transparence par-dessus la belle poitrine de la jeune femme.

16 h 48

« Allez, c'est terminé pour aujourd'hui. »

L'une des sangles qui maintenait la caméra sur son épaule avait été sectionnée, et il eut beaucoup de mal à se relever à cause de l'instabilité de l'appareil.

Les passants sortirent peu à peu de leur cachette, et les femmes retirèrent leur burqa, révélant des militaires américaines en treillis, ainsi que le fameux soldat plus petit que la moyenne que leur système ne parvenait jamais à identifier.

« Toutes mes félicitations, lui dit Randi Russell en désignant l'imposante caméra. Tu as inventé le système d'arme le moins pratique de l'histoire.

— C'est un analyseur spectral qui permet d'identifier les résidus d'explosifs à une distance moyenne de cinquante mètres. Et tu ne vas peut-être pas me croire, mais j'ai l'impression que ça fonctionne.

— Ce serait dommage de se trimballer une vingtaine de kilos pour rien.

— Elle en pèse moins de huit. En stockant la plupart des éléments dans un sac à dos, je pense qu'on pourrait descendre en dessous de la barre des deux kilos. »

Elle n'avait pas l'air convaincue. Elle regarda autour d'elle et lui fit un grand sourire. « Je dois reconnaître que ce décor est impressionnant. Il y a même un vrai âne là-bas.

— Il faut bien que l'argent du contribuable serve à quelque chose d'utile. Le moindre détail compte lors d'une simulation. »

La fumée s'était évaporée et Randi renifla l'air ambiant. « Dans ce cas, laisse-moi te dire que pour l'odeur ce n'est pas encore ça. Il fleure bon le Nevada, ton village afghan.

— Tu n'as pas tort. Je vais leur dire de modifier ça. »

Ils échangèrent un long regard. Puis Randi reprit : « Je ne suis pas sûre d'apprécier ce nouveau monde, Jon. »

Il approcha sa main sale de la tête de Randi et passa ses doigts dans ses cheveux courts et blonds. Pas d'implants. « Tu n'as pas encore succombé ?

— Tu me connais. Si j'en avais le pouvoir, on chargerait encore au son du clairon. »

Elle ne plaisantait qu'à moitié. Désormais, vous pouviez être ultratalentueux, avoir le meilleur matos qui soit et des capacités physiques olympiques, et néanmoins vous faire tuer par une bombe artisanale construite par un analphabète de douze ans. Difficile de ne pas monter aux nues le temps où seuls les meilleurs l'emportaient.

« Je te comprends, Randi. Mais on n'arrête pas le progrès.

— Sans blague. Tous mes potes se sont fait visser l'un de tes petits gadgets dans le crâne. »

Elle disait sûrement la vérité. Smith avait insisté auprès de ses supérieurs pour que l'armée n'oblige aucun de ses soldats à se faire poser les implants. Or ses préoccupations morales s'étaient vite révélées superflues. Dès qu'ils avaient eu vent des capacités du Merge, la majorité des militaires américains s'étaient mis à faire la queue devant les bureaux de Smith.

« Trois pour cent de nos troupes sont déjà équipées, et si Dresner maintient son niveau de production, 40 % de nos soldats seront connectés d'ici la fin de l'année prochaine. Et je ne te parle que de la version militaire. Pas mal ne voulaient pas attendre et se sont procuré la version civile.

— Dieu merci, la CIA n'est pas aussi emballée. »

Le Merge de Smith commença à scanner le visage de Randi et des petits points discrets apparurent sur sa figure. Leur conversation avait duré assez longtemps pour que Layer-Cake s'aperçoive qu'elle ne figurait pas dans sa base de données. Le logiciel supposait que Smith la connaissait, et, plus tard dans la soirée, il recevrait un message lui demandant d'ajouter un nom à l'image qu'il avait créée. Bien entendu, Smith l'effacerait aussitôt.

« Ils ne tarderont pas à s'y mettre. Nos ondes cérébrales sont uniques, du coup le Merge offre un niveau de sécurité qui surpasse mille fois celui de Langley. Mais assez parlé de ça. Qu'est-ce que tu fais ici ? Aux dernières nouvelles, tu étais postée dans la province de Khost.

— Il faut que je te parle d'un truc. Ça te dirait d'aller prendre un verre ? »

Jon la connaissait trop bien pour ne pas remarquer l'inquiétude dans sa voix. Or, lorsque Randi ne parvenait pas à cacher ses émotions, il valait mieux écouter ce qu'elle avait à dire.

« Avec plaisir. Mais d'abord, tu vas devoir m'aider à me débarrasser de cette foutue caméra. »

29

C'était typiquement le genre de rades que fréquentait Randi ; isolé, mal éclairé et presque vide – la copie conforme de ceux qu'elle hantait dans les coins les plus reculés de la planète, avec leur odeur de tabac froid et leur mobilier cheap en simili-cuir noir.

Lorsqu'elle s'avança à l'intérieur, tous les hommes se retournèrent sur son passage. Smith ne pouvait pas leur en vouloir. Malgré le gigantesque sac à main qu'elle trimballait par-dessus son épaule, Randi se déplaçait avec une grâce hypnotique, une élégance presque carnassière.

Pourtant il détourna les yeux, et son regard se posa sur le cendrier débordant de mégots d'une vieille dame assise devant un bandit manchot. Au même moment, le tintement des pièces recouvrit la musique des années 80 que crachaient des haut-parleurs grésillants, et l'heureuse gagnante transféra ses gains dans un gobelet en plastique.

Arraché soudainement à leurs rêves, les clients se replongèrent dans leur verre. Smith se retourna vers Randi et l'aperçut qui se glissait dans le box le plus sombre, tout au fond de la salle.

« Chouette endroit, lui dit-il en s'asseyant en face d'elle. Tu sais que j'ai un bureau, maintenant ? Même qu'ils m'en ont donné un avec une fenêtre. »

Elle haussa les épaules, mais il la soupçonnait d'être aussi mal à l'aise que lui. Malgré le lien tragique qui les unissait et toutes les fois où ils avaient échappé ensemble à une mort certaine, ils n'étaient pas vraiment proches. Leur relation était demeurée strictement professionnelle.

« C'est vrai que j'ai oublié de te féliciter pour ta promotion. Je reviens tout juste d'une mission nocturne avec un mec qui utilise un Merge. Même si ça me fait mal de l'admettre, je suis impressionnée.

— Mais tu n'es toujours pas emballée.

— Je n'ai jamais trouvé très judicieux de s'enfoncer des trucs bizarres dans le crâne.

— Et si moi je t'assurais que ça n'a rien de bizarre et que c'est sans risque ? dit-il en ramassant un menu et en examinant la liste des bières.

— Et si moi je t'assurais que tu crois tout savoir mais qu'en fait tu ne sais pas grand-chose ? »

Smith lui adressa un sourire ironique avant de passer à la carte des vins. L'instant d'après, Layer-Cake se mit à clignoter doucement dans sa vision périphérique. Par curiosité, il lança l'application, et les notes décernées par le *Wine Spectator* apparurent à côté du prix des bouteilles. Quel raffinement.

« Est-ce que tu es train de l'utiliser ? lui demanda Randi.

— Ouais.

— Tu peux l'éteindre, s'il te plaît ? »

Il obéit en lâchant un long soupir d'exaspération. « Très bien, c'est fait. Tu peux m'expliquer pourquoi ? »

Randi se pencha en avant. « Parce que je veux te montrer un truc bizarre.

— Je suis intrigué. »

Elle ouvrit son sac, en sortit son « truc bizarre » et le posa sur la table. Avec la pénombre, il lui fallut quelques secondes pour se rendre compte de ce qu'il avait sous les yeux.

« Bon sang, Randi ! » s'exclama-t-il à voix basse en jetant un coup d'œil par-dessus son épaule.

Bien entendu, la loi de Murphy – ce foutu principe qui semblait régir son existence – se manifesta une fois de plus, et la serveuse choisit ce moment précis pour se rapprocher de leur table.

La peur devait se lire sur son visage car Randi posa sa main sur le bras de Smith. « Détends-toi, Jon. Tu ne sais donc pas quel jour on est ? »

La jeune fille se planta devant eux et sortit un petit calepin pour noter leur commande.

« Qu'est-ce qui vous ferait… »

Elle s'arrêta net lorsque son regard se posa sur la tête décapitée. Smith se crispa, mais elle se mit aussitôt à sourire.

« Trop cool ! Où est-ce que vous l'avez trouvée ?

— Sur Internet, répondit Randi.

— Et pour l'odeur de moisi…

— Un spray spécial est fourni avec.

— Génial ! »

Leur conversation le laissa perplexe, mais soudain il se souvint qu'on était le 30 octobre. La veille d'Halloween.

« Je vais juste prendre une bière, dit Randi. La moins chère.

— La même chose », fit Smith.

Après avoir jeté un dernier regard admiratif à la tête décapitée, la serveuse se redirigea vers le comptoir. Il attendit qu'elle se soit suffisamment éloignée pour reprendre la parole.

« Qu'est-ce que c'est que ça, bordel ? Un trophée à accrocher au-dessus de ta cheminée ?

— Regarde-la de plus près.

— Est-ce que je peux rallumer mon Merge ?

— Non. »

Il s'assura une nouvelle fois que personne ne les observait. Mais la serveuse arrivait déjà avec leurs bières, et il attendit qu'elle soit repartie pour y regarder de plus près.

« La colonne vertébrale a été sectionnée avec une sorte de scie. La tête a été abandonnée dans un endroit sec. Difficile de déterminer sa couleur de peau et sa physionomie à cause du rétrécissement, mais ses cheveux et sa barbe me laissent penser que tu l'as trouvée en Afghanistan.

— Bingo. Quoi d'autre ? »

Il continua son investigation. Il était sur le point de déclarer forfait lorsque la faible lumière de la pièce fit briller quelque chose sur le côté. Il écarta plusieurs mèches de cheveux emmêlées et découvrit les minuscules implants du Merge.

« Ça alors ! On en trouve déjà sur le marché noir ?

— Cet homme est mort il y a plus de trois mois. Le 21 juillet pour être exact.

— Tu dois te tromper. La commercialisation du Merge a commencé bien plus tard. La conférence de Dresner a eu lieu le 22 juillet.

— Je ne me trompe pas. »

C'eût été n'importe qui d'autre, il ne l'aurait pas crue. Mais il s'agissait de Randi Russell.

« Tu es en train de me dire que tu as mis la main sur ce truc le 21 juillet dernier ?

— Non. Le 22 juillet, je suis allée enquêter sur le massacre d'un village par des talibans. Tous les hommes avaient été décapités, et leurs têtes avaient disparu. J'ai fini par les retrouver dans une grotte, il y a quelques jours.

— Est-ce qu'elles étaient toutes équipées d'implants ? » Il cherchait encore une explication logique : peut-être que quelqu'un d'autre s'était faufilé dans la grotte et avait installé des implants sur une partie des têtes avant que Randi ne les découvre ? Même si ce n'était pas crédible une seconde.

« Je n'ai pas vérifié. C'est la seule que j'ai ramassée. »

Mais ça n'avait aucune importance. Qu'il s'agisse d'une seule tête ou bien de mille, le mystère restait entier.

« Je connaissais les habitants de ce village, Jon. Ce n'étaient pas des enfants de chœur. Ils étaient en guerre contre ces talibans depuis des siècles. Comment expliques-tu que l'équilibre des forces ait soudain basculé ? »

Smith y réfléchit quelques secondes. « Très bien… Imaginons un instant que ces Afghans aient eu accès au Merge avant même que nous en ayons entendu parler. Comment se fait-il que cela n'ait pas joué en leur faveur ? Tu as bien vu à quel point cette machine est efficace.

— J'ai parlé avec l'un des talibans. Il m'a raconté que les femmes et les enfants de Sarabat se sont défendus, mais pas les hommes, et que l'un d'entre eux, lorsqu'il s'est retrouvé avec un flingue sur la tempe, lui a affirmé que Dieu n'existait pas.

— J'ai du mal à y croire, Randi. Je suis sûr que le taliban essayait juste de les insulter une dernière fois en les traitant de lâches et de mécréants.

— Non, Jon, je t'assure que ce qui s'est passé dans ce village lui a foutu les jetons. »

Smith rangea la tête décapitée dans le sac de Randi. Lorsqu'il releva la tête, sa camarade lui lança un regard accusateur.

« Alors, Jon, tu n'aurais pas une petite idée ?

— Oh, je sais à quoi tu penses. Tu crois que l'armée était au courant de l'existence du Merge avant son lancement, c'est ça ? Qu'en secret elle a effectué des tests sur ces Afghans. Et qu'elle a essayé de couvrir ses traces. Je me trompe ?

— Je te connais depuis assez longtemps pour savoir que tu ne participerais jamais à un truc pareil. Mais tu sais qui m'a envoyée à Sarabat ?

— Non.

— Fred Klein. Or lui, je ne le connais pas depuis aussi longtemps que toi. »

Elle travaillait pour Covert-One depuis peu, et sa circonspection était compréhensible. Au début, lui aussi s'était méfié de Klein. Mais, depuis, son patron avait fait ses preuves, et Smith lui accordait désormais une confiance aveugle.

« Écoute, Randi, voici ce dont je suis certain à 100 % : je ne suis absolument pas au courant de cette histoire de tests. Et voilà ce dont je suis certain à 99,9 % : Fred Klein et Montel Pedersen n'en savent pas plus que moi.

— Alors explique-moi ce qui s'est passé là-bas. Comment un peuple de guerriers équipés d'une technologie qui, j'en suis moi-même convaincue, aurait dû leur procurer un avantage considérable a-t-il bien pu se faire massacrer de la sorte ? Et pour quelle raison Fred Klein m'a-t-il envoyée à Sarabat, mais pas à la recherche des têtes disparues quand je lui ai annoncé que je savais où les trouver ?

— Peut-être qu'il n'en voyait pas l'intérêt, Randi. Fred est un homme très occupé, même moi je ne suis pas au courant de toutes les affaires sur lesquelles il travaille. Pour ce qui est du comportement de ces villageois, tu ne peux pas seulement te fier à ce que ce type t'a raconté. Tu devrais aller parler aux autres talibans de Kot'eh.

— Oublie. Quelques jours après Sarabat, ils se sont fait massacrer à leur tour par un groupe de paramilitaires dont personne n'a jamais entendu parler. Enfin, personne à l'exception de Fred Klein. »

Smith but une gorgée de bière. Décidément, c'était de pire en pire. « Est-ce qu'ils auraient pu être drogués ? Les talibans ont peut-être utilisé du gaz ? Ça pourrait expliquer leur attitude.

— J'y ai pensé mais c'est impossible puisque les femmes et les enfants n'ont pas été affectés. D'ailleurs, j'ai fait pratiquer une autopsie sur l'un des corps.

— Et ?

— Rien. Aucune trace de poison.

— Ne me dis pas que tu penses que leurs Merges les ont empêchés de se défendre ?

— Bien sûr que non. Comment imaginer une seule seconde qu'une technologie mystérieuse qui se connecte à ton cerveau puisse te faire agir de manière irrationnelle ? Mais enfin, Jon, réveille-toi, c'est gros comme le nez au milieu de la figure !

— Le Merge ne peut pas faire ce genre de choses, Randi.

— Arrête ton char, tu as oublié à qui tu parles ? Tu vas me faire croire qu'il ne t'est jamais venu à l'idée d'en exploiter le potentiel à des fins diverses et variées ? Quid de la stimulation transcrânienne à courant direct ? »

Elle faisait référence à la tDCS, une technique d'électrostimulation qui permettait d'amplifier certaines capacités cérébrales. D'origine thérapeutique, l'armée l'utilisait désormais pour doubler les capacités d'apprentissage de ses tireurs d'élite.

« D'accord, admit-il. On explore la piste d'une application similaire à la tDCS. Mais je pourrais arriver aux mêmes résultats avec une pile neuf volts et trois bricoles achetées chez Home Depot. Rien à voir avec une altération définitive de la personnalité. On cherche juste à améliorer la concentration de nos soldats.

— Et la fonction sommeil dont tout le monde parle ? Elle affecte le cerveau, n'est-ce pas ? Or je doute que tu puisses faire la même chose avec du matos à trois francs six sous.

— Elle ne fait qu'optimiser la fonction d'ondes cérébrales existantes. Sans oublier qu'il faut être connecté à une source d'énergie, sinon la batterie se vide en quelques minutes. »

Elle poussa sa bouteille de bière sur la table avec son index. « Je ne sais pas ce qui m'inquiète le plus, Jon. Que tu puisses me mentir, ou bien que le directeur des recherches militaires sur le Merge n'ait jamais eu vent de cette affaire. »

C'était une remarque judicieuse. « Laisse-moi mener ma petite enquête. Discrètement.

— Ouais, ouais. » Elle sirota une gorgée de bière. « Fais donc. »

30

Comté de Prince George, Maryland, USA

« Bonjour », marmonna Smith en pénétrant dans les bureaux de Covert-One. Il avait passé la nuit à travailler, or il n'avait plus l'âge de faire des nuits blanches. Bien sûr, ce soir, il pourrait utiliser son Merge et s'endormir à 18 heures pour se réveiller frais comme un gardon le lendemain matin. Sauf que sa conversation avec Randi l'avait un peu refroidi.

« Tout va bien ? » lui demanda Maggie en levant la tête au-dessus de sa barricade de moniteurs.

Tard dans la soirée, Smith avait appelé Klein sur une ligne sécurisée et l'avait informé des découvertes de sa collègue. A priori, Maggie n'était pas encore au courant. Après son patron, elle était la seule à connaître tous les détails de l'opération Covert-One et, par conséquent, n'avait pas l'habitude qu'on lui cache des informations.

« Ouais. Il y a juste un truc qui turlupine Randi…

— Pour changer. »

Il se marra. Randi collaborait avec C-1 depuis des années, mais n'en était devenue un membre permanent que très récemment. Elle avait déjà prouvé sa valeur plus d'une dizaine de fois, pourtant ni Maggie ni Klein ne savaient comment gérer son fichu tempérament. Le jour où ils y arriveraient, ils pourraient peut-être la comprendre.

« Ce n'est sûrement rien du tout.

— Mais tu n'en es pas complètement certain.

— C'est ça. »

Elle se retrancha derrière ses écrans. « Tu peux entrer. »

Klein était au téléphone. Smith se laissa tomber dans un fauteuil et observa les vieilles cartes qui décoraient les murs.

« Rien du tout ? Tu ne mens pas, J.C. ? »

Il reconnut les initiales du directeur de la CIA. Seuls ses amis proches l'appelaient ainsi.

« Non, non, pour rien, continua Klein. D'accord. La semaine prochaine ? Appelle-moi. »

Il raccrocha et attrapa aussitôt sa pipe.

« La pêche a été bonne ? lui demanda Smith.

— Pas du tout. Personne ne sait rien et, pour être honnête, ce silence m'inquiète.

— Et tu penses qu'ils te disent la vérité ? »

Ne pouvant révéler ni l'existence de Covert-One ni sa relation professionnelle avec le Président, Klein ne disposait d'aucune autorité et ne comptait que sur sa réputation et ses états de service. Or, même si les deux pesaient lourd dans la balance, ça n'excluait pas la possibilité qu'on le tienne à l'écart.

« Disons que je suis confiant à 75 % qu'aucun membre de nos services de renseignements n'a entendu parler d'une utilisation du Merge en Afghanistan avant sa sortie – ou, d'ailleurs, de son existence avant que Dresner ne la dévoile au monde entier. »

Le ton de sa voix et son regard trahissaient son scepticisme. Smith n'eut aucun mal à en deviner la cause.

« Randi… » dit-il.

Klein parvint enfin à allumer sa pipe et tira plusieurs fois dessus. « Nous savons tous les deux qu'elle est très têtue. Et aussi légèrement technophobe.

— J'admets qu'elle est parfois difficile. Je le sais mieux que personne. Mais si elle nous affirme que c'est vrai, alors ça l'est. Je ne mettrai jamais sa parole en doute.

— J'apprécie ta loyauté. Et que les choses soient bien claires, j'ai beaucoup d'admiration pour Randi Russell, autrement je ne l'aurais jamais envoyée à Sarabat. Ça n'a rien de personnel. C'est le genre d'information que je prendrais avec des pincettes même si Dieu lui-même me les transmettait sur deux tablettes de pierre. Je veux bien la croire. Néanmoins nous devons toujours vérifier nos sources, n'est-ce pas, Jon ? »

Smith acquiesça à contrecœur. Il n'avait pas l'habitude d'interroger Klein sur ses motivations, mais la situation l'imposait : « Si je comprends bien, tu ne l'as pas envoyée là-bas pour enquêter sur le comportement étrange des villageois ou sur les décapitations ? »

Klein ne répondit pas sur-le-champ. Il réfléchissait sans doute à ce qu'il pouvait, ou non, lui révéler. « Il a été porté à mon attention qu'un peu d'argent a disparu des caisses du Pentagone. Ça fait plus d'un an que je mène l'enquête, sans véritable succès. Le responsable couvre ses traces avec brio. Mais, récemment, j'ai découvert quelque chose – des petites sommes transférées via plusieurs sociétés-écrans sur le compte d'une société paramilitaire qui opère dans la région.

— Donc rien à voir avec le Merge.

— Au début, non. Mais maintenant oui, et ça m'inquiète. Est-ce que tu as pu examiner la tête qu'elle t'a rapportée ?

— Je l'ai emmenée au labo et j'ai passé la nuit dessus. Difficile de dater le décès avec précision à ce stade de putréfaction, mais il est fort possible, comme nous l'a affirmé Randi, que cela fasse environ trois mois.

— Les implants ?

— Ils n'ont pas été ajoutés post-mortem, si c'est ce que tu veux savoir. L'ossature du crâne s'est refermée autour d'eux. Je dirais qu'ils ont été installés environ un mois avant le décès. »

Klein posa sa pipe. « Et les corps ? J'imagine que Randi n'a pas retrouvé leurs Merges attachés à leurs ceintures ?

— Elle n'a pas inspecté tous les cadavres, mais ceux qu'elle a fouillés n'avaient rien sur eux. Ils ont dû les leur reprendre, sans doute lorsqu'ils les ont décapités. »

Klein se contenta d'acquiescer en silence. Il pensait la même chose que Smith – cette histoire puait l'expérience top-secrète à l'américaine. Mais qui diable aurait pu l'autoriser ?

« Si nous ne sommes pas responsables, nous devons découvrir qui se cache derrière ce test. Je travaille sur le Merge depuis plusieurs mois, et mon enthousiasme ne cesse d'augmenter. Cette technologie va changer la donne, mais tout repose sur ce contrat d'exclusivité. Si quelqu'un a eu accès au Merge avant nous, il faut le retrouver et découvrir ce qu'il compte faire avec.

— Est-ce qu'on peut envisager que cette personne ait eu accès à la version militaire du système ?

— Impossible. Elle ne tourne que sur notre réseau, et l'encodage est si complexe qu'il serait impossible de le pirater sans qu'on s'en aperçoive. En plus, je suis le seul autorisé à y accéder pour ajouter de nouvelles applications. Ce qui signifie que non seulement il faut entrer mon mot de passe, mais que le système doit aussi reconnaître mes ondes cérébrales.

— Est-ce que Dresner pourrait y accéder ?

— Le Merge lui appartient, et je n'ai malheureusement toujours pas trouvé le moyen de lui en interdire l'accès. »

Klein reposa sa pipe et souffla longuement. « Qui aurait cru que j'en arriverais à regretter le bon vieux temps de la guerre froide ? Cette saloperie vient tout juste de sortir, et nous voilà déjà inquiets à l'idée que des bergers afghans aient pu la pirater. On ne peut plus contrôler la technologie, Jon. Cette époque est terminée. Et c'est ce qui va causer notre perte. »

Smith partageait les craintes de son ami. « Il est peu probable que Christian Dresner tente de refourguer le Merge à nos ennemis. Après tout, rien ne l'obligeait à nous en offrir l'exclusivité. Il aurait très bien pu le vendre au plus offrant, or il ne l'a pas fait. Non, il doit y avoir une explication plus simple, tu ne crois pas ? »

Une autre manière de dire que les États-Unis avaient financé une cellule ultrasecrète chargée de conduire des tests préliminaires délictueux.

« Je vois, dit Klein. J'en parlerai avec le président, et je lui ferai comprendre qu'il a tout intérêt à se renseigner sur cette mystérieuse cellule. D'ici là, je préférerais que tu stoppes ton enquête.

— J'imagine que tu vas dire la même chose à Randi ?

— Exact. Et je compte sur toi pour qu'elle obéisse. »

L'idée qu'elle puisse l'écouter le fit ricaner. « Dans ce cas, il serait préférable que tu aies cette conversation avec Castilla au plus vite. Randi n'est pas la femme la plus patiente de l'univers. »

31

Nord de l'État de New York, USA

Une brume argentée recouvrait la surface du lac. La bruine se transforma en légère averse, et les hommes et les femmes autour de lui ne furent bientôt plus que des apparitions nébuleuses. Le battement des gouttes d'eau sur la toile des parapluies couvrait désormais le discours du prêtre, et Christian Dresner en remercia le ciel.

Il aurait pu utiliser son Merge afin de pallier ce chaos visuel et auditif, mais à quoi bon ? Pour écouter une série de platitudes insignifiantes au sujet d'un Dieu et d'une âme qui n'existaient pas ? Pour entendre la lecture des passages d'un livre vieux de deux mille ans, écrit par des ignorants qui avaient eu besoin d'inventer une divinité pour expliquer le bruit du tonnerre et l'embrasement d'un malheureux buisson ?

Après une rapide autopsie, les restes du corps de Craig Bailer avaient été incinérés. Pourtant, plusieurs mois avaient été nécessaires à sa famille pour organiser cette modeste cérémonie. Il observa leurs visages – l'épouse stoïque, les enfants réconfortants, les associés impatients – et se demanda pourquoi il leur avait fallu autant de temps. Ne l'aimaient-ils pas assez pour modifier leurs emplois du temps ? Serait-il possible qu'ils aient toujours estimé Bailer à sa juste valeur : celle d'un homme obsédé par l'argent et la prétendue notoriété qu'il pouvait acheter ? Que cet associé, cet ami, ce père, ce mari n'avait rien d'unique, et que les hommes capables de le remplacer couraient les rues ?

Le prêtre laissa sa place à un jeune homme que Dresner ne connaissait pas. Ceci dit, comment aurait-il pu le remettre ? Il ne savait presque rien de la vie person-nelle de Bailer. En dehors de son utilité toute relative, le PDG lui avait toujours paru insignifiant. N'empêche que la nature purement professionnelle de leur relation n'avait pas rendu sa mort plus facile à ordonner. Mais, là encore, quelle importance ? De toute façon, Bailer aurait fini par périr avec tous les autres. Pour ses péchés.

« Mon père adorait cet endroit », dit le jeune homme. Sa voix était bien plus puissante que celle du prêtre. « Lorsque j'étais enfant, il n'y avait qu'une petite bicoque sur ce terrain, mais d'autres maisons avaient été bâties autour du lac. Au fil des ans, il les a toutes rachetées pour les faire démolir. Il adorait le silence. La beauté de la nature. »

Dresner fronça légèrement les sourcils. La « bicoque » en question était devenue une monstruosité de mille mètres carrés, et un énorme hors-bord rouge et jaune fluo était amarré au ponton sur lequel ils se tenaient. En vérité, Bailer se contrefichait de la nature. Cet endroit n'était qu'un trophée parmi tant d'autres.

La famille du défunt marcha en silence jusqu'au bout de la jetée pour y disperser ses cendres. Le vent les fit tournoyer un instant avant que la pluie ne les entraîne dans les profondeurs du lac.

Craig Bailer n'aurait pu espérer plus belle fin.

Les invités commencèrent à s'éparpiller et, afin de consulter au plus vite leurs messages, la moitié d'entre eux sortirent leur téléphone portable, tandis que l'autre moitié battaient délicatement des paupières ; une mimique que tout le monde appelait désormais le « regard Dresner ».

Il traversa la cohue en direction de l'épouse de Bailer. Tous s'écartaient sur son passage en lui jetant des regards craintifs.

« Toutes mes condoléances, Lori », lui dit-il. Il sentit le corps de la veuve se crisper lorsqu'il la prit dans ses bras. En devenant un symbole, il avait perdu son humanité, et les gens ne savaient plus trop comment réagir en sa présence.

« Merci d'être venu, lui dit-elle tandis qu'il lui prenait la main. Craig aurait beaucoup apprécié.

— C'était l'un de mes meilleurs amis, et je lui dois beaucoup. Je ne peux pas imaginer ce que vous et votre famille traversez, néanmoins je veux que vous sachiez que je suis moi-même bouleversé. »

Elle serra la poignée de son parapluie un peu plus fort en même temps qu'elle cherchait ses mots. « On ne sait toujours pas ce qui s'est passé, M. Dresner. J'imagine qu'on ne le saura jamais. »

Il lui présenta une carte de visite, au centre de laquelle figurait un unique numéro de téléphone. « C'est ma ligne directe. Si vous avez besoin de quoi que ce soit – si je peux vous aider d'une manière ou d'une autre –, n'hésitez pas à m'appeler. »

Elle accepta sa carte et lui parut un peu moins tendue la seconde fois qu'ils s'embrassèrent. Dresner s'écarta respectueusement, et elle l'abandonna pour aller retrouver sa famille et le réconfort de leur maison. Aussitôt, une limousine s'avança sur le chemin boueux et s'arrêta devant lui.

Dresner ouvrit la portière et se figea lorsqu'il aperçut la silhouette d'un homme assis de l'autre côté de la banquette.

« Bonjour, Christian. »

La voix lui était familière. Il jeta son parapluie trempé à l'intérieur du véhicule avant de s'installer à côté de son invité surprise. « Très théâtral, James. J'adore ce genre d'entrée en scène.

— Vous souhaitiez me parler de quelque chose de très important, aussi ai-je sauté sur l'occasion de vous voir en chair et en os lorsque j'ai appris que vous nous honoriez d'une de vos trop rares visites. »

La limousine zigzagua entre les invités restés devant la maison des Bailer, et Dresner changea de place pour faire face à son interlocuteur. Plusieurs années s'étaient écoulées depuis que le major avait pris sa retraite des services de renseignements américains ; un secteur où le grade et l'influence étaient deux choses bien distinctes. Le vieil homme, qui venait de souffler ses soixante-dix bougies, était toujours coiffé à la mode militaire, et son visage buriné par le soleil s'accordait parfaitement avec son corps encore puissant d'ancien Marine. La cicatrice qui courait du haut de son col amidonné jusqu'à son menton renforçait encore son image de dur à cuire. Ironie du sort, elle n'était pas un souvenir de bataille mais, selon les enquêteurs qui travaillaient pour Dresner, d'un accident dont il avait été victime enfant.

« Je suis navré pour votre PDG. Puis-je espérer que ça ne ralentira pas la production des Merges de combat ?

— Votre compassion me réchauffe le cœur.

— Personne n'échappe à la mort, Christian. Pas même vous et moi. »

Le regard de Dresner se posa sur la vitre qui les séparait de son conducteur et de son garde du corps. L'habitacle avait beau être insonorisé, il aurait préféré avoir cette conversation autre part.

« Nous faisons face à certaines difficultés financières qui menacent de ralentir la fabrication.

— Certaines difficultés financières ? Quel genre de difficultés financières ?

— Le genre que cinquante milliards de dollars pourront régler. »

Le major James Whitfield resta silencieux. Comme d'habitude, son visage ne trahissait aucune émotion.

« C'est un déficit temporaire, continua Dresner. Pour tout vous dire, les ventes dépassent nos estimations.

— Je me fiche bien que ce soit temporaire ou non. C'est le montant qui me pose problème. Nous vous avons déjà donné plus d'une centaine de milliards pour ce projet.

— Et, en retour, j'ai accepté de fournir à l'Amérique plusieurs exclusivités technologiques révolutionnaires. Vous n'oseriez quand même pas comparer le Merge avec vos porte-avions obsolètes ? Ou avec ces prototypes d'avions de chasse qui ne parviennent même pas à décoller ?

— Pensez-vous qu'il me suffise de vous signer un chèque ? dit Whitfield d'un ton menaçant. Ce n'est pas simple de faire disparaître une telle somme du budget de la Défense. Même pour moi.

— Si vous le préférez, je peux aller chercher cet argent ailleurs. Je suis convaincu que les Chinois seront très intéressés.

— Autre chose ? lui demanda-t-il en serrant les dents.

— Oui. »

Dresner sélectionna une photo dans la base de données de son Merge. Il était sur le point de la transférer à Whitfield lorsqu'il se rappela que le vieux soldat avait refusé d'adopter sa technologie. Aussi fut-il forcé d'utiliser l'ordinateur portable qui traînait sur la banquette.

« Je vous écoute, fit Whitfield en examinant l'image.

— Les deux personnes assises à cette table sont Randi Russell, de la CIA, et le lieutenant-colonel Jon Smith, que vous connaissez déjà.

— Qu'est-ce qu'il tient entre ses mains ?

— La tête d'un Afghan que Russell a ramenée de la province de Khost.

— En quoi ça me regarde ?

— Figurez-vous que l'Afghan en question a participé à une expérience que vous avez financée, il y presque quatre mois, et que son crâne est équipé des implants du Merge. »

Cette fois encore, le visage de l'ancien Marine ne trahit aucune émotion, néanmoins sa respiration s'accéléra légèrement. « Où est-ce que vous avez obtenu cette photo ? »

Des photos, il en avait beaucoup d'autres – notamment du moment où Russell avait découvert cette fameuse tête. Mais il ne pouvait pas le lui dire sans prendre le risque de compromettre ses autres contacts au sein de l'armée américaine.

« Smith dirige les recherches militaires sur le Merge. Il faut bien que je garde un œil sur lui.

— Pourquoi n'étais-je pas au courant de cette expérience ?

— Je ne pensais pas que ça vous intéresserait.

— Quelqu'un d'autre au sein de l'Agence est-il au courant ?

— Je ne pense pas, mais je n'en suis pas absolument certain. Smith et Russell ont une relation particulière – il était fiancé à sa sœur, Sophia Russell, avant qu'elle ne devienne l'une des premières victimes du virus Hadès. Leur histoire commune et sa récente promotion expliqueraient pourquoi Russell est allée le voir directement. Est-ce que vous avez entendu quelque chose de votre côté ?

— Non. Si cette histoire le préoccupe, Smith n'en a toujours pas référé à sa hiérarchie.

— Donc, il nous reste du temps. Surveiller Smith est une chose, mais je n'ai pas les moyens de m'occuper de lui et d'un agent de la CIA.

— De vous "occuper" de lui ? D'ailleurs, qu'est-ce qui vous a pris de le mettre sous surveillance ? Ce n'est pas non plus votre champ d'expertise. Si vous estimez que quelqu'un doit être surveillé, vous venez me voir. Même chose s'il faut s'en "occuper", comme vous dites.

— Mais je suis venu vous voir, major. Et, maintenant, je vous demande de vous en occuper. »

32

Fred Klein suivait l'agent des services secrets qui le conduisait vers la résidence du Président. Si l'homme était si détendu, c'est que Klein était un habitué. Le Président et lui avaient été coturnes à l'université, et l'amitié qui les avait liés à l'époque transcendait les fonctions qu'ils occupaient désormais. Comme ses prédécesseurs, Sam Adams Castilla avait été forcé de s'entourer de certains monstres sacrés de la politique, mais il ne faisait confiance qu'aux hommes et aux femmes qu'il avait connus avant son accession au pouvoir. Voilà pourquoi Klein avait été nommé à la tête de Covert-One, et la raison pour laquelle il pouvait s'entretenir avec le leader du monde libre quand bon lui semblait. De quoi faire plus d'un jaloux – s'ils l'avaient un jour découvert.

Il arrivait aussi que les deux hommes se rencontrent publiquement dans le bureau ovale : après tout, Castilla ne pouvait-il pas bénéficier de l'avis de son vieil ami sur des questions de sécurité nationale ? Cependant, il était préférable de réduire au minimum le nombre de ces rendez-vous. En cette période de surinformation,

Klein se sentait plus à l'aise lorsqu'il officiait dans l'ombre.

Castilla était assis sur le vieux canapé défoncé qu'il avait emporté avec lui lorsqu'il avait quitté sa maison de gouverneur à Santa Fe. Il essaya de se lever, mais n'en eut pas la force. À la place, il attrapa une canette de Coors sur la table basse et la leva en l'air pour saluer son ami.

« Si je te racontais ma journée, Fred, je suis sûr que, même toi, tu ne me croirais pas. »

Klein avait toujours suspecté les présidents américains de se teindre les cheveux en blanc après leur entrée en fonction – ainsi le candidat jeune et énergique devenait le président mature et sérieux dont le peuple avait tant besoin. Il savait désormais que ce n'était pas une teinture.

« C'est pour moi ? lui demanda Klein en s'asseyant en face de son ami et en désignant un verre de scotch posé sur la table.

— Ardberg, 1975. Un cadeau de l'ambassadeur de Thaïlande.

— Cassie n'est toujours pas rentrée ?

— Elle visite des plantations de canne à sucre et s'empiffre de nourriture caribéenne. C'est ça que tu devrais faire, Fred. Première Dame. »

Castilla était un homme brillant d'une honnêteté sans commune mesure, une force tranquille rassurante qui avait tendance à s'étioler lorsque sa femme s'absentait trop longtemps. Rares étaient ceux et celles à qui il accordait toute sa confiance, aussi préférait-il les garder sous le coude.

« Je ne suis pas sûr que je serais à la hauteur. »

Castilla lui fit un grand sourire et vida sa bière avant d'en sortir une autre d'un majestueux coffre en chêne qu'il avait converti en glacière. « Ces derniers temps, je ne pense plus qu'à trois choses : la bibliothèque qui portera mon nom, mon élogieuse autobiographie, et le parcours de golf sur lequel je vais finir ma vie. Ça te branche ? Est-ce que tu prendras ta retraite pour venir t'amuser avec moi quand mon mandat sera terminé ?

— Je ne sais pas jouer au golf », répondit-il pour éluder la question.

Castilla lui autorisa cette petite pirouette. « J'imagine que tu n'es pas venu ici pour vérifier si je me nourrissais correctement en l'absence de ma femme. Je t'écoute. »

Klein sortit une tablette électronique de son porte-documents et tapa son mot de passe. La photo de la tête décapitée que Randi Russell avait trouvée apparut. Castilla y jeta un coup d'œil, fit une grimace, puis se remit à siroter sa bière.

« C'est quelqu'un que je connais ?

— Un Afghan d'un petit village du nom de Sarabat. Tu as vu la zone que j'ai encerclée ?

— Décidément, le Merge est partout. L'islam interdisant les modifications corporelles, nous pensions que son adoption dans cette région serait quasi nulle, or il semblerait qu'on se soit plantés sur toute la ligne. Je tire mon chapeau au directeur marketing de Dresner Industries.

— Ce n'est pas tout.

— Étrangement, ça ne me surprend pas.

— Les implants sur le crâne de cet homme ont été installés il y a plus de quatre mois. »

Castilla plissa le front tandis qu'il effectuait un rapide calcul mental. « Avant la sortie du Merge. Bien avant.

— C'est exact.

— D'où est-ce que tu sors ça, Fred ? Est-ce que c'est une information fiable ?

— J'avais chargé Randi Russell de suivre une piste en rapport avec une enquête que je mène au sein du Pentagone, et elle est tombée sur cette tête, si je puis dire. Même si elle ne travaille pas pour moi depuis très longtemps, j'ai beaucoup d'admiration pour elle. En plus, Jon Smith a corroboré la plupart de son histoire. Je crois que tu partages mon opinion en ce qui concerne Jon.

— Ce n'est vraiment pas ce dont j'avais besoin aujourd'hui.

— Je suis désolé, Sam.

— Qu'est-ce qu'on sait d'autre ?

— Rien du tout. D'où ma visite. Est-ce que tu nous autorises à poursuivre notre enquête ?

— Bien entendu, nom d'un chien. Pourquoi voudrais-tu que je t'en empêche… » Il s'interrompit et resta silencieux un instant. « Tu crois que je suis impliqué là-dedans ?

— Je ne suis pas là pour te juger, Sam. Tu le sais bien. Mais si le gouvernement a effectué des tests en secret, il vaudrait mieux que tu me mettes au parfum tout de suite.

— Avant que Dresner ne donne sa conférence de presse, j'ignorais l'existence du Merge, et j'ai appris celle de la version militaire en même temps que toi – quand Smith a rencontré Craig Bailer. Lorsque j'en ai parlé avec la CIA et l'état-major interarmées, je n'ai pas eu l'impression qu'ils en savaient davantage.

— Très bien, fit Klein. Maintenant, il reste à décider comment gérer cette situation. Le bon sens voudrait qu'on garde nos distances et qu'on balance tout à la CIA et aux services de renseignements de l'armée. »

Castilla s'enfonça dans son canapé et fixa sa bière en silence. Impliquer Covert-One dans une affaire, c'était risquer une fois de plus de révéler son existence.

« Je te le répète, Fred, je n'ai rien à te cacher. Cependant, il se pourrait que quelqu'un de la Défense ou des services de renseignements ait eu connaissance du Merge avant moi, et qu'il ait décidé de lancer une série de tests sans mon accord. »

Klein acquiesça. Il avait envisagé cette possibilité. Pour protéger leur chef, les hommes comme lui devaient parfois agir dans son dos.

« Si c'est le cas, continua Castilla, je suis confronté à deux problèmes. Primo, je ne peux demander ni à la CIA ni à l'armée d'enquêter. Secundo, s'il s'avère que l'une de ces deux organisations a bien été impliquée, il faudra s'assurer que ça ne fuite pas avant que j'aie pris une décision.

— Donc, on continue notre investigation.

— Oui, mais pour l'instant contentez-vous de rassembler des informations. Interdiction d'agir sans mon autorisation. »

33

Jon Smith décéléra et ne put s'empêcher de vérifier sur son iPhone s'il roulait toujours sur la bonne route. À quoi bon ? Devant lui, l'asphalte brillait d'une belle couleur dorée, et son heure estimée d'arrivée flottait en transparence dans sa vision périphérique. Ce qu'il y avait de plus étrange avec le Merge, c'était que plus vous vous y habituiez et moins vous le remarquiez. Il lui arrivait même d'oublier qu'il l'avait allumé.

De plus en plus dense, la brume enveloppait les arbres et menaçait de se transformer en pluie. Les hommes qu'il était parti rejoindre devaient prier pour qu'un orage éclate.

Cela faisait plusieurs années que Smith allait courir tous les week-ends avec des membres actifs ou retraités des forces spéciales. Le parcours était brutal, le rythme surhumain, et leur compétitivité à la limite du psychotique.

Il avait espéré éviter ces deux heures et demie de torture en retournant dans le Nevada, mais le feu vert de Klein avait reporté son départ. Du coup, il n'avait plus d'excuses – pas d'enfants dont c'était l'anniversaire, pas de parents malades ou de cave inondée. En cas de blessure, une radiographie devait être fournie. Bref, si vous étiez en ville, vous deviez vous pointer.

Il éteignit la radio et se remit aussitôt à penser à Randi, à sa découverte et à la suite de cette foutue opération.

Le mieux aurait été de commencer par questionner Dresner. Mais le grand homme ne se laissait pas facilement approcher, et le gouvernement américain n'avait aucun moyen de faire pression sur lui.

Ensuite, il y avait l'Afghanistan mais, là encore, leurs chances de résultats étaient maigres. Les personnes concernées étaient toutes mortes, et le pays n'était pas réputé pour ses archives.

En revanche, Randi et lui pourraient peut-être retrouver la trace des paramilitaires qui avaient massacré les talibans de Kot'eh. Sauf que les mercenaires n'auraient très certainement rien à leur dire. Ces mecs-là se fichaient bien de savoir qui les employait. Tant que la paie était bonne, ils ne s'embarrassaient pas avec ce genre de détails.

Il ne leur restait donc plus que la technologie elle-même. Il était loin d'être convaincu que le comportement étrange des Afghans était lié au Merge. Néanmoins, il trouvait cette théorie fascinante. Lui et ses hommes avaient tellement eu à cœur d'en exploiter les moindres capacités connues qu'ils n'avaient même pas pris le temps de se pencher sur ce qu'ils ne savaient pas au sujet de l'appareil.

Comment avait-il été développé ? Le cerveau humain était la chose la plus complexe de l'univers. Même un étudiant en première année de médecine savait qu'il était presque impossible de l'imiter. Dresner avait dû effectuer des milliards de tests, pourtant personne n'avait encore soulevé la question ; pas plus qu'ils ne s'étaient demandé comment leur nouveau téléphone avait été conçu. Dresner avait-il pu expérimenter la version militaire dans un pays en guerre ? Peu probable, mais pas impossible. L'Allemand n'était pas minutieux, il était maniaque.

Christian Dresner, parlons-en. Smith avait tout lu à son sujet, c'est-à-dire pas grand-chose. Ni le gouvernement ni la presse ne s'intéressaient à sa vie personnelle. Pour quoi faire ? Fouiller dans les poubelles et les emails des mannequins ou des stars de cinéma était bien plus émoustillant que de disséquer la vie d'un ermite de soixante-dix ans qui essayait de sauver l'humanité.

Smith aperçut un chemin de terre un peu plus loin. Un vieux pick-up à l'arrêt attendait qu'il passe pour s'engager sur la route principale. Le Merge continuait de colorier son itinéraire en jaune, pourtant il consulta une nouvelle fois son iPhone ; le point de départ du sentier était encore à près de neuf kilomètres.

Au moment où il releva la tête, le pick-up accéléra pour lui barrer la route. Smith se mit debout sur les freins, mais le goudron était glissant, et la Triumph dépourvue d'ABS, si bien que l'arrière de la voiture chassa. Elle rebondit ensuite contre le pare-chocs avant du pick-up dans un terrible bruit de tôle froissée.

Il accéléra pour tenter de reprendre le contrôle de son véhicule, mais le peu d'adhérence qu'il restait à ses pneus ne put rivaliser avec la boue de l'accotement. L'instant d'après, la portière côté passager s'ouvrit et percuta un arbre tandis que Smith était projeté sur les vestiges du tableau de bord qu'il avait passé des heures à restaurer.

Alors, il n'y eut plus que le son de la pluie fine sur la toile de sa capote déchirée. Jusqu'à ce que sa voix résonne.

« Quel connard ! »

Il essaya sans succès d'ouvrir sa portière et dut se résoudre à l'enfoncer d'un violent coup d'épaule. Il bondit sur le bord de la route où il prit un instant pour refréner ses envies de meurtre. Il avait presque réussi quand quelque chose bougea dans les bois à une vingtaine de mètres sur sa droite.

Smith utilisait la version civile du Merge et ne bénéficiait donc pas de la fonction qui surlignait les contours des éléments hostiles. Mais ça ne l'empêchait pas de reconnaître le canon d'un M16 lorsqu'il en voyait un.

Il voulut se précipiter vers le Sig Sauer qu'il gardait dans sa boîte à gants, mais s'immobilisa dès qu'il entendit un homme crier derrière lui :

« Ne bouge pas ! »

Il leva les mains en l'air et se retourna tout doucement. Il n'y avait pas un mais trois fusils braqués sur lui, et les hommes qui les tenaient avaient l'air de savoir s'en servir.

Le vrombissement d'un moteur résonna, et un SUV Yukon bleu nuit apparut au loin. Smith le regarda se rapprocher et se garer près de l'épave encore fumante de sa Triumph. L'homme qui en sortit devait avoir dans les soixante-dix ans, avec des cheveux gris coupés court et un corps svelte mais puissant dont l'entretien, à son âge, devait nécessiter une discipline de fer. Il bougeait avec une précision militaire. Rien à voir avec la démarche arrogante des mercenaires. Non, ce soldat avait passé sa vie au service de son pays. Restait à savoir lequel.

« Colonel, dit-il, je suis l'un de vos plus grands admirateurs. Nous avons tous une dette envers vous depuis la tragédie du virus Hadès. Sans oublier votre rôle dans les affaires Chambord et Cassandre. »

Il avait cité les noms de ces opérations comme si de rien n'était. Or, si une partie de ses travaux pour contrer le virus Hadès était de notoriété publique, son engagement dans les deux autres incidents était classé secret-défense par l'armée américaine.

Smith examina davantage l'homme qui s'approchait de lui – l'intensité de ses yeux verts, son visage buriné, la cicatrice sous son menton, son expression qui ne trahissait aucune émotion.

« Marchons, colonel », dit-il en le dépassant pour s'enfoncer à l'intérieur du bois. Ses hommes n'avaient toujours pas bougé. Quand bien même ils se seraient volatilisés, une confrontation physique avec cet homme, aussi âgé qu'il puisse être, n'aurait pas été une partie de plaisir. Pour l'instant, il valait mieux jouer le jeu.

« Je m'excuse pour votre voiture, lui dit-il sans plaisanter. C'est une très belle pièce de collection. »

Smith repensa à son pistolet, inutile au fond de ce qui restait de sa boîte à gants, puis à Randi et au savon qu'elle lui passerait s'il s'en sortait vivant. Combien de fois l'avait-elle engueulé parce qu'il ne portait jamais son arme sur lui ?

« J'aimerais vous parler de Randi Russell », continua-t-il.

Était-il aussi capable de lire dans les pensées ?

« Excusez-moi, lui répondit Smith. Je ne crois pas que nous ayons été présentés. »

Son audace fit sourire le vieil homme. « Je dois avouer que j'ai été surpris qu'elle soit venue vous trouver en premier. Vu ce qui est arrivé à sa sœur, votre fiancée, j'aurais pensé que votre relation serait… plus compliquée.

— Nous avons suivi une thérapie », rétorqua Smith. Il se serait montré encore plus sarcastique s'il n'avait pas éprouvé une certaine déférence envers son interlocuteur. « Je présume que vos hommes lui rendent aussi une petite visite.

— Absolument pas. J'ai cru comprendre qu'elle était plutôt butée, pour ne pas dire pénible. Par respect pour vous deux, je préférerais que nous réglions cette affaire de manière civilisée.

— Très bien. De quoi voulez-vous me parler ? »

L'homme ne répondit pas immédiatement et continua d'avancer dans la forêt. Bien qu'il l'eût assuré de sa bonne volonté, Smith ne put s'empêcher de remarquer qu'ils s'éloignaient de plus en plus de la route.

« De la tête que Mlle Russell a ramenée d'Afghanistan. »

Smith s'attendait à tout sauf à ça. Néanmoins, il parvint à rester impassible.

« C'est une formidable opportunité qui s'offre à vous, colonel. Le détecteur d'explosifs que vous développez pourrait nous débarrasser définitivement des bombes artisanales. Votre application permettant de différencier les ennemis des civils nous permettra enfin de mater les insurrections sans nous mettre à dos les populations locales. Je suis même convaincu que vous finirez par trouver ce qui cloche avec vos micros directionnels. »

Une fois de plus, ses compliments visaient surtout à lui montrer qu'il avait libre accès à des informations top-secrètes.

« J'ai bien peur que vous ne surestimiez notre avantage, rétorqua Smith dans l'espoir de le faire parler. Si des Afghans ont mis la main dessus un mois avant sa sortie, je me demande combien de temps il faudra à tous nos ennemis pour se le procurer. »

Le vieux soldat s'arrêta et le regarda droit dans les yeux. « Ne vous inquiétez donc pas pour ça, colonel. Contentez-vous de faire ce pour quoi vous êtes doué. »

Ils restèrent immobiles, face à face. Puis, à la grande surprise de Smith, le vieil homme fit demi-tour et rebroussa chemin. « C'était une visite de courtoisie, colonel. Mais je ne saurais que trop vous conseiller de ne plus croiser ma route. S'il devait y avoir une prochaine fois, cela risquerait de finir très mal pour vous. »

34

Environs de Harpers Ferry,
Virginie-Occidentale, USA

Smith s'abrita sous un arbre, pensant qu'il échapperait ainsi à la pluie battante qui lui cinglait le visage. Raté. Il venait de passer les deux dernières heures à se frayer un chemin sur un sentier parallèle à la route où il avait abandonné sa Triumph. Résultat, il était trempé jusqu'aux os.

Au moins, il était certain que personne ne l'avait suivi – dans le cas, bien sûr, où l'homme qu'il venait de rencontrer aurait envoyé ses sbires à sa poursuite. Mais, a priori, il pouvait lui faire confiance. Le vieux soldat avait appelé à un cessez-le-feu, et maintenant la question se posait de savoir si oui ou non Smith allait le respecter – et la réponse était non.

Aussi avait-il l'assurance que la situation ne tarderait pas à dégénérer. Son adversaire ne semblait pas rigoler. Ni être le genre à vous accorder une seconde chance.

Une voiture apparut, et Smith recula pour se mettre à couvert. Il ne pouvait pas voir qui la conduisait, mais une fois en haut de la pente, elle ralentit et se rapprocha du bas-côté.

Avant même qu'elle se soit arrêtée, Smith se précipita vers la route, ouvrit la portière et se jeta à l'intérieur. S'ensuivirent une violente accélération et un virage à 180 degrés. La portière se referma d'un coup, et Smith manqua de se faire arracher le pied. Le moteur rugit et les pneus se mirent à fumer tandis que Smith tentait d'attacher sa ceinture de sécurité.

« Personne ne t'a suivie ?

— Ne m'insulte pas », répondit Randi Russell en sirotant tranquillement son café Starbucks malgré la vitesse et la pluie.

Il examina la vieille Honda : l'habitacle était miteux, et la banquette arrière recouverte de CD et de poils de chien. Rien à voir avec les véhicules de l'Agence.

« Tu t'es assurée qu'il n'y avait pas de micros ?

— Pas la peine, je l'ai volée. C'était le meilleur moyen d'en être certaine. »

Smith s'accouda contre la portière et appuya sa tête mouillée sur la paume de sa main. Randi avait toujours eu « des doigts de fée », un euphémisme que sa grand-mère employait quand il était enfant. Sauf qu'au lieu de dérober des barres chocolatées ou des bandes dessinées, sa petite camarade fauchait des Humvee, des avions et des voitures.

« Ce n'était vraiment pas le moment, Randi.

— Relax, Max. Je l'ai trouvée sur le parking longue durée de l'aéroport. Je la rapporterai avant le retour de son propriétaire – sans une rayure et après avoir fait le plein. Et puis j'ai l'impression que tu m'as sortie de mon lit pour que je vienne te sauver les miches. Est-ce qu'un peu de gratitude serait trop te demander ? »

*

« Le tapis ! » hurla Maggie Templeton avant qu'il n'entre dans le vestibule.

Smith s'appuya contre l'encadrement de la porte pour retirer ses baskets pleines de boue.

« Serviette ! » ajouta-t-elle en désignant le haut d'un coffre qui lui servait à ranger ses dossiers.

Il attrapa le drap de bain impeccablement plié et commença à se sécher la tête en s'avançant vers la porte ouverte, au fond de la pièce.

« Tu es certain de n'avoir jamais rencontré ce type auparavant ? fit Klein en guise de salutations.

— Affirmatif. » Smith étala soigneusement sa serviette sur un fauteuil avant de s'y asseoir. Mais tous ses efforts se révélèrent inutiles lorsque des gouttes d'eau se mirent à tomber en rythme sur le parquet.

Randi réapparut, une nouvelle tasse de café à la main. Elle s'affala dans un fauteuil, à côté de Smith, et but une petite gorgée de son précieux nectar. Klein pressa le bouton de son intercom.

« Star ? Pouvez-vous venir, s'il vous plaît ? »

Le bureau de la jeune femme était situé à deux pas, et elle se présenta dans la minute qui suivit, encore plus majestueuse que d'habitude. En plus de ses piercings, de ses tatouages et de ses bottes de cuir noir, elle s'était parée d'une magnifique robe rose à froufrous. Smith ne put s'empêcher d'esquisser un sourire. Il se doutait de ce qui s'était passé. Klein, que l'apparence de Star exaspérait, avait dû commettre l'erreur de lui demander de « faire un effort et de porter une robe ».

Klein n'avait rien d'autre à lui reprocher. Ancienne bibliothécaire, la trentaine, Star n'avait pas son égale pour dénicher toutes sortes d'informations – en particulier si ce que vous recherchiez datait d'avant Internet – si bien qu'elle était indispensable à Covert-One.

« J'ai besoin que tu trouves quelqu'un pour moi, dit Smith.

— Avec plaisir. » Elle salua Randi d'un sourire amical. « Son nom ?

— Je ne le connais pas.

— Ça ne fait rien. C'est un homme ou une femme ?

— Un homme.

— Où est-ce qu'il travaille ?

— Aucune idée.

— Où est-ce qu'il vit ? »

Smith haussa les épaules.

« Tu sais d'où il vient ? De quel pays ?

— Il est américain. Ça, j'en suis quasiment certain. »

Star ne souriait plus. « J'ai comme l'impression que je ne vais pas avoir besoin de prendre de notes.

— J'en doute.

— Très bien. Qu'est-ce que tu peux m'en dire ?

— La soixantaine, peut-être soixante-dix. Sans doute un vétéran de l'armée américaine. Je parierais sur les Marines – je peux sentir un *jarhead* à trois kilomètres. Un mètre soixante-dix-huit pour environ soixante-quinze kilos – que du muscle. Coupe militaire, cheveux grisonnants, pas de calvitie.

— Une idée de la couleur de ses cheveux quand il était plus jeune ? Est-ce qu'il en restait quelques traces ?

— Non.

— Et ses yeux ?

— Verts, répondit Smith avant de faire glisser son index de son col jusqu'à sous son menton. Et il a une vieille cicatrice qui va de là à là.

— Autre chose?

— Non.

— Bon, eh bien ça devrait réduire ma recherche à un peu plus d'un million d'individus. »

Smith lui fit un grand sourire. « Si c'était facile, n'importe qui pourrait le faire.

— N'est-ce pas? T'en as besoin pour quand? »

Il allait lui répondre, mais elle fit un geste de la main et se dirigea vers la sortie. « Laisse tomber, je connais déjà la réponse. »

Randi la regarda passer la porte et disparaître dans le couloir avant de prendre la parole. « J'ai hâte de voir ce qu'elle va trouver. Ce mec aurait pu te faire la peau mais il a choisi de t'épargner. Pourquoi? Aurait-il trouvé le moyen de t'utiliser? Est-ce qu'il essaie de se faire passer pour ce qu'il n'est pas? De te faire croire que vous êtes dans le même camp? Il s'imagine vraiment que tu vas laisser tomber juste parce qu'il a foutu ta caisse en l'air et que ses gros bras ont pointé leurs flingues sur toi?

— Je peux répondre à au moins une de ces questions, dit Klein.

— Laquelle? fit Randi en se tournant vers lui.

— Il est exactement ce qu'il paraît. »

Klein fit glisser deux feuilles de papier sur son bureau, une pour chacun d'entre eux. Smith prit la sienne et s'empressa de la lire. Il s'agissait d'un transfert pour la base de recherches d'Amundsen-Scott où il remplacerait le médecin actuellement en poste. Il dut se creuser la tête un moment avant de se rappeler où cette base était située.

« Qu'est-ce que dit le tien ? demanda-t-il à Randi.

— Je suis réassignée – sur-le-champ – au Yémen pour y entraîner un groupe de rebelles.

— Ça a l'air sympa.

— Sans blague ? Et toi ?

— Le pôle Sud.

— Ah… L'Antarctique, son soleil, ses plages. Eh bien, nous venons d'apprendre deux choses sur notre nouvel ami : il a un sacré tonus et il ne manque pas de style.

— Un peu trop à mon goût, fit Klein.

— Est-ce qu'on peut compter sur toi pour annuler ces mutations ? » lui demanda Smith.

Klein, d'habitude si sûr de lui, hésita.

« Fred ?

— J'y travaille mais ce n'est pas simple.

— Tu veux dire que je risque de partir crécher en Antarctique dans deux jours ?

— Tu préférerais peut-être te barricader dans un deux-pièces avec un groupe de pauvres rebelles yéménites ? »

Klein fronça les sourcils. « Je n'ai pas été capable de déterminer qui a établi ces transferts, et sous quelle autorité. Je suis confronté à un dédale administratif similaire à celui que je laisse derrière moi lorsque je vous obtiens une permission illimitée. » Il marqua une pause. « Écoutez, je ne veux pas que vous vous fassiez du souci. Je vais m'en occuper, mais, comme toujours, je dois faire attention à ce que ça n'attire pas l'attention sur Covert-One ou sur le Président.

— Et en attendant ?

— En attendant, j'ai besoin que vous découvriez dans quoi nous avons mis les pieds. Nous avons un léger avantage sur cet homme, puisqu'il ne sait pas à qui il a affaire et qu'il vous prend pour un simple scientifique de l'armée et un agent de la CIA. Mais, vu ce dont il est capable, on ne pourra pas le berner très longtemps. »

35

Est de Chiang Mai, Thaïlande

« Maintenant que nous sommes tous réunis, commença Chris Mandrake, le PDG par intérim de Dresner Industries, je suis heureux de vous annoncer que, pour la troisième fois consécutive, nous avons dû revoir nos prévisions commerciales à la hausse. »

Assis et immobile, Dresner se concentrait pour suivre la réunion retransmise en direct dans son esprit. Créée par un groupe d'étudiants du MIT, l'application qu'il utilisait calculait la taille des objets environnants – les chaises, les tasses à café, etc. – et adaptait le format de l'image en fonction de ces informations. Ainsi il avait l'impression de se trouver dans la salle du conseil d'administration de son entreprise, située à l'autre bout du monde.

Bien qu'épatant, il avait dû refuser la commercialisation du logiciel. L'interface n'était pas assez réactive : l'utilisateur avait le temps de se lever et de faire quelques pas avant que l'image disparaisse – trop dangereux pour le public. En revanche, entre les murs de son refuge thaïlandais, il pouvait en jouir en toute tranquillité.

« Le nombre de démonstrations en magasin a diminué, mais seulement parce que le bouche à oreille fonctionne à merveille. Et, comme vous le savez, les avis sur le Merge sont unanimes. Les moins de quarante ans veulent tous en acheter un, et c'est désormais son prix, plus que les implants, qui leur pose problème. D'ailleurs, là aussi, nous sommes bien au-dessus de nos estimations initiales. Cinquante pour cent des utilisateurs sont déjà équipés d'implants, et je suis certain que nous passerons la barre des 85 % d'ici la fin de l'année. En revanche, comme il doit être installé par un dentiste, et que le micro cravate fonctionne parfaitement, le microphone dentaire est un peu moins populaire. Ceci dit, nous pensons que ces chiffres augmenteront à mesure que les utilisateurs feront leur check-up annuel.

— Qu'en est-il des populations plus âgées ? demanda l'un des administrateurs.

— Là encore, la courbe ne cesse de grimper. Notre campagne de publicité autour de la correction visuelle et de la fonction sommeil continue d'avoir un impact considérable. Selon le souhait de M. Dresner, nous donnons aussi la priorité aux entreprises qui développent des applications visant spécifiquement ce marché. »

Il y eut quelques murmures étouffés, mais personne n'osa protester à voix haute. Ils étaient nombreux à désapprouver sa volonté de toucher au maximum les plus de cinquante ans. Évidemment. Les motivations des actionnaires étaient toujours financières, sauf que le Merge n'était pas juste un moyen de gagner de l'argent. C'était beaucoup, beaucoup plus que ça.

« Combien d'unités sont connectées à l'heure actuelle ? demanda une femme dont il aurait juré qu'elle était assise à ses côtés.

— Le nombre d'utilisateurs varie au cours de la journée, mais nous avons déjà atteint les quatre millions deux cent mille connexions simultanées dans le monde. Sachez, cependant, que cette courbe se stabilise. Nos clients ont compris qu'ils avaient tout intérêt à utiliser la fonction sommeil, ne serait-ce que pour programmer leur réveil. C'est l'autre raison qui les pousse à adopter les implants, en particulier les plus âgés, car dormir avec une oreillette n'est pas très confortable.

— Quel est le niveau de satisfaction ?

— Phénoménal. Seulement 1 % des utilisateurs ne parviennent pas à s'adapter aux projections mentales et, dans ce cas, nous les remboursons intégralement. Il y a aussi eu quelques cas d'infection suite à la pose des implants. Rien de grave, et rien que nous n'ayons anticipé. Les autres réclamations, comme les maux de tête à répétition, sont quasi nulles – sûrement du fait de la satisfaction générale.

— Et concernant la version militaire ?

— Le colonel Smith a procédé à de nombreuses évaluations qui se sont toutes avérées très positives. J'ai entendu dire qu'il aurait même comparé l'importance de l'invention du Merge avec celle de l'étrier. On dénombre déjà trente mille soldats connectés. D'ailleurs, bon nombre d'entre eux possèdent la version civile qu'ils ont achetée eux-mêmes. Le ministère de la Défense s'apprête à passer une première commande de deux cent cinquante mille unités et prévoit, sur le long terme, d'équiper toute son armée.

— L'armée *américaine*, fit remarquer quelqu'un.

— En effet. Mais les avantages offerts par la version civile en situation de combat n'ont pas échappé à la communauté internationale. Reste maintenant à savoir comment cela se traduira en termes de ventes. »

Il y eut de nouveaux murmures. Personne n'avait apprécié cette histoire de contrat d'exclusivité et, en vérité, Dresner non plus. Mais il n'avait pas eu le choix. Du temps où le Merge n'était encore qu'un projet, le redoutable James Whitfield l'avait approché pour discuter du potentiel de cette nouvelle technologie – d'ailleurs il se demandait encore comment le soldat l'avait découverte. Lorsque des problèmes financiers avaient menacé de mettre un terme à ses recherches, l'argent du major leur avait donné un second souffle. Mais quand on conclut un pacte avec le diable, il faut s'attendre à en payer le prix : en l'occurrence, créer en simultanée une version militaire dont les États-Unis seraient les seuls propriétaires.

Bien que problématique, cette situation n'était pas fatale. Car ni la Chine, ni la Russie, ni les pays musulmans n'étaient responsables du climat de terreur et d'instabilité qui régnait sur la planète. L'Amérique dépensait presque autant dans son armement que tous les autres pays réunis. L'Amérique déclenchait des guerres longues et inutiles. L'Amérique bombardait des innocents avec ses drones et forçait le reste du monde à dépenser des centaines de milliards de dollars pour l'empêcher d'être la seule nation capable d'anéantir toutes les autres.

« Les armées des autres pays adopteront toutes la version civile », dit Dresner. C'était la première fois qu'il parlait depuis le début de la réunion. « Il suffit de leur en laisser le temps.

— Je suis bien d'accord, ajouta Mandrake qui espérait que son nouveau poste deviendrait permanent. Les soldats du monde entier s'y sont mis aussi vite que les populations civiles, d'autant plus qu'on leur permet très souvent d'utiliser leur appareil en mission. Très bientôt, plus personne ne voudra combattre sans les améliorations visuelles et audio du Merge. Tous les jours, de nouvelles applications de communication et de traduction simultanées débarquent sur le marché. Du coup, même la version civile ne cesse de leur offrir de nouveaux avantages non négligeables.

— Que des bonnes nouvelles, en fin de compte, dit Dresner.

— Pas totalement, avoua Mandrake. La presse continue d'attaquer le système d'évaluation de Layer-Cake. Quand il s'agit de la qualité d'un produit ou d'un service, le programme a toujours autant de succès. En revanche, le jugement des individus en dérange plus d'un. Bien que personne ne critique sa perspicacité, son existence a engendré tout un tas de nouvelles polémiques sur le respect de la vie privée.

— Je n'aime pas ça, s'exclama l'un des administrateurs. Layer-Cake nous pose déjà des problèmes alors qu'il ne fonctionne qu'à 50 % de ses capacités. En plus, il est configuré pour pencher du côté positif. Je me trompe ?

— Non, vous avez raison, lui répondit Mandrake. Nous avons demandé à Javier de faire tourner une version allégée du programme en attendant que le Merge soit capable de prendre en compte les valeurs morales de l'utilisateur. Or, pour ça, nous avons besoin d'accumuler suffisamment d'informations à son sujet.

— Qu'arrivera-t-il lorsque nous passerons à la vitesse supérieure ? Le public sera-t-il prêt ou serons-nous victimes de la quantité d'informations mise à sa disposition ?

Sans parler de notre vulnérabilité d'un point de vue légal. »

Dresner fit mine d'acquiescer pour donner l'illusion qu'il se sentait concerné. Le conseil ne le savait pas, mais la version publique du logiciel tournait bien en dessous de ses réelles capacités – environ 20 %. Cependant, grâce au génial Javier de Galdiano, les serveurs inviolables de Layer-Cake avaient déjà un accès quasi illimité, et totalement illégal, aux sites de réseaux sociaux, aux historiques de navigation, aux informations bancaires, aux achats effectués en ligne, etc. Pour l'ancien hacker, il s'agissait ni plus ni moins d'un outil de développement – en comparant les résultats du logiciel mère avec ceux de sa version publique, il pouvait perfectionner l'algorithme de cette version pour qu'elle imite encore mieux l'original. Dresner l'avait chargé à son insu de construire les fondations de son terrible projet.

« C'est un risque que nous allons devoir prendre, répondit Dresner. Nous sommes sur le point de lancer une nouvelle campagne de publicité qui cible les victimes d'Internet – ceux qu'on a confondus avec leur homonyme, ceux qui se sont fait usurper leur identité ou qui ont été harcelés sur les réseaux sociaux. Le message est le suivant : l'information est déjà partout, et le rôle de Layer-Cake est d'empêcher son utilisation à des fins malhonnêtes. N'oubliez pas que l'application a été lancée il y a seulement trois mois. Vu sa nature révolutionnaire, il me semble que ça se passe plutôt bien.

— En effet, les groupes de discussion qui ont visionné ces publicités ont réagi de manière très positive, ajouta Mandrake. Le futur est en marche, et rien ni personne ne pourra l'arrêter. Maintenant, en ce qui concerne nos finances, les nouvelles sont encore meilleures. Hier, suite à l'annulation surprise de certaines de nos dettes, le prix de nos actions a dépassé, pour la première fois, la barre des quatre cents dollars. » L'avidité de ces hommes et de ces femmes était telle que Dresner l'aperçut sans mal dans leurs regards holographiques. Cette réunion l'ennuyait.

Une fois de plus, Whitfield avait rempli sa part du marché, et la vitesse avec laquelle il avait viré cette importante somme d'argent signifiait qu'il avait anticipé sa demande. C'était un homme d'une rare intelligence dont l'existence pourrait poser problème à l'avenir. Mais, pour le moment, il lui était toujours utile.

« Je dois vous quitter, dit Dresner. Vous pouvez tous être fiers du succès retentissant du Merge. Et je suis persuadé que ce n'est que le début de cette formidable aventure. »

Il interrompit la diffusion et ouvrit les dernières prévisions du département marketing. Les graphiques mesuraient plus de trois mètres de haut, et il se laissa tomber dans son fauteuil en cuir pour les étudier.

Le nombre d'unités en circulation dans le monde d'ici la fin de la première année devrait atteindre les trente-trois millions, et ils en prévoyaient quatre-vingt-quatre millions au terme des vingt-quatre prochains mois. C'était cette dernière estimation qui l'intéressait le plus.

Dresner examina ensuite un histogramme qui montrait le nombre d'appareils connectés par pays. Les États-Unis étaient en tête, suivis par l'Europe de l'Est. La Chine avec son énorme marché n'était pas en reste. La Russie était à la traîne, mais la grande majorité de ses hommes politiques, de ses soldats et de ses industriels – les cibles prioritaires de Dresner – avait déjà adopté le Merge. À cause de sa pauvreté et des interdictions religieuses, le monde musulman figurait en bas de la liste. Mais sa compagnie continuait de créer des applications dédiées au Coran, de courtiser les imams, de parfaire son offre en langue arabe et, peu à peu, ses efforts portaient leurs fruits.

Puis son Merge reconfigura le graphique comme seule son unité en était capable. Les colonnes se remplirent partiellement de rouge pour représenter le nombre d'utilisateurs que les serveurs de Layer-Cake jugeaient nocifs pour la société : les politiciens corrompus, les criminels, les bellicistes, les fanatiques religieux, etc.

C'était une vision très laide de l'humanité : environ 20 % de l'histogramme avait viré écarlate – soit près d'un million et demi d'individus. Ceci dit, ce pourcentage n'était pas vraiment représentatif car sa campagne de lancement avait été imaginée pour cibler en priorité les hommes et les femmes qui ravageaient la société.

Au fil des ans, les progrès technologiques amplifiaient les forces destructrices de la classe dirigeante, condamnant ainsi l'être humain à disparaître. La cupidité, la diminution des ressources naturelles et le fanatisme idéologique provoqueraient bientôt la mort de milliards d'innocents, pendant que les responsables, eux, continueraient de s'engraisser.

Pas question de les laisser faire. Pas maintenant. Pas lorsque l'humanité était si proche de la perfection.

Dresner consulta ensuite les prévisions de ventes du Merge chez ces individus malfaisants. Lorsque six millions d'entre eux seraient connectés – le nombre nécessaire, d'après ses calculs, pour sauver la planète –, il activerait le dispositif qui avait tué Craig Bailer. En un instant, les armées du monde entier seraient décimées. La politique et la finance seraient débarrassées de la corruption et de la cupidité dévorante de ses dirigeants. Les leaders religieux qui matraquaient leurs fidèles à coups de discours haineux découvriraient la vérité sur leurs dieux imaginaires. Pour la première fois depuis des millénaires, l'Homme serait libre.

Bien entendu, cette purge serait d'abord choquante et déroutante. Mais la société recollerait les morceaux et se rendrait vite compte que l'éradication de ces parasites et de ces sociopathes était une formidable opportunité.

Il n'était pas naïf au point de croire que de nouveaux monstres ne s'empresseraient pas de reprendre le flambeau – c'était dans la nature de cette race de singes intelligents. Mais ces créatures malintentionnées ne seraient plus en mesure d'imposer leur emprise sur la planète. Non, les nouvelles technologies qui auraient pu causer sa perte permettraient enfin à la race humaine d'évoluer. Les destructeurs reviendraient, mais ils seraient impuissants.

36

Environs de Washington Circle,
district de Columbia, USA

Jon Smith pivota sur son siège et ramassa quelques CD sur la banquette arrière poussiéreuse. « Tu vas garder cette caisse encore longtemps ? » demanda-t-il à Randi en examinant un à un les albums dont il n'avait jamais entendu parler. Le sifflement monotone du vent s'engouffrant par les fenêtres mal fermées était sans doute préférable à la musique d'un groupe nommé Psycho Charger.

« Le mec ne rentre pas avant jeudi », lui répondit-elle.

Randi avait beau se méfier des nouvelles technologies, elle les maîtrisait à la perfection. Après avoir noté les numéros d'immatriculation de plusieurs voitures sur le parking longue durée de l'aéroport de Washington-Dulles, elle avait accédé aux serveurs de la TSA pour consulter le plan de vol de leurs propriétaires.

« Si la circulation reste fluide, on devrait arriver chez Marty dans une quinzaine de minutes, dit-elle. Tu ne crois pas que tu devrais l'appeler ? »

Smith soupira en silence. Martin Zellerbach et lui étaient amis depuis le lycée, mais leur relation avait toujours été très mouvementée. Véritable Mozart de l'informatique, Marty souffrait également de nombreux troubles psychologiques.

Smith avait donc passé son adolescence à se battre contre les abrutis que son ami avait insultés, ou à mentir pour le couvrir à chaque fois qu'il avait joué une farce de mauvais goût à l'un des élèves de leur lycée – ce qui leur avait valu plusieurs exclusions temporaires. Au fond, Marty n'était pas méchant, mais il avait le don de lui taper sur les nerfs.

À contrecœur, Smith sortit son téléphone et composa le numéro de Zellerbach. Il prit ensuite une grande inspiration pour se préparer à ce qui allait suivre.

« Qu'est-ce que tu veux ?

— J'aimerais te montrer un truc.

— Quoi ? » dit-il, intrigué. Leurs mésaventures avaient failli lui coûter la vie plus d'une fois mais, de son propre aveu, le jeu en avait toujours valu la chandelle.

« On pourrait peut-être se voir pour en discuter ? On est en route.

— On ?

— Randi m'accompagne.

— Randi ? Elle est avec toi ? Et vous venez chez moi ?

— Elle a insisté. Elle mourait d'envie de te revoir. »

Randi tourna la tête et le foudroya du regard. Un regard qui lui rappela celui de Sophia.

« Elle a dit ça ? » Marty marqua une pause qui sembla durer une éternité. « Vous arrivez dans combien de temps ?

— Moins de quinze minutes. »

Un autre silence.

266

« Dis-moi, Jon, comment êtes-vous habillés là maintenant tout de suite ? »

C'était une question étrange, mais, venant de Marty, plus rien ne le surprenait. « Je porte un survêtement couvert de boue. Randi est en jeans et en t-shirt.

— Un jean moulant ?

— Reste concentré, Marty.

— Vous êtes armés ?

— Pardon ?

— C'est une question plutôt simple, non ?

— Et toi, est-ce que tu as pris tes médocs ?

— Oui. »

Smith regarda Randi. « Est-ce qu'on est armés ? Mon flingue est toujours dans la boîte à gants de ma Triumph. »

Elle leva les yeux au ciel tellement la question lui parut idiote.

« Oui, on est armés.

— Vous avez plusieurs chargeurs ?

— Je n'en doute pas.

— Ne les oubliez pas.

— Tout va bien ?

— Impec'. J'ai juste besoin que vous m'aidiez à faire un truc. Considère ça comme le prix à payer pour mes inestimables services.

— Je ne pourrais pas plutôt te payer ?

— Non. »

Et il raccrocha.

*

« Arrête-toi ici. Inutile de trop s'approcher. »

Randi se gara, et ils continuèrent à pied dans la rue silencieuse. Ils franchirent rapidement les deux cents mètres qui les séparaient du portail et, par réflexe, se mirent à couvert sous une plaque qui disait : « Propriété Privée – Défense d'entrer. Interdit aux VRP. Interdit aux quêteurs. Allez-vous-en. »

« Marty, c'est nous, s'écria Smith en maintenant son doigt enfoncé sur l'interphone. Ouvre ! »

Pas de réponse.

« Marty ! Ouvre ce putain de portail. »

Rien.

« Merde », grommela Smith.

Que se passait-il ? Aucune chance que l'interphone soit cassé – son ami ne tolérait que les appareils électroniques haut de gamme qui fonctionnaient à la perfection.

« Tu crois qu'il a des ennuis ? lui demanda Randi. Ça expliquerait qu'il nous ait demandé de prendre nos flingues. »

Smith haussa les épaules en lâchant un long soupir – une sorte de rituel lorsque Marty était dans les parages. « Il n'y a qu'une façon d'en avoir le cœur net.

— Laisse tomber, rétorqua Randi. Appelons la police et laissons-les s'en occuper. »

Sa réticence était compréhensible. Zellerbach chérissait tellement son intimité qu'il avait consacré de nombreuses heures et beaucoup d'argent à l'élaboration d'un système de sécurité unique en son genre qui incluait une corne de brume, des bombes puantes et une redoutable catapulte à poissons pourris. C'était d'ailleurs cette dernière qui avait fini par décourager les facteurs et les livreurs en tout genre.

Smith se contenta de secouer la tête et, la mort dans l'âme, il se mit à escalader la grande haie qui protégeait de manière très efficace la maison de son ami. Il retomba sur un parterre de fleurs fanées et attendit que Randi atterrisse gracieusement à ses côtés.

Il dégaina le Glock qu'elle lui avait prêté et examina le vaste jardin. Il était identique à son souvenir : à moitié mort et à moitié envahi par les mauvaises herbes, un mélange étrange de cimetière et de jungle. De toute évidence, Marty n'avait pas réussi à convaincre ses jardiniers de revenir travailler chez lui.

« La maison m'a l'air OK, observa Randi. Aucune fenêtre brisée, aucune trace d'effraction sur la porte d'entrée, du moins rien que je puisse voir d'ici.

— Passe par la gauche. Je vais avancer tout droit. »

Il n'avait pas fait quatre mètres que retentit un vrombissement mécanique. Un pot de fleurs bascula en arrière, et son sang ne fit qu'un tour. S'il s'agissait de la catapulte, Marty regretterait d'être né.

Mais, à la place d'un vieux morceau de limande, deux inquiétants canons protégés par un bouclier en métal sortirent du sol.

« Nom de Dieu ! » cria-t-il en se jetant par terre.

Il fit une roulade, se redressa, et se précipita vers la gauche. Randi tirait en vain sur la tourelle. Dieu merci, le mécanisme était un peu trop lent pour suivre les mouvements de Smith.

Du coup, les canons s'en prirent à Randi. À son tour, la jeune femme piqua un sprint mais trébucha sur un tuyau d'arrosage. Sonnée, elle resta allongée dans la boue. Smith, qui s'avançait déjà dans sa direction, plongea quand il ne fut plus qu'à un mètre cinquante d'elle et lui atterrit dessus un peu plus violemment que prévu. Néanmoins, il avait pris assez d'élan pour rouler avec elle derrière un arbre. Aussitôt, les détonations saccadées cessèrent.

« Ça va ? »

Elle s'étrangla avant de recracher un peu de boue. « Je… je t'avais dit qu'on aurait dû laisser la police s'en occuper.

— Écoute, je ne sais pas ce qui se passe, ou qui a pu installer de vraies armes ici, mais je te propose de le découvrir avant qu'un flic se fasse descendre. »

Elle désigna une grande jardinière en pierre située à mi-chemin entre leur position et la porte d'entrée. « Si tu attires l'attention de la tourelle, je pourrais aller me planquer là-bas.

— Une jardinière en aussi bon état n'a rien à faire ici. Il y a quelque chose qui cloche.

— Tu penses que c'est un piège ?

— Ça ne m'étonnerait pas. Si je cours assez vite, je devrais pouvoir échapper à la mitrailleuse. Je vais rebrousser chemin, profites-en pour foncer vers le côté est de la maison, et essaie d'entrer par une fenêtre.

— Je compte jusqu'à trois. »

Ils sortirent en même temps de derrière l'arbre, et le bruit de leurs pas réveilla le système de défense. Smith ne s'était pas trompé : il bougeait trop vite pour la machine. Mais à peine, et seulement parce qu'il courait à toute vitesse : il valait mieux qu'il ne ralentisse pas. Il passa derrière une petite rangée d'arbres et se retrouva sur une parcelle de terrain parfaitement entretenue. Cela n'augurait rien de bon.

Il avait eu raison de se méfier. L'herbe et les plantes étaient fausses, et une fine couche de paillis recouvrait une bâche en plastique. Il tenta de s'arrêter et tomba à la renverse, puis glissa sur le dos vers un gros buisson qui dissimulait à coup sûr quelque chose de très douloureux.

Il roula sur le ventre et s'empara du couteau que Randi l'avait obligé à emporter. Il enfonça la lame de toutes ses forces dans le sol et parvint à s'arrêter près d'une grande fontaine remplie de vase.

N'ayant pas d'autre choix, il s'abrita derrière celle-ci, angoissé à l'idée qu'elle lui explose à la figure, qu'elle s'écroule sur sa tête, voire qu'elle s'envole dans les airs. Mais rien de tout ça n'arriva, et il jeta un coup d'œil sur le côté pour voir où en était sa coéquipière.

Le chemin qui la séparait de la maison était dégagé : c'était trop facile, beaucoup trop facile. Elle hésita mais finit néanmoins par s'élancer. Elle allait atteindre son objectif quand elle fut avalée par le sol.

« Randi ! »

Pas de réponse.

Smith attrapa un vieux nain de jardin et le lança le plus loin possible pour faire diversion. Puis il se glissa de l'autre côté de la fontaine, bondit par-dessus une brouette rouillée et accéléra en direction de l'endroit où la jeune femme avait disparu.

À mi-chemin, il entendit la rotation mécanique de la tourelle. Cette fois-ci, il n'avait nulle part où se planquer. Le bruit assourdissant de la mitraille retentit, et une balle l'envoya mordre la poussière.

Il porta la main à son torse et l'examina. Elle était rouge sang. En plein dans le mille. Il ferma les yeux et lâcha un long soupir.

Il avait toujours su que sa relation avec Marty finirait par lui coûter la vie.

Debout sur des matelas entassés au fond d'un puits en béton, Randi Russell leva les yeux vers la trappe en métal qui l'avait engloutie. Après sa chute, la tourelle avait fait feu, mais il régnait désormais un silence de mort.

« Jon ! cria-t-elle. Jon ! Est-ce que tu m'entends ? »

Smith ne lui répondit pas. À la place, un pan du mur coulissa pour dévoiler un écran d'ordinateur sur lequel apparut le visage de Marty Zellerbach.

« Randi ! Comment fais-tu pour rester séduisante en toutes circonstances ? Ton érotisme ne connaîtrait-il aucune limite ?

— Marty ?

— J'aurais dû me douter que vous ne tomberiez pas dans le piège de la jardinière. Tu n'imagines même pas ce que j'ai construit sous ce pot de fleurs. En m'inspirant des araignées orbitèles, j'ai… »

Elle se précipita en avant et frappa sur le moniteur avec ses deux mains : « Je vais te tuer, Marty. Je ne plaisante pas. Je vais vraiment te trucider. Puis j'irai enterrer ton corps là où personne ne le retrouvera jamais.

— Pourquoi ? dit-il, visiblement surpris par sa colère. Ce n'est pas en faisant ce genre de choses que tu gagnes ta vie ? Tu crois que je m'énerverais si tu me demandais de réparer ton routeur ?

— Où est Jon ? Est-ce qu'il va bien ?

— Oui, oui, il est toujours allongé dans le jardin. Quel acteur, celui-là ! Voilà, il s'est relevé. Tiens, c'est étrange, il a l'air furax lui aussi.

— Tu lui as tiré dessus avec une mitrailleuse, Marty !

272

— N'en fais pas des caisses. Le canon de droite tire à blanc et celui de gauche projette des billes de peinture. N'empêche que vous êtes rapides. Je vais devoir remplacer le moteur de la tourelle avec quelque chose de plus puissant. Mais c'est peut-être à cause de la pluie qui est tombée ces derniers jours, il se pourrait qu'il ait rouillé, du coup…

— Marty, articula-t-elle le plus calmement possible.

— Pour ce qui est de la jardinière, dis-moi ce qui t'a mis la puce à l'oreille. Tu crois qu'une statue ferait mieux l'affaire ? Genre, un cavalier ? Ça serait…

— La ferme, Marty ! La ferme, la ferme ! Et fais-moi tout de suite sortir de cette saloperie de trou ! »

37

Alexandria, Virginie, USA

James Whitfield était assis dans son bureau, une pièce sans fenêtre au fond de sa maison, éclairée seulement par une petite lampe posée sur sa table de travail.

Quelle arrogance.

Avec l'âge venait la sagesse, disait-on, et, de manière générale, il s'était assagi. Pourtant il venait de commettre une série de fautes graves, dignes d'un amateur. Ça ne lui ressemblait pas. Non seulement il avait tiré des conclusions hâtives au sujet de ses adversaires, mais, en plus, il les avait sous-estimés. Dans sa jeunesse, à l'époque où il affrontait le KGB, ce genre d'erreurs lui aurait coûté la vie. Et il l'aurait bien mérité.

Sur l'écran de son ordinateur, l'horloge indiqua 16 h 00. Avant même qu'il ait eu le temps de tendre le bras, une légère sonnerie retentit. Encore un exemple de l'indéfectible efficacité du capitaine.

« Je vous écoute, dit-il en décrochant.

— Avez-vous reçu leurs dossiers, major ?

— Oui.

— Vous savez, j'aurais pu vous les envoyer par email.

— Je m'en doute, capitaine. Merci. Alors, qu'avez-vous découvert sur ces transferts ?

— Pas autant que nous l'espérions. Néanmoins, je peux vous confirmer qu'ils ont tous les deux été mis en attente.

— Comment ça ?

— Ce matin, Smith a déclaré souffrir d'une commotion cérébrale suite à un accident de voiture. »

Whitfield se serait autorisé un sourire admiratif si la situation n'avait pas été aussi grave. S'agissait-il d'une véritable excuse, ou le scientifique lui faisait-il un majestueux doigt d'honneur ?

« Et Russell ?

— Une histoire de conseil de discipline. Mais, comme vous le savez, nos sources au sein de l'Agence sont limitées. »

Un conseil de discipline. Diable, lui-même n'y aurait sans doute pas pensé. C'était l'excuse parfaite : d'une part, ces convocations étaient imprévisibles et empêchaient toute mutation et, d'autre part, ça collait plutôt bien avec le personnage de la jeune femme. Brillant. Assez brillant pour le faire suer encore davantage.

« Tenez-moi informé de l'évolution de cette affaire, capitaine. Aucun détail n'est à prendre à la légère.

— Bien entendu, major. »

Whitfield raccrocha. Il se dirigea ensuite vers un coffre et en sortit l'imposant dossier que ses hommes avaient constitué sur Smith. En revanche, celui sur Russell était beaucoup moins épais ; il se pencherait sur son cas un peu plus tard. Dans une autre pièce de la maison, sa femme passait l'aspirateur. D'habitude, il ressentait un sentiment réconfortant de normalité lorsque résonnait le bruit de l'appareil. Mais pas aujourd'hui.

Il disposa sur son bureau le contenu du dossier en plusieurs petites piles impeccables – quelque chose qu'on ne pouvait pas faire avec un fichier informatique. Ainsi, Whitfield réfléchissait mieux et plus vite. Il ne doutait pas que cette manière de travailler disparaîtrait avec les hommes et les femmes de sa génération.

Les états de service du lieutenant-colonel Smith étaient exemplaires. Envoyé dans les zones les plus sensibles de la planète, le médecin s'était toujours conduit de façon admirable. Par la suite, il était devenu l'un des meilleurs chasseurs de virus de l'armée. D'après son entourage, son génie scientifique n'avait d'égal que ses aptitudes au combat. À deux reprises, il avait dû prendre le commandement de l'unité des forces spéciales à laquelle on l'avait assigné et, à chaque fois, les commandos l'avaient suivi sans la moindre hésitation.

Sa seule faiblesse était de se croire plus intelligent que les autres. Un défaut qui avait tendance à agacer ses supérieurs, mais que Whitfield lui pardonnait. Car Smith était effectivement plus intelligent que les autres.

Pour être honnête, si le major avait eu connaissance plus tôt de l'existence de Smith, il l'aurait recruté. Voilà pourquoi il suspectait que quelqu'un d'autre l'avait fait à sa place.

Comment le destin avait-il pu autant s'acharner sur cet homme ? Bien sûr, il y avait toujours une explication logique. Par exemple, le virus Hadès l'avait concerné directement, et ses recherches sur l'ordinateur piloté par ADN expliquaient sa présence en France. De même, on pouvait considérer ses enquêtes en Russie et en Afrique sous l'angle du terrorisme biologique. Mais, en fouillant un peu plus, Whitfield avait remarqué certaines anomalies. D'abord, où étaient passés les ordres de mission ? Ensuite, par quel miracle Smith avait-il pu bénéficier d'autant de permissions lors de ces incidents ?

Ses rapports avec Peter Howell étaient tout aussi étranges. Certes, qui aurait refusé l'aide d'un ancien membre du SAS/MI6 ? Mais Howell était un agent étranger à la retraite, et l'armée américaine ne manquait pas de ressources pour ce genre d'opérations.

Pour finir, il y avait ces fameux transferts en attente, ceux-là mêmes qu'il avait orchestrés avec l'aide de ses contacts dans l'armée et dans la CIA.

Il n'y avait qu'une seule explication possible : Smith et Russell étaient membres d'une organisation secrète en parallèle de leurs affectations officielles. Une organisation secrète très puissante.

Whitfield parcourut les pages du dossier encore une dizaine de minutes mais fut forcé d'admettre que les réponses qu'il cherchait ne s'y trouvaient pas ; rien que des indices inquiétants et des mystères impénétrables.

Révéler son existence avait été stupide. Mais il n'avait pu se résigner à faire assassiner ces deux grands patriotes. Cependant, sa conversation avec Smith, ainsi que les transferts qu'il avait ordonnés, avaient dû convaincre le scientifique du bourbier dans lequel il avait mis les pieds. Le cas de Russell était encore plus simple. Une fois qu'elle aurait rejoint la résistance yéménite, elle oublierait toute cette histoire. Cette femme adorait par-dessus tout se battre.

Il n'empêche qu'il ne pourrait plus rien faire tant qu'il n'en saurait pas plus sur la situation et sur ses adversaires.

La moindre action irréfléchie aurait des conséquences désastreuses.

Il ne lui restait plus qu'à patienter et observer. Mais pas pour longtemps. Bientôt, il devrait passer à l'action et gérer le retour de flamme du mieux possible.

38

Environs de Washington Circle,
district de Columbia, USA

« Tu as une sale mine, Jon. Mais toi, Randi… Tu es encore plus belle que la dernière fois. »
Toujours aussi pâle et bouffi, Marty Zellerbach se tenait dans l'encadrement de la porte, accoutré de son plus beau survêtement rouge pétard. De toute évidence, il s'était mis sur son trente et un pour Randi.

Après les avoir invités à le suivre, il pivota sur lui-même et rentra à l'intérieur. « Essayez de ne pas salir le tapis, s'il vous plaît. Je viens de l'acheter. »

Randi fit semblant de l'étrangler et Smith, amusé, lui adressa un grand sourire. Lorsqu'ils passèrent sous une lampe, il ne manqua pas de remarquer les scintillements sur le côté du crâne de son ami.

Mais cela n'avait rien de surprenant – Zellerbach avait toujours été accro aux nouvelles technologies. Il ne pouvait s'empêcher de les acheter pour les mettre en pièces et en étudier les moindres secrets. Au lycée déjà, sa chambre était remplie de carcasses en tout genre : consoles Atari, Rubik's Cube, magnétoscopes, etc. C'était justement sa curiosité insatiable, ainsi que ses deux doctorats, qui faisaient de lui l'homme de la situation.

Ils pénétrèrent dans une pièce où était installée une grande table de travail sur laquelle trônait un énorme superordinateur Cray.

Zellerbach se laissa tomber dans son unique fauteuil, et ils s'adossèrent contre le mur du fond. « Alors, qu'est-ce qui vous amène ? »

Smith désigna le Merge démonté sur son bureau. « Ça. »

Marty se lança alors dans un monologue délirant. « C'est incroyable, n'est-ce pas ? Je savais que Christian Dresner était un génie, mais bon, jusqu'ici il n'avait inventé que des trucs sans intérêt, comme ses antibiotiques et ses prothèses auditives. Je ne l'aurais jamais cru capable d'un tel coup d'éclat. Dites-vous bien que j'ai déjà conçu quatre applications pour son système. Certes, aucune d'entre elles n'a encore reçu son approbation, mais elles n'en sont pas moins super cool. Par exemple, il y en a une qui permet de…

— Qu'est-ce que tu as découvert sur l'appareil, Marty ?

— Sur le Merge ? Qu'est-ce que vous voulez dire ?

— Tu l'as disséqué, non ? Dis-nous ce que ça t'a appris.

— En effet, en effet. Ils m'en ont envoyé un gratos pour que j'en parle sur mon blog. Du coup, je l'ai examiné d'un peu plus près.

— Et ? » dit Smith en essayant de dissimuler son exaspération. Le médicament que Zellerbach avait pris un peu plus tôt ne ferait bientôt plus effet, et son ami aurait de plus en plus de mal à rester concentré. Il ne cesserait de s'agiter qu'après avoir avalé une nouvelle pilule qui le plongerait dans une indolence heureuse. Coup de bol, son intelligence n'était jamais plus fulgurante que durant le court moment qui séparait ces deux états.

« À toi de me le dire, Jon. Il paraît que tu es en charge de la recherche et du développement miliaire du Merge. »

Smith fronça les sourcils. Restait-il sur terre une seule personne qui ignorait cette information classée secret-défense ? « Et qui t'a raconté cette histoire ?

— Si l'armée ne veut pas qu'on entre dans son réseau informatique comme dans un moulin, elle devrait le sécuriser davantage. »

Smith s'abstint de tout commentaire. « Et pour ce qui est du Merge ? Est-ce que tu penses pouvoir t'introduire dans le système ?

— Bien sûr, il suffit que tu me donnes la clé de chiffrement.

— Je ne la connais pas.

— Arrête ton char. Après tout ce que j'ai fait pour toi, comment oses-tu te moquer de moi ?

— Parole de scout, Marty. Je n'ai pas besoin de l'accord de Dresner pour mettre en ligne nos logiciels, mais je n'ai pas accès au système. »

Zellerbach ne put cacher sa déception. « Dans ce cas, c'est impossible.

— Ce n'est pas toi qui m'as répété cent fois que les systèmes sécurisés à 100 % n'existaient pas ?

— Mais ça n'a rien à voir, pleurnicha-t-il. Il ne suffit pas juste de trouver son mot de passe – et aucune chance que ce soit sa date d'anniversaire ou le nom de son chien –, il faut aussi imiter la façon dont son cerveau transmet le mot de passe au système. Or, il est le seul à connaître le langage du cerveau.

— C'est un peu l'histoire de l'œuf et de la poule, dit Randi.

— Exactement. Pour accéder au système, il faudrait que vous parliez sa langue, mais, pour l'apprendre, vous avez besoin d'accéder au système. »

Smith n'était pas surpris. Son équipe et les petits génies de la NSA lui avaient dit exactement la même chose.

« Tu me promets que l'armée ne connaît pas la clé, Jon ? Je peux garder un secret, tu sais. Parce que j'ai imaginé plein d'autres applications dont Dresner ne voudra pas. On pourrait créer une amélioration visuelle pour voir tout le monde à poil – comme les lunettes dans les bandes dessinées de notre enfance. Si ça, c'est pas une idée qui nous rapporterait des millions !

— Tu es déjà riche, lui fit observer Randi.

— C'est vrai. Ça te dirait d'aller faire un tour sur mon yacht ? J'ai un bikini qui t'irait à…

— Tu n'as pas de yacht.

— Mais j'ai le bikini. »

Elle lui lança un regard mi-sévère, mi-coquin. « Marty, essayons de rester concentrés sur le sujet de notre visite, veux-tu ?

— Pour quoi faire, il n'y a pas matière à débat.

— Donc, reprit Smith, tu me soutiens que personne n'a pu pirater le Merge.

— Le pirater ? Impossible. Pas sans l'aide de Dresner. Mais, du coup, s'il est impliqué, ce n'est plus vraiment du piratage, n'est-ce pas ? »

Décidément, on en revenait toujours à Dresner. L'Allemand connaissait-il l'enflure qui avait détruit sa Triumph? Si oui, quel genre de relations entretenaient-ils?

« Quel impact le système a-t-il sur l'esprit? demanda Randi.

— Un impact énorme puisqu'il vous fait entendre et voir des choses qui ne sont pas vraiment là : des icônes, des cartes, de la musique…

— Je vais reformuler ma question. Est-ce qu'il pourrait empêcher un soldat de se défendre? Ou transformer un dévot en athée?

— Je ne suis pas sûr de comprendre ta question.

— Elle est pourtant très simple, Marty.

— Certes, dit-il après avoir réfléchi un moment, je pourrais écrire une ligne de code qui donnerait l'apparence de leur chère mère à tous tes assaillants. Voilà le genre de truc qui pourrait les empêcher de se défendre. Mais pour ce qui est de faire perdre la foi à quelqu'un, ça me paraît difficile.

— J'ai parlé avec plusieurs neurologues à ce sujet, dit Smith. Tous avaient l'air de dire que cette théorie était un peu tirée par les cheveux. Ils m'ont néanmoins raconté qu'ils étaient parvenus à identifier certains gènes associés à la spiritualité et à la violence, et qu'ils avaient plus ou moins réussi à les manipuler en utilisant des ondes magnétiques. Sauf que ça leur avait demandé une quantité folle d'énergie, et que les effets avaient toujours été imprévisibles.

— Quelqu'un a peut-être trouvé la solution? Demande à tes amis neurologues si, il y a trois mois, ils auraient cru possible qu'on puisse projeter une partie d'Angry Birds sur leur cortex visuel.

— Touché.

— C'est possible en théorie, mais pas en pratique. De fait, on parle de champs magnétiques très puissants qui nécessitent une quantité astronomique d'énergie. Je ne plaisante pas, tu ne pourrais même pas prendre ton petit déjeuner sans risquer que ta petite cuillère vienne se planter dans ton crâne. C'est de la physique, purement et simplement. C'est pour ça que le Merge doit rester branché sur une prise de courant lorsqu'on active la fonction sommeil : la manipulation des ondes cérébrales nécessite beaucoup d'énergie. Or faire dormir quelqu'un est un jeu d'enfant en comparaison d'un changement de personnalité.

— Il n'y a donc aucun moyen d'influencer l'utilisateur de cette manière ? lui demanda Randi.

— Il y a toujours la possibilité de lui filer des vertiges et la nausée. Là encore, ça l'empêcherait de se battre ou d'aller à l'église.

— Mouais, dit Smith. Mais si le Merge commençait vraiment à te foutre en l'air – à te rendre malade, à modifier ta personnalité, etc. – pourquoi ne pas l'éteindre immédiatement ?

— L'interrupteur pourrait avoir été mis hors-service.

— C'est une idée, rétorqua Marty. Sauf que rien ne t'empêcherait de t'en débarrasser, de t'en éloigner au maximum, de le défoncer à coups de marteau, de le jeter dans une piscine, de…

— Merci, Marty, j'ai compris, dit-elle. Et s'il s'agissait plutôt d'un dispositif fatal ?

— Tu crois vraiment que Christian Dresner veut nous griller la cervelle ? dit Zellerbach en lui lançant un regard suspicieux. Pourquoi est-ce que vous me posez toutes ces questions ? »

Smith ne comptait pas lui parler tout de suite de l'Afghanistan, or cette omission affectait l'efficacité de son interrogatoire. L'épine dorsale du débat scientifique était le libre échange d'idées, mais il fallait toujours qu'il se retrouve forcé de dissimuler des informations.

« C'est juste un brainstorming. On veut s'assurer d'avoir anticipé toutes les éventualités avant d'équiper nos soldats. »

Marty semblait toujours dubitatif. « Pour répondre vite fait à la question de Randi : non, j'en doute fort. Le Merge n'est pas assez puissant pour détruire le cerveau de son utilisateur. Même si on vidait l'intégralité de sa batterie dans l'un des implants, le sujet recevrait juste une méchante décharge électrique et resterait désorienté quelques secondes.

— De petits électrochocs de très courte durée, ajouta Smith.

— Si je comprends bien, dit Randi, personne ne pourrait utiliser cet engin pour commettre un délit ? »

L'air de rien, elle venait de lancer un défi à Marty. Son travail, sa passion – à vrai dire, sa seule obsession – était de découvrir de nouveaux moyens d'enfreindre la loi. Aussi, sa réponse fut-elle surprenante.

« Pas sans que Dresner ait d'abord approuvé certaines applications qu'il n'autorisera jamais.

— J'ai du mal à croire que tu puisses baisser les bras aussi vite. »

Smith décida d'enfoncer le clou. « Il a raison, Randi. C'est beaucoup trop compliqué. On devrait aller voir ce gamin d'Anonymous. Il paraît qu'il…

— Il me semble vous avoir dit que j'allais y jeter un œil, non ?

— Eh bien, nous…

— Écoutez, il y a plusieurs choses qui me chiffonnent dans l'architecture matérielle du Merge, enchaîna Marty, motivé à l'idée de prouver sa supériorité sur son rival d'Anonymous. En particulier, certains composants en relation avec les futures mises à jour et la gestion de l'autonomie. Ils sont toujours inactifs, et il se pourrait que le système d'exploitation n'en bloque pas l'accès. Du coup, je suis peut-être en mesure d'en prendre le contrôle. Mais l'idée m'est venue il y a tout juste une demi-heure, OK ! J'ai besoin de plus de temps, OK ! Personne ne peut travailler aussi vite !

— Je reconnais bien là mon Marty, dit Randi. Allez, champion, montre-nous que tu peux faire quelque chose de diabolique avec cette machine. »

*

La porte se referma derrière eux. Aussitôt, Smith et Randi s'arrêtèrent pour examiner le jardin silencieux à la recherche des systèmes de sécurité qu'ils avaient affrontés en arrivant.

« Il ne va quand même pas oser…

— Non, Marty n'est pas idiot à ce point. »

Elle acquiesça mais le laissa passer devant. Au cas où.

« Qu'est-ce qu'on fait maintenant ?

— On se concentre sur Dresner, répondit Smith. Si Marty et mes hommes ont vu juste, personne ne touche au Merge sans son accord.

— Ils pourraient se tromper.

— Certes. Mais, entre toi et moi, nous avons tout essayé pour pénétrer dans le système, et ça n'a rien donné.

— Vous cherchez à vous débarrasser de Dresner?

— Pas vraiment, on aimerait surtout conserver un plus grand contrôle sur notre armement. Au cas où.

— Tu crois que Dresner est responsable de ce qui s'est passé en Afghanistan?

— Vu ce que je sais à son sujet, ça me paraît peu probable. Mais nous devons explorer toutes les pistes.

— Et le mec qui a démoli ta Triumph?

— Avec un peu de chance, Star va le retrouver. Autrement, je crois savoir où chercher. »

Après avoir franchi le portail, ils remercièrent le ciel de s'en être sortis indemnes. Ils descendirent la rue, trempés et couverts de boue.

« Dans ce cas, direction l'Allemagne, dit Randi.

— L'Allemagne? Pour quoi faire?

— J'ai un ami là-bas qui pourra sûrement nous aider. »

39

Berlin, Allemagne

Smith n'avait jamais mis les pieds dans cette partie de la ville – une succession de vieux entrepôts et de rues sales éclairées par des projecteurs anti-intrusion qui s'allumaient sur leur passage. En revanche, Randi semblait connaître le quartier comme sa poche, aussi s'enfonça-t-il dans son siège et ferma-t-il les yeux.

La voiture s'arrêta, et il se redressa brusquement, incapable de dire s'il avait dormi ou non. « On est arrivés ?

— C'est un peu plus loin, à trois pâtés de maisons vers l'ouest. Je préfère ne pas me garer juste devant. »

Elle ne lui avait presque rien dit sur l'homme qu'ils étaient venus rencontrer, seulement qu'il s'appelait Johannes et qu'il avait en sa possession des dossiers qui leur seraient peut-être utiles.

Smith sortit de la bagnole. Cet endroit ne lui disait rien qui vaille. Devant lui, l'immeuble était condamné, et il faisait si sombre qu'il trébucha.

« Je croyais que le gouvernement allemand avait déménagé les archives de la Stasi du côté de Checkpoint Charlie », dit-il en continuant d'avancer dans la rue déserte. Il n'était pas assez couvert, et le vent glacial qui s'engouffrait entre les immeubles le transperçait de part en part. Par chance, la pluie annoncée par la météo n'avait toujours pas pointé le bout de son nez.

« Johannes ne travaille pas pour le BStU, dit-elle. C'est un consultant privé. »

Cet euphémisme était un grand classique dans le jargon de la CIA – un terme ambigu qui sonnait vaguement officiel.

« Un consultant privé ? marmonna Smith. Tu veux dire un ancien agent de la Stasi.

— Oh ! tu sais, moi, les étiquettes, répondit-elle avec un sourire ironique. En fin de compte, ne sommes-nous pas tous des êtres humains ?

— Je rêve… »

D'après certains calculs, l'espionnage de ses propres citoyens avait été la plus grosse industrie de la République démocratique allemande.

Le jour où la Stasi avait compris que la chute du mur était inévitable, ses employés avaient entrepris de détruire et d'incinérer les milliards de pages de documents accumulées au fil des ans. Quand les machines étaient tombées en panne, ils avaient utilisé des ciseaux. Et lorsque leurs ciseaux avaient perdu leur tranchant, ils avaient déchiré chaque feuille à la main et en mille morceaux. Les Allemands avaient fini par découvrir ce qui se tramait et avaient pris d'assaut les bureaux afin de stopper la destruction massive de leurs archives. Désormais, elles étaient stockées sur des kilomètres d'étagères dans les locaux de la BStU, en attendant d'y être classées, déchiffrées et partagées.

Ils s'arrêtèrent devant un immeuble qui ressemblait comme deux gouttes d'eau à celui devant lequel ils s'étaient garés, à ceci près que sa grande porte provenait d'un surplus de la marine allemande. À peine eurent-ils frappé qu'une ampoule cachée dans le chambranle éclaira leurs visages. L'instant d'après, un jeune homme ouvrit et les invita à entrer.

« Je suis Konrad, leur dit-il en jetant un coup d'œil sur la rue déserte puis en refermant un énorme verrou derrière eux. L'assistant de Johannes. »

Smith et Randi le saluèrent sans pour autant se présenter. L'Allemand ne s'en offusqua pas, et ils traversèrent un couloir étroit jusqu'à une autre porte bien plus moderne – celle-ci était équipée d'un clavier et d'un scanner de rétine.

Un système mécanique silencieux fit coulisser la porte, et Konrad s'écarta pour les laisser passer. Smith hésita mais Randi pénétra à l'intérieur le cœur léger.

« Ma chérie ! » s'écria l'homme qui se précipita vers eux. Au sommet de sa minuscule tête, quelques mèches de cheveux gris se battaient encore en duel, tandis que son embonpoint trahissait son amour pour les saucisses et la bière.

« Johannes. Ça fait une éternité », dit Randi en allemand.

Ils se donnèrent l'accolade, mais Smith n'y prêta pas attention, trop occupé à examiner, bouche bée, la pièce dans laquelle ils se trouvaient. Mesurant environ soixante-quinze mètres carrés et vingt mètres de haut, elle était remplie d'étagères bancales qui s'élevaient presque jusqu'au plafond et sur lesquelles étaient empilées toutes sortes de boîtes, de caisses et de sacs-poubelle débordant de morceaux de papier.

Le peu d'espace restant était occupé par quatre énormes machines, assemblage incroyable de cheminées en cuivre, de tapis roulants et de câbles électriques. Smith se demanda si elles fonctionnaient et à quoi elles pouvaient bien servir.

« Colonel ! dit Johannes en lui tendant sa grosse paluche. Que pensez-vous de mon petit centre de recyclage ?

— Impressionnant. Où est-ce que vous avez déniché tout ça ?

— Oh, par-ci, par-là. Quand le régime soviétique a commencé à s'écrouler, j'ai su qu'il était temps d'embrasser le capitalisme. De devenir un Occidental, *ja* ? Mais alors que faire ? Dans quoi excellais-je ? Et soudain ça m'a semblé évident. La Stasi, bien sûr. Les dossiers.

— Du moins, les plus importants d'entre eux, ajouta Smith.

— Absolument. La canaille n'a pas tardé à débarquer, mais j'avais trois semaines d'avance sur elle. Durant cette période, je m'étais débrouillé pour subtiliser les documents qui se trouvent aujourd'hui autour de vous, bien à l'abri de leurs sales pattes et de celles de la BStU. »

Smith essaya de calculer le nombre de bouts de papier déchirés qui les entouraient. Une centaine de milliards ? Une centaine de centaines de milliards ?

« Est-ce qu'il n'aurait pas été plus simple d'emporter les dossiers encore intacts ? »

Johannes lâcha un grand rire. « Ne dépensez jamais votre argent pour un dossier intact, mon cher colonel.

La Stasi a détruit les plus importants en priorité. Ceux-là contiennent les informations les plus précieuses.

— Et ces machines vous servent à les reconstituer ?

— Tout à fait ! Mon fils les a construites pour moi. » La fierté se lisait sur son visage. « Je sais que tous les parents disent la même chose, mais c'est un garçon remarquable. Et le plus brillant des ingénieurs.

— Comment fonctionnent-elles ?

— Au départ, nous faisions tout à la main. C'était un travail aussi chronophage que fatigant. Désormais, nous déversons les morceaux de papier dans ces machines qui créent une image en 3D de chacun d'entre eux avant de les envoyer à mes ordinateurs où elles sont réassemblées à la manière d'un puzzle.

— Le développement et la fabrication de ces appareils ont dû vous coûter cher.

— C'est la raison pour laquelle je ne travaille qu'avec des gens connus pour leur grande générosité. »

Smith n'en doutait pas. Ce qui s'était passé de l'autre côté du rideau de fer passionnait encore bon nombre d'hommes et de femmes, de journaux, de politiciens, d'agences de renseignements, voire d'universitaires. Avec ce que Johannes avait entre les mains, un vulgaire maître chanteur aurait roulé sur l'or.

« La CIA l'a aidé à se lancer, précisa Randi. En échange, il nous autorise à jeter un œil à toutes ses découvertes.

— Et qu'est-ce qui vous intéresse aujourd'hui, ma chère ?

— Christian Dresner. »

Sa bonne humeur se transforma en circonspection. « En voilà un autre qui a très bien réussi.

— Vous a-t-on déjà interrogé à son sujet ? demanda Smith.

— Bien entendu. Plusieurs fois.

— Et ?

— J'ai préféré m'abstenir. Je suis certain que Dresner n'aurait eu aucun mal à me retrouver si je leur avais fourni des renseignements à son sujet.

— Mais tu sais quelque chose ? dit Randi. Tu possèdes le dossier de la Stasi le concernant ?

— Oui.

— Et qu'est-ce qu'il contient ? »

Il hésita. « Je sais que cela va sans dire, mais n'allez pas crier sur les toits ce que je m'apprête à vous révéler.

— Comme d'habitude, Johannes.

— Je dispose d'un paquet d'informations, soupira-t-il. Les agents de la Stasi ne manquaient pas de zèle et enregistraient tous les détails de la vie de leurs concitoyens – en particulier ceux qu'ils estimaient importants ou subversifs. Donnez-moi une idée de ce que vous voulez savoir.

— Quelle était la nature de son travail pour les Soviétiques ? lui demanda Smith. A-t-il développé des armes biologiques ?

— Pas du tout. Vous n'êtes pas sans savoir que l'Allemagne de l'Est dominait le monde de l'athlétisme à l'époque…

— Quoi ? Il droguait les athlètes ? s'exclama Randi.

— Il les droguait, il étudiait leur physiologie, il créait des programmes d'entraînement. Je n'exagère pas en vous disant que les sportifs est-allemands lui doivent une grande partie de leurs médailles. Ainsi qu'à un jeune psychologue du nom de Gerhard Eichmann.

— Je m'attendais à quelque chose d'un peu plus sinistre, maugréa Randi.

— Tu serais surprise. Les Soviétiques avaient à cœur que leurs athlètes surpassent tous les autres. Comme les nazis avant eux, ils les utilisaient pour démontrer la supériorité de leur idéologie. Bon nombre de ces jeunes gens ont été les cobayes d'expériences qu'on jugerait illégales aujourd'hui. Et pas seulement les adultes. Les enfants les plus talentueux étaient arrachés à leur famille et séparés en plusieurs groupes. Chaque groupe était ensuite affilié à un programme spécifique afin d'établir lequel était le plus performant. Entre la pression, les médicaments non approuvés et les abus psychologiques – qui n'étaient rien de moins que des lavages de cerveau –, beaucoup d'entre eux n'ont pas survécu. Et ceux qui ont survécu ne s'en sont jamais remis. »

Le visage de Smith était resté impassible. Il ne savait pas trop quoi penser. Pour sa défense, le jeune Christian Dresner n'avait jamais rien connu d'autre que le monstre communiste. Pourtant, il avait fini par prendre conscience de la nature horrible de son travail. Alors il s'était échappé et avait consacré le reste de son existence à essayer de sauver l'humanité.

« Gerhard Eichmann, dit Randi. Il s'agit de l'homme qui s'est échappé avec Dresner, c'est ça ?

— Exact. Ils étaient très proches. Rien n'indique que l'un des deux ait trahi la confiance de l'autre en fournissant des informations à la police secrète. Un fait exceptionnel dans un pays où tout le monde était à la solde de la Stasi.

— Franchir le mur n'a pas dû être simple pour deux hommes aussi importants, dit Smith. Je suis surpris que ça se soit passé aussi facilement.

— Je n'irai pas jusque-là. En chemin, Dresner est allé confronter le directeur de l'orphelinat où il a été élevé après la mort de ses parents.

— Le confronter?

— Le battre à mort avec une canne. »

La stupeur devait se lire sur leur visage car Johannes se sentit dans l'obligation de leur en dire davantage.

« C'était un homme cruel. Il infligeait les pires souffrances aux enfants. Si vous voulez mon avis, il n'a eu que ce qu'il méritait. »

Smith se remémora alors ce que Klein lui avait raconté au sujet de Dresner – comment il s'était fait virer de son premier travail après qu'on l'avait jugé psychologiquement instable. À la lueur du récit de Johannes, il ne trouvait plus ça surprenant. Il ne voulait même pas imaginer le choc que cela avait dû être de passer comme ça de victime à bourreau. Dans les yeux des enfants sur lesquels il avait mené ses expériences, Dresner avait-il vu les siens?

« Et Eichmann, demanda Randi. Est-ce que tu as son dossier?

— Bien sûr, répondit Johannes en se retournant vers le fond de son antre. Si vous voulez bien me suivre jusqu'aux terminaux, nous pourrons sélectionner les informations qui vous intéressent. »

*

Son téléphone sonna et Konrad décrocha aussitôt. Bien qu'il sût parfaitement que son bureau se situait trop loin de l'entrepôt pour que son patron puisse l'entendre, il parla à voix basse : « Vous avez reçu mes photos?

— Oui », répondit une voix électronique.

Quelques semaines seulement après avoir été embauché par Johannes, un inconnu l'avait contacté pour lui offrir un autre travail, très simple : le prévenir si quelqu'un venait poser des questions sur Christian Dresner.

Il avait d'abord refusé, mais l'homme lui avait proposé une telle somme d'argent qu'il avait fini par changer d'avis. Qui refuserait trois millions d'euros en échange de quelques coups de fil ?

« Sont-ils seuls ? lui demanda la voix.

— Il me semble que oui, mais je ne suis pas sûr. Ils sont arrivés à pied. Je n'ai pas vu leur voiture. »

L'inconnu raccrocha.

40

Berlin, Allemagne

Le vent s'était calmé et, bien qu'on ne pût voir aucune étoile dans le ciel, la pluie les avait épargnés. Smith et Randi, qui avaient emprunté un autre chemin pour rejoindre leur voiture, avançaient au milieu d'une rue déserte et silencieuse. Si silencieuse qu'ils avaient entendu Johannes refermer le verrou de sa porte derrière eux. Smith avait alors éprouvé un léger regret : il aurait pu rester dix ans dans cet endroit pour étudier l'histoire secrète de la guerre froide. Et celle de Christian Dresner.

Randi réussit enfin à joindre Star.

« Salut, Randi. Alors, c'est comment l'Allemagne ?

— Froid. J'ai besoin que tu retrouves un dénommé Gerhard Eichmann pour moi. Il a fui la RDA avec Dresner dans les années 70.

— Enfin quelqu'un avec un nom et un prénom ! Je préfère travailler avec toi qu'avec Jon.

— Ça fait plaisir ! s'écria Smith assez fort pour qu'elle l'entende. D'ailleurs, tu as trouvé quelque chose ?

— Ne pleure pas, Jon ! Tu sais que je t'adore. Et non, désolée mais je n'ai toujours rien pour toi. »

Du coin de l'œil, Smith aperçut une ombre qui se déplaçait entre deux immeubles sur sa gauche. Il s'agissait sans doute d'un chat de gouttière ou d'un auvent déchiré, mais il se mit aussitôt à surveiller les deux côtés de la rue. « Tu ferais mieux de te dépêcher, lui dit-il. J'ai une nouvelle piste et cette fois je pourrais bien franchir la ligne d'arrivée avant toi.

— Je ne suis pas inquiète. »

Il repéra ce qui ressemblait à une forme humaine à côté de la carcasse d'un van dans une ruelle adjacente. Randi lui fit un petit signe de la tête pour lui indiquer qu'elle aussi l'avait vue.

Même s'il rechignait de plus en plus à l'utiliser, Smith regretta une fois encore de ne pas avoir apporté son Merge. La vitesse avec laquelle il en était devenu accro lui faisait froid dans le dos.

« Fais gaffe, Star, dit Randi. Il est bien plus intelligent qu'il en a l'air. »

Au final, les améliorations visuelles du Merge ne lui auraient pas servi à grand-chose. Deux hommes sortirent de l'obscurité et se rapprochèrent d'eux en courant, tandis que deux autres se positionnaient de chaque côté de la rue pour les encercler. Un rapide coup d'œil par-dessus son épaule lui confirma ce qu'il savait déjà. Un dernier individu s'avançait derrière eux.

« Faut qu'on te laisse, Star. On se reparle plus tard, dit Randi en raccrochant son téléphone.

— J'en ai compté cinq, murmura Smith.

— Mouais, cinq types avec cinq tronches de débile. »

C'était finement observé. Les inconnus avaient les cheveux très courts ou le crâne rasé, des tatouages sur le cou et le visage. Ils portaient de gros bombers, des rangers et des jeans avec de larges revers et, autour du cou, une chaîne en argent avec une croix gammée.

Lorsqu'ils ne furent plus qu'à un mètre ou deux des hommes qui leur bloquaient désormais la route, Smith et Randi s'arrêtèrent. Les trois autres gardaient leurs distances pour être prêts au cas où les Américains tenteraient de décamper.

Restait à savoir dans quelle galère ils s'étaient encore fourrés. Était-ce une coïncidence – le prix à payer pour s'être baladés dans un quartier malfamé à l'heure où les skinheads rentraient chez eux ? Ou bien était-ce encore autre chose ?

« Je vous conseille de nous laisser passer, les enfants, dit Smith en allemand. Nous n'avons pas assez d'argent sur nous pour que ça en vaille la peine. »

Celui de droite, qui devait avoir dans les vingt-cinq ans, hésita. Sans doute était-il habitué à ce que les couples qu'il détroussait tremblent de peur devant lui. En revanche, celui de gauche les regardait avidement, et la lumière d'un projecteur se reflétait dans ses grands yeux rougis.

« L'argent qui nous intéresse se trouve peut-être ailleurs que dans ton portefeuille ? En plus, je sens que je ne vais pas m'ennuyer avec ton amie », lui répondit le plus nerveux des deux, avant de jeter un coup d'œil en direction d'une voiture garée près d'une intersection. Bien que celle-ci n'eût pas échappé à l'attention de Smith, il venait seulement de remarquer la silhouette qui se tenait près du capot.

Voilà qui écartait l'hypothèse de la coïncidence. Très bien, il ne leur restait plus qu'à trouver le moyen de s'en sortir vivants.

« Je peux t'assurer qu'elle est beaucoup moins marrante qu'elle en a l'air.

— Qu'est-ce qu'ils veulent ? » s'écria Randi en russe. Elle feignit d'être terrifiée.

Smith la prit dans ses bras pour la rassurer et lui répondit calmement dans la langue de Tolstoï : « Celui de gauche n'a pas plus de dix-sept ans, et les autres sont trop loin pour réagir assez vite.

— Profitons de l'effet de surprise, bafouilla-t-elle, l'air paniqué. Si on leur laisse le temps de se jeter sur nous, ça risque d'être plus compliqué. À mon avis, si on se débarrasse de leur chef et de Face de rat, ils se rendront compte que le risque n'en vaut pas la chandelle.

— Parlez en allemand !

— Elle ne sait pas le parler », rétorqua Smith pour tenter de le calmer. Il ne voulait pas avoir à tuer qui que ce soit. Après tout, ces jeunes gens ne se doutaient pas du pétrin dans lequel ils s'étaient fourrés. L'embêtant, c'est que Smith et Randi avaient voyagé sur un vol commercial et n'avaient donc aucune arme à feu sur eux. Du coup, Randi avait raison, ils allaient devoir frapper les premiers. « Je vous le demande une dernière fois, leur dit Smith, laissez-nous passer. »

Ils éclatèrent de rire – le braiment typique des jeunes imbéciles beaucoup trop sûrs d'eux.

« Ou alors quoi ? fit leur chef. Tu seras forcé de nous tuer ?

— Probablement. »

Ils s'esclaffèrent, à l'exception de celui qui venait de parler ; il était plus vieux et moins bête que les autres.

« Tu vas nous faire tuer à force d'hésiter, s'énerva Randi qui ne jouait plus à la donzelle en détresse. Je m'occupe de Face de rat et je te laisse leur chef.

— Attends ! On devrait pouvoir... »

Trop tard. Elle glissa sa main derrière son dos et agrippa la lame de quinze centimètres qui avait voyagé en soute. Ne pouvant plus l'arrêter, Smith se précipita sur les deux skinheads. D'un rapide coup de poignet, Randi lança son couteau en direction de sa cible.

Le plus simple aurait été qu'elle vise le torse, mais à cette distance, un schlass de cette taille n'aurait jamais pénétré la cage thoracique. Une fois de plus, elle avait dû tenter le tout pour le tout.

Il était sur le point de saisir Face de rat par le col quand le couteau se planta dans le cou de l'adolescent : la lame s'enfonça de trois bons centimètres dans sa trachée.

Les quatre autres se mirent à hurler, mais il les ignora : il devait récupérer le couteau et agir avant que leurs agresseurs ne comprennent ce qui leur arrivait. Aussi plongea-t-il les douze centimètres d'acier restants dans la gorge de Face de rat, avant de les retirer d'un coup sec et de se retourner pour poignarder le chef de la bande.

Lorsque Smith ressortit la lame du ventre de sa victime, Randi courait déjà en direction de la voiture garée à l'intersection. Il lui emboîta le pas. Le jeune homme ne mourrait pas, mais son moral en prendrait un sacré coup. Les blessures à l'estomac laissaient toujours de vilaines cicatrices.

Smith n'avait parcouru qu'une dizaine de mètres quand retentirent les gémissements du blessé et les bruits de pas de leurs poursuivants. Il se retourna et aperçut les trois autres skinheads qui fonçaient dans leur direction. De toute évidence, ils se foutaient pas mal que leurs amis soient morts ou blessés.

Il évita de justesse une clé à molette lancée par le plus proche des trois hommes et focalisa son attention sur celui qui s'était arrêté pour sortir quelque chose de la poche de son blouson.

« Flingue ! »

Un coup de feu retentit. Sans ralentir, Randi fléchit sur ses genoux et se mit à zigzaguer. Smith l'imita, puis jeta un rapide coup d'œil derrière lui pour s'assurer qu'ils n'avaient pas perdu leur avance.

Smith entendit le son d'un starter malade. L'homme qui les avait observés essayait de faire démarrer son véhicule. Randi n'en était plus très loin, et Smith pria pour qu'elle dépasse la voiture sans s'arrêter et disparaisse dans l'obscurité.

Comme d'habitude, Dieu ignora sa prière. Un deuxième coup de feu retentit. Il se baissa encore davantage tandis que Randi se précipitait sur la portière de la vieille automobile. D'un coup de coude, elle fit voler la vitre côté conducteur en éclats, et une pluie de verre s'abattit sur l'homme qui essayait toujours de mettre les voiles.

Smith percuta la custode. Randi ouvrit la portière, agrippa le conducteur et l'arracha à son siège.

Les trois skinheads s'immobilisèrent aussitôt. Celui qui était armé pointa son pistolet sur Randi, ou plutôt sur le vieil homme corpulent qui lui servait de bouclier humain.

« Vous n'avez qu'un pauvre canif, dit le jeune Allemand. Nous avons un flingue. »

En guise de réponse, Randi pressa la lame de son *canif* plus fort contre la gorge de son prisonnier. Un peu de sang se mit à couler.

« Arrêtez, bredouilla-t-il, incapable d'articuler davantage sans risquer d'y perdre la vie. Si je meurs, vous ne serez jamais payés.

— Tirez-vous d'ici », leur ordonna Smith.

Ils ne bougèrent pas.

« Cassez-vous, putain ! cria-t-il. Au pas de course ! »

Ils finirent par lui obéir, firent demi-tour et disparurent dans l'obscurité sans s'arrêter pour ramasser leurs deux camarades.

Randi força l'homme à se rasseoir derrière le volant et se glissa sur la banquette arrière. Smith courut de l'autre côté pour s'installer sur le siège passager.

« Démarre », ordonna Randi. Terrifié, l'homme tourna la clé, et cette fois-ci le moteur démarra au quart de tour.

Ils s'engagèrent dans une rue si sombre que ses phares ne parvenaient pas à l'illuminer.

« D'où vient l'argent qui devait servir à payer ces connards ? lui demanda Randi.

— Je ne sais pas.

— Jon, coupe-lui un doigt.

— Non ! Je vous le jure. J'ai reçu mes instructions par SMS. L'argent a été viré depuis un compte offshore.

— Quand as-tu reçu le message ?

— Il y a quelques heures.

— Sois plus précis.

— Je ne sais pas. Il y a environ quatre heures.

— Merde », s'exclama Randi en sortant son téléphone et en composant le numéro de Johannes. Après deux ou trois sonneries, celui-ci décrocha, et elle fut soulagée.

Dans l'habitacle de la petite voiture, Smith pouvait entendre sans mal la voix de leur ami.

« Randi ? Est-ce que tout va bien ?

— Tu es toujours à l'entrepôt ?

— Oui.

— Quelqu'un sait que nous sommes passés te voir. Ils…

— Oui, c'est bien ce que je craignais.

— Pourquoi ? Que s'est-il passé ?

— Konrad a passé un coup de fil sans mon autorisation, mais je ne sais pas à qui. Lorsque je lui ai posé la question, il a essayé de me tuer. Tu te rends compte ? Après tout ce que j'ai fait pour lui ? J'ai été obligé de l'abattre.

— Merci de nous avoir prévenus, dit-elle sur le ton du sarcasme.

— Merci à vous d'avoir foutu ma vie en l'air.

— Écoute, je vais t'envoyer une équipe…

— C'est inutile. Il est temps pour moi de prendre une retraite bien méritée. Adieu, Randi. Nous ne nous reverrons plus jamais. »

Elle raccrocha et se pencha entre les deux sièges avant. « Pourquoi est-ce que ce salaud a toujours ses dix doigts ? »

L'inconnu se remit à geindre, mais Smith le fit taire. Son âge, son regard vide et son costume bon marché suggéraient qu'il n'était qu'un ancien trouffion de la Stasi. Celui à qui ils avaient affaire était trop malin pour lui avoir révélé son identité.

Avec son talon, Smith sentit quelque chose sous son siège et en sortit bientôt un sac plastique rempli d'euros. Il le passa à Randi qui se mit à les compter.

« Je me sens un peu insultée par le montant, dit-elle. Mais c'est suffisant pour nous payer un billet retour en première classe et un bon dîner à Francfort.

— Ça ne vous appartient pas ! s'écria l'Allemand.

— Si tu t'en sens capable, lui dit Smith avec un sourire en coin, libre à toi d'essayer de le lui reprendre. »

41

Environs de Soligorsk, Biélorussie

James Whitfield franchit la porte, à peu près certain de ce qu'il allait trouver à l'intérieur. Il avait déjà rendu visite à Dresner dans trois de ses forteresses et avait constaté qu'elles étaient presque toutes identiques. Celle-ci ne faisait pas exception à la règle.

L'agencement du jardin était lui aussi toujours le même : seules les plantes différaient, pour résister au climat local. Il faisait à peine 10 degrés, mais les murs étaient assez hauts pour les protéger du vent et, tandis qu'il s'engageait sur une allée recouverte de graviers, les rayons du soleil lui réchauffèrent le crâne.

Parce qu'il dépensait sans compter, les gouvernements du monde entier adoraient Dresner : il bâtissait ses maisons, ses centres de recherches et ses usines aux quatre coins du globe. Or Whitfield avait fini par comprendre que ce qui passait pour une énième expression de son altruisme n'était en fait que le fruit de son extrême paranoïa.

Vu ce que ses parents et lui avaient subi, c'était compréhensible. Durant sa carrière, Whitfield avait entrevu plus d'une fois la face cachée de l'être humain, mais Dresner avait commencé sa vie au fin fond des ténèbres.

Il passait désormais d'une forteresse à l'autre et ne séjournait jamais assez longtemps dans l'une d'entre elles pour qu'on puisse l'y localiser. Il communiquait avec parcimonie et rencontrait rarement ses semblables. Mais, pour son plus grand malheur, toutes ses cachettes ne pouvaient pas le couper totalement du monde qu'il craignait tant.

Whitfield finit par l'apercevoir au milieu du jardin, absorbé dans la contemplation d'une mare, comme si celle-ci contenait les réponses à toutes ses questions. Il avait pris un coup de vieux. Il s'était avachi, et les traits de son visage étaient encore plus tirés. Whitfield se demanda si le succès du Merge en était la cause. Ou peut-être ne lui restait-il plus longtemps à vivre – une situation qui avait ses avantages comme ses inconvénients.

« Bordel, pourquoi vous êtes-vous attaqué à Smith et Russell ? s'écria le major. Je vous avais dit que je m'en occuperais. »

Dresner releva lentement la tête et se rapprocha en l'examinant de la tête aux pieds : « Or vous ne l'avez pas fait. Vous les avez d'abord avertis. Puis, vous avez tenté de les faire muter. Résultat, ils sont allés en Allemagne pour récupérer mon dossier Stasi. »

Dresner en savait toujours trop, et cela ne jouait pas toujours en sa faveur. Whitfield savait que son associé surveillait tous ceux qui représentaient une menace potentielle. Sauf que dès qu'il passait à l'action, la situation tournait au vinaigre.

« Alors dites-moi : est-ce que votre bande de demeurés a été plus efficace ?

— Smith et Russell n'y verront rien d'autre qu'une tentative d'agression ratée. »

Whitfield resta silencieux. Il avait déjà nettoyé la plus grande partie du bazar causé par Dresner. Tous les hommes impliqués étaient morts, et Johannes Thalberg avait lui-même réduit son entrepôt en cendres avant de disparaître. Pour l'instant, le danger potentiel qu'il incarnait allait devoir être toléré. Il avait dû planifier sa fuite depuis belle lurette et ne ferait rien qui puisse se retourner contre lui.

C'était le nouveau visage de Christian Dresner qui dérangeait le plus Whitfield : le fait qu'il ait pu engager des néonazis – la progéniture idéologique des hommes qui avaient torturé ses parents – pour assassiner ceux qui mettaient ses projets en péril. Au cours de l'histoire, persuadés d'avoir raison, beaucoup de soi-disant visionnaires avaient décidé que la fin justifiait les moyens. Et tous, sans exception, s'étaient révélés extrêmement dangereux.

Néanmoins, Whitfield fit un effort pour rester calme. Aussi instable que pouvait l'être Dresner, sa technologie était une arme inespérée, et l'Amérique ne pouvait pas se permettre de passer à côté. « Smith et Russell ont prouvé à de nombreuses occasions qu'ils étaient difficiles à tuer. Je crains qu'ils ne travaillent pas uniquement pour l'armée et la CIA, et qu'une autre agence se cache derrière tout ça.

— Dans ce cas, vous devriez redoubler d'effort pour vous débarrasser d'eux et de ceux à qui ils obéissent.

— Attention, Christian, s'écria Whitfield. Je n'ai pas d'ordres à recevoir de votre part. Sans moi, votre société aurait fait faillite depuis longtemps, et vous feriez joujou dans un sous-sol à Leipzig. Gardez vos distances et ne marchez pas sur mes plates-bandes. »

Dresner replongea son regard dans l'eau. L'énervement du major était compréhensible. Il s'imaginait participer à la création d'une superpuissance militaire qui régnerait sur le monde pour les siècles à venir.

À l'inverse, les perspectives de Dresner ne l'obligeaient pas à penser sur le long terme. Les ventes du Merge continuaient de grimper, et il ne doutait plus qu'il atteindrait son objectif dans les deux prochaines années. Malgré tout, l'existence de Smith et Russell restait une menace.

« Si quelqu'un divulguait les détails du développement du Merge, ce n'est pas seulement ma compagnie et moi qui trinquerions. Votre implication et celle du Pentagone finiraient aussi par se savoir. Et vous n'ignorez pas que votre pays ne se remettrait jamais d'un tel scandale.

— Se débarrasser d'eux n'est pas aussi simple que…

— Au contraire, major, c'est très simple ! Si, comme vous le pensez, quelqu'un d'autre tire les ficelles, le meilleur moyen de découvrir son identité est d'éliminer ces deux agents. Quoi qu'il en soit, leur enquête doit cesser. »

Dresner prit une grande inspiration et le ton de sa voix s'adoucit. « Je sais bien qu'ils sont tous les deux respectables et très courageux. Remplacer Smith ne sera pas une chose facile. Mais sa vie et celle de Russell ne doivent pas vous faire oublier ce qui est en jeu. Combien de soldats américains, combien de civils ma technologie a-t-elle déjà sauvés ? C'est un sacrifice nécessaire. »

Whitfield ne répondit pas, et Dresner lui laissa le temps de réfléchir.

« Ne vous en mêlez pas, Christian. Je vous ai dit que j'allais m'en occuper.

— Promis, je regarde mais je ne touche pas. »

42

Environs de Washington, DC, USA

« Hé merde ! s'exclama Smith en balançant un vieux trombinoscope de l'USNA sur la banquette arrière.
— Toujours rien ? »

Sur la route sinueuse bordée d'arbres, Randi s'obligeait à rouler à une allure d'escargot et vérifiait toutes les deux secondes dans le rétroviseur central que personne ne les suivait.

« Nada, dit-il en éteignant la liseuse près du pare-soleil. Cela dit, je n'ai parcouru que ceux de la Navy. Et, vu son âge, il se pourrait aussi que je ne l'aie pas reconnu.

— Ou alors il n'a pas fait ses classes à Annapolis. »

C'était une autre possibilité. Smith avait un talent inné pour reconnaître les siens, et l'homme qui avait détruit sa Triumph sentait l'école militaire à plein nez. Or il en arrivait maintenant à douter de son instinct. Espérons que Star avait eu plus de chance que lui.

« Home sweet home », dit Randi en désignant une maison moderne en bois dissimulée par une rangée de pins. Elle se gara dans l'allée et, après avoir attrapé son sac de marin, Smith sortit de la voiture et s'arrêta pour admirer la propriété. Elle était vraiment magnifique et, dans la lumière du crépuscule, ses fenêtres scintillaient de mille feux. Il avait du mal à croire que, quelques mois auparavant, ce cottage paradisiaque n'avait été qu'un gros tas de cendres – la conséquence malheureuse d'une tentative d'assassinat ratée sur la personne de Randi.

« Rien à voir avec l'ancienne version.

— C'est Fred qui a tout payé. Il devait se sentir coupable de s'être servi de moi comme appât. D'ailleurs, j'ai encore mal quand je soulève des trucs lourds. »

Elle se dirigea vers la porte d'entrée, ouvrit un panneau de contrôle dissimulé sur le côté et y entra un long mot de passe. C'était un système de sécurité bien sophistiqué pour cette zone rurale – pour ne pas dire déserte.

L'intérieur était encore plus beau. Smith fit le tour du propriétaire, admirant au passage la qualité du travail, et s'arrêta devant les placards de la cuisine fabriqués sur mesure. « Ils iraient très bien dans ma nouvelle maison. De quel bois s'agit-il ?

— Aucune idée. Je les ai fait venir de Norvège.

— Sans blague ?

— Je veux, oui. Fred s'est bien foutu de moi quand il m'a juré que je ne sentirais rien avec le gilet pare-balles. Je t'ai dit que mon dos me fait encore mal quand je soulève des trucs lourds ? Tu peux poser tes affaires dans la chambre au fond à gauche. »

Il s'exécuta sans broncher. Il allait balancer son vieux sac sur le lit, lorsqu'il se rendit compte que les draps devaient coûter la peau des fesses. La prochaine fois qu'il se ferait tirer dessus, peut-être que Fred Klein lui filerait aussi sa carte bleue ?

Cependant, il n'était pas mécontent que C-1 ait dépensé tout cet argent pour reconstruire le cottage.

Après l'épisode de la Triumph et celui de Berlin, venir ici leur avait semblé une bien meilleure idée que d'aller habiter chez lui. C'était la maison de vacances d'une vieille amie de Randi où elle venait se vider la tête quand elle rentrait aux États-Unis. Bien sûr, leurs ennemis pourraient toujours les retrouver mais, au moins, ils n'auraient pas seulement à ouvrir l'annuaire à la lettre « S ».

« Je croyais que ta copine t'en voulait, lui dit-il en s'asseyant sur le plus confortable des deux canapés. Et qu'elle t'avait accusée d'avoir mis le feu à sa baraque ?

— Tout à fait. Il semblerait que j'aie détruit tout un tas de vieilles photos et des vieux jouets qui appartenaient à ses enfants quand ils étaient bébés. Ce que les gens peuvent être sentimentaux. Franchement, cette nouvelle maison est dix fois plus classe que l'ancienne, et ça ne lui a pas coûté un centime. Est-ce que tu crois que j'ai eu droit à un merci ? Rien. Par contre, elle ne se lasse jamais de me répéter que je lui ai brisé le cœur. Tout ça pour quelques Barbies sans tête. »

Il baissa les yeux sur le fossile d'un énorme poisson préhistorique posé au centre de la table basse. « Ils n'avaient plus de *T-Rex* en stock ?

— Ils sont en cours de réapprovisionnement », dit-elle en lui tendant un verre de bourbon. Puis elle prit place en face de lui.

Il but une gorgée et laissa tomber sa tête en arrière. C'est alors qu'il se rendit compte que le chalet avait l'odeur et l'apparence d'un endroit où personne n'avait jamais habité.

« On n'a pas la permission d'être ici, n'est-ce pas ? »

Elle ne répondit pas.

« Randi ? »

— Qu'est-ce que tu entends au juste par permission ?

— C'est pas vrai », marmonna-t-il en posant ses pieds sur l'accoudoir du canapé – et en faisant bien attention à ne pas salir le cuir avec ses mocassins. Quel bonheur de pouvoir enfin s'allonger. Et quitte à squatter, autant en profiter.

Son portable se mit à vibrer, et la sonnerie lui indiqua qu'il s'agissait d'un message codé envoyé depuis les bureaux de Covert-One. Il sortit son téléphone de sa poche et pianota son mot de passe. À côté de son Merge, son smartphone paraissait énorme et archaïque.

« C'est un message de Star », dit-il.

Il n'y avait que deux photos. La première, en noir et blanc, était celle d'un cadet de l'Académie de Marine : une grande cicatrice dépassait du col de sa tenue de cérémonie et remontait jusqu'à son menton. La deuxième montrait, à l'aide d'un vieillissement digital, la tête qu'il aurait dû avoir à soixante-dix ans.

Même sans la version Photoshop, Smith l'aurait reconnu tout de suite. C'était l'homme qu'il cherchait.

« Bordel de merde, s'exclama-t-il avec admiration.

— Quoi ?

— Elle l'a retrouvé », dit-il en composant le numéro de Star sur son portable.

Elle décrocha dès la première sonnerie. « Tiens, ça alors, Jon. Comment ça va ? fit-elle sur le ton de la plaisanterie.

— Explique-moi comment t'as fait.

— Un jeu d'enfant. J'ai trouvé cette photo dans un vieux trombinoscope de la Navy.

— Impossible. Je les ai tous feuilletés très attentivement. La photo que tu m'as envoyée n'y était pas.

313

— Où est-ce que tu t'es procuré tes exemplaires ? lui demanda-t-elle, ravie.

— Sur Internet.

— Aurais-tu oublié tout ce qu'on t'a appris à l'université ? Le moindre détail compte, Jon. J'ai fait mes recherches sur des albums originaux que j'ai empruntés à des soldats diplômés au cours de ces années-là. »

Il lui fallut un moment pour comprendre ce qu'elle venait de sous-entendre. « Tu veux dire que sa photo n'apparaît pas dans les rééditions ?

— C'est exactement ce que je veux dire. Les livres sont des choses vivantes, Jon. Ils ne… »

Silence.

« Pardon ? Tu peux répéter, Star. Je t'entends mal. »

La communication avait été interrompue. Il voulut la rappeler mais s'aperçut que son téléphone n'affichait plus aucune barre de réseau. Au même moment, le courant fut coupé, et Randi et lui baignèrent dans la faible lueur du soleil couchant jusqu'à ce que le générateur de secours se mette en marche. Mais leur joie fut de courte durée. Ils entendirent le bruit d'une vitre brisée, et une grenade roula sur le plancher.

43

Comté de Prince George, Maryland, USA

Lorsque Fred Klein pénétra dans son bureau, il trouva une photographie au format 10 × 25 cm posée au centre de sa table de travail. Il ne prit pas la peine de s'asseoir et examina le portrait de l'homme mystère. La cicatrice sur son cou l'identifiait comme étant celui qui avait menacé Smith, mais il y avait autre chose : la lueur dans ses yeux, la courbure sévère de sa bouche… Klein était persuadé d'avoir déjà vu ce visage quelque part.

Il retourna la photo mais n'y trouva aucune information supplémentaire. Rien qu'une note de Star accompagnée de plusieurs smileys et de quelques cœurs coloriés au feutre rouge : « Je l'ai trouvé ! ! ! ! ! ! ! ! ! ! ! »

Il fit une grimace et but une gorgée de café brûlant. Il avait longtemps pensé qu'elle faisait ce genre de choses dans le seul but de l'agacer, mais il savait désormais que ce n'était pas le cas. Et quand bien même, il ne lui en aurait pas voulu. Vu le talent qu'elle déployait dans ses recherches, n'importe qui lui aurait pardonné ses tatouages, ses étranges piercings et même les cœurs à paillettes qui ponctuaient ses rapports.

« Star ! » cria-t-il, conscient que sa voix porterait au-delà de la courte distance qui séparait leurs deux bureaux. Comme elle ne rappliquait pas au pas de charge, il passa sa tête dans l'encadrement de la porte. Mais avant qu'il n'ait eu le temps de l'appeler une seconde fois, Maggie tapota sur l'un de ses moniteurs pour attirer son attention : « Inutile de crier, Fred. Elle est au téléphone avec Jon. »

Klein lâcha un grand soupir et resta immobile un moment. Puis il se traîna jusqu'au bout du couloir.

Il s'efforçait de ne lui rendre visite qu'en cas d'extrême urgence. Tout dans son bureau l'horripilait : la musique cacophonique qu'elle écoutait à plein volume, les poupées en plastique, les vieux disques et les plaques commémoratives dont elle avait recouvert chaque centimètre carré de ses murs. Sans oublier les photos sur lesquelles elle posait avec des hommes – des célébrités, affirmait-elle – qui avaient l'air de sortir de prison.

Avant même qu'il ait pu dire un mot, elle le réduisit au silence d'un geste de la main. Sa tête était tournée vers lui, mais elle ne le regardait pas. Un phénomène de plus en plus répandu qui portait le nom de « regard Dresner ». Il avait toujours trouvé les téléphones portables agaçants, mais au moins, leur utilisation ne pouvait être cachée. Désormais, quand quelqu'un se tournait vers vous, il était impossible de savoir ce qu'il ou elle voyait vraiment.

« Merde, rouspéta-t-elle avant d'appuyer sur le bouton de l'intercom. Maggie ? Nous avons été coupés, et depuis je ne fais que tomber sur son répondeur. Tu crois que tu pourrais le joindre pour moi ?

— Il est avec Randi, répondit-elle. Une seconde. Laisse-moi essayer. »

Le regard de Star se posa enfin sur lui – pour de vrai cette fois – et elle lui adressa un joli sourire. « Que puis-je faire pour vous, monsieur Klein ? »

Il lui montra la photo.

« Qui est-ce ?

— Je sais, ça vous épate ! Avec seulement une vague description, il ne m'aura fallu que…

— Allons à l'essentiel.

— Excusez-moi. C'est un ancien membre des services de renseignements. Un dénommé Whitfield. »

Klein sentit sa gorge se serrer. « Le major James Whitfield ?

— C'est ça. Vous le connaissez ? »

Au lieu de lui répondre, il lâcha la photo et se précipita vers le bureau de Maggie Templeton. « Est-ce que tu as réussi à joindre Jon ?

— Non. Je tombe à chaque fois sur sa messagerie. Pareil pour Randi.

— Est-ce qu'il y a une ligne fixe au cottage ?

— Oui, mais elle a l'air hors-service, dit-elle en pianotant sur son clavier. Je ne comprends pas d'où vient le problème. L'antenne-relais qui couvre la région est toujours active, et ils devraient être couverts par le réseau…

— Bordel de merde ! »

Maggie leva les yeux et le regarda avec crainte. Il courut jusqu'à son coffre-fort et se mit à fouiller à l'intérieur. Klein ne jurait que très rarement. Et il ne courait jamais.

« Envoie-leur une équipe, dit-il. Tout de suite !

— Une équipe ? répondit-elle. Comment ça ? Quelle équipe ?

— N'importe laquelle ! Tous ceux qui répondront à l'appel. Et qu'ils emportent avec eux toutes les armes sur lesquelles ils pourront mettre la main.

— Mais personne n'est disponible, Fred. Kate est à Philadelphie. Et Darren vient de partir pour le Kazakhstan.

— Dans ce cas, réquisitionnez notre équipe de sécurité. Dites à Jason de venir me chercher avec l'hélicoptère.

— Ici ? Vous voulez qu'il vienne ici ?

— Faites ce que je vous demande ! »

Elle composa un numéro et couvrit le combiné avec sa main. « Fred ! dit-elle, de plus en plus paniquée. Qu'est-ce que vous êtes en train de chercher ?

— Mon flingue.

— Votre flingue ? Mais qu'est-ce que vous allez faire avec un flingue ? »

Il le trouva tout au fond du coffre, derrière des dossiers, et vérifia que le chargeur était plein en s'élançant vers la sortie. « Assurez-vous que ce putain d'hélicoptère vienne me chercher au plus vite ! Et continuez à appeler Jon !

— Que voulez-vous que je lui dise si j'arrive à l'avoir ? cria-t-elle alors qu'il s'éloignait.

— Qu'il tienne bon et que les renforts arrivent. »

44

Environs de Washington, DC, USA

La grenade n'avait pas explosé. C'était à la fois une bonne et une mauvaise nouvelle car elle crachait désormais un gaz bleuâtre que Smith ne connaissait pas. Il retint sa respiration et plissa les yeux pour se protéger, tandis que Randi, toujours aussi efficace, sautait déjà par-dessus le mobilier. Il ne savait pas où elle allait, mais elle devait avoir un plan, aussi il lui emboîta le pas. Il ressentit soudain une sensation de brûlure dans les poumons : le gaz était un agent neurotoxique, une seule respiration suffisait pour qu'il agisse.

Ils atteignirent le couloir au fond de la maison, et Smith se baissa lorsqu'un laser de visée traversa la fenêtre, son faisceau rendu diffus par la fumée. Randi s'élança et plongea sur le plancher de sa chambre. Puis elle rampa jusqu'au mur qui séparait les deux fenêtres orientées plein est. Smith se jeta aussi sur le parquet afin d'éviter un deuxième laser écarlate qui balayait la pièce au-dessus de sa tête. Randi tira les rideaux, puis se redressa et courut en direction d'un petit dressing. Au passage, elle attrapa Smith par le col et le poussa à l'intérieur.

Malgré l'étroitesse de la pièce – et le fait que même des enfants auraient reconnu que ce placard n'était pas une bonne cachette – elle referma la porte derrière eux. Dans l'obscurité, Smith se mit à genoux et arracha quelques vêtements pendus aux cintres pour colmater l'ouverture entre la porte et le plancher. Cela ne leur serait utile que si le gaz était un irritant ou un anesthésiant. Autrement, il y en avait déjà assez dans le dressing pour les tuer. Smith ne comprenait pas ce qu'ils faisaient ici, pris au piège comme des rats. Le poison avait-il déjà affecté les facultés mentales de Randi ?

Il entendit un craquement de bois étouffé, et soudain le placard baigna dans la faible lueur d'un clavier numérique identique à celui de la porte d'entrée. À force de retenir sa respiration, les yeux de Randi étaient un peu exorbités, mais ça ne l'empêcha pas de taper le code sur le cadran.

Déclenchait-elle une alarme pour prévenir une compagnie de sécurité ? S'imaginait-elle une seconde qu'une bande de vigiles serait de taille à affronter leurs agresseurs ?

Il avait tout faux. Une fois de plus, il avait sous-estimé la paranoïa de sa coéquipière. Le mur coulissa silencieusement pour révéler une pièce de la taille du dressing, illuminée par des petites lumières de sécurité. Ils rampèrent à l'intérieur, et Randi frappa sur un gros bouton rouge avec le plat de la main. La porte se referma et un ventilateur se mit en marche. Le manque d'oxygène troublait sa vision, et Randi convulsait. Pourtant, ni elle ni lui n'ouvrirent la bouche, et ils se contentèrent de se dévisager. Non seulement ils préféraient attendre qu'un maximum de gaz ait été évacué, mais ils jouaient aussi à celui qui tiendrait le plus longtemps sans respirer ; ils ne pouvaient pas s'en empêcher.

Cinq secondes plus tard, Randi craqua et se mit à haleter. Smith ne tint que deux petites secondes supplémentaires. Et voilà qu'ils inspiraient désormais cet air qui menaçait encore de les tuer.

Une odeur inconnue de produits chimiques persistait, mais elle provenait sûrement de leurs vêtements et semblait inoffensive. Il lui fallut presque trente secondes pour trouver la force de se redresser et de regarder autour de lui.

S'il n'avait pas été exténué, il aurait éclaté de rire.

La majeure partie du mur était recouverte d'équipements de combat – masques à gaz, fusils d'assaut, couteaux, rien ne manquait. Il y avait même une arbalète. Qu'est-ce que Randi allait faire avec ça ?

« Quand je te disais que j'avais dépensé sans compter », dit-elle. Elle retira sa chemise en la passant par-dessus sa tête et commença à déboutonner son pantalon. Gêné, Smith se retourna vers une rangée de moniteurs, tandis qu'elle enfilait le treillis impeccablement plié qu'elle avait attrapé sur une étagère.

« Est-ce que ta copine connaît l'existence de cet endroit ?

— Il se pourrait que j'aie oublié de lui en parler. »

Sans le vouloir, il aperçut le reflet de Randi sur l'un des écrans. Mais elle avait fini de s'habiller et saisissait déjà un fusil d'assaut HK416 suspendu au-dessus d'une rangée d'équipements de communication. Soudain, il repéra un mouvement sur le moniteur en haut à gauche.

« Quelqu'un s'approche de la porte de derrière. On dirait qu'un type le couvre depuis le bois à l'ouest. Je ne vois personne devant, mais il y en a forcément deux autres qui surveillent le nord et l'est. Ça y est, le premier vient d'enfoncer la porte… Il est à l'intérieur de la maison. »

Malgré la fumée, Smith ne manqua pas de remarquer la pléthore d'équipements électroniques installés sur son casque en fibre de carbone – normal, il avait participé à leur développement. Et l'homme tenait dans ses mains une carabine M4 équipée du système de visée du Merge.

« Merde…

— Quoi ? dit-elle en lui tendant un laryngophone.

— Ils sont équipés de Merges. La version militaire.

— Bordel de merde, Jon ! On peut acheter ces saloperies au supermarché du coin, ou quoi ? »

Smith ne répondit pas et activa son oreillette.

Malgré l'obscurité, le soldat se déplaçait rapidement. Il utilisait sûrement un filtre qui lui permettrait de repérer ses cibles sur-le-champ.

« Il a l'air de savoir où il va. Est-ce qu'il pourrait aussi être au courant de l'existence de cette pièce ?

— Non, à moins qu'il remarque que le placard et les toilettes sont un peu plus petits que ceux des plans. C'est un ami qui l'a construite, une fois les travaux terminés.

— Il se dirige vers ta chambre… il est à l'intérieur. »

Ils l'observèrent tandis qu'il examinait chaque centimètre de la pièce avec son arme. Puis il se rapprocha du dressing.

« Il vient vers nous. »

Lorsque l'homme ouvrit la porte du placard, Smith saisit un pistolet équipé d'un silencieux accroché sur le mur. Mais Randi posa sa main sur son poignet.

« La paroi en acier fait 1,5 cm d'épaisseur, lui expliqua-t-elle. Même s'il découvrait notre cachette, il ne parviendrait pas à l'ouvrir avec ce qu'il trimballe sur lui. »

Le soldat retourna au centre de la chambre pour faire son rapport. Selon le désir de Smith, le micro de la version militaire captait le moindre chuchotement, aussi durent-ils tendre l'oreille pour l'entendre.

« La maison est vide. Vous avez aperçu quelque chose ? » Pause. « Merde. Bon, on sait qu'ils n'ont pas pu s'enfuir. Foutons le feu à la baraque. »

« Oh, non, non, non », chuchota Randi en se penchant sur les moniteurs tandis que l'homme commençait à fouiller dans son sac. « Tina va me tuer.

— On s'en inquiètera plus tard, dit Smith. Est-ce qu'on pourrait survivre à un incendie ?

— Impossible. La couche d'acier est trop fine et les murs sont en plâtre.

— Dans ce cas, nous devons nous tirer d'ici. Si on est assez rapides, on pourra le descendre et s'enfuir par la fenêtre…

— Sauf que les autres nous cueilleront avec leur système de visée infrarouge à la mords-moi-le-nœud que tes potes distribuent gratos en soirée.

— Tu as une meilleure idée ? »

Elle lui indiqua une sorte de petite écoutille sur le plafond. « On peut atteindre le grenier par cette trappe. Le problème, c'est que le seul moyen d'en sortir est une porte située à environ trois mètres du sol. Et, bien entendu, l'échelle est sur la terrasse. »

Elle grimpa sur un tabouret pour déverrouiller le passage. Smith décrocha une mitraillette suédoise de l'un des murs et, lorsqu'il se retourna, Randi se hissait déjà sous les combles.

Il la suivit. Puis, ils s'avancèrent sans bruit vers la fameuse porte, et elle déplaça une vieille paire de skis qui en bloquait l'ouverture.

« Le type positionné à la lisière du bois devrait se trouver à environ 40 degrés sur notre gauche et à une vingtaine de mètres de notre point de chute. On va profiter de l'effet de surprise, mais ça ne durera pas longtemps. Si leurs systèmes de visée se verrouillent sur nous, l'obscurité ne nous sera plus d'aucune utilité. Ces mecs voient la nuit comme en plein jour. »

Elle désigna la poignée en cuivre et fit quelques pas en arrière. « Je passe la première. Tu es prêt ? »

Il acquiesça mollement : il aurait préféré avoir plus de temps pour se préparer.

« Au fait, évite de t'écraser contre le barbecue, ajouta-t-elle. Il a coûté cinq mille dollars à Fred. »

Randi s'élança en avant et, au dernier moment, Smith ouvrit la porte. Elle se jeta dans le vide, et il entendit aussitôt plusieurs détonations. Il passa la tête par l'ouverture et l'aperçut atterrir sur la terrasse et rouler sur l'herbe. Elle piqua ensuite un sprint en direction de la forêt, tandis qu'à l'est des flashs déchiraient l'obscurité.

Malgré l'avertissement de Randi, Smith se cogna la cheville contre le barbecue avant de s'écraser violemment sur l'épaule. Lorsqu'il se redressa, Randi était planquée derrière un arbre et tirait des salves brèves et contrôlées en direction des hommes qui l'avaient prise pour cible. Il se mit à courir mais sentit que sa cheville risquait de se tordre s'il accélérait un peu trop.

Il avançait en tirant à l'aveuglette derrière lui. Il n'était plus qu'à dix mètres de la forêt mais, face à des hommes équipés de Merges, dix mètres lui en paraissaient cent.

45

Environs de Washington, DC, USA

« Putain ! » grogna Smith.

La balle passa bien au-dessus de sa tête. Mais elle manqua Randi de peu et sectionna une branche d'arbre à seulement quelques centimètres de son épaule gauche. Elle vira sur la droite pour se planquer derrière un arbre et faillit s'étaler dans la boue.

Le clair de lune pénétrait difficilement la canopée, et la cheville de Smith était en mauvais état. Aussi avait-il dû ralentir, et il trottinait désormais d'une façon un peu grotesque. Bien qu'ils se fussent enfoncés loin dans la forêt, leurs poursuivants ne cessaient de gagner du terrain.

Puis arriva ce qui devait arriver. En se retournant pour tirer vers l'un des flashs lumineux, Smith se tordit la cheville. Il s'écroula sur le sol, et la seconde d'après une balle siffla au-dessus de sa tête. Il avait eu de la chance dans son malheur.

Randi fit marche arrière et l'aida à se relever. Puis ils descendirent clopin-clopant un raidillon glissant qui menait à une rivière aussi noire que le jais. Ils se laissèrent tomber sur le ventre et regardèrent derrière eux si leurs ennemis les avaient rattrapés. Mais ils ne virent que la silhouette sombre de la forêt ; les trois hommes avaient opté pour une approche furtive.

« Fait chier ! » dit-elle si bas qu'il l'entendit à peine, bien qu'ils fussent allongés côte à côte.

La frustration de Randi était compréhensible. Ces derniers mois, il avait simulé ce genre de situations un nombre incalculable de fois. Il savait donc que leurs adversaires bénéficiaient d'une vision thermique, d'une application qui amplifiait la lumière, d'une autre qui détaillait les contours de leur environnement, d'un système de visée, etc. De son côté, sa cheville avait doublé de volume, et il portait un polo et une paire de mocassins bon marché.

« Je ne vais pas pouvoir continuer », lui murmura-t-il à l'oreille pour déjouer l'amélioration auditive des soldats. L'application supprimerait le bruit du vent et de l'eau pour traquer leurs voix. « Je me suis cogné contre ton foutu barbecue. Et, quand bien même, on ne fait pas le poids face à ces types.

— Tu voudrais qu'on se rende ? chuchota-t-elle.

— Bien sûr que non », dit-il en regardant l'eau de la rivière ; une idée commençait à germer dans sa tête. « Mais on ne gagnera jamais si on se bat à la loyale.

— Je suis tout ouïe. »

Il désigna une épaisse rangée d'arbustes sur leur droite. « Tu vois ces buissons ? Traverse-les puis dirige-toi vers le nord. »

Malgré la pénombre, il put discerner son scepticisme. « Sans blague. Tu vas te sacrifier pour que je puisse m'en sortir.

— Je t'aime bien, Randi, mais pas à ce point, lui répondit-il en secouant la tête. Surtout, ne perds pas ton oreillette. Si tu n'as pas de mes nouvelles dans cinq minutes, prends tes jambes à ton cou. Mais si je te contacte, suis mes indications à la lettre. Donne-moi ton couteau. »

Elle lui obéit. Le plan de Smith ne l'enchantait guère, mais elle n'avait rien d'autre à proposer. L'instant d'après, elle s'élançait en direction des buissons.

Les soldats avaient dû capter le mouvement des branches, pourtant la forêt resta silencieuse. Ils semblaient ne pas vouloir révéler leurs positions avant d'être certains de faire mouche.

Smith baissa la tête et attendit. Trente secondes. Une minute. Enfin, il entendit un bruit sur sa gauche.

Il était mort de froid, mais ça ne l'empêcha pas de ramper vers la rivière pour pénétrer dans l'eau glacée. Il savait que leurs Merges n'imputeraient pas ce bruit à un être humain. C'était l'une des rares faiblesses de l'appareil.

Une fois dans l'eau, il essaya de respirer et sentit sa poitrine se contracter. Il se concentra un moment, prit une grande inspiration et, après avoir agrippé la branche d'un jeune arbre sur la rive, s'immergea entièrement. Ainsi, le courant ne l'emporterait pas.

Une ombre apparut au-dessus de lui. Il calcula le temps qu'il lui restait avant de tomber en hypothermie et se rendit compte qu'il avait plus de chances de se noyer ou de se faire descendre. Il s'en trouva aussitôt rassuré.

La température de l'eau duperait la détection thermique, et le reflet du clair de lune neutraliserait la vision nocturne. L'appareil serait donc aveugle, et le soldat, trop confiant, ne se donnerait pas la peine d'examiner attentivement la rivière. Lui-même s'était fait avoir à plusieurs reprises.

Il ne lui restait plus beaucoup de temps. Il commençait à manquer d'air. L'homme s'agenouilla pour examiner les traces que Smith avait laissées dans la boue. C'était maintenant ou jamais.

Il surgit de l'eau et réussit à l'attraper avant que son Merge n'ait pu le prévenir. Il était tout engourdi, mais l'adrénaline l'aida à se souvenir de ce qu'il avait appris à l'université. La preuve que Star s'était trompée lorsqu'elle avait suggéré que ses études avaient été une perte de temps. Comme les deux autres seraient immédiatement prévenus de la mort de leur coéquipier, il allait devoir mettre à profit ses cours d'anatomie.

En même temps qu'il pressait sa main contre la bouche de son ennemi, Smith lui enfonça la lame de son couteau dans la nuque.

Ils tombèrent tous les deux par terre, et l'homme fut pris de violents spasmes. Smith l'immobilisa en serrant ses jambes autour de sa taille. Lorsque le soldat cessa de bouger, il vérifia son pouls. Il était toujours vivant. Mais plus pour longtemps. Il venait de le paralyser en lui sectionnant plusieurs nerfs, et ses muscles respiratoires ne tarderaient pas à être touchés à leur tour. Il fallait faire vite.

Smith fouilla sa victime et reçut la confirmation que ses adversaires utilisaient la version militaire du Merge. Paradoxalement, c'était peut-être ce qui allait lui sauver la vie.

Ses doigts avaient trinqué avec le froid. Il réussit néanmoins à retirer l'appareil de la ceinture du blessé. Puis il s'éloigna pour se mettre hors de portée de ses implants et marqua une pause pour se préparer mentalement à ce qui allait suivre. Il serra l'appareil contre son ventre et se laissa tomber dans la boue.

À sa connaissance, il était le seul à avoir déjà tenté d'utiliser l'unité d'un autre individu – une série d'expériences nécessaires pour étudier ce qui se passerait si l'ennemi mettait la main sur le Merge d'un soldat mort ou blessé.

Mais il n'avait conduit ces recherches que par excès de zèle – en effet, un étranger ne pourrait jamais se connecter à l'appareil d'un Américain car, en plus de lui procurer une batterie de sensations désagréables, le réseau ne reconnaîtrait pas sa signature cérébrale. En revanche, Smith serait identifié par le réseau de l'armée. Mieux encore, il le contrôlait plus ou moins.

Il eut aussitôt la nausée, et son malaise s'intensifia à mesure que le système essayait de se connecter à cet esprit inconnu. Il savait que c'était possible : la liaison serait imparfaite et attirerait l'attention de ses adversaires, mais ils prendraient sûrement ça pour des interférences.

Quinze secondes plus tard, sa tête se mit à tourner. La seule chose qui l'empêchait de vomir était son état de quasi-hypothermie. Son record de connexion sur un module étranger était de trente-neuf secondes ; trente-neuf douloureuses secondes qu'il n'était pas près d'oublier, mais qui aujourd'hui ne suffiraient pas.

Soudain, son nom en lettres déformées scintilla dans sa vision périphérique. Il avait désormais accès à des fonctions que lui seul, à l'exception peut-être de Dresner, pouvait exploiter.

Deux points verts apparurent sur sa vision satellite du champ de bataille ; ses nouveaux « coéquipiers ». L'un d'eux clignota, ce qui signifiait qu'il venait de faire feu. Cependant, il n'entendit pas les détonations car sa tête était pleine des crissements métalliques générés par l'ordinateur qui tentait de transmettre des signaux encodés sur la mauvaise fréquence à son cortex auditif.

Utiliser les menus était très difficile, mais il réussit à fermer l'application de communication radio et activa son laryngophone.

« Randi… Tu es… tu es toujours vivante ?

— À peine, souffla-t-elle. Si je bouge d'un centimètre, ces salauds me dégomment. »

L'un des deux points verts clignota une nouvelle fois, et Randi hurla de rage.

« Tu es touchée ?

— Une égratignure. Mais je ne tiendrai pas beaucoup plus longtemps. Jon, si tu as un plan, il te reste environ dix secondes pour le mettre en application.

— Où… où se trouve le type qui te tire dessus ? » lui demanda-t-il en s'immergeant jusqu'à la taille dans l'eau glacée afin de lutter contre la nausée. Il devait avoir dépassé les trente-neuf secondes, et ses souffrances continuaient de s'intensifier.

« À une cinquantaine de mètres, en direction nord-nord-est. »

Smith réussit à évaluer la position de Randi.

« OK. Tu as… »

Il se mit à vomir ses tripes et, malgré tous ses efforts, il ne parvint pas à le faire en silence.

« Jon ? Jon ? Tu m'entends ?

— Ouais. Tu en as un second qui arrive sur ta… Attends. Non. Il m'a entendu. Il se dirige vers moi.

— Est-ce que tu peux t'en occuper ?

— Non », dit-il en lançant avec difficulté l'application d'entraînement. Incapable de relever la tête, son visage était à moitié enfoncé dans la boue. Respirait-il encore ? Il aurait été bien incapable de le dire.

Le son étouffé d'un coup de feu résonna dans sa tête, mais il l'ignora pour se concentrer sur le lancement du programme de simulation. Le logiciel hésita encore quelques secondes mais finit par démarrer. Par défaut, il avait été nommé chef de l'exercice.

Selon l'image satellite, l'un des deux hommes progressait vers lui à vive allure, tandis que l'autre tenait sa position en attendant d'avoir Randi dans sa ligne de mire.

Smith voulut glisser encore davantage dans l'eau, mais il ne contrôlait plus ses membres. Depuis combien de temps était-il connecté ? Une minute ? Plus ? Pouvait-il en mourir ? Était-ce vraiment important à ce stade ?

Le soldat qui s'approchait ralentit, et Smith l'entendit marmonner quelques mots – sans doute appelait-il son camarade pour lui demander ce qui clochait avec son Merge et pourquoi il s'était arrêté près de la berge.

« Randi... À mon signal, lève-toi et cours à toute vitesse en direction de l'homme qui te tire dessus. Puis tourne-toi vers l'ouest et continue de courir. Tu tomberas sur celui qui vient sur moi.

— T'es malade ? J'ai déjà failli crever, je ne tiens pas à...

— Fais ce que je te dis ! » dit-il en s'étranglant. Il sélectionna les icônes des deux hommes et les déclara KIA. Afin de simuler leur mort, leurs Merges les rendirent aussitôt sourds et aveugles.

« Maintenant ! Cours ! »

Randi Russell l'avait entendu mais elle ne bougea pas d'un pouce.

« Cours ! » murmura-t-il à bout de forces. Elle choisit de lui faire confiance. La mâchoire serrée, prête à recevoir une balle, elle bondit hors de sa cachette et se rua sur le soldat.

À sa grande surprise, il était à genoux en train d'essayer d'agripper quelque chose accroché à sa ceinture. Et, comme à cheval donné on ne regarde pas la bride, elle lui tira deux balles dans le torse et une dans la tête. Puis elle se remit à courir. Une fois de plus, Smith avait accompli un miracle.

Il lui fallut moins d'une minute pour atteindre le deuxième homme. Lui aussi était à genoux, mais il avait déjà son Merge à la main. Il le lança le plus loin possible et allait mettre Randi en joue lorsqu'elle fit feu. La balle transperça son casque en carbone et lui arracha le haut du crâne.

« C'est bon, ils sont tous morts ! » dit-elle dans son micro en se dirigeant vers la rivière.

« Jon ? »

Elle franchit les buissons et pointa aussitôt son arme sur l'homme qui gisait au bord de l'eau. Mais le couteau planté dans sa nuque lui confirma qu'elle n'avait rien à craindre, et elle se précipita vers le corps de Smith toujours à moitié submergé dans la rivière.

« Jon ? » Pas de réponse. Sa tête baignait dans une mare de vomi. Elle l'agrippa par les cheveux et le fit rouler sur le dos. Il se mit à battre des paupières, et elle aperçut le Merge qu'il tenait contre son ventre. À bout de forces, Smith tenta de le jeter le plus loin possible mais le boîtier atterrit à ses pieds. Randi le ramassa et le balança de l'autre côté de la rivière.

« Jon ? Jon ! » Il était pâle comme la mort, et son corps était glacé. « Parle-moi. Est-ce que tu es touché ? »

Il trembla. C'est alors que Randi entendit le son d'un hélicoptère. Elle agrippa les mains de Smith et le traîna à l'abri, mais l'hélico était déjà là, et quelqu'un leur braquait un projecteur dessus.

Elle leva son fusil en direction de la lumière aveuglante et allait tirer lorsqu'une voix résonna : « Randi ! Ne tire pas ! »

L'hélico fit ensuite un arc de cercle, à la recherche d'un endroit où atterrir. Randi se laissa tomber à genoux et posa la tête de Smith sur ses cuisses. « Accroche-toi, Jon. La cavalerie est arrivée. »

46

Alexandria, Virginie, USA

« Non, major. Nous ignorons les détails. »
Assis dans son bureau, James Whitfield écoutait son interlocuteur en contemplant l'obscurité.

« Davis a été tué, puis nous avons perdu le contact avec Craighead, continua le capitaine. Quelques minutes auparavant, le Merge de Miller s'était mis à envoyer des informations très confuses et a fini par se déconnecter lui aussi. Nous essayons encore de comprendre ce qui lui est arrivé. »

Whitfield ne répondit pas. Avait-il encore fait la même erreur ? Avait-il sous-estimé ses adversaires ? Impossible. Il connaissait les aptitudes exceptionnelles de Smith et Russell et avait agi en conséquence : une force de destruction écrasante s'était abattue sur eux par surprise, trois membres des forces spéciales équipés de Merges et surarmés.

« Si je comprends bien, ils ont survécu ? finit-il par demander.

— J'en ai bien peur, major. Un hélicoptère s'est posé près de la dernière position connue de Miller. Il est resté au sol moins de cinq minutes, et nous pensons qu'il a récupéré Smith et Russell, ainsi que nos hommes.

— Vous pensez ?

— Notre agent sur place nous a confirmé que leurs corps avaient disparu. Néanmoins, il n'était pas présent lors de leur évacuation. Il s'agit donc d'une supposition.

— Où cet hélicoptère est-il allé ?

— Nous n'étions pas préparés à traquer un aéronef, mais j'espère recevoir cette information dans les plus brefs délais.

— Nous ne pouvons pas nous autoriser le luxe d'espérer, capitaine. Appelez Andrews. Qu'il fasse décoller des avions de surveillance.

— Ça va être difficile, major.

— Je m'en fiche, s'exclama Whitfield sur le coup de la colère. Employez toutes les ressources nécessaires et retrouvez-moi cet hélicoptère.

— Major, cela pourrait nous exposer à…

— Plus d'excuses, capitaine ! Faites décoller ces avions. »

Whitfield raccrocha et balança son oreillette contre le mur. C'était un fiasco. S'ils étaient encore vivants, Miller et Craighead tiendraient peut-être leur langue un moment, mais ils finiraient par parler. Certes, ils pensaient qu'on les avait envoyés éliminer deux terroristes, mais, en leur posant les bonnes questions, Smith et Russell découvriraient le nom des contacts de Whitfield au Pentagone.

Comment avaient-ils pu vaincre ses hommes ? D'où venait cet hélicoptère ? Et pour qui ces enfants de salauds travaillaient-ils ?

Comté de Wood, Virginie-Occidentale, USA

Les flammes crépitantes d'un poêle à bois centenaire réchauffaient et éclairaient la vieille ferme en ruine. Smith passait ses mains sous un robinet. « Mais qu'est-ce qu'il faut que je fasse pour avoir un peu d'eau chaude ? finit-il par hurler, incapable de contenir sa frustration plus longtemps.

— Viens plutôt près du feu », lui dit Randi. Elle lui couvrit les épaules avec la couverture qu'elle venait de trouver et le tira avec elle vers le salon. Fred Klein avança un petit tabouret devant le poêle, et Smith s'y assit tout doucement.

« Pardonnez-moi le manque de confort », dit-il. Randi s'était mise à genoux et frottait vigoureusement le dos de Smith afin d'accélérer sa circulation sanguine. « Ce n'est pas le Four Seasons, mais cette bâtisse et les cent hectares qui l'entourent appartiennent à une compagnie minière fictive que personne ne pourra associer à C-1. Si besoin, je peux faire venir un médecin. »

Le cœur au bord des lèvres, Smith secoua la tête. Cette nausée n'en finissait pas. « Ma température est déjà en train de remonter. Il n'y a rien d'autre à faire si ce n'est attendre que les effets secondaires du Merge s'estompent. » Il marqua une pause. « Merci d'être venu nous chercher, Fred. J'apprécie que tu aies pris un tel risque.

— Inutile de me remercier, je n'ai pas fait grand-chose. Surtout que je suis arrivé beaucoup trop tard. »

Smith fixait les flammes qui dansaient devant lui. Klein était un vrai patriote doté d'une grande intelligence, mais il n'était plus tout jeune et était physiquement inapte au combat. Et Smith avait toujours pensé que, dans ce genre de situations, Randi et lui seraient sacrifiés au nom du secret – une éventualité malheureuse dont il s'était accommodé. Aussi le respect qu'il portait au vieil espion avait-il encore grandi.

Le téléphone de Klein sonna et il s'empressa de prendre l'appel. Randi en profita pour attiser le feu. Sentant que Smith la regardait du coin de l'œil, elle masqua son inquiétude.

« Parfait, finit par dire Klein après une série de grognements soucieux. Nous avons identifié les trois hommes qui vous ont attaqués.

— Des mercenaires ? demanda Randi.

— Non, des militaires. Deux SEAL et un Marine des forces spéciales.

— Qu'est-ce qu'ils foutaient au cottage de mon amie ?

— Personne ne semble le savoir. Officiellement, les SEAL sont toujours en poste en Afghanistan, et le Marine est un consultant stratégique en Irak. J'imagine qu'ils étaient censés faire l'aller-retour dans la nuit. Ni vu ni connu.

— Je doute qu'ils aient agi de leur propre chef, dit Smith. Alors qui leur en a donné l'ordre ?

— James Whitfield, répondit Klein.

— Qui ça?

— C'est un ancien officier des services de renseignements militaires. Après sa retraite, il s'est mis à faire du lobbying pour défendre les intérêts de l'armée. Je crois que tu le connais, Jon. Il a les cheveux gris et une cicatrice sur le cou.

— Qu'est-ce que tu entends par "défendre les intérêt de l'armée"? lui demanda Randi. Il travaille pour une société de sécurité privée?

— Figure-toi que non. Bien qu'il s'efforce de faire en sorte que nos soldats soient équipés du mieux possible, il a aussi soutenu de nombreuses coupes budgétaires; il a encouragé la fermeture de plusieurs bases militaires jugées inutiles et l'abandon de systèmes d'armes désuets. Son but est de rendre notre armée encore plus puissante, mais aussi moins coûteuse et plus efficace – une croisade qui lui a valu beaucoup d'ennemis au sein du Congrès et du complexe militaro-industriel. Je ne le connais pas personnellement, mais je l'ai croisé à quelques reprises, et je dois admettre que j'ai toujours été un de ses grands admirateurs.

— Sauf que je peux t'assurer que ces trois hommes n'étaient pas là pour nous rallier à leur cause », rétorqua Randi.

Klein croisa les bras et s'adossa au mur derrière lui. « Je n'ai jamais pensé à enquêter sur lui, mais il y a de fortes chances pour que Whitfield soit derrière les détournements de fonds du Pentagone. J'étais persuadé que le coupable se mettait cet argent dans les poches, ou qu'il s'en servait pour couvrir les coûts d'une opération ratée. Je ne m'attendais pas à ce qu'il l'utilise pour aider l'armée américaine. »

Smith se détourna du poêle. Il avait récupéré l'usage de ses mains, et l'engourdissement avait laissé sa place à la douleur. « Suis-je le seul à avoir l'impression que tu viens de faire ta propre description ? Whitfield te ressemble beaucoup, non ? On dirait une sorte d'alter ego maléfique.

— Un alter ego ? C'est possible. Maléfique ? Je n'en suis pas certain. Que je sache, rien dans son dossier n'indique qu'il soit autre chose qu'un grand patriote et un valeureux soldat.

— C'est toujours une question de point de vue, Fred. Il ne serait pas le premier à justifier ses crimes au nom de la démocratie et de la justice, n'est-ce pas ?

— Nous sauvons des vies, dit Randi, un peu indignée.

— Il en est peut-être aussi convaincu, répondit Smith. Il pourrait considérer que la sécurité de nos soldats dépend du Merge, et que notre enquête menace de tout foutre en l'air.

— À ce stade, qu'importent ses motivations, dit Klein. Concentrons-nous sur ce que nous savons, en l'occurrence que nous affrontons un homme intelligent, déterminé et influent. J'ai pu annuler vos transferts uniquement parce que Whitfield ne se doutait pas de mon implication…

— Et nous sommes toujours vivants grâce à ma connaissance du système d'exploitation de la version militaire du Merge. » Smith pointa son pouce vers Randi qui ajustait la couverture sur ses épaules. « Sans oublier la grande paranoïa de certains agents de la CIA.

— Certes, il vous a sous-estimés. J'aurais pu faire les mêmes erreurs, admit Klein. Mais je ne les aurais pas commises deux fois de suite. Et lui non plus.

— Comment fait-on pour ne plus l'avoir sur le dos ? lui demanda Randi.

— Pour être honnête, je n'en ai pas la moindre idée. La bataille qui s'annonce va être rude.

— Sans oublier que nous ne sommes même pas censés exister, dit Smith.

— Tout à fait. Affronter Whitfield pourrait attirer l'attention sur Covert-One.

— Quelles options nous reste-t-il ?

— Notre priorité est de découvrir comment ces Afghans se sont procuré leurs implants et ce qu'ils faisaient avec. Ensuite, nous devrons enquêter sur les causes de leur comportement suicidaire, afin de nous assurer que le Merge ne possède pas une fonction secrète qui pourrait nuire à son utilisateur.

— Mais quel rôle joue Whitfield là-dedans ? demanda Randi.

— Je parierais qu'il a mis la main sur un prototype avant nous, et que l'Afghanistan était un test.

— Peut-être, dit Smith. Mais nous avons découvert que Christian Dresner a participé au programme d'athlétisme de la RDA.

— D'athlétisme ? Je ne te suis pas.

— En gros, il a déjà mené des expériences sur des êtres humains.

— Tu crois que c'est lui, et pas Whitfield, qui aurait ordonné les tests à Sarabat ?

— Le cerveau humain ne ressemble ni à celui du rat ni à celui du chimpanzé. Je n'y avais pas réfléchi avant, mais il a dû faire de nombreux tests avant que son système ne fonctionne.

— Je vois, fit Klein. En effet, on peut se demander ce que sont devenus les premiers cobayes. Je n'ai jamais entendu parler de qui que ce soit ayant été impliqué dans des essais de ce genre.

— Et n'oublions pas Craig Bailer, dit Randi. Je commence à douter que sa mort soit accidentelle.

— Qu'est-ce qu'on sait à ce sujet ? demanda Smith.

— Il a manqué un virage, et sa voiture a fini sa course au fond d'un ravin. Mais vu que les corps étaient carbonisés, cette information est à prendre avec des pincettes. Surtout que l'autopsie a révélé que Bailer était déjà mort lorsque le feu s'est déclenché : la crise cardiaque est l'hypothèse la plus vraisemblable. Quant au passager, un membre du conseil d'administration de Dresner Industries, il aurait perdu connaissance lors de l'accident et aurait péri dans l'incendie. De fait, rien n'indique qu'on les ait assassinés.

— Ça ne veut rien dire, objecta Randi.

— Tu as raison, admit Klein. Une idée sur la marche à suivre ?

— Ne devrait-on pas essayer de mettre la main sur Dresner ? demanda Randi.

— Impossible, fit Klein. En plus de sa fortune, de ses innombrables relations politiques et de sa nationalité allemande, il se déplace en permanence d'une forteresse à l'autre. Je ne suis même pas certain de pouvoir le localiser, alors de là à ce que vous puissiez le rencontrer…

— Et pour ce qui est du psychologue qui est passé à l'Ouest avec lui ?

— Gerhard Eichmann ? Vous pensez qu'il est impliqué ?

— Une fois rentrés d'Allemagne, nous avons recherché son nom sur Internet, dit Smith. Après sa défection, il a travaillé quelques années, puis il a disparu de la circulation. Un homme aussi brillant devrait enseigner dans une grande université ou écrire dans des revues spécialisées. Or nous n'avons rien trouvé du tout.

— Donc tu penses qu'il a participé à la conception du Merge ?

— Si je décidais de créer une technologie qui interagit avec l'esprit humain, je serais bien content de l'avoir à mes côtés.

— Une idée de l'endroit où il pourrait se trouver ?

— Peut-être au Maroc. Mais je ne serais pas contre l'aide de Star.

— D'accord. Il faut agir vite. J'ai réussi à reporter vos transferts, mais si je devais intervenir à nouveau je risquerais de révéler notre existence. Trouvez Eichmann et voyez ce que vous pouvez en tirer. Mais je vous interdis de faire quoi que ce soit sans mon autorisation préalable. Pour le moment, on se contente de rassembler un maximum d'informations.

— Et Whitfield ? demanda Randi.

— Je vais faire de mon mieux pour qu'il vous lâche, mais je ne peux rien vous promettre. Je vous conseille donc de surveiller vos arrières. »

Son téléphone sonna, et il le ressortit de la poche de sa veste. « Oui ? Dans combien de temps ? Très bien, je serai là. » Il raccrocha. « Je dois partir. Il faut que l'hélicoptère soit rentré à la base avant le lever du jour. Bonne chance à vous. »

48

Marrakech, Maroc

Jon Smith évita de justesse une mobylette avant qu'elle ne le renverse et l'observa ensuite zigzaguer nerveusement à travers la rue bondée. Au-dessus de leurs têtes, des bâches avaient été accrochées pour protéger les passants du soleil, mais elles empêchaient surtout l'air de circuler, et ils baignaient dans un mélange de sueur, d'urine et d'odeurs de cuisine. Sur les côtés, les échoppes sans cesse approvisionnées par un cortège interminable de charrettes vendaient de tout : de la nourriture, des vêtements et même des portes en bois sculpté.

Malgré sa peau mate et ses cheveux noirs, Smith ne serait jamais passé pour un Marocain, aussi avait-il adopté le look du touriste américain lambda : casquette, appareil photo et pantalon beige en coton. Randi, qui le suivait en traînant les pieds, avait disparu sous un niqab qui ne révélait que ses yeux bleus.

Cette fois-ci, ils avaient voyagé en jet privé, ce qui lui avait permis de dormir un peu. Néanmoins, il n'avait pas entièrement récupéré de leur dernière mésaventure. Sa cheville allait mieux, mais il souffrait encore des séquelles de l'utilisation du Merge du caporal Jeff Miller.

D'après l'historique du réseau, il était resté connecté 1 minute 32 secondes. Un nouveau record qui n'était pas près d'être battu.

Il ajusta ses lunettes de soleil et baissa un peu la visière de sa casquette. Il cherchait dans la foule tous ceux qui utilisaient un Merge mais n'en trouva qu'un seul : un touriste qui marchandait une paire de boucles d'oreilles en argent. L'invention de Dresner était passée de miracle à menace en un temps record – ce qu'il trouvait plus déprimant que surprenant. Combien de fois l'être humain avait-il commis l'erreur de se croire capable de contrôler des technologies aussi complexes, n'anticipant jamais comment elles seraient utilisées ou détournées ?

Était-il possible que chaque Merge de la planète fût à sa recherche ? Ses coordonnées GPS avaient-elles déjà été transmises à ses ennemis ?

Après lui être passé devant, Randi s'engagea dans une ruelle déserte, et il lui emboîta le pas. Perchés en haut des murs, des chats sauvages les observèrent tandis qu'ils s'arrêtaient devant une imposante porte en bois et en cuivre.

Star n'avait eu aucun mal à retrouver Eichmann. Il menait une existence discrète, sans pour autant chercher à rester anonyme. Qui pourrait s'intéresser à un psychologue venu profiter de sa retraite sous le soleil du Maroc ?

Au lieu de crocheter la serrure, Randi resta immobile, les yeux fixés sur le verrou. Smith jeta un coup d'œil par-dessus son épaule pour s'assurer que personne ne les avait suivis dans la ruelle.

« Un problème ?

— Qu'est-ce que je suis censé faire avec ça ?

— L'un de tes tours de magie. Ne m'as-tu pas dit qu'aucune serrure sur terre ne pouvait te résister?

— Celle-ci doit avoir trois cents ans. Tu m'as prise pour qui? Une sorte d'historienne des serrures?

— Si je comprends bien, les clés laser, les mots de passe WEP, les capteurs d'empreintes digitales, tout ça c'est du gâteau pour toi. Mais tu capitules d'entrée face à ce vieux machin rouillé? »

Elle haussa les épaules. « Et si on frappait? »

Smith lui fit un grand sourire ironique et pointa son doigt vers l'entrée de la ruelle. Randi fit demi-tour pour aller monter la garde. Puis elle lui signala qu'il pouvait y aller, mais à condition de faire vite.

Smith commença à escalader une gouttière, sans quitter des yeux les attaches rouillées qui la maintenaient contre le mur de pierres. Quelques-unes se détachèrent sur son passage, mais la conduite tint bon, et il réussit à atteindre le toit sans encombre. Il le traversa jusqu'au puits de lumière d'où il put contempler, deux niveaux plus bas, trois cours connectées entre elles.

Juste en dessous de lui, un balcon n'était protégé que par une balustrade haute d'un mètre à peine. Il se laissa pendre au rebord du toit et se balança à l'intérieur. Il atterrit sur un magnifique sol carrelé et, emporté par son élan, manqua de trébucher sur une table basse.

Il dégaina son pistolet. Mis à part ce qui ressemblait à des bruits de casserole au rez-de-chaussée, l'imposant riad était plongé dans le silence. Son premier réflexe fut de se diriger vers la source du bruit, mais il se ravisa et décida d'entreprendre une fouille méthodique de la maison afin d'éviter une mauvaise surprise par la suite.

Au premier étage, il ne découvrit que trois chambres inoccupées. Un escalier de pierre en colimaçon le conduisit au rez-de-chaussée. Là, il s'avança dans la direction opposée aux tintements. Il longea les trois patios occupés par une grande piscine et deux fontaines à l'ombre d'orangers.

Derrière une série de portes qui s'ouvrirent sans faire de bruit, il trouva plusieurs salons, des salles de bains, des placards, et deux chambres qui semblaient habitées. Mais la dernière porte était la plus intéressante. Elle ressemblait à toutes les autres, sauf qu'elle en dissimulait une seconde – blindée et protégée par un verrou dernière génération. Il en connaissait une qui allait être contente.

Il retourna sur ses pas, en direction de l'entrée, et fit jouer la poignée. Randi se glissa à l'intérieur, et Smith lui désigna la cuisine. Elle sortit un Glock de sous son niqab, s'avança la première et s'arrêta au bout du hall. Smith se rapprocha et aperçut une jeune femme qui disposait de la nourriture sur un plateau en argent. Un déjeuner. Mais pour qui ?

Randi troqua son Glock pour un rouleau de chatterton. C'était l'une des raisons pour lesquelles elle adorait ce déguisement – elle pouvait se balader avec tout le matériel et les armes qu'elle voulait sans que personne ne s'en rende compte.

Elle se faufila ensuite derrière la jeune fille et lui colla une main sur la bouche en lui soufflant à l'oreille quelques mots rassurants en arabe. Elle la fit s'asseoir puis la bâillonna et l'attacha avec le chatterton.

Smith l'aurait bien aidée mais les musulmanes se débattaient sauvagement lorsque des étrangers posaient leurs mains sur elles. Aussi marcha-t-il vers le plateau, où il grignota quelques olives et un peu de houmous. Il ne fallut à Randi que quelques secondes pour immobiliser la cuisinière.

Une fois qu'elle l'eut tranquillisée, Randi se releva et fusilla Smith du regard, tandis qu'il s'apprêtait à déguster un bol de yaourt avec du miel. « Est-ce que je te dérange ?

— Tu devrais goûter ça. C'est du fait maison. »

Elle prit un air exaspéré et sortit de la cuisine. Il la suivit, mais après s'être resservi de yaourt.

« Jette un œil à la porte de gauche », dit-il dès qu'il l'eut rattrapée.

Randi s'agenouilla devant la porte métallique et y inséra une carte en forme de clé recouverte de circuits imprimés. Moins de trente secondes après avoir connecté celle-ci à son iPhone, le verrou mécanique se désenclencha.

« Heureusement qu'il ne s'agissait pas d'un système de ficelles nouées entre elles, plaisanta Smith. Tu en aurais eu pour la journée. »

Il eut droit à un nouveau regard noir, puis ils pénétrèrent dans un petit bureau rempli de livres et de documents éparpillés aux quatre coins de la pièce. Randi repéra un ordinateur et s'assit en face de l'appareil pour y insérer une clé USB. Pendant ce temps-là, Smith examinait les centaines d'ouvrages en allemand et en anglais sur la psychologie et la neurologie.

« Putain ! grommela Randi.

— Qu'est-ce que c'est, cette fois ?

— Son mot de passe est encodé d'une manière qui m'est totalement inconnue. »

Smith s'arrêta devant une table où étaient empilés des centaines de feuillets et commença à examiner des analyses statistiques, des graphiques et d'innombrables données. Il finit par mettre la main sur une sorte de résumé écrit en allemand et l'utilisa pour déchiffrer les abréviations qui figuraient sur une série de classements.

« Je ne vais pas y arriver, Jon. On va devoir atteler cette machine sur le dos d'un âne et l'emporter avec nous si on veut découvrir ce qu'elle contient.

— Comme tu veux. » En vérité, il ne l'avait pas écoutée.

« Tu as trouvé quelque chose ?

— Peut-être. Ça ressemble à une grande analyse comportementale. Les sujets ont tous été adoptés à leur naissance...

— Et en quoi est-ce que ça m'intéresse ? »

Mais, absorbé dans sa lecture, il ne lui répondit pas. Il n'en croyait pas ses yeux. Comment Eichmann s'était-il procuré de telles informations ? En théorie, il était plus ou moins possible d'analyser les résultats de plusieurs milliers d'adoptions à travers le monde, mais, dans ce cas précis, il semblait que le moindre aspect de la vie de ces enfants ait été contrôlé pendant plus de vingt-cinq ans – de leur scolarité à leur alimentation, en passant par leur éducation. Il fallait avouer que la conception de cette étude était parfaite, sauf qu'elle était aussi totalement immorale et illégale. Sans oublier qu'une telle infrastructure avait dû coûter des milliards de dollars.

« Jon ? Tu vas... »

Randi fut interrompue par le bruit d'une clé qu'on insérait dans la grosse serrure de la porte d'entrée.

Ils se précipitèrent dans le couloir, puis dans le hall où Smith se colla contre un mur au moment où un homme plutôt fragile poussait la lourde porte.

« Hafeza ? dit-il en français avec un fort accent allemand. Où es-tu ? »

Randi se glissa derrière lui et pressa son pistolet contre l'arrière de son crâne. « Elle n'est pas disponible pour le moment. »

Smith sortit de sa cachette et l'homme se figea. Il n'avait pas l'air dangereux et ressemblait à tous ces vieux professeurs que Smith avait eus à l'université.

« Gerhard Eichmann ?

— Qui êtes-vous ? » dit-il, déconcerté par l'apparence des deux malfaiteurs. Bien que les cambriolages fussent fréquents à Marrakech, ils étaient rarement perpétrés par un touriste et une femme en niqab. « Que voulez-vous ?

— Vous poser quelques questions, lui répondit Smith en le prenant par le bras et en le traînant dans le couloir.

— Où est Hafeza ? Que lui avez-vous fait ?

— Elle va bien », dit Randi.

Lorsqu'il découvrit que la porte de son bureau avait été ouverte, Eichmann s'immobilisa, et Smith dut le tirer à l'intérieur. Là, le vieil homme se libéra de son emprise et courut jusqu'à sa table de travail. « Qui vous a permis de fouiller dans mes documents ? Vous n'aviez aucun droit de les lire ! Mon travail ne vous regarde pas !

— Vous pourriez être surpris, rétorqua Smith. Même si je suis avant tout microbiologiste, j'ai lu un paquet d'analyses comportementales à la fac. Mais aucune d'entre elles ne ressemblait de près ou de loin à la vôtre. Je vous tire mon chapeau. Il fallait oser kidnapper des enfants dans le monde entier. J'imagine que cela a été plus facile dans les pays les plus pauvres où les registres des naissances ne sont jamais à jour et où l'on peut soudoyer à peu près n'importe qui. Des vrais et des faux jumeaux, des frères et sœurs, tous séparés et adoptés par des étrangers de classes sociales plus aisées. Et personne ne s'est jamais douté de rien.

— Ils… ils n'ont pas été blessés, bégaya Eichmann.

— Je vous en prie, docteur. Vous avez volé ces enfants. Vous les avez séparés de leurs familles avant de les envoyer un peu partout à travers le monde par le biais de fausses agences d'adoption…

— Ils ont eu une vie meilleure ! Dans les campagnes chinoises, ces fillettes auraient été assassinées par leurs parents. Au moins, en Europe, elles…

— Je vous l'accorde. Sauf que vous êtes un brillant scientifique », l'interrompit Smith. Il attrapa plusieurs documents sur la table et les agita sous le nez de l'Allemand. « Donc vous aviez aussi besoin d'enfants issus de riches familles résidant dans les pays industrialisés pour les envoyer dans des orphelinats du tiers-monde. C'était le seul moyen de savoir si votre théorie fonctionnait dans les deux sens, le seul moyen d'étudier les effets de la faim et de la maltraitance sur leurs jeunes cerveaux…

— Non », s'écria Eichmann. Mais il ne sut pas quoi dire d'autre. « Je…

— Comme au bon vieux temps de la RDA, n'est-ce pas, docteur ? Comment fabrique-t-on un athlète parfait ? On teste son seuil de tolérance. On expérimente de nouvelles drogues dangereuses. On le pousse à s'entraîner jusqu'à ce qu'il s'écroule de fatigue. Et, s'il meurt, on recommence avec un autre sujet. Pourquoi s'embêter avec la morale et l'éthique ?

— Ça suffit ! l'interrompit Randi. Est-ce que je ne pourrais pas plutôt lui tirer dans les genoux pour qu'il nous donne le mot de passe de son ordinateur ? Je ne suis pas d'humeur à vous écouter disserter pendant des heures sur le bien-fondé de toutes ces recherches.

— Excuse-moi, Randi, et tu vas comprendre où je veux en venir. Il y a beaucoup d'études, c'est vrai, mais la plupart ne valent pas le papier sur lequel elles ont été imprimées. Afin de prendre en compte toutes les variables, il est nécessaire de franchir une certaine limite morale, ce que la majorité des chercheurs n'osent pas faire. Et quand bien même ils le voudraient, personne n'accepterait de les financer. Ce qui m'amène à la question suivante : qui a dépensé des dizaines de millions de dollars dans une étude qui ne sera jamais publiée ? »

Randi se sentit à nouveau concernée : « Dresner !

— Christian ? s'exclama Eichmann un peu trop rapidement. Vous délirez. Pourquoi voudrait-il… »

Le vieil homme se tut et recula contre le mur lorsqu'elle pointa son arme sur ses jambes. « N'insultez pas notre intelligence. »

À la grande surprise de Smith, Eichmann se précipita alors vers la porte. Smith plongea en avant pour tenter de l'arrêter mais ne parvint qu'à effleurer sa chemise et s'écrasa sur le sol en marbre.

« Stop ! » cria Randi, puis elle le prit en chasse et piétina au passage le dos de son coéquipier. Elle allait sortir du bureau lorsqu'un coup de feu retentit. Eichmann s'écroula et glissa sur le carrelage tandis que Randi tirait déjà en direction du toit.

49

Alexandria, Virginie, USA

James Whitfield attrapa son téléphone portable sur sa table de nuit et s'empressa de le faire taire. Puis il se retourna vers sa femme et s'assura qu'il ne l'avait pas réveillée. Elle avait toujours eu le sommeil léger, et l'âge n'avait fait qu'empirer les choses. D'autant plus qu'elle avait passé ces trente-cinq dernières années mariée à un homme qui, lui, ne dormait jamais.

Mais au lieu de se réveiller en sursaut en râlant, elle continua de respirer calmement. D'abord réticente à l'idée de se faire poser ses implants, elle répétait désormais à qui voulait l'entendre que c'était la chose la plus intelligente qu'elle ait faite de sa vie. Le Merge de Dresner était vraiment un miracle.

Une fois de plus, le message énigmatique qui s'afficha sur son téléphone était bref : « Quand vous voudrez. »

Whitfield enfila une robe de chambre et avança à tâtons dans l'obscurité jusqu'à son bureau. Après avoir refermé la porte, il pressa une touche sur son clavier pour rallumer son ordinateur et mit son casque sur ses oreilles avant de contacter celui qui l'avait tiré de son sommeil.

« Pardonnez-moi de vous déranger à une heure si tardive, major. »

Whitfield avait passé la nuit à élaborer toutes sortes de théories au sujet de Smith et Russell. Si ses hommes avaient du nouveau, leur interruption était plus que bienvenue.

« Avez-vous découvert quelque chose sur cet hélicoptère, capitaine ?

— Oui, major. Si vous n'aviez pas insisté pour que nous lancions nos avions de surveillance à sa recherche, nous l'aurions sans doute perdu. Cela dit, nous avons aussi eu beaucoup de chance.

— Vous l'avez donc retrouvé ?

— Oui. Il s'est posé près d'une ferme abandonnée en Virginie-Occidentale.

— À qui appartient cette ferme ?

— Nous n'avons découvert qu'une succession interminable de sociétés-écrans. Je vous garantis que cette piste ne nous mènera nulle part.

— Une planque de la CIA, peut-être ?

— Nos sources nous ont confirmé que non, major. »

Whitfield réfléchit un instant. Il ne s'agissait ni des services de renseignements de l'armée ni de l'Agence. Qui d'autre aurait pu venir à la rescousse d'un microbiologiste militaire et d'un agent de la CIA habituellement en poste à l'étranger ?

« Continuez, capitaine.

— L'hélicoptère a fait ensuite un rapide aller-retour entre la ferme et une clairière dans les montagnes où l'attendait une camionnette.

354

— Quel était le but de ce voyage ?

— Une livraison.

— Quelle livraison ?

— Celle des corps de nos hommes. Ils ont ensuite été ensevelis de manière à ce qu'on ne puisse jamais les retrouver. Bien entendu, nous les avons déterrés et transportés au crématorium. Deux d'entre eux ont été abattus à bout portant, et le troisième a succombé à un coup de couteau dans la nuque. »

Whitfield prit une grande inspiration et expira lentement. Lorsque des hommes aussi exceptionnels mouraient sur le terrain, ce n'était jamais de leur faute mais celle de leur commandement. Autrement dit la sienne.

« J'imagine que leurs familles seront prises en charge ?

— Comme d'habitude, major. Par l'intermédiaire de plusieurs œuvres caritatives.

— Et la version officielle ?

— En cours d'élaboration. Rassurez-vous, tout ira bien de ce côté-là. »

Tout ira bien, répéta Whitfield dans sa tête. Il lui semblait pourtant que tout allait mal.

« Parlez-moi de la ferme.

— Trois individus sont entrés à l'intérieur du bâtiment. Juste avant le lever du soleil, l'appareil est revenu récupérer un seul passager pour le déposer sur un chemin de terre à environ deux cent dix kilomètres au sud-ouest de Washington, DC. L'homme est monté dans un Yukon XL, et comme nous ne pouvions pas suivre les deux véhicules en même temps, nous avons opté pour la voiture.

— Et ?

— Nous avons eu beaucoup de chance. Environ une heure plus tard, après que le SUV est entré dans un tunnel, un leurre en est sorti à sa place. Heureusement, la différence de température du moteur n'a pas échappé à l'avion de surveillance, sans ça nous serions tombés dans le panneau. Dix minutes plus tard, la cible s'est remise en route vers DC. Une fois en ville, notre homme est sorti du Yukon pour prendre le métro. Et c'est là que nous avons perdu sa trace.

— Vous l'avez perdu ? Vous venez de me dire que vous aviez eu de la chance !

— En effet, car la caméra d'un distributeur de billets situé à proximité de la bouche de métro a pris la cible en photo. Nous l'avons nettoyée au maximum mais, je vous préviens, la résolution et l'angle de prise de vue laissent un peu à désirer. Je vous l'envoie dans l'instant.

— Et pour la ferme ? lui demanda Whitfield pendant que l'image apparaissait petit à petit sur son écran.

— Vide. La porte sud donne sur la forêt : Smith et Russell ont dû partir à pied avant qu'une voiture ne les récupère un peu plus loin. »

Whitfield détourna les yeux de l'écran et contempla l'obscurité. Il avait échoué une fois de plus – une situation à laquelle il n'était pas habitué. Et il n'avait aucune excuse. La mort de ces trois soldats avait été inutile. Pire, Smith et Russell avaient maintenant une idée encore plus précise de celui qu'ils affrontaient.

« Major ? Avez-vous reçu le fichier ? »

Whitfield redirigea son regard vers la photo granuleuse d'un homme qui, tête baissée, traversait la foule. Remonté, le col de sa veste masquait la partie inférieure de sa mâchoire, mais son large front dégarni et sa démarche arrondie lui semblaient néanmoins familiers.

« Il mesure entre 1,77 et 1,80 mètre. La soixantaine, avec… »

Mais Whitfield n'écoutait plus. Une décharge d'adrénaline l'avait traversé et, d'une main tremblante, il effaça la photo de son disque dur.

« En revanche, impossible de savoir dans quel train il est monté, continua le capitaine. Nous avons récupéré les images filmées par les caméras de sécurité, mais, pour des raisons encore inconnues, nous ne parvenons pas à lire la vidéo. Un problème que nous ne devrions pas tarder à résoudre…

— Détrompez-vous, dit Whitfield.

— Major ?

— Capitaine, je veux que vous m'écoutiez très attentivement. Vous allez détruire de manière permanente toutes les copies de cette photo et le moindre document concernant cet homme.

— Je ne comprends pas, major. Je…

— Peut-être me suis-je mal fait comprendre. Cette enquête n'a jamais eu lieu, et toutes les preuves qui pourraient suggérer le contraire doivent disparaître sur-le-champ. Nous n'en reparlerons plus jamais, nous n'y repenserons plus jamais. Et cela vaut aussi pour tous ceux qui vous ont assisté. Vous avez des questions ?

— Non, major. Reçu cinq sur cinq.

— Je compte sur vous pour faire le nécessaire, capitaine. Sans plus tarder. »

Whitfield raccrocha et essuya la sueur qui s'était formée sur sa lèvre supérieure.

Fred Klein.

Il venait d'obtenir la réponse à toutes ses questions.
Or il s'agissait de la pire des réponses possibles. De
tous ceux qui auraient pu se dresser contre lui, Klein
était sans doute l'un des plus dangereux. Et l'un des
plus influents. Car si Whitfield jouissait de la puissance du Pentagone, Klein tirait sa force directement
du bureau ovale.

50

Marrakech, Maroc

Protégée par le balcon, Randi tirait en direction des toits. Jon Smith se précipita vers Gerhard Eichmann, toujours immobile sur le sol de la cour. Une balle passa à quelques centimètres de sa tête et arracha un morceau de marbre.

L'Allemand sortit aussitôt de sa torpeur et se recroquevilla sous les branches d'un oranger. Dans le genre inutile, il n'aurait pas pu faire mieux.

Une autre balle le manqua de justesse et, l'instant d'après, Smith l'agrippa sous le bras, le redressa d'un coup sec et le traîna avec lui vers le vestibule. Randi s'élança alors pour les rejoindre. Emportée dans son élan, elle percuta un vieux buffet et fit tomber un vase qui devait coûter une fortune.

Eichmann sursauta et, pris de panique, saisit Smith par les épaules. « C'est sur moi qu'ils tirent ! dit-il en allemand. Pas sur vous ! Sur moi !

— Pourquoi, à votre avis ? » lui répondit Smith. Il se baissa et déchira le pantalon d'Eichmann pour examiner sa blessure. « Ils savaient que nous allions venir vous voir et ils veulent vous faire taire.

— Non… C'est impossible…

— Dans quel état est-il ? demanda Randi. Parce que je suis presque à sec et, si ce mec descend les escaliers avec un chargeur plein, on est foutus.

— C'est juste une égratignure. Docteur Eichmann, est-ce qu'il y a une autre issue ? Si on passe par la ruelle, on n'a aucune chance d'échapper au tireur.

— Non… Oui ! Il y a une porte de service qui donne sur la rue principale. Mais on ne l'a pas utilisée depuis des années. Je ne sais pas si…

— Allons-y, s'exclama Randi. Maintenant ! »

Ils se dirigèrent vers la cuisine. L'Allemand voulut détacher sa domestique mais Smith le poussa en avant, vers le fond de la pièce. Ils écartèrent des rideaux et s'engagèrent dans un passage étroit rempli de nourriture et d'ustensiles avant de s'arrêter devant une grande porte en bois.

Celle-ci était bloquée par une énorme barre de fer rouillée. Smith la saisit à deux mains et poussa sur ses jambes. Il lui fallut une bonne trentaine de secondes pour réussir à la soulever.

Pendant ce temps-là, le dos contre le mur, Randi scrutait l'entrée du couloir. « Ça donne bien sur la rue commerçante ? »

Eichmann acquiesça.

« Il va falloir qu'on en sorte le plus vite possible. De quel côté se trouve le croisement le plus proche ? À gauche ou à droite ?

— À gauche, juste après un vendeur de bijoux. À une vingtaine de mètres grand maximum. »

Smith, qui venait de poser la barre de fer sur le sol, se tourna vers Randi et lui fit signe de se mettre en position. « Quand tu veux. »

Il compta jusqu'à trois et ouvrit la porte. Après avoir dissimulé son arme sous son niqab, Randi s'avança dans la rue en tirant Eichmann par le bras. Smith les suivit, légèrement en retrait, et ils se mêlèrent aux badauds entassés dans le souk.

Ils avaient parcouru la moitié du chemin qui les séparait de l'étal à bijoux lorsqu'un coup de feu résonna au-dessus de leurs têtes. La réaction immédiate et violente de la foule les empêcha de repérer le point d'impact. Des cris assourdissants s'élevèrent, et les passants se mirent à courir dans tous les sens. Smith fut entraîné par la cohue dans la mauvaise direction. Le déguisement de Randi était si réussi qu'il la perdit de vue tandis qu'il se frayait désormais un chemin vers la maison d'Eichmann.

Pour éviter de se faire piétiner, Smith rasait les murs. Il finit par atteindre la porte par laquelle ils s'étaient enfuis et enfonça ses doigts dans l'espace qui la séparait du châssis – il n'y avait pas de poignée de ce côté-là.

Il parvint ainsi à l'ouvrir et se glissa à l'intérieur avant de remettre la barre de fer en place. Dans la cuisine, la jeune femme poussa un cri étouffé lorsqu'il passa à côté d'elle. Il l'ignora et continua jusqu'aux escaliers en colimaçon.

Lorsqu'il fut sur le toit, il repéra immédiatement un homme qui démontait un fusil de l'autre côté.

« Nom de Dieu, Eric, s'écria Smith en marchant vers le tireur d'élite. Tu l'as carrément touché. »

L'homme haussa les épaules et rangea la crosse de son arme dans son sac en toile. « C'est toi qui m'as demandé d'être convaincant, mon pote. Or le vieux m'a plutôt l'air convaincu, non ? »

51

Marrakech, Maroc

Jon Smith s'était égaré au moins huit fois durant les soixante dernières minutes – dont six fois volontairement. Mais il était désormais certain que personne ne le suivait et il quitta le dédale des souks pour s'engager dans une avenue.

Les taxis en maraude ralentissaient sur son passage. Il les chassait l'un après l'autre d'un geste de la main et continuait de marcher en évitant de croiser le regard des passants. Il entendait toujours les sirènes de la police qui avait débarqué en même temps que l'armée sur le lieu de la fusillade.

Un peu plus loin, dans une rue où l'on ne vendait que de la ferraille, il s'arrêta et donna plusieurs petits coups sur une porte très quelconque ; un code qui lui donnait des airs de clandestin. On lui ouvrit, et il entra dans l'appartement mal éclairé qu'il avait loué sur Internet. Austère et délabrée, la pièce ressemblait à s'y méprendre à une planque. On avait même tiré les rideaux de l'unique fenêtre.

« Est-ce qu'il va bien ?

— Rien de grave », dit Randi, debout près de la porte, son flingue à la main. Assis sur une chaise, Eichmann ne bougeait pas. La jambe droite de son pantalon avait été déchirée, et un bandage était serré autour de sa cuisse.

« Est-ce que tu as été suivi ? » lui demanda-t-elle. Bien sûr, elle connaissait déjà la réponse. Il s'agissait seulement d'entretenir l'illusion qu'ils étaient en danger.

Il secoua la tête. « Je ne crois pas. Mais on ne devrait pas rester ici trop longtemps.

— Je ne comprends pas », dit Eichmann. Sa voix trahissait son épuisement et sa peur. « Qui êtes-vous ?

— Nous sommes votre seule chance de survie, lui répondit Randi.

— Vous êtes américains. Vous travaillez pour le gouvernement ? »

Smith attrapa une chaise et s'assit en face de lui, de l'autre côté de la table. « Je suis le docteur Jon Smith. »

L'Allemand reconnut immédiatement son nom. Ça n'avait rien de surprenant, car Eichmann ne pouvait pas ignorer l'identité de l'homme chargé du développement de la version militaire du Merge.

« Que faites-vous ici ? Que me voulez-vous ?

— Nous sommes venus vous voir car le Merge a été utilisé en Afghanistan avant sa sortie officielle. »

Eichmann était un universitaire, pas un espion, et chacune de ses pensées se lisait sur son visage. Il savait pour l'Afghanistan, et le fait que Smith fût au courant le terrifiait.

« Hier, nous avons découvert qu'il y avait eu des fuites au sein de notre organisation, mentit Smith. Quelqu'un a révélé que j'enquêtais sur ce qui s'est passé là-bas et que je comptais venir vous questionner. Nous avons peur pour votre sécurité et nous sommes venus aussi vite que possible.

— Révélé? répéta Eichmann. Révélé à qui?

— À Christian Dresner.

— Je… je ne comprends pas », dit-il. Mais une fois de plus son expression le trahit. Il comprenait parfaitement.

« Il y a beaucoup d'argent en jeu, docteur. Sans parler de l'image de Dresner. Si jamais le public apprenait qu'il a été impliqué dans ce genre d'expériences…

— Mais nous sommes… Nous avons été », bégaya le vieux scientifique. Son hésitation suggérait que Smith avait vu juste. Dresner était bien impliqué.

« Que s'est-il passé à Sarabat? » s'exclama Randi avec impatience.

Comme Eichmann ne semblait pas disposé à lui répondre, elle ouvrit la porte. « Je n'ai pas de temps à perdre. Si vous ne voulez pas parler, tirez-vous d'ici.

— Pardon? s'écria l'Allemand. Mais…

— Mais quoi? Votre vieil ami va vous faire tuer, c'est ça? Rien de plus, Gerd. C'est exactement ce qu'il va faire. Pour ne rien vous cacher, je doute que vous surviviez plus de deux heures sans notre protection. »

Il ne bougea pas de sa chaise, et elle referma la porte. « Alors, parlez-nous de qui s'est passé en Afghanistan. »

Mais Eichmann resta une fois de plus silencieux. Il avait du mal à accepter le grand chamboulement dont il était victime. Comment son bienfaiteur et éternel ami avait-il pu devenir son ennemi mortel?

« Il a changé depuis l'époque où vous avez fui ensemble la RDA, dit Smith. La richesse, le pouvoir et la célébrité. Ces choses peuvent corrompre un homme. »

L'Allemand acquiesça d'un air hébété. « Je ne suis rien. Rien en comparaison.

« — Pourquoi est-ce que les hommes de Sarabat ne se sont pas défendus ? » reprit Randi. Smith lui fit un signe discret pour qu'elle se taise. Il voulait jouer au bon flic encore un peu plus longtemps.

« Docteur ? »

Après avoir fixé le sol quelques secondes, Eichmann releva la tête et le regarda droit dans les yeux. « Nous avions un rêve.

— Quel rêve ? Que cherchiez-vous à faire ? Influencer le comportement des êtres humains ?

— Par-dessus tout, Christian voulait aider l'humanité. Après tout ce qui lui est arrivé – les nazis, les Soviétiques –, il a compris que nos instincts primaires combinés avec les technologies modernes, les médias et la politique allaient nous détruire. Il voulait empêcher que ça n'arrive.

— En effet, je me souviens qu'il a dépensé des centaines de millions de dollars dans la recherche pédagogique. Mais c'était il y a plus de trente ans.

— Oui, nous avions construit des écoles dans le monde entier afin d'offrir une éducation à des dizaines de milliers d'enfants défavorisés. Ce que le public ne sait pas, c'est que nous choisissions les enfants avec soin avant de les placer au hasard dans nos établissements.

— Dans le but de tester de nombreuses théories éducatives, n'est-ce pas ? Études continues pendant un an, séparation des filles et des garçons, différentes tailles de classe, éducation à la maison…

— Nous les avons toutes essayées. Toutes les manières d'enseigner, toutes les idées conçues ou imaginées.

— Et ça a très bien marché. J'ai étudié le sujet à l'université.

— Non, ça, c'est ce qu'on vous a fait croire. En vérité, aucune forme d'éducation ne fonctionne mieux qu'une autre car elles n'affectent que très peu l'intelligence et le comportement. Et encore, dans la plupart des cas, ces changements disparaissent avec l'âge. Mais Christian ne pouvait pas y croire. Aucun d'entre nous ne le pouvait. L'éducation, scolaire ou parentale, était-elle donc inutile ? La grande part de notre destin était-elle déterminée dès la naissance ? Comment cela était-il possible ?

— Alors vous avez mis au point l'expérience dont j'ai lu les résultats chez vous ?

— Christian a décidé de tenter quelque chose de plus drastique – et de se débarrasser de la variable culturelle une bonne fois pour toutes. »

Le vieil homme marqua une pause, et Smith marcha jusqu'à l'évier pour lui servir à boire. « Nous ne sommes pas là pour vous juger, docteur Eichmann. Nous avons seulement besoin de comprendre la technologie dont l'armée américaine va dépendre à l'avenir. Personne n'aime les mauvaises surprises. »

Eichmann accepta le verre d'eau et en but une petite gorgée. « Comme vous le savez déjà, nous avons utilisé des enfants venant des quatre coins du monde.

— Utilisé ? » grommela Randi. Smith la fusilla du regard et elle se tut aussitôt.

« Certains parents acceptaient l'argent qu'on leur offrait, d'autres se contentaient de la promesse que leur progéniture profiterait d'opportunités qu'elle n'aurait jamais eues autrement. Moyennant finances, les employés hospitaliers étaient toujours disposés à fermer les yeux. Et parfois, il suffisait juste de faciliter l'adoption de l'enfant que nous avions sélectionné.

— Et c'est comme ça qu'est née la plus complète des expériences comportementales de l'histoire.

— La première et très certainement la dernière. Nous avons déplacé des enfants issus de milieux pauvres et violents dans des environnements privilégiés et, inversement, des gamins nés avec une cuillère d'argent dans la bouche ont atterri dans des bordels ou dans la rue. Nous avons séparé des vrais et des faux jumeaux. Nous avons même rassemblé des enfants du monde entier dans un village isolé de Corée du Nord et contrôlé chacun des aspects de leur vie et de leur éducation.

— Vous avez dû accumuler une somme folle d'informations ?

— Nous avions élaboré différentes méthodes pour faire passer aux parents et aux enfants des tests de personnalité et de QI – à l'école, lors d'activités extrascolaires, durant un entretien d'embauche, etc. Aucun aspect de leur mode de vie n'a été négligé, et je viens à peine de terminer l'analyse détaillée de toutes ces données. Même si, au final, le résultat n'a fait que confirmer ce que nous savions depuis toujours.

— C'est-à-dire ?

— Nos cerveaux ne sont rien d'autre que des ordinateurs complexes, certains plus puissants que d'autres. Et ils fonctionnent tous avec un logiciel préinstallé. Vous pouvez prendre une fillette chinoise avec des parents riches et intelligents, l'abandonner dans une rue au Cambodge, cela n'affecte ni son QI ni sa personnalité : elle restera la fille de ses parents, même si elle ne les a jamais connus. C'est la raison pour laquelle toutes les nouvelles techniques d'éducation parentale et scolaire n'ont finalement aucun effet sur la société. L'individu que nous deviendrons est déterminé le jour de notre naissance. »

Smith repensa à ses parents et à l'influence de son environnement familial sur son parcours. En vérité, son père et sa mère n'avaient jamais cherché à stimuler son intelligence et, malgré tout, ses professeurs s'étaient vite aperçus de ses capacités. Il se rappela aussi leur réaction le jour où il leur avait annoncé sa décision de s'engager dans l'armée.

« Le vrai but du Merge n'est donc pas d'augmenter la réalité, dit Randi, en essayant d'adopter le ton calme et amical de Smith. Il s'agit plutôt de modifier la manière dont fonctionne le cerveau humain. Si les hommes de Sarabat ont perdu la foi et ne se sont pas défendus, c'est parce que l'appareil a détruit cette partie de leur esprit…

— Non ! répondit Eichmann. Il ne détruit rien du tout. Il régule simplement les ondes cérébrales. D'ailleurs, la version que nous avons utilisée là-bas ne ressemble pas à celle que vous connaissez – elle était bien trop volumineuse, avec une consommation d'énergie énorme. En fait, nous espérions pouvoir…

— Changer ce que nous sommes ? » s'exclama Randi.

Pour la première fois, Eichmann soutint son regard. Avant toute chose, cet homme était un scientifique, et le sujet de la conversation lui avait fait oublier sa peur. Smith n'était pas insensible à une telle passion. Il était suspendu aux lèvres de l'Allemand et n'en éprouvait aucune honte. Le génie et l'ambition de Dresner dépassaient tout ce qu'on pouvait imaginer. Malheureusement, sa folie aussi.

« Ce que nous sommes ? continua Eichmann. Mais qui sommes-nous ? Personne. Une machine à calculer faite de viande. Un ordinateur névrosé, violent et dépressif. D'où croyez-vous que l'amour provient ? De Dieu ? Ne soyez pas idiote. C'est une illusion, un réflexe de survie. Une famille qui s'aime est une famille qui dure. Les parents protègent leurs enfants pour s'assurer de la subsistance de leur lignée. Voilà la raison pour laquelle ils transmettent ce trait de caractère à leur progéniture. Mais c'est à ce même instinct de survie que l'on doit l'avidité, la cruauté, le sectarisme. Les émotions ne sont que des stratégies pour répandre nos gènes ou empêcher les autres de répandre les leurs. Ensemble, elles nous donnent l'illusion d'exister. L'illusion que nous avons une conscience. »

Même si Smith ne la partageait pas, cette théorie n'en demeurait pas moins fascinante. « Mais quand une illusion est si parfaite, dit-il, n'en devient-elle pas réelle ?

— Tout à fait ! s'exclama Eichmann. Mais imaginez que nous puissions manipuler cette illusion afin de supprimer les motivations darwinistes perverses qui dominent notre espèce. Atténuer notre égoïsme pour augmenter le plaisir de donner aux autres et offrir enfin à l'homme ce bonheur qu'il a tant recherché et pour lequel il ne cesse de se mutiler et de détruire les autres.

— En gros, vous voudriez nous transformer en robots à la solde de Christian Dresner, rétorqua Randi. Nous retirer notre libre arbitre.

— Vous dites n'importe quoi ! cria-t-il en frappant sur la table. Le libre arbitre n'existe pas. Nous sommes prisonniers de l'évolution. Prenons l'exemple banal des régimes : si certains d'entre nous meurent d'envie de s'empiffrer de sucre et de matières grasses, c'est qu'ils étaient jadis nécessaires à notre survie. Or, aujourd'hui, c'est l'inverse. Personne n'a jamais décidé de devenir accro à cette nourriture. Il s'agit d'un vestige d'une programmation vieille de plusieurs millions d'années. Être capable d'y mettre un terme, c'est ça le libre arbitre. Et pas cette forme déguisée d'esclavagisme. »

Randi ouvrit la bouche pour lui répondre, mais le vieil homme n'avait pas terminé. « Mais rassurez-vous, nous n'aurions forcé personne. Libre à vous de rester énervée et frustrée, avec pour seuls remèdes à votre douleur les drogues, la violence, le sexe et l'argent. »

Smith était sidéré. Ses travaux en médecine l'avaient convaincu que d'ici une cinquantaine d'années l'homme et la machine fusionneraient. Mais il s'était toujours imaginé que leur union serait physique : prothèses, organes artificiels, etc. Or le dessein de Dresner était bien plus ambitieux. Il voulait réinventer l'humanité, l'améliorer jusqu'à la rendre parfaite.

— Et vous avez réussi, n'est-ce pas ? fit Smith abasourdi. L'Afghanistan en est la preuve. Du coup, il ne vous manque qu'une plus grande source d'énergie.

— Si seulement, regretta Eichmann. Oubliez les batteries, ce test a été un échec monumental. Nous avions déjà remarqué que contrôler le comportement d'un individu entraînait des effets secondaires étranges qui variaient en fonction des sujets. Mais ce n'était rien en comparaison de ce qui s'est passé à Sarabat. Christian a peut-être tiré une leçon utile de cette expérience, mais j'en doute. Avec un demi-siècle de plus, il pourrait y arriver. Mais c'est quelque chose que ni lui ni moi n'avons à notre disposition.

— Pourquoi dites-vous que Christian a peut-être appris quelque chose ? Vous n'étiez pas impliqué ?

— J'ai analysé les données transmises par les Merges afghans ainsi que la vidéo du comportement des villageois. Mais mes compétences sont limitées, et je ne suis pas impliqué dans la plupart des aspects techniques. Les recherches fondamentales ont lieu en Corée du Nord, or je n'y ai qu'un accès restreint : je ne suis allé dans ce labo que deux fois, et il y a une aile où il m'est carrément interdit d'entrer. »

L'air songeur, Smith se mordit la lèvre inférieure. Quelques secondes auparavant, il avait estimé en savoir assez pour écrire son rapport. Après ça, le Président aurait enjoint Dresner de lui expliquer en détail ce qui s'était passé à Sarabat et de lui révéler toutes les capacités secrètes du Merge. Fin de l'histoire.

Mais, désormais, il n'en était plus si sûr. Il n'avait pas été surpris d'apprendre que la Corée du Nord leur avait servi de terrain d'expérimentation – après tout, c'était un pays mystérieux et, si son gouvernement manquait cruellement d'argent, il disposait en revanche d'une réserve infinie de cobayes. Restait à savoir si les Nord-Coréens avaient eu accès au système militaire. Et quand bien même ce n'était pas le cas, que se passait-il de si terrible dans ce laboratoire pour que Dresner ne puisse pas en parler à son vieil ami ? Ses recherches avaient-elles atteint un stade encore plus avancé ? Développait-il de nouvelles capacités ?

« Dites-m'en plus sur ce complexe, reprit Smith.

— Ils sont sur le point de le fermer. D'ici quelques semaines, il aura cessé d'exister. »

Smith se mordit un peu plus violemment la lèvre. Dresner en avait terminé et il allait maintenant faire disparaître toutes les preuves de ses expériences.

« Est-ce que vous avez un contact là-bas ?

— Au complexe ? Bien sûr. J'ai collaboré avec le directeur sur de nombreux projets.

— Pouvez-vous le contacter ?

— J'ai son numéro privé, dit Eichmann, méfiant. Pourquoi ?

— Appelez-le et dites-lui que vous êtes en route avec deux de vos assistants.

— Quoi ? Je n'ai pas le droit d'aller là-bas. Christian a toujours…

— Dites-lui que Dresner vous a demandé de surveiller la fermeture du complexe, dit Randi.

— Et que se passera-t-il s'il l'appelle pour vérifier ? Si nous débarquons là-bas sans autorisation, il nous fera exécuter. Non. Je ne peux pas faire ça. »

Smith désigna la porte du doigt. « Dans ce cas, bon vent et bonne chance. »

52

Limpopo, Afrique du Sud

Christian Dresner se cala un peu mieux dans son fauteuil, et l'image devint aussitôt translucide, révélant tous les détails de la pièce dans laquelle il se trouvait. Le dispositif de sécurité de l'application cinéma du MIT avait été grandement amélioré, et cette nouvelle version du programme allait bientôt être commercialisée.

Il redevint immobile et la lecture de la vidéo reprit : il se retrouva dans le village afghan de Sarabat, au moment de l'attaque par les talibans. Les femmes se défendaient bec et ongles, les enfants hurlaient de peur, le bétail détalait, et les hommes se laissaient tous massacrer.

Il avait fallu à peine quinze minutes pour transformer cet endroit paisible en un champ de bataille jonché de cadavres ensanglantés. Il avait toujours considéré l'étude du passé comme un passe-temps inutile. Pourquoi s'embarrasser de ces dates, de ces noms, alors qu'un simple film comme celui-ci résumait à lui seul l'histoire de l'humanité ? Bien entendu, le fait que les villageois fussent équipés de prototypes de Merges donnait à cette scène un caractère unique.

Les convaincre de porter cette version volumineuse de l'appareil avait été aussi difficile que de la développer. Mais l'argent, les armes et les indéniables avantages tactiques du système avaient eu raison de leur méfiance. Puis, longtemps avant l'attaque, un autre logiciel avait remplacé celui auquel ils s'étaient habitués.

Malheureusement, de la même manière que les tests en laboratoire n'avaient pas tenu leurs promesses, l'expérience en plein air avait échoué. Ses cobayes n'avaient éprouvé ni plaisir ni joie – rien qu'un profond désarroi et une impression d'égarement.

Notre cerveau était la plus complexe de toutes les machines. En presque trois millions d'années, il avait évolué un nombre incalculable de fois afin d'assurer la survie de l'espèce humaine. Il générait désormais une pléthore d'illusions savamment élaborées, des incertitudes contradictoires, des mensonges tous plus invraisemblables les uns que les autres et, malgré ses nombreuses tentatives, Dresner n'avait jamais réussi à en prendre le contrôle.

Privés de leurs convictions religieuses, les sujets souffraient d'un terrible sentiment de solitude – et d'une incapacité inexplicable à compter jusqu'à quatre. En éradiquant leur inclination à la violence, leur compassion avait également tendance à disparaître. En vérité, il aurait pu s'en accommoder si cela lui avait permis de résoudre la grande énigme du bonheur. En effet, comment se faisait-il que, pour chaque individu qui tirait du plaisir à aimer et à donner, un autre n'aspirait qu'à la haine et à la destruction ?

Qu'importe qu'il ait échoué à réaliser son rêve, il avait ouvert la voie pour les générations futures et amorcé une révolution désormais inéluctable. La métamorphose s'opérerait petit à petit, d'une manière quasi anodine. Ils commenceraient sans doute par utiliser le Merge pour traiter les grandes maladies mentales telles que la dépression et la schizophrénie. Mettraient-ils ensuite un terme au trafic de stupéfiants en remplaçant les drogues par des lignes de code tout aussi efficaces et bien moins nocives ? Qu'importe. Ses premiers pas maladroits les conduiraient inexorablement vers une nouvelle ère où l'humanité serait enfin libre de choisir la raison, l'éveil spirituel et la paix.

Dresner ferma le fichier vidéo pour étudier une série de graphiques traitant de l'implantation du Merge dans le monde. Chaque jour, il s'en écoulait quatre-vingt-dix mille unités et, grâce à sa stratégie marketing, un large pourcentage de ces ventes concernait les individus que Layer-Cake avait jugés néfastes à la société.

Il se concentra ensuite sur une petite icône dans sa vision périphérique : une silhouette humaine gris et noir qui n'apparaissait que sur son unité. Son design lui avait été inspiré par les images des habitants irradiés d'Hiroshima. Un rappel du sérieux de son engagement.

Cette icône lui permettait de lancer un sous-système dissimulé dans chaque appareil. Le Merge, même avec une charge complète, n'était pas assez puissant pour tuer son utilisateur. En revanche, il pouvait envoyer un signal à la zone du cerveau qui contrôlait son cœur. Au début de ses recherches, Dresner avait découvert qu'en imitant le message que le cœur envoie au cerveau pour lui confirmer qu'il bat la mesure, ce dernier cessait alors de lui ordonner de le faire. Avec moins d'énergie qu'il n'en fallait pour faire tourner un jeu sur sa plateforme, il était capable de provoquer un infarctus du myocarde.

L'icône du téléphone se mit à clignoter et Dresner fronça les sourcils. Non seulement le numéro de sa ligne directe n'était connu que d'une poignée de privilégiés, mais il n'avait pas l'habitude qu'on le contacte à l'improviste. Se pouvait-il que la femme de Craig Bailer l'appelle pour qu'il honore sa promesse ?

« Allô ?

— Docteur Dresner. Ici, le docteur Nang. Je vous appelle pour vous confirmer que, comme prévu, nous avons attaqué la fermeture du centre. Vous n'avez donc aucune raison de vous inquiéter.

— Le devrais-je ? Pourquoi m'appelez-vous pour me dire ça ?

— Le docteur Eichmann et ses deux assistants devraient atterrir d'ici quelques heures. Pourquoi leur avoir demandé de venir s'assurer du bon déroulement des opérations ? Je pensais que nous nous étions mis d'accord sur l'inutilité de nommer un superviseur. Je tiens une fois de plus à vous assurer que j'accomplirai cette dernière tâche avec la même diligence que toutes les autres. »

Dresner avait du mal à respirer. Deux assistants ?

« Dois-je leur autoriser l'accès à la Division D ? Auparavant, le docteur Eichmann…

— Non ! » s'écria Dresner qui n'en croyait toujours pas ses oreilles. La seule explication plausible était que Smith et Russell avaient découvert sa relation avec Eichmann et qu'ils l'avaient ensuite forcé à parler. Que savaient-ils ? Qu'est-ce que son vieil ami leur avait révélé ?

376

Il prit une grande inspiration. Il devait se calmer pour mieux réfléchir. À l'exception de l'expérience comportementale et des tests en Afghanistan, Eichmann n'était au courant de rien. Si les Américains se rendaient en Corée du Nord, c'est bien qu'il avait été incapable de satisfaire leur curiosité. Mais pourquoi Smith et Russell voyageaient-ils seuls ? Les autres agences étaient-elles sur le point de l'attaquer sur un autre front ? Impossible. Le major l'aurait prévenu.

« Je vous rappellerai avec de nouvelles instructions », dit Dresner avant de raccrocher. Il composa aussitôt le numéro de James Whitfield. Pour la première fois, il n'y eut pas de réponse.

Il recomposa le numéro immédiatement, sa colère s'étant transformée en rage. Le major décrochait toujours à la deuxième sonnerie. Il voulait probablement éviter de lui avouer un nouvel échec. Les graphiques flottaient toujours devant ses yeux. Seulement trois millions deux cent cinquante mille personnes étaient en ligne – un nombre insuffisant. D'après ses prédictions, il faudrait au moins deux ans avant que la quasi-totalité des ordures qui contrôlent la planète soit connectée. Pour être certain de sauver l'humanité, il avait donc besoin d'un peu plus de temps. Car le coup qu'il porterait à ces monstres devrait leur être fatal.

Cette fois-ci le major décrocha.

« Oui ?

— Gerd Eichmann est en route pour la Corée du Nord où il compte faire visiter notre complexe à ses deux assistants.

— En quoi cela me concerne-t-il ?

— Primo, je n'ai jamais autorisé ce voyage. Secundo, Eichmann n'a pas d'assistants. Je vous parie qu'il s'agit de Smith et Russell. Il me semblait pourtant que vous aviez la situation en main. »

Il y eut un long silence.

« J'ai déployé trois commandos des forces spéciales équipés de Merges pour les éliminer. Une force implacable si j'en crois vos promesses. Or il semblerait que Smith soit parvenu à les neutraliser après s'être emparé de l'unité de l'un d'entre eux. »

Dresner essuya la sueur qui s'était formée sur sa lèvre supérieure et réfléchit à ce qu'il venait d'entendre. Smith avait accès à la racine du programme de simulation. Aurait-il pu s'en servir contre ses adversaires ?

« Je pensais qu'il était impossible d'utiliser l'appareil de quelqu'un d'autre ? » continua Whitfield.

De fait, c'était impossible. À moins d'endurer des souffrances inimaginables. Pour manipuler les icônes, Smith avait dû faire preuve d'une volonté hors du commun. Une fois encore, cet homme avait démontré qu'il incarnait une terrible menace.

« Pourquoi ne m'avez-vous pas informé plus tôt de cette nouvelle débâcle ?

— Parce que je suis sur le point de régler cette histoire une bonne fois pour toutes.

— Tout porte à croire le contraire, major.

— D'ici la fin de la journée, ils ne vous poseront plus aucun problème. Vous avez ma parole.

— Votre parole ne vaut plus grand-chose.

— Ne vous en mêlez pas, Christian.

— On en reparlera ce soir. Mais si vous n'êtes toujours pas parvenu à mettre un terme à leurs agissements, alors moi, je ferai en sorte d'agir. Vous pouvez me croire sur parole. »

Dresner raccrocha et se débarrassa ensuite des graphiques qui semblaient désormais le narguer.

Il n'avait plus aucune confiance en Whitfield. Sa loyauté envers son pays, ses frères d'armes, cette illusion qu'il appelait l'honneur l'empêchaient d'agir. Le vieux soldat n'était plus en mesure de remplir son unique fonction. Dresner avait toujours su que leurs chemins finiraient par se séparer, mais il aurait préféré attendre le dernier moment. Il ne lui restait plus d'autre choix que de reprendre la situation en main et d'encaisser les retours de bâton.

Il composa le numéro d'une ligne privée à Pyongyang. Comme d'habitude, le général Park laissa son téléphone sonner pendant de longues minutes avant de décrocher – une pathétique démonstration de son importance et de la valeur incalculable de son temps.

« Oui, Dresner. Que se passe-t-il ? finit-il par dire avec un fort accent.

— Nous devons avancer la stérilisation du complexe.

— Démantèlement toujours pas fini. Encore beaucoup de scientifiques et d'équipement sur place.

— Trois individus sont en chemin. Un Allemand et deux Américains. Je veux que vous les capturiez.

— Je vois. Et si capture impossible ? »

Bien qu'il se fût préparé à cette éventualité, il ne voulait pas y penser. Il fallait qu'il sache ce que Smith et Russell avaient découvert et à qui ils en avaient parlé. Et puis, il y avait le cas de Gerd.

« Si vous ne pouvez vraiment pas les arrêter, alors tuez-les, dit-il à contrecœur.

— Cela va coûter très cher. »

C'était toujours une question d'argent – l'argent qui permettait à la riche élite nord-coréenne de se maintenir au pouvoir tandis que le peuple crevait de faim. Heureusement, toute la hiérarchie du pays avait adopté le Merge.

« Combien ?

— Cinquante millions. »

Au vu des sommes qu'il leur avait déjà versées, un tel montant était scandaleux. Mais il était inutile d'essayer de négocier.

« Très bien.

— Je soumettrai votre demande à notre leader aussi vite que possible.

— Aussi vite que possible ? Pour cinquante millions de dollars, j'estime que vous pourriez lui en parler sur-le-champ.

— Il dirige un pays. En comparaison des siens, vos problèmes sont ridicules. »

Dresner s'efforça de ravaler sa colère. « J'apprécie que vous preniez le temps de considérer ma demande.

— Bien sûr, répondit Park. Je vous laisse, les affaires m'appellent. »

Le général raccrocha, et Dresner mit son Merge en stand-by. Il examina alors la pièce vide sans aucune altération ou amélioration.

Park réussirait-il à les capturer vivants et à faire disparaître toutes les preuves de l'existence du complexe ? Cela serait-il suffisant ? Dresner avait besoin de temps pour atteindre le point de non-retour – le moment où tous ceux qui menaient cette planète à sa perte ne pourraient pas être immédiatement remplacés. Mais où se

380

situait ce point exactement ? Il avait estimé qu'il lui faudrait deux ans, mais que se passerait-il s'il ne pouvait pas attendre aussi longtemps ? Son plan se réaliserait-il, s'il était dans l'obligation d'appuyer sur le bouton dès maintenant ?

53

Au-dessus de la province de Hamgyong-Namdo,
Corée du Nord

« Docteur Eichmann ! cria Smith depuis l'arrière du Learjet. Il vaut mieux ne pas déranger Randi quand elle essaie d'atterrir. »

Effrayé par ce que Smith venait d'insinuer, l'Allemand se retourna et s'éloigna de la porte du cockpit. Il descendit l'allée à toute vitesse et se laissa tomber maladroitement dans un siège en face du microbiologiste.

« On ne devrait pas être ici, dit-il en attachant sa ceinture. C'est la Corée du Nord. Ils…

— Tout va bien se passer. Vous êtes déjà venu, n'est-ce pas ?

— Oui, mais avec l'autorisation de Christian, sous sa protection ! L'armée contrôle le pays tout entier. Sans lui, nous n'avons aucune autorité ici.

— Vous allez devoir vous calmer, docteur. Vous empestez la peur. Faites comme si vous obéissiez aux ordres de Dresner, et tout le monde n'y verra que du feu. »

Eichmann ne semblait pas convaincu, ce qui n'avait rien de surprenant ; après tout, cet homme était loin d'être un imbécile.

En vérité, ils s'apprêtaient à travailler sans filet. Il n'y avait aucun moyen de connaître à l'avance le niveau de sécurité en place, ni de savoir dans quelle mesure les Coréens communiquaient avec Dresner. En gros, ils étaient sur le point de se jeter dans la gueule du loup. Mais ils n'avaient pas le choix. D'une part, le démantèlement du complexe était en cours, et d'autre part les relations entre Pyongyang et Washington étaient comme qui dirait inexistantes.

Randi amorça le dernier virage. Par le hublot, Smith admira les montagnes luxuriantes avant de se focaliser sur l'étroite piste d'atterrissage où il n'aperçut ni troupes ni missiles sol-air. Cela dit, ils voulaient peut-être les capturer vivants.

« Avez-vous l'impression que quelque chose a changé depuis votre dernière visite ? demanda-t-il à Eichmann en désignant la jeep décapotable garée près du ruban d'asphalte. Est-ce que vous remarquez quelque chose de louche ? »

L'Allemand plissa les yeux et secoua la tête. « Non, c'est Kyong. C'est toujours lui qui vient me chercher.

— Est-il armé ?

— On devrait faire demi-tour. Il est encore temps de…

— Pas question de faire demi-tour. Quand tout ceci sera terminé, vous pourrez profiter d'une retraite très confortable sous une nouvelle identité. Mais, pour le moment, il s'agit de rester concentré. Est-il armé ?

— Pas que je sache. Ce n'est ni un scientifique ni un soldat. Il est né près d'ici et parle très bien anglais, ce qui en fait le guide idéal. »

Randi atterrit sans problème et coupa les moteurs tandis que Smith ouvrait la porte. Il jeta un œil dehors et ne vit rien d'autre que le jeune Coréen qui trottait vers eux en leur faisant un grand signe de la main.

« Qu'est-ce que tu en penses ? lui demanda Randi en sortant du cockpit et en glissant un calibre .32 dans sa ceinture.

— Ça m'a l'air bon.

— Honneur aux vieux ! »

Smith déplia l'escalier et descendit sur le tarmac, suivi de près par Eichmann. Les Nord-Coréens avaient beau lui foutre la pétoche, le vieux scientifique n'avait aucune envie de rester seul avec Randi.

« Docteur Eichmann ! s'exclama le jeune homme en lui tendant la main. Je suis si content de vous revoir.

— Bonjour, Kyong. Voici mon assistant, le… » Il hésita et Smith prit le relais.

« Docteur Smith. » À ce stade, il était inutile de s'embêter avec des alias. Il se retourna pour lui présenter Randi. « Et voici le docteur Russell. »

Kyong les salua d'un rapide mouvement de tête avant de les inviter à le suivre jusqu'à la jeep.

La température ne devait pas dépasser 10 degrés, mais il faisait grand soleil. Pas d'humidité, pas de pollution, rien que de l'air pur et les sommets enneigés des collines émeraude tout autour. Le paradis en enfer.

Pour s'assurer qu'Eichmann ne commettrait aucun impair, Smith s'installa sur le siège passager, forçant ainsi l'Allemand à s'asseoir à l'arrière avec Randi. Ils se mirent en route.

Smith était à l'affût du moindre signe d'embuscade. Mais seuls les cris de quelques oiseaux multicolores, le bruit lointain d'une chute d'eau et la conversation banale de leur chauffeur vinrent troubler le calme ambiant.

Ils sortirent de la forêt une quinzaine de minutes plus tard. Aussitôt, l'énorme complexe se dressa devant eux. L'intégralité du site, construit sur la rive d'un étang, était entourée d'une clôture grillagée. Le portail était grand ouvert, et ils le franchirent sans ralentir. Sur leur passage, un soldat se mit au garde-à-vous mais ne prit pas la peine de contrôler leur identité.

Eichmann n'avait pas menti, le centre était en train d'être démantelé. Les ouvriers travaillaient d'arrache-pied, et des colonnes de camions en tout genre récupéraient leur chargement avant de disparaître à l'horizon. Sur leur gauche, des hommes démontaient toutes les fenêtres d'un bâtiment, et trois autres transportaient un grand bureau qu'ils avaient dû découper dans le sol.

Ils se garèrent devant ce qui ressemblait à l'entrée principale – toujours debout malgré les équipes de démolition qui grouillaient tout autour – et Smith bondit hors du véhicule. Un camion plateau vrombit à côté d'eux. Attachée fermement, une grande bâche dissimulait son chargement, mais les formes qui se dessinaient sous le plastique ne prêtaient pas à confusion : il s'agissait de cadavres.

Le véhicule s'éloigna, et Smith aperçut alors une main inanimée qui dépassait. Il crut d'abord qu'elle était couverte de terre ou de boue, mais il comprit ensuite que c'était la couleur naturelle de sa peau. Le corps n'était pas celui d'un Asiatique, mais celui d'un Africain ou d'un Indien.

« Docteur Eichmann ! » fit une voix derrière lui. Smith se retourna et se retrouva face à un Coréen d'une quarantaine d'années, vêtu d'une blouse blanche immaculée. « Quel plaisir de vous revoir », s'exclama-t-il avec un accent douloureux.

Les présentations avec le directeur du complexe se déroulèrent sans anicroche, Eichmann attribuant son malaise au décalage horaire et aux turbulences.

Après quoi le docteur Nang les fit entrer à l'intérieur du bâtiment principal où une horde d'ouvriers squelettiques arrachait à la force des bras tout ce qui pourrait être recyclé : placo, isolants, tuyauterie, et même le plancher. Dans ce pays où les matériaux étaient une denrée rare et où la main-d'œuvre ne coûtait presque rien, le gouvernement ne manquerait pas de piller l'endroit jusqu'à sa dernière vis.

« Comme vous pouvez le constater, nous sommes dans les temps », dit Nang en s'engageant dans un couloir où se succédaient plusieurs salles sans porte. Elles étaient de différentes tailles et complètement vides, à l'exception d'un ou deux pieds à perfusion.

« Tout le matériel, ainsi que 80 % du personnel, a déjà été transféré dans les autres centres de recherches du pays », continua Nang.

Ils passèrent ensuite devant une grande aire de jeux pour enfants où les équipements prenaient la poussière.

« Quel genre d'expériences faisiez-vous dans cette pièce ? demanda Randi qui avait pourtant promis de tenir sa langue.

— Nous évaluions les plus jeunes sujets de notre programme de modification comportementale.

— Et que sont-ils devenus ? dit-elle malgré les regards insistants de Smith.

— Certains ont été rendus à leur famille, mais les plus handicapés ont été euthanasiés, lui annonça-t-il froidement. Entre les drogues et les opérations chirurgicales, ils auraient été un poids pour leurs parents. Mais rassurez-vous, dans l'ensemble, les résultats auront été très satisfaisants – aussi est-ce bien dommage que nous soyons obligés d'abandonner ce programme. Les greffes de tissus cérébraux entre les différents cobayes ont permis d'observer des changements notables de leurs capacités intellectuelles et de leur comportement. Même chose avec les tissus prélevés sur les chimpanzés. Fascinant, n'est-ce pas ?

— Les chimpanzés ? » dit-elle avec horreur. Si Nang s'était retourné, il n'aurait pas manqué de voir son expression de dégoût. Smith ralentit un peu et lui agrippa le bras assez fort pour lui faire mal.

« Oui, nous avons aussi réussi à reproduire des comportements simiens chez certains enfants. Malheureusement, malgré nos immunosuppresseurs les plus puissants, ils ont tous fini par rejeter la greffe. Quel dommage. Vous n'avez pas lu le rapport ? »

Eichmann s'écarta le plus possible de Randi.

« Bien sûr. Je l'ai trouvé fascinant », répondit Smith en jetant un rapide coup d'œil par-dessus son épaule. Le visage de sa coéquipière ressemblait à un masque mortuaire. Une expression qu'il avait déjà vue et qui ne présageait rien de bon.

« Nous avons accumulé beaucoup de connaissances qui pourraient être très utiles à M. Dresner s'il me laissait continuer mes recherches. Je peux vous assurer que je suis sur le point de faire plusieurs grandes découvertes. »

Nang aurait vendu son âme pour sortir de Corée du Nord – c'était une faiblesse que Smith allait exploiter.

« M. Dresner a été très impressionné par vos travaux et pense sérieusement à vous confier l'un de ses laboratoires. À part ça, où en est le démantèlement de la Division D ?

— Là non plus, rien à signaler. D'ailleurs, c'est bien simple, absolument tout se déroule comme prévu.

— Je ne vous apprends rien en vous disant que sa destruction totale est capitale. Aussi M. Dresner aimerait-il que nous nous en assurions.

— Je comprends. Malheureusement, je ne suis pas autorisé à vous y faire entrer. Cependant, je vous garantis qu'il n'y a aucun problème.

— Il me semblait pourtant évident que nous parlions au nom de M. Dresner », insista Smith. Randi et lui avaient débarqué sans autorisation officielle et sans renforts. À ce stade, ils n'avaient plus rien à perdre.

« Je suis navré mais il me faudrait son autorisation directe. »

Avant que Smith n'ait eu le temps de réagir, Randi s'avança vers Nang et lui appuya le canon de son pistolet sur la tempe : « Qu'est-ce que tu penses de mon autorisation ?

— Nom de Dieu, Randi », grommela Smith en jetant un coup d'œil derrière lui. Le couloir était toujours désert, et les quelques fils électriques qui pendouillaient au plafond suggéraient que toutes les caméras de surveillance avaient déjà été embarquées. Mais quelqu'un pourrait néanmoins rappliquer à tout moment.

Randi avait dû lire dans ses pensées car elle poussa Nang à l'intérieur de l'une des salles situées sur leur droite. Eichmann semblait sur le point de s'enfuir ou de s'évanouir, mais Smith l'agrippa avant qu'il puisse faire l'un ou l'autre.

Lorsqu'ils les rejoignirent dans ce qui ressemblait à des toilettes de dortoir, Randi avait déjà enfoncé la tête de Nang dans la cuvette de l'un des derniers WC encore en place. Smith l'attrapa et la tira en arrière, ce qui permit au Coréen de reprendre son souffle. Terrifié, il se recroquevilla au fond de la cabine en levant les mains pour se protéger le visage.

« Faites-nous entrer dans la Division D ! lui ordonna Smith.

— Je ne peux pas !

— Tu mens, tu es le directeur du complexe », rétorqua Randi en se rapprochant d'un air menaçant. Mais Smith tendit le bras pour l'arrêter.

« Je n'ai aucune autorité sur les hommes en charge de la sécurité – ces soldats n'obéissent qu'à leurs supérieurs. Et je ne suis qu'un simple chercheur. »

Smith fronça les sourcils. Il disait sûrement vrai. La sécurité était l'obsession numéro un du gouvernement nord-coréen, et les opérations en cours devaient être dirigées par le commandement central – voire leur chef suprême.

Smith saisit Nang par le col de sa blouse et le remit sur pieds. « De quel genre de recherches s'agissait-il ? »

Il resta silencieux.

« Écoutez-moi bien, vous ne voulez pas... »

Randi se précipita vers le Coréen et le frappa si fort avec la crosse de son calibre .32 que Smith ne put l'empêcher de tomber.

« Randi ! Bon sang... »

Elle se jeta ensuite sur le scientifique et pressa le canon de son arme contre son front. « Tu ne l'as pas entendu, Jon ? Tu n'écoutais pas ? Il a mené des expériences sur des enfants, sur leurs cerveaux, et puis il les a fait exécuter. Des enfants ! »

Eichmann n'en pouvait plus. Cette fois, il essaya vraiment de s'enfuir, et Smith le rattrapa juste avant qu'il n'atteigne le couloir. La situation dégénérait.

« Dis-nous ce que vous faisiez au sein de la Division D », hurla Randi.

Nang la dévisageait sans rien dire. Mais ce n'était pas une marque de courage. L'Américaine était bien moins dangereuse que le gouvernement nord-coréen. Car, même si elle le tuait, même si elle le torturait, elle ne s'attaquerait jamais à sa famille.

Randi enclencha le chien de son revolver. Smith allait intervenir lorsque résonna la voix d'Eichmann.

« Attendez ! »

Smith et Randi se retournèrent vers l'Allemand qui recula aussitôt contre le mur.

« Vous savez quelque chose ? lui demanda Randi. Je me dépêcherais de parler si j'étais vous.

— Je ne sais rien du tout. Mais je suspecte quelque chose.

— Quoi ?

— À mon avis, ça concernait les fonctions cérébrales autonomes comme l'équilibre et la respiration.

— Vous plaisantez ? dit Randi en éclatant de rire. Ces enfoirés seraient fiers d'enfoncer de la cervelle de singe dans le crâne d'un enfant mais ils auraient honte d'admettre qu'ils étudiaient le système respiratoire ? Il va falloir faire mieux que ça, Doc… »

Il y eut un grand bruit sourd et le bâtiment tout entier trembla. Smith se précipita dans le couloir envahi par la poussière. Un deuxième impact, plus proche, confirma sa crainte. Ils se faisaient bombarder.

« Randi ! Dépêche-toi ! Il faut se tirer d'ici ! »

Il attrapa Eichmann par le bras et courut vers la sortie. Le vieil homme trébucha et, lorsque Smith se retourna pour lui venir en aide, il aperçut Randi aux prises avec son prisonnier. Profitant de son élan et de leur différence de poids, Nang se libéra et s'enfuit dans la direction opposée.

Randy le mit en joue. Elle allait faire feu lorsque le souffle d'une nouvelle explosion lui fit perdre l'équilibre. Au même moment, une partie du plafond s'effondra et réduisit le Coréen en bouillie. Justice avait été faite, et Randi fonça vers Smith et Eichmann pour les rejoindre.

Elle attrapa le bras de l'Allemand, et ils se remirent tous les trois à courir. L'air devenait irrespirable. Les ouvriers qu'ils avaient croisés à l'aller gisaient parmi les décombres – certains étaient morts, d'autres tentaient de se relever. La fréquence des bombardements s'intensifiait, et Smith faillit s'étaler de tout son long lorsque le sol s'affaissa d'une bonne quinzaine de centimètres sous ses pieds.

La sortie était juste devant, mais il n'était pas certain de vouloir se jeter dans la cour la tête la première. Les explosions et le bruit des détonations suggéraient qu'ils risquaient de tomber sur un joli comité d'accueil.

« Une idée ? » cria-t-il. C'était le seul moyen de se faire entendre.

« Bah, on se tire d'ici, non ? répondit Randi.

— Comment ?

— La jeep. »

Elle lâcha l'Allemand et s'élança à travers la porte en verre brisée. Il y avait peu de chance que Kyong soit en train de les attendre, mais elle semblait avoir un plan, ce qui n'était pas son cas.

Eichmann et lui franchirent les portes un peu plus lentement et se retrouvèrent nez à nez avec un tank qui faisait pivoter sa tourelle dans leur direction.

L'obus passa au-dessus de leurs têtes et finit de détruire le mur principal du bâtiment. Sur une crête à l'ouest, des petits nuages de fumée apparurent, rapidement suivis par les détonations des tirs de mortier. Deux autres tanks aplatirent la clôture mais restèrent à bonne distance pour ne pas essuyer les tirs amis.

Une fois le grillage arraché, des camions blindés foncèrent à l'intérieur du site pour décharger des soldats équipés d'armes lourdes : lance-flammes, lance-roquettes, lance-grenades.

Smith pivota vers la gauche et entraîna Eichmann avec lui. À sa grande surprise, la jeep était encore là. Ainsi que Kyong, qui cherchait désespérément quelque chose sur le plancher.

Après avoir poussé l'Allemand sur la banquette arrière, Smith prit la place du mort. Randi bondit à côté du vieux psychologue et tendit le bras entre les deux sièges avant, en agitant un jeu de clés.

« C'est ça que tu cherches ? »

54

La Maison-Blanche,
Washington, DC, USA

Fred Klein pénétra dans la résidence privée de la Maison-Blanche où, comme à son habitude, le Président l'attendait, assis sur son canapé. Klein était sur le point de saluer son vieil ami par son prénom lorsqu'il aperçut une tête qui dépassait du dossier d'un large fauteuil en cuir.

Au téléphone, Castilla avait parlé d'une urgence – un mot que l'homme au calme olympien n'utilisait que très rarement. Aussi Klein avait-il présumé qu'il serait question de la prochaine mission de Covert-One ; or ces réunions secrètes, sous couvert de n'être qu'une conversation entre deux vieux amis, se déroulaient toujours en tête à tête.

« Monsieur le Président », dit-il avec déférence en refermant la porte.

Si Castilla ne bougea pas d'un pouce, l'inconnu se leva pour l'accueillir. Klein dut alors faire un effort considérable pour garder son sang-froid en même temps qu'il saisissait la main tendue du major James Whitfield.

« Je ne crois pas que vous vous soyez déjà rencontrés, dit Castilla. Mais j'imagine qu'il est inutile de faire les présentations. »

Un ange passa, et Klein s'installa sur le fauteuil où il avait, lui aussi, l'habitude de s'asseoir. Qu'est-ce qui pouvait justifier la présence du major en ces lieux ?

« Jim m'a appelé car il pense qu'il est temps que nous jouions cartes sur table, lui expliqua son ami.

— Ce n'est pas déjà ce qu'il a fait au cottage de Randi Russell ? répliqua Klein.

— Et trois hommes valeureux ont trouvé la mort, regretta Whitfield.

— Et un médecin et un agent secret ont survécu. »

Castilla était le leader du monde libre, et par conséquent il était souvent méfiant ou agacé. Sauf que, pour la première fois, Klein se demanda s'il n'en était pas la cause.

« Assez, dit le Président. Major, vous vouliez que nous discutions franchement. Alors, allons-y, vous avez la parole.

— Merci, monsieur le Président. » Après un court moment d'hésitation, il lança à Klein un regard intense et déterminé. « Vous n'êtes plus sans savoir que je dirige une organisation chargée de défendre les intérêts de notre armée afin que celle-ci puisse protéger notre nation du mieux possible. Comme vous, nous opérons à la limite de la légalité – c'est d'ailleurs pour cette raison que j'ai accepté de vous révéler notre existence.

— L'équilibre de la terreur, plaisanta Klein.

— J'ose espérer que non, Fred, car nous sommes dans le même camp. Vous savez comme moi que c'est un travail difficile. En parcourant le dossier de Jon Smith, j'ai constaté que vous aviez dû prendre vous aussi des décisions impossibles. Et, comme moi, vous avez sûrement commis quelques erreurs en chemin. »

Ces dernières années, Klein avait constitué un dossier substantiel sur le major. Petit à petit, il avait retracé l'histoire de son organisation et découvert ses relations avec certains membres influents du Pentagone. Or, de toute évidence, Whitfield avait fait la même chose de son côté. Cela dit, deux questions restaient sans réponse : que voulait-il ? Et comment pourraient-ils mettre fin à cette confrontation sans que le pays en pâtisse ?

« Très bien, dit le Président. Je pense que nous comprenons tous la position dans laquelle nous nous trouvons. Major, que savez-vous au sujet de Sarabat ? »

Klein était soulagé que Castilla n'ait mentionné ni la Corée du Nord ni le Maroc. Visiblement, il n'était pas encore prêt à abattre toutes ses cartes. Whitfield ferait-il preuve de la même réserve ?

« Avant la sortie du Merge, Dresner y a effectué un test en plein air de la version militaire. Je n'en connais pas tous les détails car, primo, je ne suis pas un scientifique et, secundo, nous avons financé des centaines d'expériences durant le développement de l'appareil.

— Mais alors depuis combien de temps étiez-vous au courant de l'existence de cette technologie ? dit Castilla.

— Une vingtaine d'années. À l'époque, il ne s'agissait que d'un simple projet développé en secret par l'une des sous-divisions de Dresner Industries. Mais ces recherches me paraissaient déjà pleines de promesses, et les applications militaires, évidentes.

— Assez évidentes pour que vous la financiez avec les caisses noires du Pentagone.

— À l'époque, le gouvernement n'aurait jamais fourni à Dresner l'aide dont il avait besoin, d'autant plus que ses chances de succès étaient infimes. Quant à lui, il aurait refusé un financement officiel venant de l'armée. C'était donc la seule solution pour qu'il puisse réaliser son rêve, et je l'ai persuadé d'accepter, tout en lui assurant que nous ne révélerions jamais la nature de ses expérimentations au grand public.

— Et, en retour, Dresner allait créer une version militaire du Merge pour les États-Unis.

— C'est exact, monsieur le Président.

— À quel prix ! Des gens sont morts en Afghanistan. Des femmes et des enfants.

— En effet, c'est regrettable. Mais ni mon organisation ni aucune branche du gouvernement américain ne saurait être tenue responsable de ce test ou de tous les autres.

— Tous les autres ? s'inquiéta Castilla.

— Oui, admit Whitfield. Des expériences ont été effectuées sur des humains en Corée du Nord, et une longue étude comportementale a été menée, en toute discrétion, sur des enfants du monde entier. »

La franchise du major était surprenante, mais Klein n'était pas dupe. Le mal était fait. Ils marchaient désormais tous les trois sur des charbons ardents, et ni lui ni le Président n'était en mesure de lui jeter la pierre.

Castilla était blême. « En Corée du Nord ?

— Oui, monsieur le Président. Mais, rassurez-vous, le Merge a été développé de manière compartimentée. Les Coréens n'y ont donc jamais eu accès. Le complexe se contentait de nous…

— Fournir un stock illimité de cobayes, souffla Castilla.

— Au départ, je n'étais pas au courant des méthodes peu orthodoxes de Dresner…

— Peu orthodoxes ?

— Malheureusement, continua-t-il, l'esprit humain est bien trop complexe pour que nous puissions utiliser des animaux ou des ordinateurs. Une fois de plus, je vous garantis que nous avons gardé nos distances.

— Sans pour autant les empêcher de continuer leurs expérimentations.

— Le nombre de soldats et de civils sauvés par le Merge depuis son lancement dépasse très largement celui des villageois tués à Kot'eh et à Sarabat. Ce n'est pas Jon Smith qui me contredirait. Et je ne parle pas seulement de la version militaire. Lorsque le système sera intégré aux automobiles et aux avions de ligne, la sécurité de nos compatriotes, ainsi que celle des citoyens du monde entier…

— Si je comprends bien, l'interrompit Castilla, la fin justifie les moyens. Elle justifie qu'on torture des êtres humains et que l'armée agisse sans mon accord ou celui du Congrès…

— Dans le seul but de protéger notre pays, dit Whitfield.

— N'est-ce pas toujours comme ça que ça commence ? » rétorqua Castilla. Il se leva et commença à faire les cent pas dans la pièce. Le pauvre, pensa Klein. Le pouvoir nuisait parfois à celui qui l'exerçait. Plus encore si vous n'aviez personne à qui répondre de vos actes, si la décision finale vous incombait à vous et vous seul. Ce terrible sentiment de tiraillement avait détruit de nombreux grands hommes.

Enfin, le Président se retourna vers eux et fixa Whitfield droit dans les yeux. « Vous allez transmettre à Fred l'historique complet de vos malversations. Je veux qu'il me confirme que personne ne découvrira jamais ce que vous avez fait. »

Klein n'aimait pas ce qu'il venait d'entendre. Il avait fait beaucoup de choses pour son vieil ami, mais, cette fois-ci, Castilla lui en demandait un peu trop. « Sam, je… »

Le Président, qui fusillait toujours l'ancien Marine du regard, lui coupa la parole : « Que les choses soient bien claires, major. Je n'approuve aucune de vos actions et, Dieu m'en est témoin, j'aurais préféré que rien de tout ça ne se produise. Mais on ne peut pas désinventer le Merge et, de fait, vos manigances m'empêchent d'agir. Dresner Industries est une multinationale dirigée par un citoyen allemand aussi populaire que puissant, la Corée du Nord niera son implication dans cette affaire, et nous sommes tous d'accord avec l'idée que cette technologie est capitale pour la sécurité de nos troupes et de nos concitoyens.

— Mais…

— Mais quoi, Fred ? Que voudrais-tu que je fasse ? Que je révèle à la presse que le Pentagone a financé des expériences sur des êtres humains ? À ton avis, devrais-je aussi leur dire que j'étais au courant depuis le début, et offrir ainsi à mes adversaires le coup de publicité du siècle ? Ou bien nier en bloc, pour que le monde entier se demande qui contrôle vraiment la force armée la plus dangereuse de l'histoire ? »

Il avait raison. Remettre en doute l'influence stabilisatrice de l'Amérique entraînerait le chaos. La réputation du pays serait réduite à néant, et ils pourraient dire adieu à leur accord d'exclusivité. Les victimes du développement du Merge ne reviendraient pas à la vie. En sacrifier plusieurs millions supplémentaires n'y changerait rien.

« Je ne suis pas contre une seconde opinion, dit Whitfield. En particulier celle de Fred. Il pourra se rendre compte par lui-même que nous nous sommes évertués à couvrir la moindre de nos traces. Vous serez aussi ravis d'apprendre que nous sommes sur le point de régler les derniers détails sensibles de cette opération. Les corps découverts par Russell viennent d'être détruits, et le complexe nord-coréen est en train d'être stérilisé.

— Qu'entendez-vous par stérilisé ? lui demanda Klein.

— Il avait toujours été question de le démanteler, mais il semblerait que la date ait été avancée. Demain, il n'en restera que les décombres. »

D'un rapide mouvement de tête, Castilla indiqua à Whitfield qu'il pouvait disposer. « Dans ce cas, merci de bien vouloir rassembler tous les documents dont Fred aura besoin pour analyser la situation. »

Sans dire un mot, le major se leva et disparut par la porte du fond.

« J'ai des agents en Corée du Nord, moi ! s'exclama Klein.

— Dans ce cas, évacue-les au plus vite. À partir de maintenant, la mission de Covert-One est de s'assurer que Whitfield n'a rien laissé passer. Cette affaire ne doit jamais éclater au grand jour, ni demain ni dans dix mille ans. Et ne commence pas avec ton indignation morale, je n'en ai rien à faire.

— J'ai le sentiment que, ces derniers temps, tu te fous un peu de tout. Pourquoi m'as-tu piégé comme ça ?

— Pourquoi est-ce que je t'ai piégé ? Un ancien haut gradé des services de renseignements appelle mon bureau pour me parler d'une enquête que mènerait un certain Fred Klein sur l'utilisation du Merge à Sarabat, et c'est moi qui t'ai piégé ? »

D'un geste brusque, il envoya une lampe s'écraser contre un mur. Un agent des services secrets fit aussitôt irruption dans la pièce, mais Castilla lui hurla dessus : « Dehors ! »

Une fois qu'ils furent de nouveau seuls, Klein reprit : « Dois-je en conclure que Whitfield a réussi à m'identifier après que j'ai tenté d'empêcher ses hommes d'assassiner Jon et Randi ?

— Bingo ! Dommage que tu n'y aies pas pensé plus tôt. Nom de Dieu, Fred, à quoi pensais-tu en montant dans cet hélicoptère ?

— Je sais bien que le secret est notre priorité, Sam. Mais il est hors de question que je sacrifie mes hommes. Si c'est ce que tu attends de moi, alors je te suggère de commencer à me chercher un remplaçant. »

Le Président eut l'air de vouloir casser autre chose, mais il se contenta de lâcher une longue série de jurons. Après quoi, il retrouva un peu de son calme.

« Ce salaud a envoyé des avions-espions à ta poursuite mais ne t'a identifié que parce qu'il a eu un gros coup de bol. C'est l'autre raison de sa venue. Il a pris un risque énorme en missionnant ces avions. Il s'est fait taper sur les doigts, et il a besoin de moi pour arrondir les angles.

— Si j'avais eu le temps, Sam, je t'aurais appelé avant d'y aller. »

D'un geste de la main, Castilla lui fit comprendre que l'orage était passé. « Et je t'aurais donné mon autorisation. Tu as raison, il est hors de question de sacrifier nos hommes. Nom de Dieu, je suis vraiment dans la merde jusqu'au cou.

— Es-tu certain de vouloir le couvrir, Sam ? Est-ce la bonne décision ?

— Je prends des centaines de décisions par jour, dit-il en ricanant, et je ne suis jamais sûr à 100 % de mes choix. Écoute, Fred, malgré tous ses défauts, l'Amérique reste une étoile brillante dans ce monde de ténèbres, et on ne peut pas se permettre que ça change.

— Si tu penses que c'est la meilleure chose à faire.

— Il existe un endroit dans ce pays où nous enfermons tous nos démons – certains sont si terribles que, même toi, tu n'es pas au courant de leur existence. Et c'est là-bas que nous allons enterrer cette histoire. Compris ? »

55

Province de Hamgyong-Namdo,
Corée du Nord

Le tank tira une deuxième fois. Même s'il savait que ça ne servirait à rien, Smith se planqua derrière le tableau de bord. L'obus passa loin de la jeep. Il démolit la grande porte par laquelle ils s'étaient échappés, et il ne resta plus du bâtiment qu'un tas de ruines. De toute évidence, quelqu'un avait décidé que le centre de recherches devait disparaître. Là, maintenant, tout de suite.

La jeep zigzaguait à toute allure entre les débris. Smith voulut boucler sa ceinture de sécurité, mais il s'aperçut que le véhicule n'en était pas équipé. Il avait d'abord pensé prendre le volant, mais Kyong s'était révélé un excellent pilote : il connaissait chaque nid-de-poule, chaque fossé, chaque petit caillou du complexe. Le Coréen quitta le chemin de terre et traversa un champ d'herbe sauvage en direction d'une portion de grillage que l'un des blindés venait d'abattre.

Des soldats sortirent du camion et les mirent en joue. Mais ce n'était pas le plus inquiétant. En effet, le conducteur faisait désormais marche arrière dans l'espoir de bloquer le passage qui leur permettrait de franchir la clôture.

« Meeeeeeeeerde ! » cria Randi tandis que Kyong fonçait vers la brèche qui se rétrécissait à vue d'œil – et avec elle, leurs chances de recouvrer leur liberté. Smith se baissa sur son siège lorsque résonnèrent les détonations des fusils d'assaut. Toujours aussi concentré, leur chauffeur ne lâchait pas son objectif des yeux et s'efforçait de garder le contrôle de son véhicule malgré le sol accidenté.

Lorsque le pare-chocs arrière du camion percuta la custode de la jeep, ils firent une embardée sur la gauche mais réussirent néanmoins à passer de l'autre côté du grillage. Smith resta couché sur son siège, prêt à prendre le relais au cas où Kyong serait touché. Il ne se releva qu'une fois certain d'être hors de portée des tirs d'arme automatique.

Un rapide coup d'œil par-dessus son épaule lui confirma que Randi était toujours debout ; elle-même semblait surprise d'être encore en vie. Eichmann s'était enfoncé si profondément sous le siège conducteur qu'il avait maintenant du mal à s'en extirper. Loin derrière, le camion s'était mis à leur poursuite, et des soldats couraient à ses côtés en essayant de grimper à bord.

Soudain, Kyong vira à droite en direction d'un chemin qui traversait plusieurs rangées d'arbres. Leur jet se trouvait dans la direction opposée. Mais les tanks aussi. Il était plus sage de les éviter.

Ils atteignirent la route principale mais l'asphalte ne les fit pas gagner en vitesse. Smith se retourna : Eichmann avait enfin réussi à se redresser, et le blindé réduisait l'écart.

« On ne peut pas aller plus vite ? cria Smith.

— Non », répondit froidement le Coréen.

Ce n'était plus le même homme. Son affabilité avait disparu, au profit d'une forme de colère, voire de haine.

Dans la même situation, n'importe qui aurait été de mauvaise humeur, mais il s'agissait encore d'autre chose. Enfin il montrait au grand jour sa véritable nature, la figure du guide consciencieux n'étant rien d'autre qu'un personnage parfaitement interprété.

« Ne devrions-nous pas quitter cette route ? Emprunter un chemin qui nous donnerait l'avantage sur le camion ?

— Non, fit Kyong. Nous serions capturés. »

Le téléphone satellite de Smith vibra. Le message était codé, et il entra son mot de passe pour le déchiffrer. Malgré les circonstances, il ne put s'empêcher de s'esclaffer.

« Qu'est-ce que ça dit ? lui demanda Randi.

— Fred nous prévient qu'on devrait se tirer au plus vite. Que cet endroit n'est plus sûr.

— Tu parles d'un sens du timing.

— Il ne faut surtout pas qu'ils nous capturent ! s'écria Eichmann. Ils appelleraient Christian et découvriraient que nous...

— La ferme ! hurla Randi en lui balançant un violent coup de poing sur la tempe. Vous connaissiez la vérité sur cet endroit ! Vous saviez ce qu'ils faisaient ici. Et vous vous êtes contenté de rassembler des données. Alors, taisez-vous. Vous avez compris ? La prochaine fois que vous l'ouvrez, je vous descends ! »

Trop abasourdi pour répondre, l'Allemand s'éloigna d'elle autant qu'il le put, et, la jeep n'ayant pas de portières, il manqua de tomber.

« Calme-toi ! » lui ordonna Smith.

Elle le fusilla du regard. « Oh, toi aussi, ferme-la ! »

C'était une bataille perdue d'avance. « Quand ce camion nous aura rattrapés, et il ne va pas tarder à le faire, il va nous rentrer dedans pour tenter de nous envoyer dans le décor. Or, vu l'étroitesse de la route, on aura du mal à l'éviter.

— Dans ce cas, forçons-le à ralentir, cria Randi.

— Si les pneus sont fabriqués ici, ils ne sont peut-être pas renforcés. Tu crois pouvoir les atteindre avec ton Beretta ?

— J'ai une autre idée. »

Eichmann avait beau s'être ressaisi, il ne s'attendait pas à ce qui allait suivre. Et Smith non plus. Il tenta de l'arrêter mais c'était déjà trop tard : Randi venait de balancer le scientifique par-dessus bord.

« Nom de Dieu, Randi ! » cria-t-il en regardant le vieil homme faire des roulés-boulés dans la poussière.

« Quoi ? Ce sadique n'avait plus rien à nous apprendre. Au moins, il nous aura été utile une dernière fois. »

Dans un sens, elle n'avait pas tort.

Le camion pila juste devant Eichmann, et les soldats se ruèrent sur lui. Randi venait de leur faire gagner un peu de temps. Mais pour faire quoi au juste ?

Smith se retourna vers Kyong. Le jeune homme le dévisageait, et sa colère s'était transformée en confusion.

« Mais vous êtes ses assistants, balbutia-t-il. Vous travaillez pour lui. »

Ce n'était pas le moment de jouer au plus malin. Smith avait tout intérêt à jouer franc-jeu, quitte à en subir les conséquences par la suite.

« Nous l'avons forcé à nous conduire jusqu'ici car nous enquêtons sur les expériences effectuées dans ce centre.

— Vous êtes des agents américains ? »

Smith acquiesça. La route se transforma en un chemin sinueux qui grimpait vers le haut d'une colline ; leurs chances de semer le blindé venaient encore d'augmenter. Mais comme par un fait exprès, au sommet de la crête, à environ un kilomètre de leur position, une petite tache verte prit une forme familière.

« Tank ! » s'exclama-t-il.

Le pilote ne réagit pas tout de suite. Puis, et contrairement à ce qu'il lui avait assuré, il accéléra. Sur la gauche, Smith aperçut un sentier qui s'enfonçait dans les bois.

Pourtant, Kyong continuait de foncer vers le tank. Voulait-il lui rentrer dedans ?

« T'es bigleux, ou quoi ? s'écria Randi depuis la banquette arrière. On aurait pu prendre ce chemin !

— Non, pas par là ! protesta le Coréen. Mais on peut encore s'en sortir ! Si le camion s'est arrêté assez longtemps, et que nous atteignons la rivière... »

Un deuxième sentier apparut, sur leur droite cette fois-ci, et Randi se rapprocha de Smith pour lui parler à l'oreille.

« Il fait sûrement partie de la police secrète. Qui d'autre auraient-ils envoyé pour escorter des étrangers ? Tu vas voir qu'il va nous déposer au pied de ce tank ! »

Peut-être. Mais comment savoir si ces chemins de traverse ne débouchaient pas sur une impasse ? Ils ne parlaient pas coréen et, vu leurs têtes, ils auraient du mal à se faire passer pour un couple de paysans du coin. Bref, ils n'avaient plus rien à perdre.

Il haussa les épaules, et Randi se laissa retomber sur son siège. Ils descendaient maintenant le flanc de la colline en direction du lit asséché d'une rivière. Environ cinquante mètres avant de l'atteindre, Kyong écrasa la pédale de frein et vira court.

« Accrochez-vous ! » cria-t-il en percutant les arbres sur leur droite.

Smith leva les mains pour se protéger le visage, mais ce qui ressemblait à un petit bois très dense se révéla n'être qu'une rangée de jeunes arbres plantés à moins d'un mètre de profondeur.

« Allez ! s'exclama Kyong après s'être arrêté. Donnez-moi un coup de main ! »

Toujours aussi largués, Smith et Randi sortirent de la jeep et l'aidèrent à redresser les arbres et les taillis qu'ils venaient d'écraser. Le bruit des explosions et des tirs de mortier fut alors recouvert par le grondement du char.

« Vite ! dit Kyong. Il arrive ! »

L'instant d'après, Smith entraperçut le reflet métallique de l'engin qui franchissait le lit de la rivière. L'homme qui émergeait du haut de la tourelle les avait-il vus traverser les arbres ? Ils étaient sur le point de le découvrir. Il aida Randi à caler un gros buisson avec un rondin de bois pourri, et ils s'allongèrent ensuite dans l'herbe. Kyong se laissa tomber entre eux et ferma les yeux. Puis la terre trembla.

56

Environs de Chicago, Illinois, USA

Assis à l'arrière de son avion privé – son service de sécurité avait insisté pour qu'il voyage à bord d'un Boeing 737 –, Christian Dresner observa le SUV noir qui s'approchait sous la pluie. Une nouvelle entrevue, une nouvelle dispute à laquelle il aurait préféré échapper. Son temps sur terre touchait à sa fin, et il se sentait de moins en moins en phase avec ce monde et ses habitants. Il lui arrivait encore de penser au futur ; il aurait aimé pouvoir assister à ce qui allait arriver. Mais, la plupart du temps, il était juste fatigué.

Tandis qu'un homme vêtu d'un manteau gris sortait du véhicule, une icône en forme de téléphone et aux couleurs du drapeau nord-coréen apparut dans le coin de son œil. Il décrocha immédiatement.

« Oui ?

— Monsieur Dresner ? » fit une voix avec un fort accent. Ce n'était pas le général Park, mais son assistant : l'homme qui lui servait à confesser ses échecs.

« Que s'est-il passé ?

— Le centre de recherches a été complètement détruit.

— Détruit ? Vous voulez dire démantelé.

— Notre chef suprême a envoyé notre grande armée qui a accompli son devoir avec une merveilleuse efficacité.

— Vous avez envoyé l'armée ? » s'écria Dresner en se détournant du hublot et en essayant de contenir sa colère. Qu'importe que le complexe se situât au beau milieu de nulle part, une action aussi brutale n'échapperait pas aux services de renseignements américains. Une fois de plus, le gouvernement nord-coréen avait prouvé qu'il n'était qu'un enfant capricieux en manque d'attention.

« Et les individus que je vous avais demandé de capturer ?

— L'Allemand est entre nos mains. »

Dresner resta bouche bée. Était-ce possible ? Se pouvait-il qu'une force capable de détruire un bunker de cinquante mille mètres carrés ait pu laisser Smith et Russell s'échapper ? Et que ces soldats n'aient réussi qu'à capturer un vieux scientifique seul et désarmé ?

Dehors, James Whitfield avançait à grands pas sans se soucier de la pluie battante.

« Et les autres ?

— Ils se sont enfuis. Mais vous serez honoré d'apprendre que notre chef suprême, pourtant très occupé, a décidé de superviser personnellement cette affaire. Ainsi, nous devrions les retrouver au plus vite.

— Vous devriez… dit Dresner, mais l'homme lui coupa la parole.

— Veuillez m'excuser, mais un rendez-vous urgent m'attend. Nous vous recontacterons dès qu'il y aura du nouveau. »

Le Coréen raccrocha. Dresner se leva et se dirigea vers la grande salle de bains située en queue d'appareil. Les mains posées sur le lavabo, il contempla son reflet dans le miroir à la recherche du sang-froid dont il devrait faire preuve face à Whitfield. À force de se le répéter, il était convaincu que sa noble entreprise lui imposait une attitude irréprochable, pourtant il ne put s'empêcher de jubiler à l'idée que le monde serait un jour libéré de ces ordures, de Washington à Pyongyang.

Qui sait, il n'aurait peut-être pas besoin de disparaître ? Des milliards d'hommes et de femmes à travers le monde le remercieraient sûrement pour son geste, et certains pourraient même lui offrir l'asile politique. Une chose était certaine, le peuple meurtri et affamé de Corée du Nord lui en serait éternellement reconnaissant.

La porte de l'avion s'ouvrit, et il prit une grande inspiration afin de se vider la tête. D'après ses contacts au sein de la CIA et de l'armée, les deux Américains n'appartenaient à aucune organisation secrète. Néanmoins, certaines questions restaient en suspens – en particulier au sujet de Smith, dont le passé était plutôt trouble.

Lorsque Dresner sortit de la salle de bains, Whitfield était déjà assis à la petite table de conférence au centre de l'avion. Le major attendit qu'il se soit installé en face de lui pour lui adresser la parole.

« J'ai ouï dire que le complexe nord-coréen a été rasé. De la manière la plus discrète qui soit.

— Et j'ai cru comprendre que Smith et Russell s'y trouvaient à ce moment-là. N'ayez crainte, ironisa-t-il à son tour, ils ont réussi à prendre la fuite dans les montagnes. »

Whitfield resta impassible. Le savait-il déjà ou masquait-il une fois de plus son étonnement ?

« Ils ne représentent plus une menace.

— Seriez-vous en train de me dire qu'ils sont morts ?

— Non, je vous dis seulement qu'ils ne représentent plus une menace.

— Et j'imagine que je devrais vous croire sur parole ?

— Oui.

— Vous me prenez vraiment pour un imbécile, major. Il est impossible que Smith et Russell aient agi seuls, la CIA ou les services de renseignements de l'armée doivent être impliqués d'une manière ou d'une autre. Sachez que l'époque où je vous faisais une confiance aveugle est révolue. Vos derniers exploits m'ont prouvé que vous n'en étiez plus digne. »

Whitfield se contenta de le regarder dans le blanc des yeux, et Dresner s'enfonça dans son fauteuil en soutenant son regard. C'était un bras de fer enfantin, mais il ne pouvait pas se permettre de le perdre. Il y avait trop de choses en jeu.

« La CIA et l'armée ne sont pas impliquées, finit par dire Whitfield. Il s'agit d'une action isolée de Randi Russell et Jon Smith. Ce n'est pas la première fois qu'elle part en guerre toute seule. Elle s'est rapprochée de Smith à cause des liens qui les unissent et de son rôle dans le développement du Merge.

— Comment pouvez-vous être sûr qu'ils n'ont pas fait part de leurs soupçons à qui que ce soit ? Et, s'ils sont toujours vivants, qui nous dit qu'ils ne vont pas poursuivre leur enquête ? »

Une nouvelle pause.

« Parce que j'en ai parlé avec le Président.

— Je vous demande pardon ?

— La réputation de Smith et Russell n'est plus à faire, et la situation était devenue incontrôlable. J'ai rencontré le Président et je lui ai tout raconté.

— C'est-à-dire ? lui demanda Dresner en essayant de dissimuler son affolement.

— Il connaît désormais tous les détails du développement et du financement du Merge. »

Dresner n'en croyait pas ses oreilles. Il réfréna son angoisse et laissa parler Whitfield.

« Pour des raisons évidentes, Castilla veut étouffer l'affaire. Il va lui-même rappeler Smith et Russell et nous allons ensemble nous assurer que personne ne découvre jamais ce que vous et moi avons fait. »

Aussi absurde que cela puisse paraître, Whitfield devait dire la vérité. Les motivations de Castilla étaient très claires : il voulait conserver la Maison-Blanche et préserver la toute-puissance de l'armée américaine. Quelle drôle d'ironie : le Président était prêt à risquer son intégrité afin de protéger un appareil conçu pour détruire le système politique malfaisant au sommet duquel il siégeait.

« Je doute que Russell obéira, objecta Dresner.

— Expliquez-vous.

— Ne faites pas l'idiot, major. Smith est un bon soldat. On peut compter sur lui pour suivre les ordres. Mais les états de service de sa camarade me laissent penser le contraire. »

L'espace d'un instant, Whitfield perdit son expression énigmatique, et Dresner comprit qu'ils étaient d'accord sur ce point.

« N'avez-vous pas de nombreuses relations en Corée du Nord ? »

Dresner acquiesça.

« Eh bien, je ne peux pas en dire autant. Tant que Smith et Russell sont en Asie, je suis dans l'incapacité de les protéger, et rien de ce qui leur arriverait ne saurait être de ma responsabilité. »

Le message était clair. Il ne participerait pas à leur assassinat, mais leur disparition ne serait pas pour lui déplaire. Un vrai Ponce Pilate des temps modernes.

« Avons-nous terminé ? lui demanda Whitfield.

— Absolument. »

L'ancien Marine se leva et se dirigea vers la porte de l'avion. Dresner le regarda sortir sous la pluie battante et ne le quitta des yeux qu'une fois le SUV disparu. Puis, le ronronnement apaisant des moteurs résonna dans la cabine.

À défaut d'être serein, il se sentait déjà plus tranquille. Smith et Russell ne quitteraient jamais la Corée du Nord et, même s'ils y parvenaient, leur chef les tiendrait en laisse – au moins jusqu'au jour J.

En y réfléchissant bien, sa position avait été renforcée – il pouvait désormais sortir de l'ombre et agir sous la protection de l'organisation de Whitfield, mais aussi sous celle de la Maison-Blanche. Peut-être devrait-il en profiter pour repousser l'activation d'une année supplémentaire ? Voire trois ? Et s'il attendait qu'il y ait un milliard d'utilisateurs ? Deux milliards ? D'autant plus que, d'ici là, Layer-Cake aurait sûrement atteint un niveau de précision qui lui permettrait d'éradiquer tous ceux et celles qui étaient responsables de la destruction de la planète.

Quel rêve magnifique. Mais un rêve qui ne se réaliserait probablement jamais. Les motivations de Jon Smith et Randi Russell étaient bien plus complexes que celles des puissants auxquels ils répondaient. Et c'est ce qui les rendait imprévisibles.

Il fallait s'occuper d'eux. Il ne se sentirait en sécurité qu'une fois que leurs corps reposeraient sans vie à ses pieds.

57

Kyong n'avait pas prononcé un mot depuis que le tank les avait laissés avec du diesel plein les poumons, mais aussi avec le vague espoir qu'ils parviendraient à s'en sortir vivants.

Smith et Randi avançaient lentement, les yeux rivés sur les grands arbres entrelacés de chaque côté du sentier sauvage. Cinq cents mètres plus bas, un cerf d'eau les avait fait sursauter, mais, depuis, il régnait dans le bois un profond silence.

« Le char a dû rejoindre le camion qui nous avait pris en chasse, dit Randi. Ils ne vont pas tarder à se rendre compte qu'on a quitté la route. »

Le Coréen, qui marchait devant, fit mine de ne pas l'avoir entendue. De toute évidence, il ne leur faisait toujours pas confiance. Et vu ce qu'ils avaient découvert à l'intérieur du complexe, ils ne pouvaient pas lui en vouloir.

« Les soldats ignorent l'existence de cette route, finit-il par leur dire. Elle a disparu des cartes bien avant leur naissance.

— Où est-ce qu'elle mène ? » lui demanda Randi.

Le Coréen ralentit, comme si elle lui avait posé une colle. « Nulle part.

— Les routes qu'on s'efforce de cacher mènent toujours quelque part », insista-t-elle.

Kyong se tut et accéléra. Alors Randi adressa à Smith un regard inquiet. Le message était clair – et si l'inconnu était en train de les conduire dans une embuscade ? Sauf que, s'il l'avait voulu, Kyong aurait déjà pu les trahir à de nombreuses occasions. De toute manière, ils n'avaient pas d'autre choix que de le suivre : livrés à eux-mêmes, ils ne feraient pas de vieux os.

Comme il se contentait une fois de plus de hausser les épaules, elle fronça les sourcils et, les mains dans les poches, se remit à l'affût du moindre danger.

Une quinzaine de minutes plus tard, la route déboucha sur une petite prairie vallonnée. Aveuglé par le soleil, Smith plissa les yeux pour chercher ce qui la rendait si différente des autres. A priori, rien du tout. Il sortit son téléphone satellite et jeta un nouveau coup d'œil à l'écran : il ne captait toujours pas. Les Nord-Coréens devaient désormais brouiller le signal.

« C'est ici que se trouvait mon village, dit Kyong. C'est ici que je suis né. Comme mes parents, et mes grands-parents avant eux. Une famille de fermiers aussi pauvres que tous les agriculteurs du pays. Il y a une vingtaine d'années, le complexe a ouvert ses portes, et ils ont donné un peu d'argent à ceux qui accepteraient d'y aller. Un petit peu de nourriture.

— "Y aller" ? dit Smith. Pour travailler ?

— Non. Les anciens sont partis les premiers. Ils ne pouvaient plus aider aux champs, alors ils ont voulu contribuer d'une autre façon. Quand mon grand-père est rentré, il était devenu aveugle, alors qu'il n'avait jamais eu aucun problème aux yeux. Ma grand-mère, elle, n'est jamais revenue. L'année suivante, les récoltes ont été si mauvaises que davantage de villageois y sont allés. J'étais jeune à l'époque, mais je me souviens. Nous mourrions de faim.

— Je veux bien te croire, dit Randi. Mais tu es certain que c'est le bon endroit ? »

Sa question était légitime. Où se trouvaient les fossés d'irrigation, les sentiers et les fondations des maisons ? Si Kyong disait la vérité, quelqu'un avait littéralement effacé son village natal de la surface de la Terre.

Sentant leur scepticisme, le Coréen se dirigea vers les arbres, à l'est. « Venez avec moi, je vais vous montrer. »

Il pénétra dans la forêt. Ils le suivirent mais gardèrent leurs distances, au cas où des soldats ou des membres de la police secrète les attendraient tapis dans l'ombre. Ils rattrapèrent Kyong après qu'il se fut arrêté devant une petite maison en bois dont la peinture blanche s'écaillait. Smith s'approcha de l'unique fenêtre, essuya la vitre avec sa manche et jeta un coup d'œil à l'intérieur de la bâtisse. On aurait dit que ses occupants l'avaient abandonnée soudainement. Il aperçut une machine à coudre dont le pied-de-biche maintenait encore un morceau de tissu, des tasses en métal sur une table de fortune, un petit lit défait. Seules la poussière et les toiles d'araignées marquaient le temps qui s'était écoulé depuis leur départ.

Il leva la tête et écouta le chant des oiseaux et le bruissement du vent dans les feuilles. Les explosions avaient cessé, et Smith se demanda si tout était terminé et si le complexe n'était plus qu'un tas de ruines débarrassé de ses cadavres.

Il se retourna vers Kyong : « Sais-tu ce qu'ils faisaient au sein de la Division D ? »

En guise de réponse, le Coréen se remit en marche et leur fit signe de le suivre.

Quelques secondes plus tard, ils découvrirent les premiers monticules de terre. Vu leurs tailles et leurs formes, ils surent immédiatement qu'il s'agissait de tombes. À mesure qu'ils continuaient d'avancer, les monticules devenaient de plus en plus larges : là, un couple, puis un autre. Ici, une famille. Si des morceaux de bois avec des inscriptions à moitié effacées avaient été plantés sur certaines sépultures, la plupart affronteraient l'éternité dans l'anonymat.

Kyong écarta une vigne en fleur qui recouvrait l'une des planches et la contempla avec un mélange de tristesse et de colère. « Je suis le dernier survivant. Le seul qui se souvienne.

— Le seul qui se souvienne de quoi ? lui demanda Randi.

— Après que trop de villageois sont morts ou ne sont jamais revenus, nous avons cessé de nous porter volontaires, préférant mourir de faim. Du coup, ils ont commencé à nous enlever. Les camions venaient de nuit. Nos parents restaient à la maison et nous envoyaient nous cacher dans la forêt jusqu'au départ des soldats. Le pire moment était quand nous rentrions chez nous sans savoir si quelqu'un nous y attendait encore. »

Ému, il marqua une pause. « À la fin, il ne restait plus que moi. Et ils sont aussi venus me chercher, mais je connaissais les environs et je parlais plusieurs langues, alors j'ai été épargné – mais seulement parce que j'ai accepté de travailler pour les monstres qui avaient détruit ma vie.

— Ceux que vous avez enterrés, vous n'avez jamais su de quoi ils étaient morts ?

— Certains avaient des cicatrices sur leurs crânes rasés. Les autres avaient de drôles de petits trous dans la tête. D'autres encore n'avaient rien. Ils étaient simplement morts. »

D'un grand mouvement de bras, Kyong désigna le cimetière improvisé. « Voici ce que vous êtes venus chercher, docteur Smith. Voici la Division D. »

58

Province de Hamgyong-Namdo,
Corée du Nord

« Tout va bien, Kyong ? » lui demanda Jon Smith.

Le Coréen fit un petit signe de la tête et en profita pour reprendre son souffle.

L'armée ayant intensifié ses recherches, ils avaient été forcés de s'enfoncer dans la forêt pour échapper aux soldats. D'après Kyong, à une vingtaine de kilomètres à l'est se trouvait le village où habitait la dernière survivante de sa famille – une vieille tante qui ne portait pas le gouvernement dans son cœur et qui accepterait à coup sûr de les aider. En revanche, pour s'y rendre, ils allaient devoir parcourir quinze kilomètres à travers une chaîne de montagnes sauvages et rocailleuses dépourvues de sentiers.

Kyong se remit en marche. Afin d'éviter la végétation luxuriante, ils escaladaient la paroi le long d'une rigole creusée par la fonte des neiges. Quand le Coréen fut à sa hauteur, Randi lui adressa un grand sourire qui se transforma en une grimace d'inquiétude une fois qu'il l'eut dépassée.

« On n'a même pas parcouru dix kilomètres, murmura-t-elle. Et le plus dur reste à faire. »

Elle n'avait pas tort. Et la mauvaise condition physique de leur guide n'était pas leur unique problème. Bien qu'elles fussent assez pratiques pour le combat, les tenues dont ils s'étaient affublés pour cette mission ne leur permettraient pas d'affronter les conditions difficiles de ce milieu inhospitalier.

Le soleil disparaissait derrière la ligne d'horizon. Il commençait déjà à faire froid et, vu l'altitude, la température chuterait bien en dessous de zéro d'ici quelques heures.

Ils n'avaient ni gants, ni bonnets, ni nourriture. Il leur était impossible de faire un feu sous peine de se faire repérer. Et Kyong n'était pas entraîné pour faire face à ce genre de situation.

Le vrombissement d'un jet retentit au-dessus de leurs têtes, et les deux Américains se planquèrent aussitôt derrière un arbre. À quelques kilomètres à l'ouest, un avion survola la canopée en rase-mottes. Ils n'avaient pas eu besoin de prévenir leur nouvel ami : il avait passé sa vie à fuir les monstres qui dirigeaient son pays.

Une fois l'avion disparu, Smith ralluma son téléphone satellite.

« Ça fonctionne? fit Randi sans s'attendre à un miracle.

— Toujours pas de réseau, mais on captera peut-être un signal au sommet de la montagne. Je n'ai aucune idée de la puissance de leurs systèmes de brouillage. Et toi?

— Moi non plus.

— En même temps, je doute que Fred puisse nous aider. Il a beau avoir des relations dans le monde entier, la Corée du Nord est un véritable trou noir.

— Si seulement tu avais emporté ton Merge avec toi, ironisa-t-elle.

— La ferme. »

Il se retourna et scruta la clairière où s'était jadis dressé le village de Kyong. Il crut voir quelque chose bouger ; mais à cette distance, il aurait été incapable de distinguer des soldats en tenue de camouflage. Avaient-ils fini par découvrir l'entrée de la route ? S'étaient-ils lancés à leur poursuite ?

Il aurait tout donné pour une paire de jumelles, un sandwich et un fusil d'assaut. Et, quoi qu'en pense Randi, une petite amélioration audiovisuelle n'aurait pas été de trop.

« À ton avis, sur quoi travaillait la Division D ? lui demanda-t-elle lorsqu'ils se remirent en marche.

— Aucune idée. J'imagine qu'ils développaient l'une des nombreuses fonctions du Merge.

— Dans ce cas, pourquoi le cacher à Eichmann ? Ce n'est pas la mort de quelques cobayes supplémentaires qui aurait dérangé cette ordure.

— Je ne sais pas non plus, dit-il avant d'ajouter avec le même sarcasme dont elle avait fait preuve un peu plus tôt : Pourquoi ne lui poserais-tu pas la question ?

— Très drôle. Sauf que je nous ai sauvé les miches, idiot. En plus, je ne vois pas comment ce vieillard aurait pu nous suivre jusqu'ici. »

Il y eut un long silence, puis Randi conclut comme pour elle-même. « Pourquoi est-ce qu'à chaque fois qu'on travaille ensemble, on se retrouve dans des situations merdiques ? Je commence à croire qu'on devrait chacun choisir un hémisphère et ne plus jamais en bouger.

— Excellente idée. »

La végétation recouvrait désormais le ruisseau, et Kyong avait disparu sous l'épais feuillage. Pour autant, ils n'avaient aucun mal à le repérer. Non seulement il se déplaçait en faisant un boucan d'enfer, mais les empreintes qu'il laissait sur son passage devaient être visibles depuis la lune. Et, pour ne rien arranger, la température avait chuté beaucoup plus vite que prévu. Kyong devrait rester en mouvement s'il ne voulait pas être frigorifié. Or il faiblissait à vue d'œil : dans moins d'une heure, il s'écroulerait de fatigue.

Smith accéléra pour le rattraper et ne put s'empêcher d'éprouver une certaine admiration pour le Coréen. À bout de forces, il continuait d'avancer sans broncher.

Une centaine de mètres plus loin, une falaise se dressait au-dessus des arbres ; au pied de la paroi, le sol serait sûrement assez sec et plat pour y camper. Les dernières lueurs du soleil éclairaient encore la bouche fumante de Kyong, mais l'obscurité ne tarderait pas à les envelopper, rendant toute progression impossible.

Smith se retourna vers Randi : « On s'arrête là-bas ?

— Ça m'a l'air judicieux. »

Lorsqu'ils atteignirent la petite clairière, Randi retira sa veste et la tendit au Coréen.

« Non merci. Vous pouvez la garder. Tout va bien. »

Randi sourit et désigna un layon qui grimpait vers le nord-ouest. « Du calme. J'ai besoin que tu me rendes un service. J'aimerais que tu marches sur ce sentier une quinzaine de minutes, avant de faire demi-tour et de revenir ici. Et ne t'en éloigne pas, tu risquerais de te perdre. »

Il n'avait pas l'air rassuré, mais il attrapa la veste et se mit en route.

Ils le regardèrent s'éloigner, puis ils commencèrent à rassembler et à empiler des branches et des feuilles près des fourrés et des plantes grimpantes qui avaient poussé au pied de la falaise. Lorsqu'ils en eurent accumulé suffisamment, Smith entreprit la construction d'un petit appentis – haut d'environ un mètre et juste assez large pour les accueillir tous les trois. La structure terminée, il la recouvrit de terre et de feuilles, et il entrecroisa la vigne à la manière d'un grillage pour consolider le tout. Avec les mêmes matériaux, Randi tissa une trappe de fortune tandis qu'il finissait de remplir l'intérieur avec de l'herbe et de la mousse.

« Qu'est-ce que tu en penses ? lui demanda Smith.

— Il y a peu de chances que quelqu'un le remarque. Surtout en pleine nuit. »

Au même moment, Kyong réapparut. Il était épuisé, et Smith se précipita vers lui pour l'aider à descendre un raidillon rocailleux.

« Bien joué, lui dit-il en le soutenant jusqu'à l'ouverture de l'appentis. Tu as mérité une bonne nuit de sommeil.

— Là-dedans ?

— Exactement. Entre à reculons. Tu vas voir, c'est plus chouette que ça en a l'air. »

Un peu sceptique, il rampa néanmoins à l'intérieur.

« Est-ce qu'on aura assez chaud ? demanda-t-il tandis que Smith se faufilait à son tour dans leur tente improvisée. Il neige encore à cette époque de l'année.

— Ça ne vaudra jamais un bon vieux sac de couchage en plume d'oie…

— Ou une chambre au Four Seasons, ajouta Randi.

— Mais on survivra. »

Comme prévu, ils étaient collés les uns aux autres, et une fois que Randi eut refermé l'entrée avec la trappe qu'elle avait confectionnée, la température se mit à grimper. Smith ferma les yeux et s'efforça de ne penser à rien. Ils n'avaient pas assez d'options pour qu'il s'embête à les énumérer. Ce dont il avait besoin par-dessus tout, c'était de dormir. La journée de demain serait encore plus dure.

*

Smith ouvrit les yeux. Pendant une fraction de seconde, il se demanda où il était, mais les feuilles qui lui collaient au visage ne manquèrent pas de le lui rappeler. Pourquoi ne se réveillait-il jamais en sursaut dans son lit après avoir fait un cauchemar ?

Était-ce le froid ou le caillou qui lui labourait les reins qui l'avait tiré de son sommeil ? Peu importe. Il faisait toujours nuit, et il referma les yeux. Mais avant qu'il n'ait eu le temps de s'assoupir, le craquement d'une brindille attira son attention.

Le vent ? Un animal ?

Il n'eut pas cette chance. Il entendit bientôt des chuchotements en coréen et sentit que Kyong s'agitait à ses côtés.

Pour le calmer, Smith saisit son poignet. Mais les voix se rapprochèrent jusqu'à n'être plus qu'à quelques centimètres de leur cachette, et le jeune homme se mit à trembler. Smith resserra son étreinte, persuadé que Randi en faisait autant. S'ils restaient calmes, ils s'en sortiraient. Peut-être.

Quelques secondes plus tard, après avoir découvert la piste laissée par Kyong sur le layon, les soldats se remirent en marche. Smith calcula qu'il leur faudrait environ quinze minutes pour se rendre compte de leur erreur. Dès qu'ils seraient assez loin, les trois fugitifs en profiteraient pour s'enfuir.

L'éclaireur était bon, très bon. À peine le son de leurs voix avait-il disparu que les hommes revinrent en courant dans la clairière. Le corps de Kyong se raidit, paralysé par la peur.

Ils furent bientôt encerclés. Kyong, qui contrairement aux Américains comprenait ce que les soldats se racontaient, se mit à gigoter nerveusement. Une lampe torche s'alluma et passa au-dessus d'eux.

Ne bouge pas…

Mais le jeune homme n'en pouvait plus. Il se redressa d'un coup, passa à travers le fragile appentis et se précipita… dans la mauvaise direction. Il rebondit contre la paroi de la falaise et retomba en arrière, droit comme un piquet.

Randi n'eut pas le temps de dégainer son arme qu'au moins cinq pistolets étaient déjà pointés sur eux. Et inutile de parler coréen pour piger qu'on leur ordonnait de se relever et de mettre les mains en l'air.

Les soldats les conduisirent ensuite dans une autre clairière un peu plus haut dans la montagne. Ils braquaient toujours leurs armes sur eux, parfois à seulement quelques centimètres de leurs têtes. Auraient-ils tenté de s'enfuir qu'ils se seraient aussitôt fait descendre. De toute façon, même s'ils étaient parvenus à s'échapper, ils n'auraient pas su quoi faire.

Un homme sortit de l'obscurité et se planta devant Smith. Vu la déférence que lui témoignèrent les autres, il devait s'agir de leur chef. L'homme glissa sa main à l'intérieur de sa veste.

Mais au lieu d'en sortir un pistolet, il tendit un téléphone à Smith. « Appelle patron. »

Smith ne bougea pas d'un pouce. Ces soldats pensaient-ils qu'il travaillait pour Dresner? Dans ce cas, comment pourrait-il en tirer parti?

Visiblement agacé par l'inertie de son prisonnier, l'homme composa lui-même le numéro.

« Prends », lui dit-il en lui tendant une nouvelle fois l'appareil. Cette fois, Smith obtempéra.

Il était encore en train d'élaborer un plan lorsqu'une voix familière retentit au bout du fil.

« J'écoute.

— Fred?

— Jon! Est-ce que vous allez bien? »

Les soldats baissèrent leurs armes et se déployèrent dans les bois pour installer un périmètre de sécurité. Randi n'en restait pas moins méfiante, mais elle en profita pour s'agenouiller et examiner la tête de Kyong.

« Tout va bien. J'aurais dû me douter que tu avais aussi des contacts ici.

— La résistance est encore faible et mal organisée, mais il y a quelques hommes sur lesquels je peux toujours compter. Ils feront de leur mieux pour vous protéger, mais je ne peux rien vous garantir. La Corée du Nord obéit à ses propres règles, et je crains bien que ça ne facilite pas votre fuite. »

59

Comté de Prince George, Maryland, USA

« Mon Dieu, mais quelle sale mine vous avez tous les deux ! s'exclama Maggie Templeton, après s'être levée – une première ! – et les avoir examinés d'un air inquiet.

— Ah bah ! dans le genre évasion rocambolesque, je crois qu'on n'avait jamais fait mieux, dit Randi. On a enchaîné les correspondances et voyagé à pied, en bateau, cachés dans des barils de pétrole, dans des camions de marchandises…

— Dans une charrette tirée par un cheval, sous une demi-tonne de riz. N'oublie pas ce grand moment, ajouta Smith.

— Penses-tu ! J'en ai encore plein partout », dit-elle en faisant semblant de se déboucher les oreilles.

Il leur avait bien fallu deux semaines pour franchir la frontière avec la Chine, où les connaissances linguistiques de Randi ainsi que les contacts de Covert-One leur avaient été d'une grande utilité.

Fred Klein apparut dans l'encadrement de la porte de son bureau et leur fit signe d'entrer. Pour la première fois, il prit le soin de refermer la porte.

« Asseyez-vous », dit-il. S'il était content de les revoir, il le cachait bien.

« Nous avons réussi à infiltrer le complexe avant qu'ils ne le détruisent, attaqua Randi. Ils ont mené toutes sortes d'expériences sur des êtres humains…

— Asseyez-vous ! » hurla Klein. Randi se tut mais resta debout.

De son côté, Smith obtempéra. Pour que Klein leur parle sur ce ton, c'est que la situation était grave.

« Votre enquête est terminée.

— Pardon ? répliqua Randi.

— Dois-je vraiment me répéter ? »

Smith non plus n'en croyait pas ses oreilles. Après tout ce qui s'était passé, même lui aurait du mal à obéir. Alors, aucune chance que Randi ne s'énerve pas. Son insolence allait de pair avec son talent.

« Excuse-moi, dit-elle. Parce que j'ai dû mal comprendre. »

Vu l'expression sur le visage de Klein, il avait prévu sa réaction. Mais il y avait autre chose, et Smith se demanda si son patron ne regrettait pas un peu de s'être adjoint les services de Randi.

« Whitfield m'a identifié quand je suis reparti du cottage, et il en a ensuite fait part au Président. Après en avoir discuté tous les trois, nous avons décidé… de calmer le jeu.

— Vous avez discuté ? s'écria-t-elle. Est-ce que tu as la moindre idée de ce que nous avons découvert en Corée ? De ce qu'ils ont fait à ces hommes et ces femmes ?

— Ce n'est pas moi qui décide, Randi. Comprends bien que l'Amérique a besoin de cette technologie. Il est donc nécessaire que vous cessiez de fouiner dans les affaires de Dresner.

— Tu es en train de me dire le plus sérieusement du monde que, pour que Jon et ses potes puissent profiter de leur nouveau jouet, je dois oublier tous ceux qui ont été assassinés et torturés ? »

Comme Smith ne disait rien, elle se rua hors de la pièce en claquant la porte et lâcha une bordée d'insultes jusqu'à sa sortie des bureaux de C-1 – elle repartirait sans doute dans la voiture avec laquelle ils étaient arrivés. Et, une fois de plus, Smith resterait coincé.

Klein s'assit enfin derrière son bureau, et les deux hommes se dévisagèrent en silence. Smith fut le premier à parler :

« Il y avait une aile du complexe appelée la Division D. Tout ce qu'on sait à son sujet, c'est que la majorité des cobayes sont morts. Même Eichmann ne…

— Je ne veux pas le savoir, Jon.

— Ce qui m'inquiète, continua-t-il, c'est qu'ils aient pu y développer quelque chose de très spécifique, sans lien direct avec le reste. Une application qui pourrait se retourner contre nous.

— L'enquête est close, répéta Klein.

— Parce que Castilla s'inquiète du monde qu'il va léguer à nos enfants ?

— Ne monte pas sur tes grands chevaux, toi aussi. Tu sais bien que ce n'est pas aussi simple.

— Notre armée, insista Smith, devient de plus en plus dépendante du Merge. Bien plus vite que je ne le pensais. D'ailleurs, ce n'est même plus une dépendance, c'est une addiction. Comment veux-tu que je continue à faire mon travail si je ne suis pas certain que cette technologie est totalement inoffensive ? Tu n'imagines même pas le coût humain et financier de cette foutue Division D, Fred. Et comment expliques-tu que le meilleur ami de Dresner, son plus ancien collaborateur, ne sache rien à son sujet ? »

Klein ne bronchait pas.

« Laisse-moi continuer mon enquête. Discrètement. Je vais convaincre Randi de laisser tomber. Ce sera juste entre toi, moi et le Président. On ne peut pas prendre cette décision sans en connaître tous les tenants et les aboutissants. »

Klein avait l'air de lui cacher quelque chose. « J'ai déjà parlé de tout ça avec le Président, Jon. C'est terminé. On arrête tout.

— Et Whitfield ? Qu'est-ce qu'il sait ?

— Combien de fois dois-je te le répéter ? dit-il en se redressant. On ne pose plus de questions. Nous ne sommes même pas autorisés à en parler entre nous. Toutes les informations liées à cette enquête doivent être détruites d'ici la fin de la journée.

— Fred, nous…

— Je ne suis pas certain que tu saisisses à quel point il a été difficile de vous sortir de Corée du Nord. Le Président s'est impliqué personnellement dans cette opération. Nous avons risqué la vie de nos meilleurs agents coréens, et nous devons maintenant les faire sortir du pays avec leur famille. Castilla aurait pu vous laisser crever là-bas, Jon. Ne lui fais pas regretter sa décision. »

Smith ne répondit pas.

« Je veux vous entendre, colonel. Avez-vous compris vos ordres ?

— Oui, je les ai bien compris. Et pour Randi ?

— C'est ta responsabilité. Mais si tu ne peux pas la maîtriser, je serai forcé de le faire. »

Smith ne savait pas exactement ce que cela signifiait mais il ne voulait pas le savoir.

« Je m'occupe d'elle. »

Klein acquiesça solennellement. « Je compte sur toi. »

60

Environs de Pyongyang, Corée du Nord

Christian Dresner suivait le vieux général nord-coréen en silence, et luttait intérieurement contre la ténébreuse horreur qui menaçait de s'emparer de lui, celle-là même qui l'avait envahi la nuit où il avait fui la RDA. À l'exception des quelques soldats qui se mettaient au garde-à-vous sur leur passage, les couloirs du bunker en béton armé étaient vides ; une énième prison dans un pays de geôliers. De toute évidence, Park n'avait suivi aucune de ses instructions.

En chemin, il avait survolé Hamgyong, afin de s'assurer de la destruction totale du complexe. Il n'en restait plus rien, même les gravats avaient disparu – ils seraient certainement recyclés dans la construction d'un bâtiment ou d'une statue à la gloire éternelle de Kim Jong-il.

L'éradication immédiate du centre n'avait pas été une décision facile à prendre, car s'il avait pu s'en tenir au démantèlement initialement programmé, le coût humain aurait été beaucoup moins lourd ; aussi blâmait-il ses ennemis de lui avoir forcé la main. La Corée du Nord était devenue le microcosme de la tragédie qui était en train de se jouer – elle lui rappelait non seulement pourquoi il devait accomplir sa mission, mais également l'importance de son engagement.

Si on les laissait faire, ses dirigeants diaboliques continueraient d'affamer le peuple et de détourner toutes les ressources du pays jusqu'à leur épuisement total. Alors, ils n'auraient plus d'autre choix que de se tourner vers leur arsenal nucléaire, et des millions d'innocents périraient pour défendre les intérêts d'une poignée de malades mentaux.

Pour autant, Dresner ne se pardonnerait jamais le sang qu'il avait sur les mains. Ceux qui étaient morts dans le Hamgyong ne faisaient pas partie de l'élite sadique nord-coréenne. Il s'agissait de victimes innocentes qu'il avait sacrifiées pour la survie de l'humanité.

Le général Park s'arrêta devant une porte en acier et se retourna vers Dresner. Son visage mou et flasque contrastait avec son uniforme parfaitement amidonné où étaient accrochés une pléthore de médailles insignifiantes, ainsi qu'un pistolet rutilant. Il ne dit rien, mais Dresner comprit qu'ils étaient arrivés à destination.

Il pénétra à l'intérieur du cachot et sa colère s'intensifia encore davantage. La cellule ne devait pas mesurer plus de trois mètres carrés, avec des toilettes, un lit de camp et une chaise sur laquelle Gerhard Eichmann était assis. Dresner avait pourtant insisté pour qu'ils installent son ami le plus confortablement possible jusqu'à son arrivée.

Eichmann leva la tête, et sa peur se transforma en soulagement. Une illusion inventée par l'ordinateur dans sa tête, certes, mais son irréalité n'enlevait rien à sa force. Tout comme le profond sentiment de mélancolie que Dresner ressentait de son côté.

434

« Je suis sincèrement désolé, Gerd. Ils n'étaient pas censés t'enfermer comme ça. Je suis venu le plus vite possible. »

L'une des jambes d'Eichmann était plâtrée, et il eut du mal à se relever. Dresner se précipita vers lui pour l'aider. Lorsque leurs regards se croisèrent à nouveau, il remarqua qu'une partie de sa peur était revenue.

« Tu as essayé de me tuer, Christian.

— Au Maroc ? dit-il d'un air attristé. Non, Gerd. C'était un coup monté de Smith et Russell pour que tu me trahisses et que tu les mènes jusqu'ici. »

Eichmann le repoussa et tituba en arrière, essayant de digérer ce qu'il venait d'entendre. Dresner se rapprocha pour qu'il puisse s'appuyer sur son épaule et lut le remords dans les yeux de son ami.

« Je… je suis désolé, Christian.

— Je sais.

— Ils ont découvert les résultats de mes recherches. Et ils savent ce que nous avons fait. Ils savent tout, sauf pour la Division D. »

Dresner attrapa la paire de béquilles qui reposaient contre le mur et les lui tendit. « Allons-y, Gerd.

— Vraiment ? On s'en va ?

— Bien sûr. Mon jet nous attend. Nous serons bientôt de retour chez nous.

— Chez nous ? répéta Eichmann. Mais c'est là qu'ils m'ont retrouvé. Je ne peux pas y retourner s'ils sont toujours vivants. Est-ce qu'ils sont toujours vivants ? Sais-tu ce qui leur est arrivé ? »

Dresner n'en avait aucune idée. Les Américains s'étaient enfuis dans les montagnes, et l'armée avait organisé une gigantesque battue pour les retrouver – une traque qui, jusqu'ici, n'avait rien donné. Aussi improbable que cela puisse paraître, Smith et Russell avaient une fois de plus réussi à sauver leur peau. Il ne lui restait donc plus qu'à espérer que Castilla mette fin à leur enquête. Dresner ne pouvait pas en être absolument certain, mais il avait néanmoins un bon pressentiment. Les puissants étaient prévisibles et bien plus faciles à manipuler. Castilla agirait pour le bien de son pays adoré et, par la même occasion, il protégerait sa réputation.

« Non, nous n'allons pas au Maroc », dit Dresner en ouvrant la porte de la cellule. Il fit ensuite un pas sur le côté pour qu'Eichmann puisse passer avec ses béquilles. « Ailleurs. Là où personne ne pourra venir te déranger. »

Dresner regarda son plus vieil ami – son seul ami – s'avancer péniblement dans le couloir et ne put réprimer les souvenirs qui l'envahirent : leur première rencontre au centre d'entraînement olympique de la DTSB. Comment, à force de remarques de moins en moins équivoques, ils avaient appris à se faire confiance en s'avouant mutuellement leur désillusion. Et enfin, la nuit où ils s'étaient enfuis.

Le couloir lui paraissait interminable. Les soldats avaient disparu, et le seul bruit était celui de leurs pas irréguliers et de leurs respirations. Dresner posa sa main sur l'épaule de Park et désigna l'étui de son arme. Le général comprit sur-le-champ. Il n'en attendait pas moins de sa part.

Le Coréen dégaina son pistolet et le lui tendit. Il le saisit d'un geste rapide qui ne trahissait aucune hésitation. Pourtant, il était accablé par le doute, et l'arme lui parut si lourde qu'il manqua presque de la laisser tomber.

Il avait déjà fait tellement de choses horribles, et il en ferait encore tellement d'autres. Mais jusque-là aucune d'entre elles ne l'avait jamais affecté personnellement.

Il pointa le pistolet sur la nuque de son ami. Il ne souffrirait pas. Et lui non plus. Il ne faisait rien d'autre qu'éteindre un ordinateur. Pour toujours.

L'écho de la détonation se répercuta jusqu'au bout du couloir, et le sang chaud éclaboussa le visage de Dresner. Il laissa tomber le pistolet près du corps inanimé et se répéta une nouvelle fois qu'il n'avait pas eu le choix. Qu'Eichmann était un maillon faible dans la chaîne qu'il avait passé plus d'un demi-siècle à forger. Et bien qu'il n'eût pas tort, cela ne l'empêcha pas d'éprouver un profond sentiment de vide. Pour la première fois depuis le jour où on l'avait déposé devant l'orphelinat d'Erfurt, il était seul au monde.

61

Jon Smith sortit le cheesecake de sa boîte, décapsula une bouteille de bourbon avec les dents, et se traîna dans son salon. Son nouveau canapé avait toujours une dent contre lui, mais il était si fatigué qu'une planche à clous lui aurait semblé confortable.

Il avala une grosse part de gâteau, et son estomac manifesta son désaccord. Il faut dire qu'il venait d'engloutir une dizaine de tacos et trois burritos. Mais il avait perdu près de cinq kilos lors de son périple en Corée du Nord – une masse dont son corps déjà mince ne pouvait pas se passer.

Il entendit des pieds nus claquer sur le carrelage. Il s'enfonça dans les coussins du divan et ferma les yeux tandis que Randi se laissait tomber dans un fauteuil en face de lui.

« Chouette piaule, dit-elle en se servant un verre. On se croirait dans un catalogue de déco.

— Parce que ton cottage est différent, peut-être ?

— Rien à voir. Moi, je ne me fournis pas chez Ikea, monsieur. »

C'est vrai que la baraque de son amie était beaucoup plus jolie. De plus, elle offrait l'avantage d'être presque aussi bien armée qu'un cuirassé *Ticonderoga*. Dommage pour elle que les ouvriers n'aient toujours pas réussi à la débarrasser de l'odeur du gaz toxique.

« Tu ne vas pas manger ce gâteau, Jon ?

— Fais-toi plaisir. »

Elle s'empiffra bruyamment. « Et maintenant ? » lui demanda-t-elle, la bouche pleine.

Il s'attendait à cette question. Randi Russell avait beau être un électron libre, elle était aussi très prévisible.

« On retourne bosser, chacun de son côté. »

Elle resta silencieuse, mais il la sentit bouillir de colère et préféra garder les yeux fermés. De quoi se plaignait-elle ? Elle allait repartir pour l'Afghanistan, le Yémen ou l'Irak où elle finirait par oublier toute cette histoire. Une chance qu'il n'aurait pas.

Demain, il retournerait équiper ses frères d'armes d'une technologie dont il ignorait si elle ne pourrait pas se retourner contre ses utilisateurs. Pire, il savait désormais comment son créateur l'avait développée. Pourquoi fallait-il que sa vie entière s'articule autour du principe selon lequel « la fin justifie les moyens » – une philosophie à laquelle il n'adhérait absolument pas ?

Il était peut-être temps pour lui de changer de métier. Plusieurs universités avaient cherché à le débaucher, dont celle de Cape Town, une ville qui présentait de nombreux avantages. Fred trouverait bien quelqu'un d'autre pour sauver le monde.

Son téléphone se mit à sonner mais il l'ignora. À coup sûr, il s'agissait encore de Marty ; l'autre excentrique le harcelait depuis une heure et il n'avait aucune envie d'avoir une conversation avec lui.

« Qui est-ce qui n'arrête pas de t'appeler ? lui demanda Randi.

— Un mec avec qui je joue au squash. »

Elle essaya de siroter son bourbon en silence, mais ne put s'empêcher de repartir à l'assaut. « Donc tu vas retourner travailler ? Comme si de rien n'était ?

— Exactement. Une fois que j'aurai récupéré de la cuite que je suis sur le point de me mettre, je vais reprendre une vie normale. Et toi aussi.

— Une vie qui consiste à équiper nos troupes avec le Merge ?

— Oui. Peut-être. Tu ne sais pas si ce poste en Antarctique est toujours d'actualité ? Qui eût cru que je serais un jour excité à l'idée d'aller bosser au pôle Sud ? Ou je pourrais prendre des vacances. Des vraies, cette fois. Et j'ai aussi un ami qui monte une expédition pour Bornéo afin d'étudier une nouvelle espèce de papillons. Il a besoin d'un médecin pour son équipe.

— Des papillons ? En voilà une bonne idée. »

Il y eut un nouveau silence.

« Tout ça, c'est des conneries, finit par gueuler Randi.

— C'est reparti.

— Fred se fait mener en bateau, et tu le sais aussi bien que moi. Par Whitfield, par Dresner, par le Président…

— Crois-moi, Randi, Fred Klein n'est dupe de personne. Il sait très bien ce qui se passe. Simplement, il estime qu'il ne peut rien y faire.

— Ben voyons ! Le monde entier va devenir dépendant d'une technologie qui a été développée en secret sur des cobayes humains, et il décide de regarder ailleurs.

— C'est terminé, Randi. Nous avons reçu l'ordre d'arrêter.

— L'ordre de Fred.

— Oui.

— Sauf que Covert-One n'existe pas, Jon. On ne peut pas désobéir à une organisation qui n'existe pas. »

C'était une conversation qu'il ne voulait pas avoir. Son téléphone se remit à sonner, et il l'attrapa en espérant que cela lui permettrait de passer à autre chose. Mais c'était Marty qui l'appelait pour la sixième fois.

« Eh bien, dit-elle. Ton pote doit adorer le squash.

— Il en est raide dingue. »

L'instant d'après, une autre sonnerie retentit, cette fois dans la cuisine. C'était le portable de Randi.

Elle leva les yeux au ciel et traversa la pièce pour aller décrocher. Smith ne prit pas la peine de tendre l'oreille pour écouter sa conversation, il savait déjà à qui elle parlait.

« Vraiment ? Tu as essayé de le joindre toute la nuit ? »

Elle se rassit dans son fauteuil et activa le haut-parleur.

« Je n'ai pas arrêté ! s'exclama Marty Zellerbach. Et je sais qu'il est là parce que son téléphone est allumé, et qu'il a refusé les trois derniers appels. »

Randi regarda Smith et lui fit un grand sourire.

« Jon ? dit Zellerbach. Tu es là ? Pourquoi est-ce que tu m'ignores ?

— Parce que je suis fatigué, Marty.

— Mais il faut que je te parle d'un truc.

— De quoi ? lui demanda Randi.

— Je ne peux rien dire sur une ligne non sécurisée. C'est au sujet du machin que tu voulais que j'examine. Tu sais ? Avec le truc ?

— Laisse tomber. C'est terminé. Envoie-moi ta facture.

— Je me fous de l'argent, Jon. Il faut que je te parle.

— J'insiste. Envoie-moi la facture par email. Et notes-y ce que tu voulais me raconter. Attends, j'ai une meilleure idée, ne note rien du tout et oublie-moi.

— Mais c'est important », geignit-il.

Smith se pencha en avant pour raccrocher, mais Randi attrapa le téléphone avant lui. « D'accord, Marty. Dis-moi quand et où. »

*

Assis dans l'obscurité de son bureau, le major James Whitfield écoutait la voix de Martin Zellerbach.

« Chez moi. Tout de suite, hier, l'année dernière. Dépêche-toi.

— J'arrive.

— Et Jon ?

— Je vais voir ce que je peux faire. »

Ils raccrochèrent, et Whitfield s'enfonça dans son fauteuil. L'implication de Klein l'avait empêché de demander à ses amis de la NSA de mettre Smith et Russell sur écoute. Heureusement, ses contacts chez AT&T avaient pu le connecter directement à leurs lignes personnelles.

Il attrapa son clavier et tapa le nom « Martin Zellerbach » dans la barre de recherche désormais archaïque de Google. Layer-Cake lui aurait sans doute donné davantage de renseignements, mais il ne voulait pas risquer d'attirer l'attention de Dresner.

Sur sa page Wikipédia, Zellerbach, bâti comme un dieu grec, posait torse nu à la manière des héros des romans à l'eau de rose. On y apprenait notamment son rôle dans la défaite de l'Allemagne nazie, ses improbables escapades sexuelles avec toutes les candidates de l'émission *American Next Top Model*, et comment il avait vaincu Chuck Norris dans un combat à mains nues. Le tout accompagné d'une vidéo très convaincante qui semblait avoir été tournée dans le bar du premier *Star Wars*.

Mais le plus impressionnant était que chacun des liens sur lesquels il cliquait corroborait ces informations.

Convaincu qu'il perdait son temps, Whitfield composa le numéro de l'informaticien de son organisation et attendit avec impatience que celui-ci décroche son téléphone.

« Oui, major. Que puis-je faire pour vous ?

— J'ai besoin de renseignements sérieux sur un certain Martin Joseph Zellerbach. J'ai déjà fait une recherche sur le Net mais je n'ai trouvé qu'un ramassis de conneries.

— Marty Zellerbach ? Je peux vous en parler, major.

— Vous le connaissez ?

— Pas personnellement. Mais je sais qui il est. Tout le monde le connaît.

— Eh bien je ne suis pas tout le monde. Je vous écoute.

— Marty est un hacker – le meilleur, même. Mais c'est un zinzin qui ne sort jamais de chez lui. En revanche, il vaut mieux ne pas se le mettre à dos. Le dernier mec qui lui a cherché des noises a été obligé de se planquer cinq ans en Indonésie.

— Merci, lieutenant », dit Whitfield avant de raccrocher. Un expert en informatique. Pourquoi donc n'était-il pas surpris ?

Son regard se posa sur le dossier militaire de Jon Smith. Inutile de l'ouvrir, Smith était un soldat honorable qui obéissait toujours aux ordres. Le problème était

Russell. Plus un hacker instable dont la disparition bouleverserait la communauté des hackers.

De toute évidence, le contrôle qu'il pensait désormais avoir sur ses adversaires n'était qu'une illusion. Si la situation continuait d'évoluer dans cette direction, même Castilla ne pourrait rien faire pour les arrêter.

Qu'avait découvert Zellerbach ? Et avait-il partagé sa découverte sur le Net ?

Whitfield lâcha un long soupir. Il s'était persuadé qu'il s'en sortirait sans avoir le sang des deux patriotes sur les mains.

Une carte sur laquelle figurait la ligne directe de Castilla était posée sur son bureau, mais il la repoussa. Le temps des magouilles politiques était révolu, et Fred Klein se plierait en quatre pour sauver ses hommes. Il fallait en finir une bonne fois pour toutes.

Whitfield composa un autre numéro. Cette fois-ci, son interlocuteur répondit immédiatement :

« Major ?

— J'ai besoin d'une équipe.

— La cible ?

— Elles sont au nombre de trois. Jon Smith, Randi Russell et un informaticien nommé Martin Zellerbach.

— Très bien, major. »

Il sentit une certaine excitation dans la voix de l'homme. C'était un peu inquiétant, mais compréhensible. Il avait à cœur de venger la mort de ses trois coéquipiers.

« Je dirigerai l'assaut personnellement.

— Major ? »

Selon la NSA, le code source du Merge était incraquable. Aussi était-il curieux de savoir ce que Zellerbach avait découvert. S'il avait trouvé le moyen d'en prendre le contrôle, Whitfield pourrait enfin se débarrasser de Dresner.

« Vous m'avez bien entendu. Zellerbach doit être capturé vivant pour interrogatoire.

— Et Smith et Russell ? »

Il se détourna du microphone et lâcha un nouveau soupir. « Ils doivent être éliminés. »

62

Randi Russell marchait d'un pas rapide le long d'une rue obscure, creusant de plus en plus l'écart avec Jon Smith. Elle ralentit, puis s'arrêta pour qu'il puisse la rejoindre.

« Qu'est-ce qui t'arrive ? Ma grand-mère marche plus vite que toi.

— Je n'ai pas envie d'y aller, Randi.

— Ton petit côté fayot commence à me taper sur les nerfs.

— On est en train de faire une grosse connerie. Et si on continue, on va s'attirer de gros ennuis.

— Tu exagères.

— Pas du tout. Fred m'a demandé de mettre un terme à cette enquête et de m'assurer que tu en fasses autant. Je le connais et je t'assure qu'il ne plaisantait pas.

— Tu manques d'imagination. Laisse-moi t'expliquer ce que nous faisons ici : bien avant de recevoir l'ordre de cesser nos recherches, nous avions demandé à Marty de jeter un œil au Merge. Or il semblerait qu'il ait trouvé quelque chose avant que nous ayons eu le temps

446

de lui ordonner d'arrêter. Nous sommes donc venus pour le lui dire en personne, et détruire, par la même occasion, tout ce qu'il avait découvert. Il me semble que c'est exactement ce que Fred aurait voulu, n'est-ce pas ? »

Il avait déjà envisagé de baratiner Klein de la sorte et n'était sorti de chez lui que parce que cette excuse lui paraissait assez vraisemblable et que sa loyauté envers Randi n'avait aucune limite. Ou peut-être était-il juste dévoré par la curiosité ?

Ils s'arrêtèrent devant le portail, et celui-ci s'ouvrit avant même qu'ils aient sonné. Smith laissa Randi passer devant. Elle s'avança tout doucement, prête à éviter les bombes puantes et les poissons pourris. Puis, comme aucun piège ne s'était déclenché, il fut bien obligé de la rejoindre à l'intérieur.

Marty apparut et scruta nerveusement son jardin tandis qu'ils pénétraient dans sa maison.

« Vous en avez mis du temps, dit-il en refermant la porte à l'aide d'un verrou hypersophistiqué.

— Jon n'arrête pas de bouder », répondit Randi.

Zellerbach ignora sa remarque et se dandina jusqu'à son bureau. Smith connaissait bien cette démarche. Au lycée, Marty se tortillait de cette manière à chaque fois qu'il s'était mis quelqu'un à dos et qu'il avait besoin de se planquer. Reste à savoir ce qui l'effrayait aujourd'hui.

Sur sa table de travail, le Merge était encore en pièces détachées, et des dizaines de câbles le reliaient à son superordinateur Cray.

« Bon, de quoi s'agit-il ? dit Smith, impatient d'en finir.

— Je ne sais pas trop.

— Tu te fous de moi ? Tu m'as fait venir jusqu'ici pour me dire ça ?

— Quelle mouche t'a piqué ?

— Ne fais pas attention à lui, dit Randi. On t'écoute.

— Eh bien… J'ai découvert le moyen de déclencher quelque chose.

— Quelque chose ? »

L'expression de son visage lui était aussi familière que sa drôle de démarche. Persuadé qu'ils étaient trop bêtes pour comprendre ce qu'il allait leur expliquer, Marty leur parlerait maintenant comme à des enfants arriérés. Ce mec était une vraie tête à claques.

« Alors, reprit-il. Il y a certains composants dans ce truc – plusieurs petits machins installés un peu partout – dont personne n'est parvenu à trouver l'utilité. Cependant, tout le monde s'accorde à dire qu'ils ne s'activent jamais, quelle que soit l'application qui tourne sur le système.

— Oui, et il y en a vingt-huit, marmonna Smith.

— Exactement ! Comment le sais-tu ?

— Mon équipe a examiné le Merge au microscope. Nous en avons parlé à Dresner qui nous a expliqué que certains de ces composants seraient nécessaires aux futures mises à jour, et que les autres concernaient une nouvelle batterie qu'il était en train de développer. OK ? Merci, bonsoir. On peut y aller maintenant ?

— Non. Dresner vous a menti. Ça n'a rien à voir. En vérité, il s'agit de composants logiciels qui fonctionnent les uns avec les autres.

— Des composants logiciels ? s'étonna Randi. Ce n'est pas un peu contradictoire ?

— Pas vraiment. N'oublie pas que le rôle d'un programme est de donner des ordres à l'appareil. Par exemple, il envoie une impulsion électrique pour allumer les enceintes de ton ordinateur. Ou bien il ordonne à ton modem de télécharger un fichier sur Internet. Ici, c'est la même chose. Quand ils reçoivent le bon signal, les vingt-huit composants se réveillent et fonctionnent à l'unisson.

— Si ce que tu dis est vrai, comment se fait-il que mes hommes n'aient pas réussi à les activer ?

— Parce que le signal n'est pas le même pour chaque composant. Prenons un autre exemple : imagine un coffre avec vingt-huit serrures. L'ouvrir nécessite donc vingt-huit clés. Mais il faut aussi savoir dans quel ordre et jusqu'où les tourner. Et ça se joue au dixième de millimètre près.

— Il doit donc y avoir un nombre infini de combinaisons.

— Je ne te le fais pas dire. Il m'a fallu dix jours pour la trouver.

— Dix jours ? Impossible, même avec ton Cray. »

Zellerbach baissa les yeux et se mordit la lèvre inférieure. « Il se pourrait que je me sois servi de quelques machines supplémentaires pour y arriver.

— C'est-à-dire ?

— J'imagine que le gouvernement chinois ne me retrouvera jamais, mais j'ai aussi accidentellement fait crasher le site d'Amazon. Deux fois. Et comme tu m'as dit que tu étais pressé, il se pourrait que je n'aie pas été aussi discret que d'habitude…

— Tu veux dire qu'ils vont peut-être remonter jusqu'à toi ? s'exclama Smith.

— Non. Enfin, pas si vous pouviez arranger les choses.

— On va s'en occuper, dit Randi avant que Smith n'ait eu le temps de balancer un objet contondant au visage de Marty. Bon, que se passe-t-il lorsque tu leur envoies le bon signal ?

— Ils s'activent pendant dix-huit secondes avant de se remettre en veille.

— Et à quoi ça sert ?

— Aucune idée. Dresner est le seul à savoir comment le Merge communique avec le cerveau, donc je ne peux pas déchiffrer le message qu'il lui envoie. La seule solution serait de l'activer quand l'un de vous deux y est connecté. »

63

Environs de Dupont Circle,
Washington, DC, USA

L'évier était encombré de vaisselle sale, mais Jon Smith dégota néanmoins un verre pas trop crade qu'il remplit d'eau du robinet. Il s'appuya ensuite contre le comptoir et fixa des yeux une pile de vieilles boîtes à pizza en repensant à ce que Zellerbach venait de lui dire.

S'agissait-il d'une vraie découverte ou d'un autre de ses grands délires ? Dans le passé, sa paranoïa clinique lui avait causé toutes sortes de problèmes. Par exemple, il avait longtemps été persuadé que les autres élèves glissaient des araignées vénéneuses dans son casier. Mais il était ici question d'informatique et de haute technologie, deux domaines dans lesquels il excellait et dont il percevait mieux que personne toutes les subtilités.

Randi apparut dans l'encadrement de la porte :
« Alors, qu'est-ce qu'on fait, patron ?

— Je ne sais pas, répondit Smith.

— On est à deux doigts de découvrir la vérité. Et je doute qu'on puisse faire machine arrière. »

Elle avait raison. Zellerbach ne lâcherait jamais l'affaire. De tous ses troubles psychologiques, le plus sérieux était son besoin obsessionnel de toujours tout savoir et de découvrir ce qu'on lui cachait. S'il ne résolvait pas ce nouveau mystère, petit à petit, cela finirait par le rendre dingue, et il serait ensuite capable de tout balancer sur Internet.

« On va devoir appeler Fred.

— Et s'il nous ordonne de laisser tomber ? Qu'est-ce qu'on fera de Marty ? »

À cette pensée, sa bouche devint sèche, et il but une gorgée d'eau. C'était la question à un million de dollars : *que ferait-on de Marty ?*

Sans le vouloir, il avait mis, une fois de plus, la vie de son ami en danger. Sauf que la menace ne venait pas de l'extérieur. L'honnêteté de Klein et du Président n'était plus à démontrer, mais le poids de leurs responsabilités serait beaucoup plus lourd que celui de la vie d'un hacker instable et asocial. Jusqu'où seraient-ils prêts à aller pour s'assurer que cette affaire n'éclate jamais au grand jour ?

« Écoute, je veux découvrir la vérité autant que toi, admit Smith. Mais si Marty n'a pas trouvé le moyen d'effectuer une simulation, mon équipe n'y arrivera pas non plus.

— Il voudrait qu'on essaie sur son voisin. Celui qui n'arrête pas d'appeler les flics.

— Je suis sûr qu'on peut trouver une meilleure idée.

— Certes. Mais on doit faire quelque chose. Un vague rapport sur un tas de bidules qui s'allument en même temps ne convaincra personne. Il nous faut un truc que Fred ne pourra pas ignorer. »

Il but une nouvelle gorgée d'eau. « Le chef de mon équipe technique est un mec bien, et il m'écoutera. Je pourrais lui demander de s'attribuer cette découverte, ce qui en ferait le problème de l'armée.

— D'accord, mais on ne sera pas plus avancés pour autant. D'après Marty, il n'a aucun moyen de simuler les effets de ce dispositif. Et les tombes que nous avons découvertes en Corée du Nord me laissent penser qu'il a raison.

— On ne va quand même pas poser la question directement à Dresner ?

— Bien sûr que non. D'autant plus qu'il ne nous dira rien. Pour deux raisons. La première, c'est qu'il s'est donné un mal de chien pour cacher l'existence de cette fonction. La seconde, c'est qu'il n'a jamais porté l'armée dans son cœur.

— Donc tu penches en faveur d'un truc dangereux ?

— Qui sait ? Tu sais quoi, on devrait demander aux hommes et aux femmes de la Division D. Ah ! mais non, c'est impossible puisqu'ils sont tous morts. »

Un nouveau point pour Randi. Sa loyauté envers le Président et son admiration pour Dresner empêchaient Smith d'avoir un regard perspicace sur cette histoire. Il fallait qu'il se rende à l'évidence : ils devraient résoudre eux-mêmes ce dernier mystère. Et il n'y avait plus de temps à perdre.

« Dans ce cas, je me porte volontaire, dit-il. Testons cette saloperie sur moi.

— Il faut toujours que tu te la joues héros au grand cœur, répliqua Randi. Je te propose qu'on tire ça à pile ou face. »

Elle était sur le point de lancer la pièce en l'air lorsqu'une sirène hurla dans la maison, suivie d'une voix féminine très sensuelle : « Intrus détectés, Marty. Intrus détectés. »

Ils se précipitèrent dans le bureau de Zellerbach où celui-ci visionnait les images de ses caméras de surveillance.

« Vous les connaissez ? » dit-il d'une voix tremblante.

Près du portail, un homme venait de sauter par-dessus la haie, et deux autres avançaient depuis le sud de la propriété. Enfin, un quatrième traversait déjà le belvédère vermoulu que Marty avait fait construire derrière sa maison. La vidéo était un peu déformée, néanmoins Smith ne douta pas une seconde qu'ils avaient affaire à des professionnels. Leurs déplacements étaient synchronisés, et il aperçut leurs gilets pare-balles lorsqu'ils sortirent leurs fusils d'assaut américains de sous leurs longs manteaux noirs. L'un d'entre eux prononça quelques mots et fit plusieurs petits mouvements étranges avec sa tête : ils étaient équipés de Merges.

« Est-ce que ton système de défense est activé ?

— Oui, il se déclenche automatiquement.

— Tu n'as rien de mieux ? lui demanda Randi. Quelque chose de mortel ?

— Mortel ? Non. Bien sûr que non.

— Appelle la police. Les sirènes les effrayeront peut-être », dit Smith au moment où la tourelle sortait de terre pour mitrailler l'homme près du portail. Il se mit aussitôt à traverser le jardin en courant.

« Les flics ne viendront pas. Je me suis fâché avec tous mes... » Il s'interrompit lorsque le sprinteur fut avalé par la trappe dont Randi avait été victime.

« Un de moins », fit-elle. Les deux autres se mirent à canarder l'automate, tandis que celui qui se rapprochait par-derrière déclenchait le piège qui terrifiait le plus Smith. Une limande fut propulsée par un lanceur de ball-trap et percuta sa joue assez fort pour le faire tomber à la renverse.

« Est-ce qu'il y a d'autres trappes vers lesquelles on pourrait les diriger ? demanda Randi.

— Non. Rien que les mitrailleuses à billes, quelques grenades flash et des boules puantes. Oh ! j'ai aussi un ou deux Kärcher, mais je n'ai pas encore réussi à régler leur système de visée. Une histoire de dynamique des fluides, je crois. La pression de l'eau est un peu imprévisible dans sa manière de…

— Si je comprends bien, dans moins de trente secondes, ces mecs vont se rendre compte qu'aucune de ces conneries ne peut les blesser et ils vont marcher tranquillement jusqu'à la porte d'entrée, c'est ça ? Tu as toujours ton gaz lacrymogène ?

— Non, gémit-il. Je me suis pris un procès, et j'ai été obligé de m'en débarrasser. Tout ça à cause de ces maudites jeannettes !

— Il n'y a rien dans la maison ? » lui demanda Randi en dégainant son Beretta. Le pistolet et le couteau qu'elle ne quittait jamais étaient les seules armes qu'ils avaient apportées. Une fois de plus, Smith était sorti les poches vides.

« Non.

— Et la sortie de derrière ? Est-ce qu'on peut passer par là ? »

Zellerbach était complètement dépassé. Il avait beau être doté d'une grande capacité de concentration, il se laissait facilement submerger par ses émotions. « Oui, fit-il.

— Alors, sors-nous d'ici, Marty. »

Zellerbach attrapa ce qui ressemblait à une télécommande de télévision, et ils le suivirent jusqu'à la salle de bains où il pianota un long code secret sur l'appareil. L'instant d'après, la baignoire se souleva et, juste en dessous, une trappe coulissa. Randi bondit la première dans le minuscule couloir, suivie par Zellerbach et Smith. La porte se referma derrière eux, et des lumières de sécurité s'allumèrent tandis qu'ils avançaient dans la canalisation abandonnée. Une centaine de mètres plus loin, ils atteignirent une échelle puis une nouvelle trappe.

Ils pénétrèrent à l'intérieur d'un pavillon en tout point identique à celui qu'ils venaient de quitter – situé dans une rue adjacente, il appartenait aussi à Zellerbach. Soudain, les lumières s'allumèrent, et Smith était sur le point d'ordonner à son ami de les éteindre, lorsqu'il se rendit compte qu'il n'y était pour rien.

James Whitfield s'éloigna de l'interrupteur en braquant son Colt sur Smith. Deux hommes armés de fusils d'assaut tenaient Randi en joue.

« Comme vous pouvez le constater, dit Whitfield, cette fois je n'ai pas commis l'erreur de vous sous-estimer. »

Ignorant l'ancien Marine, Randi fusillait du regard le rouquin qui la tenait en respect avec son M4. « Alors comme ça, Deuce, tu es passé de l'autre côté ? »

Le jeune soldat eut l'air atterré. « Quel autre côté, Randi ? Nous avons besoin du Merge, et tu t'efforces de tout foutre en l'air. Le major essaie seulement de faire de nous la meilleure armée au monde. »

Whitfield activa son laryngophone : « Nous les avons. Repliez-vous en positions défensives. »

64

Environs de Washington Circle,
district de Columbia, USA

Pendant que ses deux hommes surveillaient les prisonniers, Whitfield examina les câbles qui reliaient le Merge désassemblé au Cray de Marty.

Vu l'étroitesse de la pièce, les deux soldats avaient troqué leurs fusils d'assaut pour des armes de poing, et les mouvements rapides de leurs pupilles indiquaient qu'ils utilisaient leurs Merges – sans doute la version militaire que Smith avait aidé à développer. Celui que Randi avait appelé Deuce avait les cheveux carotte et le visage brûlé par le soleil. Malgré sa tenue noire et ses équipements, il avait l'air d'un benêt inoffensif. Les apparences étaient certainement trompeuses, car, bien qu'il eût donné à Randi plusieurs occasions de le neutraliser, elle n'avait jamais rien tenté.

Le second était plus vieux ; la quarantaine passée. Il avait l'allure du mec trop confiant qui avait gravi les échelons au sein des forces spéciales à la force du poignet.

Smith avait passé en revue toutes ses options, analysé toutes les possibilités et en avait conclu qu'ils n'avaient aucune chance de s'en sortir. Ces types n'étaient pas des marioles et, vu la prudence dont ils faisaient preuve, ils avaient dû être briefés sur ce qui s'était passé au cottage de Randi.

Un homme entra et se mit au garde-à-vous.

« Le bâtiment est sécurisé, major.

— Et la police ?

— Aucun coup de fil n'a été passé depuis cette maison. Un voisin les a appelés pour se plaindre du bruit, mais l'officier lui a suggéré de régler ses problèmes avec Zellerbach au tribunal. »

Smith esquissa un sourire. Le hacker n'en avait peut-être pas l'air, mais il était multimillionnaire. Aussi avait-il engagé une batterie d'avocats dans le seul but de le protéger de la prison. L'une de leurs stratégies préférées consistait à offrir de très larges compensations financières à tous ceux que Marty avait importunés.

Whitfield remercia le soldat et croisa les bras sur sa poitrine. « Alors, Martin, qu'as-tu découvert ? »

Bien que terrifié, il ne répondit pas.

« As-tu réussi à craquer le code source de Dresner ? As-tu accès au système d'exploitation ?

— Non, marmonna Zellerbach. C'est… c'est impossible. »

Sa voix tremblait. Smith ne savait pas si c'était la peur, ou si l'effet de ses médicaments commençait à s'estomper. La dernière chose dont il avait besoin était que son ami perde la boule.

En même temps, qu'est-ce que ça changerait ? Il doutait fort que Klein ou le Président fussent au courant des agissements de Whitfield. Ce qui signifiait qu'une fois qu'il aurait obtenu les réponses à ses questions, le major les ferait tous les trois disparaître, convaincu qu'il lui serait plus facile de s'excuser que de demander l'autorisation d'agir. Et il n'avait pas tort.

Smith avait néanmoins une dernière carte à jouer. Même si Whitfield avait prévu de l'éliminer, les deux hommes étaient plus ou moins dans le même camp. Il était donc probable que le major ignore l'existence du sous-système caché.

« Dis-lui, fit Smith.

— Quoi?

— Vas-y, Marty. Dis-lui tout ce que tu nous as raconté. »

Zellerbach resta bouche bée, incapable de comprendre ce que Smith cherchait à accomplir.

« Ce n'est pas un piège, Marty. Cet homme est peut-être une ordure, mais c'est un peu notre ordure à nous. Réponds à toutes ses questions. »

Le hacker était de plus en plus déconcerté.

« Jon ne plaisante pas, ajouta Randi. Fais-le, Marty.

— D'accord, articula-t-il, en quête d'un signe qui lui indiquerait ce que ses amis attendaient réellement de lui. Il y a un sous-système caché. »

D'un mouvement de tête, Smith l'encouragea à continuer.

« On pourrait penser qu'il ne s'agit que de composants en lien avec les prochaines mises à jour ou la gestion de la batterie, mais ce n'est pas ça. D'ailleurs, personne n'a découvert à quoi ils servent.

— Personne sauf toi? dit Whitfield, qui avait dû lire le rapport de Smith au sujet de ces mystérieux composants.

— Non, même moi je ne le sais pas. En revanche, j'ai trouvé le moyen de les activer. Mais comme aucun utilisateur n'était connecté à ce moment-là, je n'ai pas pu en observer les effets. »

Le visage de Whitfield ne trahissait aucune émotion, mais son silence en disait long. Il n'était pas au courant de l'existence de ce dispositif.

« Que faudrait-il faire ?

— Il n'y a pas trente-six solutions, il faut que l'un d'entre nous l'essaie.

— Très bien. Je suis certain que notre cher colonel va se porter volontaire. Je me trompe ? »

Il n'avait pas vraiment le choix.

« Jon ! le supplia Randi tandis qu'il s'asseyait devant l'ordinateur pour synchroniser le Merge avec son esprit.

— De toute façon, ils vont nous tuer. Autant en profiter pour résoudre ce mystère une bonne fois pour toutes. »

La procédure d'installation n'avait plus aucun secret pour Smith, et il se redressa bientôt pour offrir sa chaise à son ami. « Marty, s'il te plaît.

— Mais je ne sais pas ce qui va se passer, pleurnicha-t-il. Je ne peux pas te faire ça. »

À aucun moment Whitfield ne menaça l'informaticien. Les chefs qui savaient quand se tenir à l'écart ne couraient pas les rues. Le major était vraiment un homme exceptionnel. Dommage qu'il fût leur ennemi.

« Allez, Marty. On a besoin de savoir, et c'est le seul moyen. »

À contrecœur, Zellerbach activa une icône sur son écran, et Smith serra les dents. Une lumière rouge clignota sur le moniteur et le son d'une sirène résonna. Mais il ne se passa rien d'autre. Il attendit dix-huit secondes que le système ait fini son cycle mais, hormis une violente montée d'adrénaline, il n'avait rien senti de particulier.

Marty regardait ses chaussures, et Smith comprit qu'il n'avait pas vraiment déclenché le sous-système.

Malheureusement, Whitfield non plus n'était pas dupe.

« Je ne suis pas stupide, Martin.

— Je vous jure que je l'ai activé ! Mais il est possible que j'aie fait erreur. Ça concerne peut-être vraiment les futures mises à jour. Tout le monde peut se tromper ! »

Whitfield se retourna vers ses hommes et examina les options qui lui restaient. Il avait dû envisager de torturer Zellerbach ou de le menacer d'abattre Russell, mais il savait qu'aucune de ces options n'était la bonne. Zellerbach était le meilleur dans son domaine.

Il y avait néanmoins une chose à laquelle Smith ne s'attendait pas : que le major dégage Marty, s'installe devant l'écran et calibre l'appareil sur sa propre fréquence.

Puis il se redressa et invita Zellerbach à reprendre sa place. « À toi de jouer.

— Je… je ne pense pas…

— Je ne t'ai pas demandé ton opinion, gamin. Fais ce que je te demande, c'est tout. »

Randi semblait ravie de la tournure des événements : « Vas-y, Marty. Ça ne peut pas jouer en notre défaveur. »

Il ouvrit une fenêtre sur son écran et tapa une ligne de code incompréhensible. Il hésita à appuyer sur la touche Entrée, mais laissa finalement son doigt tomber sur le clavier.

Cette fois-ci, il n'y eut ni alarme ni lumière. Quelques secondes s'écoulèrent durant lesquelles Smith se demanda si le système fonctionnait vraiment mais, soudain, Whitfield agrippa son bras droit, grimaça de douleur et s'écroula sur le sol.

« Arrête tout ! cria Smith en se précipitant vers le major.

— Je ne peux pas. Une fois que la séquence a été déclenchée, le Merge fonctionne sur sa batterie interne. »

Randi opta pour la manière forte – elle attrapa une clé à molette et se mit à fracasser chaque morceau du Merge.

Smith posa trois doigts sur le cou de Whitfield, à la recherche de son pouls. Rien. Ses recherches lui avaient pourtant assuré que c'était impossible. Sauf qu'impossible ou pas, le major était mort.

65

*Environs de Washington Circle,
district de Columbia, USA*

Assis devant un immense écran, Christian Dresner regardait Jon Smith administrer les premiers secours à James Whitfield. La vidéo était retransmise en direct via le Merge de Deuce Brennan. Dresner se pencha en avant et les observa plus attentivement. Russell semblait chercher quelque chose du regard, une arme sans doute, mais son expression suggérait qu'elle savait qu'elle se ferait descendre avant d'avoir pu tenter quoi que ce soit. Pris de panique, Zellerbach – le petit génie dont il venait seulement de découvrir l'existence – se prit les pieds dans sa chaise et s'affala sur son bureau.

Ses mains étaient moites, mais Dresner se força à rester calme. Bien que la découverte prématurée de son sous-système représentât un danger potentiel, il pouvait encore reprendre le contrôle de la situation. De fait, il se pourrait même qu'il puisse, à cet instant, résoudre l'ensemble de ses problèmes.

Une icône se mit à clignoter dans le coin de sa vision périphérique, mais il l'ignora et se rapprocha encore davantage du moniteur. Il avait testé les conséquences d'une désactivation prématurée de son programme caché, afin de simuler le cas où l'utilisateur serait en mesure de retirer son oreillette. Le taux de survie après quatre secondes était de 12 % lorsque le sujet était seul, et de 49 % si on tentait immédiatement de le ranimer.

En revanche, pour ceux équipés des implants, au bout des dix-huit secondes, les pertes avoisinaient les 100 %, qu'il y ait eu ou non intervention des secours. Aussi la situation de Whitfield était-elle un cas particulier. Pourraient-ils le ranimer ?

« Tu m'avais pourtant juré que ce truc était inoffensif, s'écria Randi Russell. Aucun risque d'électrocution même avec une batterie pleine.

— Et c'est vrai, répondit Smith, l'air perplexe, en continuant de masser la poitrine du major. Je ne comprends pas. Il n'y a pas assez de puissance. »

Smith était d'une intelligence rare – voire extraordinaire – mais il pensait de manière trop linéaire. L'erreur classique des hommes qui avaient passé leur vie confinés dans un environnement militaire.

Soudain, Whitfield ouvrit les yeux et agrippa le bras du médecin. Comme les Coréens qui avaient été ressuscités avant lui, il ne semblait souffrir d'aucun problème majeur. Rien de surprenant. Après tout, son cœur fonctionnait parfaitement.

Smith l'aida à se redresser, et le major parvint à garder son équilibre. Il cligna des yeux en regardant autour de lui : « Que s'est-il passé ?

— On dirait que le Merge a provoqué un arrêt cardiaque », dit Smith.

Whitfield resta silencieux. Une fois son aplomb retrouvé, il parla à nouveau : « Deuce. Rendez au colonel son téléphone. Jon, appelez votre équipe et expliquez-leur ce qui vient de m'arriver. Nous devons organiser une réunion avec le Président et son état-major. »

C'était exactement ce que Dresner voulait entendre : la confirmation que tous ceux qui étaient au courant de la découverte de Zellerbach se trouvaient dans cette pièce. Ce qui lui avait semblé jusqu'ici insurmontable lui apparaissait désormais comme la solution à tous ses problèmes.

Bien sûr, on enquêterait sur leur disparition, mais personne n'irait jusqu'à découvrir une nouvelle fois son sous-système – il s'en assurerait en effectuant quelques réglages supplémentaires. Quant à Castilla, il détournerait les yeux une fois de plus afin d'étendre son pouvoir et celui de son pays.

« Lieutenant, vous m'avez entendu ? Rendez son téléphone à Smith », dit Whitfield.

Quelle arrogance, quelle bêtise de croire qu'il avait toujours été aux commandes.

Dresner activa une icône dans sa vision périphérique pour contacter Deuce Brennan : « Lieutenant, je crois qu'il est temps que nous reprenions le contrôle de la situation. »

66

Environs de Washington Circle,
district de Columbia, USA

Après que Jon Smith eut aidé James Whitfield à se redresser, ses deux hommes baissèrent leurs armes. Le rouquin fouilla aussitôt dans la poche de son manteau mais, au lieu d'en sortir le téléphone de Smith, il tira une balle dans les côtes de son coéquipier.

La surprise du médecin fut telle qu'il en resta cloué sur place. En revanche, Randi se précipita vers le soldat en brandissant la clé à molette.

« Dans tes rêves, Randi, dit-il en lui braquant son pistolet dessus. Recule, connasse. »

Elle lui obéit et laissa tomber son arme de fortune pendant qu'il inspectait calmement la pièce. La déférence de Randi à son égard n'était pas exagérée. Il était rapide comme l'éclair et ne s'affectait pas d'avoir abattu froidement son ancien camarade. Face à ce genre d'hommes, il valait mieux ne pas tenter le diable.

« Lieutenant, dit Whitfield, pas tout à fait remis de sa résurrection. Qu'avez-vous fait ? Vous êtes un soldat. Vous…

466

— Non, major. Le jour où j'ai accepté de travailler pour vous, j'ai renié mon serment de loyauté et je suis devenu un mercenaire.

— Comment pouvez-vous dire une chose pareille ? Nous agissons dans le seul but de protéger notre pays. Pour sauver la vie de nos compatriotes.

— Je vous l'accorde, ce n'est pas vraiment une bonne excuse, dit-il en pointant son arme sur Whitfield. Et si Dresner ne m'avait offert que quelques milliers de dollars, je l'aurais sûrement envoyé chier. Sauf qu'on parle d'une somme mirobolante. Sachez donc que, même si je regrette d'avoir à tuer chacun d'entre vous, je m'apprête à devenir l'heureux propriétaire d'un Learjet et d'une île privée. »

Une nouvelle détonation retentit, et Whitfield s'écroula. Cette fois, il ne se relèverait plus.

Smith baissa les yeux et contempla le petit trou écarlate sur la poitrine du major. Il avait de plus en plus de mal à y voir clair, et il se mit à battre des paupières. Lorsqu'il releva la tête, Deuce déplaçait son arme vers Randi, et une traînée multicolore accompagnait le mouvement de son bras. Bien décidée à se battre jusqu'à son dernier souffle, Randi se jeta sur le soldat. Mais elle trébucha aussitôt et se vautra sur le sol.

*

« *Jon ! ALLEZ, RÉVEILLE-TOI. Allez, Jon !* »

Smith ouvrit lentement les yeux. Une silhouette entourée d'un halo de lumière se tenait au-dessus de lui. Petit à petit, l'image se précisa, et il finit par reconnaître Marty. Son ami portait un masque à gaz.

« Qu'est-ce qui… qu'est-ce qui s'est passé ? » demanda Smith. Le son de sa voix était étouffé ; lui aussi devait porter un masque à gaz, mais son visage était trop engourdi pour qu'il ait pu s'en apercevoir en reprenant connaissance.

« Mon système de défense ne se limite pas à mon jardin. »

Smith s'appuya sur le coude, et Zellerbach l'attrapa sous le bras pour l'aider à se redresser. Après avoir retrouvé l'équilibre, il se mit à chercher Randi. Elle était allongée sur le corps endormi de Deuce. Aucune trace de sang.

« Est-ce qu'elle est…

— Elle va bien. Il n'a pas eu le temps de tirer.

— Il n'a pas eu le temps de tirer ? Whitfield est mort. Pourquoi n'as-tu pas…

— Le gaz s'active à l'aide d'une télécommande. Je ne pouvais pas m'en emparer tant que ce salaud me surveillait. Maintenant, tirons-nous d'ici avant qu'il se réveille, ou que ses coéquipiers rappliquent. »

Smith tituba jusqu'aux deux soldats pour récupérer leurs armes, ainsi que son téléphone. Il glissa un Sig Sauer et le Beretta de Randi sous sa ceinture et tendit les autres à Marty.

« Qu'est-ce que tu veux que je fasse avec ces trucs ? » Smith prit une grande inspiration et souleva Randi comme un sac de patates : « Débarrasse-t'en ! » lui répondit-il en cognant par inadvertance la tête de son amie contre un mur. Puis il se dirigea vers la salle de bains.

Zellerbach enferma les fusils d'assaut dans une énorme armoire métallique et se précipita ensuite dans le couloir où il dépassa ses deux amis.

Lorsque Smith entra dans la salle de bains, la trappe était déjà en train de coulisser.

« Est-ce que le tunnel aussi est rempli de gaz ? dit-il, après s'être souvenu que le major y avait posté un de ses hommes.

— Le tunnel ainsi que la seconde maison. Je fais toujours tout avec beaucoup de minutie, tu sais. Beaucoup de minutie. »

Smith se donna un mal fou pour descendre l'échelle sans lâcher Randi. D'autant plus qu'elle commençait à bouger, ce qui en soi était une bonne chose. Mais cela signifiait aussi que le soldat avait repris connaissance.

En effet, il était à quatre pattes et secouait la tête pour recouvrer ses esprits. Il les aperçut et tenta de saisir son arme, mais Smith lui balança un violent coup de pied en plein visage. Le malheureux bascula en arrière et s'effondra contre un mur. Il n'était pas près de se relever, mais Smith ne savait toujours pas combien d'hommes les attendaient à la sortie du tunnel.

Randi se mit à se tortiller, puis à se débattre. Il la déposa sur le sol, la plaça contre l'échelle et saisit ses poignets pour qu'elle ne puisse pas l'attaquer. « Randi ! C'est moi, Jon. »

Elle le reconnut aussitôt, et ses forces la quittèrent. Elle manqua de s'écrouler, Smith la rattrapa juste à temps.

« Que s'est-il passé ?

— Ce n'est pas important. On va grimper en haut de cette échelle et se tirer d'ici au plus vite. Tu as compris ? »

Elle fit oui de la tête.

« Je passe le premier, tu peux monter toute seule ? »

Elle acquiesça une seconde fois, mais sans conviction.

Smith se tourna vers Zellerbach. « Tu fermes la marche. Assure-toi qu'elle ne tombe pas.

— D'accord. Pas de problème. Pas de problème. Je peux y arriver. »

Smith escalada l'échelle. Il n'était plus étourdi et il opta donc pour la rapidité : il ouvrit la trappe d'un coup et bondit, l'arme au poing.

La pièce était vide.

« C'est bon, dit-il. Il n'y a personne. »

Après que les deux autres l'eurent rejoint, il sortit de la salle de bains en courant à la recherche d'une fenêtre. Il entrouvrit celle du couloir, et Randi se rapprocha en titubant pour respirer l'air frais. Quelques secondes plus tard, elle avait déjà repris du poil de la bête.

« Surveille-la », murmura Smith à Zellerbach. Puis il sortit son téléphone et composa le numéro de la ligne sécurisée de Klein. Malgré l'heure tardive, celui-ci décrocha dès la première sonnerie :

« Jon ? Est-ce que tout va bien ?

— Pas vraiment. Marty a découvert un sous-système caché dans le Merge. Whitfield est mort. C'est… »

Leur conversation fut interrompue par un grand craquement. Quelqu'un venait d'enfoncer la porte d'entrée.

« Jon ? dit Klein. Qu'est-ce qu'il…

— Je te rappelle. »

Il raccrocha et rendit son Beretta à Randi, avant d'ouvrir complètement la fenêtre et de la pousser de l'autre côté. Ils devaient être un peu plus haut que dans son souvenir parce qu'il l'entendit grogner lorsqu'elle percuta le sol. Puis ce fut le tour de Zellerbach, et, enfin, le

470

sien. Une fois dehors, il agrippa le bras de Randi et ils se mirent à courir.

Les effets du gaz ne devaient pas s'être totalement dissipés car Marty parvint à les dépasser. Smith retira son masque et lui cria de les attendre. Aucun résultat. Soit il ne l'avait pas entendu, soit il commençait à paniquer. C'était sûrement la seconde option.

À environ cinquante mètres sur leur gauche, il y eut un flash suivi d'une détonation. Zellerbach plongea sur la route, et Smith fit feu en direction du tireur avant de pousser Randi dans un gros buisson.

« Ne bouge pas ! » lui ordonna-t-il avant de se précipiter vers son vieil ami qui rampait désormais sur le goudron.

Le tireur balança une nouvelle rafale, mais les balles passèrent bien trop loin pour qu'il s'en inquiète. Étrange. Aucune chance que le soldat ne sache pas viser ou qu'il ne soit pas équipé d'un Merge lui permettant de voir dans le noir. Voilà pourquoi Smith ne fut pas étonné d'apercevoir Randi derrière lui. Malgré ses instructions, elle l'avait suivi. Or, comme elle avançait à vitesse réduite, l'homme l'avait prise pour cible.

Tant pis, il était trop loin pour faire marche arrière. Il se jeta à côté de Zellerbach et le tira le plus près possible de la bordure du trottoir. Après avoir atterri à un mètre d'eux, Randi s'aplatit complètement sur le sol au moment où une autre volée emportait une partie du rebord en granit qui les protégeait.

« Tu penses que c'est le dernier ? lui demanda-t-elle.

— Ça m'étonnerait. Et ton pote Deuce a dû reprendre connaissance : il rappliquera dès qu'il aura trouvé une arme. »

Le soldat tira une nouvelle rafale, et Marty se mit à hurler : « Je suis touché ! Je suis mort ! Oh, mon Dieu, je vais mourir. »

Si le trottoir était assez haut pour protéger Smith et Randi, le gros derrière de Zellerbach dépassait suffisamment pour que le tireur puisse faire un carton.

L'informaticien voulut s'enfuir, mais Smith l'agrippa par les chevilles tandis que Randi posait sa main sur ses épaules et lui chuchotait des paroles rassurantes.

Un autre tir déchira le haut de son pantalon, et il cria encore plus fort que la première fois. Ses deux blessures étaient superficielles, néanmoins Smith ne pouvait pas le laisser se faire raboter de la sorte.

Ils perçurent alors l'écho d'une sirène de police. Elle se rapprochait rapidement depuis le nord. Les voisins avaient-ils réussi à les convaincre de venir ? Ou la voiture de patrouille avait-elle entendu les coups de feu ? Quoi qu'il en soit, c'était leur seule chance de s'en sortir.

« Barrons-nous avant que ce connard nous tombe dessus ! » dit Smith en tirant dans la direction du soldat.

Randi saisit le bras de Zellerbach, et ils se mirent à ramper à reculons au rythme des jérémiades du hacker. Smith les imita, sans quitter des yeux la grande haie vers laquelle ils se dirigeaient désormais. Elle leur permettrait d'échapper au Merge de leur assaillant, mais c'était tout.

Une fois assez près, ils se redressèrent, et Smith serra Marty contre lui avant de plonger à travers la haie. Ils atterrirent dans le jardin d'une maison contemporaine construite presque entièrement en verre. Une lumière s'alluma au moment où Randi franchissait le côté nord de la palissade.

« Allez, Marty, c'est ton tour !

— J'ai… j'ai perdu trop de sang, Jon. Laisse-moi ici. Laisse-moi mourir ici.

— Ferme-la », dit-il en le soulevant après avoir enroulé ses bras autour des cuisses de son ami. Zellerbach était sur le point de basculer de l'autre côté lorsqu'une voix retentit derrière eux.

« Arrêtez ! Je suis armé. »

Il ne s'agissait pas de l'un des sbires de Whitfield, mais du propriétaire de la maison qui avait dû les voir traverser son jardin en courant. Il portait une robe de chambre rose et leur parlait à travers le minuscule entre-bâillement d'une fenêtre. Il ne cherchait pas l'affrontement.

La main de Randi surgit en haut de la palissade et attrapa Zellerbach par le col. À son tour, Smith sauta par-dessus la clôture. Il glissa le Sig Sauer sous sa ceinture et s'élança vers le son de la sirène.

Quelques mètres plus loin, la lumière rouge et bleu d'un gyrophare apparut, et ils se précipitèrent au milieu de la route en agitant les bras d'un air paniqué.

La voiture de police pila juste devant eux. L'agent ouvrit sa portière et se planqua derrière.

« Ils nous tirent dessus ! s'écria Randi. Il y a quelqu'un là-bas qui tire sur tout ce qui bouge ! »

Smith s'assura que le policier était seul et contourna discrètement la voiture.

« Calmez-vous, m'dame, dit l'agent. Combien sont… »

Il se tut après que Smith eut posé le canon de son arme sur sa tempe. Sans perdre de temps, Randi s'empara de son revolver.

« Marty, prends la place du mort », s'écria Smith pendant que Randi poussait le policier sur la banquette arrière.

Zellerbach obéit et couina de douleur lorsque Smith appuya sur le champignon ; l'aiguille du compteur afficha bientôt 130 km/h dans cette zone limitée à 40.

« Vous êtes tarés ! hurla le flic. Vous ne pourrez jamais…

— La ferme, dit Randi. On vient de te sauver la vie. Tu peux être sûr que ce tireur t'aurait flingué avant que tu aies eu le temps de dégainer ton arme. Penses-y la prochaine fois que tu embrasseras ta femme.

— Je me meurs, Jon, murmura Zellerbach. Il ne me reste plus beaucoup de temps. Je veux que tu saches à quel point notre amitié a compté…

— Tu n'es pas en train de mourir, Marty.

— Tout ça, c'est ta faute, cria le schizophrène brusquement hors de lui. À chaque fois que j'accepte de t'aider, ça me retombe sur la gueule.

— Tu exagères.

— Je ne veux plus jamais te voir.

— Mais vous êtes qui ? » les interrompit le policier.

Smith l'ignora et recomposa le numéro de Klein.

« Jon ! Tout va bien ? Que s'est-il passé ?

— On est dans la panade et on a besoin de toi.

— Je t'écoute.

— Nous étions chez Marty et les hommes du major nous ont attaqués. De nombreux coups de feu ont été tirés, et une voiture de police est intervenue. Il y a deux corps dans la maison, un soldat inconscient dans le tunnel sous la salle de bains, et au moins deux hommes supplémentaires encore opérationnels.

— Compris. Est-ce que vous êtes tous les trois sains et saufs ?

— Rien de cassé. En revanche, on roule vers la sortie ouest de DC à bord d'une voiture de police volée.

— Et où se trouve le policier ?

— Encore un autre problème. Il est assis sur la banquette arrière avec Randi. »

Environs de Washington Circle,
district de Columbia, USA

Christian Dresner se rapprocha lentement du moniteur. Quelques minutes auparavant, l'image était devenue complètement noire, mais elle s'éclaircissait désormais.

« Lieutenant ! cria-t-il, conscient que le Merge ajusterait le volume de sa voix au niveau approprié. Réveillez-vous ! »

Après que Deuce Brennan eut exécuté Whitfield, la situation avait dégénéré. Randi Russell avait tenté d'attaquer le soldat mais s'était effondrée sans raison, puis Smith avait fait la même chose. Le flux vidéo de Brennan était alors devenu flou puis noir, malgré l'excellente qualité de sa connexion au réseau.

Il se doutait que Zellerbach était responsable. Paniqué, le hacker s'était mis à l'abri et en avait profité pour ramasser quelque chose qui ressemblait à une télécommande de télévision.

Le micro dentaire de Brennan se réactiva, mais les sons qu'il transmettait étaient déformés. Dresner dut attendre encore quelques secondes pour comprendre de quoi il s'agissait : des coups de feu ainsi que des sirènes de police.

« Lieutenant ! s'exclama-t-il une nouvelle fois. Levez-vous ! »

L'image redevint nette. Le regard de Brennan passa du plafond blanc au Cray de Zellerbach, avant de s'arrêter sur la porte qui donnait sur le couloir.

« Lieutenant ! »

Il obtint enfin une réponse. « J'écoute. Que s'est-il passé ?

— Ça n'a aucune importance. Vous devez…

— Encore un mauvais coup du geek et de son système de sécurité à deux balles, n'est-ce pas ? Il a dû utiliser du gaz. Où sont-ils ?

— D'après vous ? Ils sont partis ! »

Brennan permuta sur le canal de ses coéquipiers. « Ici Brennan. Quelle est votre situation ?

— Deuce ! On pensait t'avoir perdu. Les cibles se sont échappées dans une voiture de police, et d'autres flics sont en chemin. Ils seront ici dans moins d'une minute. Tirez-vous fissa, les mecs.

— Whitfield et Eric sont morts. »

Il fallut un certain temps à son interlocuteur pour encaisser la mauvaise nouvelle. « Je ne peux rien faire pour toi, Deuce. Pas question que je tire sur des policiers. Ramène-toi au plus vite.

— Compris. »

L'image trembla quand Brennan se releva et commença à se traîner vers la porte d'entrée.

« Ils n'ont pas pu aller bien loin, dit Dresner lorsque le jardin de Zellerbach apparut sur l'écran. Vous pouvez encore les rattraper.

— Il faut d'abord que je me sorte de ce pétrin », répondit Brennan en évitant de justesse un puissant jet d'eau activé par le système de sécurité de la maison.

Dresner frappa du poing contre le mur. Il activa ensuite une icône dans sa vision périphérique afin de vérifier le nombre de Merges connectés dans le monde. Huit heures avant l'heure de pointe, un peu plus de quatre millions d'appareils étaient en ligne. Vingt-quatre pour cent de ces individus – neuf cent soixante-douze mille – avaient été sélectionnés par Layer-Cake pour être éliminés.

Il ouvrit le menu « Faille de sécurité » puis l'onglet « Armée américaine » : un gigantesque logigramme de noms interconnectés apparut. Aucune surprise à ce niveau-là, autant pour les soldats que pour leur hiérarchie. Il passa sur l'onglet intitulé « Renseignements ». Là encore, tout se déroulait comme prévu. Il put constater que les directeurs de la CIA, de la NSA et du FBI étaient en ligne. Sous leur nom figurait un arbre généalogique indiquant que leurs proches eux aussi étaient connectés. L'onglet « Politique » affichait des résultats similaires. Sa technologie avait séduit la majorité des membres du Congrès et, si Castilla ne s'était toujours pas laissé tenter, sa femme et l'un de leurs enfants s'étaient procuré un exemplaire qu'ils utilisaient avec l'oreillette Bluetooth.

Les données concernant la qualité du réseau étaient tout aussi rassurantes. Aucune coupure notable chez les fournisseurs d'accès à Internet et les compagnies de câble ou de téléphonie mobile.

Le seul but de cette petite inspection était de le tranquilliser. Car Layer-Cake l'aurait immédiatement averti s'il s'était produit quelque chose d'anormal.

Ce qui pouvait signifier deux choses. Soit Smith n'avait encore rien dit à ses supérieurs, soit ses chefs n'avaient toujours pas élaboré de plan d'action. Dans les deux cas, Dresner devait se rendre à l'évidence : il avait perdu le contrôle de la situation. Neuf cent soixante-douze mille personnes. Cela serait-il suffisant ?

68

Environs de Tysons Corner, Virginie, USA

Le soleil s'était levé, et les voitures qui partaient vers Washington se succédaient sur les voies d'en face. En revanche, la route vers l'ouest était dégagée, et Smith roulait à bonne allure en jetant parfois un coup d'œil dans le rétroviseur pour s'assurer que personne ne les suivait. Mais était-ce vraiment nécessaire ? De nos jours, les filatures se faisaient par drone ou par satellite.

« Oui, monsieur », dit l'officier de police. Il était au téléphone. « Mais ils… »

Il marqua une pause et rougit lorsque Randi appuya un peu plus fort son pistolet contre ses côtes. La tête en arrière et les yeux fermés, Zellerbach s'était calé sur sa fesse intacte, et seuls ses occasionnels gémissements indiquaient qu'il était encore vivant.

« Je comprends bien, monsieur. Mais j'essaie de vous dire que… »

Le policier marmonna un au revoir empreint de résignation et raccrocha. Smith jeta un regard sur la banquette arrière et eut l'impression que la tête de l'officier allait exploser.

« Tout est arrangé ?

480

— Oui », lui répondit-il, les dents serrées.

Une fois de plus, Klein avait accompli plusieurs miracles, dont celui de leur éviter la prison pour avoir volé cette voiture de patrouille. Néanmoins, Smith compatissait à la déception de leur otage qui s'attendait sûrement à leur foutre une belle raclée avant de les enfermer derrière les barreaux. Or, il savait désormais qu'il n'aurait même pas le plaisir de dégainer son Taser.

« La voilà ! » s'exclama Randi en tapant sur la vitre de séparation.

Garée sur le bas-côté, la Honda grise et sale était la voiture la plus banale de l'univers : exactement ce qu'il avait demandé. Smith s'arrêta juste derrière. Il sortit du véhicule de police et ouvrit la portière arrière, tandis que Zellerbach s'extirpait du siège passager avec une lenteur exagérée.

Randi balança le flingue du flic sur le siège avant et lui décocha son sourire éclatant : « En vous souhaitant une bonne journée, m'sieur l'agent. »

Comme convenu, les clés se trouvaient derrière le pare-soleil, et Smith se remit en route. À ses côtés, Zellerbach essayait de trouver une position confortable.

« Il faut que j'aille à l'hôpital. J'ai besoin qu'on me soigne.

— Marty, je suis médecin. Mieux, je suis un médecin militaire. Qui vas-tu trouver dans un hôpital de banlieue de plus qualifié que moi pour traiter une blessure par balle ?

— Mais tu ne fais absolument rien !

— Tu ne saignes même plus », dit-il en composant le numéro de Klein. Il posa ensuite le téléphone sur le tableau de bord. « Essaie de ne plus y penser, OK ?

— Jon. Tu as trouvé la voiture ?

— Nous sommes dedans, mon général. Vous êtes sur haut-parleur.

— Compris.

— Qui est-ce ? demanda Zellerbach.

— Le général Davis », mentit Smith. Marty ignorait l'existence de Covert-One, aussi valait-il mieux faire passer Fred pour l'un de ses supérieurs hiérarchiques.

« Que s'est-il passé ? continua Klein. Whitfield est-il vraiment mort ?

— Oui… Écoutez, avant de partir en mission, nous avons demandé à Marty de vérifier si le Merge ne contenait pas un quelconque dispositif douteux. Or, à notre retour, il nous a informés qu'il avait découvert quelque chose de louche. » Il marqua une pause. Il s'agissait maintenant d'avoir l'air convaincant. « Nous nous sommes donc rendus chez lui afin de supprimer toute trace de ses recherches. C'est alors que Whitfield et ses hommes ont débarqué.

— Mouais », fit Klein. Clairement, il n'avait pas gobé son mensonge, mais il semblait disposé à faire abstraction de leur désobéissance. Pour le moment. « Et vous avez ensuite tué le major ?

— Non, mon général. Mais pour que nous puissions vous raconter la suite, vous allez devoir rouvrir l'enquête sur Dresner. »

Il y eut un long silence. « Donnez-moi la vision d'ensemble, et je déciderai ensuite s'il est nécessaire que vous entriez dans les détails.

— Oui, mon général. L'un des hommes du major était à la solde de Christian Dresner.

— Deuce Brennan », s'exclama Randi depuis la banquette arrière. Le son de sa voix trahissait la haine qu'elle éprouvait désormais pour son ancien camarade. Une chose était sûre, les jours du rouquin étaient comptés. « Il a abattu Whitfield et un autre de ses hommes.

— Pourquoi ? Pour quelle raison Dresner ordonnerait-il une chose pareille ?

— Pour que personne ne sache que le Merge possède un sous-système capable de tuer son utilisateur.

— Vous m'aviez pourtant assuré que c'était impossible. Une histoire de "puissance insuffisante", si je ne m'abuse ?

— En effet. Mais j'ai bien peur de m'être planté.

— Je veux être certain d'avoir bien tout compris. D'après vous, Christian Dresner a intentionnellement créé un mécanisme meurtrier ?

— Eh bien oui », lui répondit Zellerbach. Le sujet de la conversation lui avait fait oublier ses terribles souffrances. « Autrement, pourquoi se serait-il donné un mal de chien pour le dissimuler ? Sans oublier que ce truc est super difficile à activer. Une véritable œuvre d'art. Ce mec est... »

Smith passa un doigt sur sa gorge pour faire taire son ami. « Oui, mon général. Vous m'avez bien compris.

— Vous voulez me faire croire que cet homme, cet ermite, ce génie qui a passé sa vie à construire des écoles, à développer des antibiotiques et des prothèses auditives, serait en fait un tueur en série ? Et qu'il serait sur le point d'assassiner tous ses clients ? Ça me paraît tiré par les cheveux. D'autant plus que, si on en croit Eichmann,

483

Dresner voulait utiliser le Merge pour influencer le comportement des utilisateurs afin de les rendre meilleurs ; une ambition fondamentalement altruiste. Si un labo pharmaceutique découvrait un antidépresseur capable d'accomplir la même chose, les cachetons seraient aussitôt approuvés, et la moitié de la planète les goberait comme des Smarties. »

Cette incohérence n'avait pas échappé à Smith. « Sauf qu'il n'a pas réussi, mon général. Toutes ses tentatives de modifications comportementales ont échoué.

— Où voulez-vous en venir ?

— Je ne pense pas qu'il veuille tuer tout le monde. Seulement une partie de la population.

— Explique-nous ta théorie, Sherlock, dit Randi.

— Rappelez-vous d'où il vient. Ses parents ont été enfermés dans un camp, puis les Soviétiques les ont traités comme des animaux, et Christian a grandi dans un orphelinat en Allemagne de l'Est. S'il y a bien un homme sur terre qui a souffert de la folie des puissants, c'est lui.

— Continuez, dit Klein.

— On se focalise sur le Merge, mais Layer-Cake est la pierre angulaire de son système. Et sa fonction principale est de nous juger de manière objective. Or, lors du lancement de l'appareil, la majorité des applications ciblaient une clientèle très précise : les financiers, les hommes politiques et les militaires. À force de s'enrichir sur le dos des plus pauvres, les premiers sont responsables de la crise économique. Les politiciens du monde entier sont de plus en plus corrompus, et la force armée internationale est désormais d'une efficacité redoutable. »

Le visage de Zellerbach était crispé par la concentration. Aussi brillant qu'il pût être, sa maladie l'empêchait de comprendre immédiatement les motivations des autres. « Tu veux dire qu'il ne va tuer que les méchants ? Tous ceux qui nous pourrissent l'existence ?

— C'est tordu, mais ça tient la route, admit Randi.

— En effet, dit Klein. Je vais en avertir mes supérieurs sur-le-champ. Il…

— C'est une très mauvaise idée », l'interrompit Zellerbach.

Smith se tourna vers le hacker qui, persuadé qu'il allait se faire engueuler, se recroquevilla sur son siège.

« Explique-nous, Marty. Pourquoi ne devrions-nous pas les prévenir ?

— Parce que je vous garantis qu'il peut activer son système en quelques secondes. Et que si vous commencez à en parler autour de vous, il le saura aussitôt.

— Est-ce que vous insinuez qu'il surveille nos pensées ? lui demanda Klein. Ce que nous entendons et ce que nous disons ?

— Non. Mais il a sûrement prévu l'éventualité que son plan soit découvert. Il va garder l'œil ouvert.

— Mais comment ? » dit Klein, un peu exaspéré. Il n'avait pas l'habitude de travailler avec Marty.

« De mille et une façons. Vous pouvez être certain qu'une désactivation massive de ses appareils ne lui échappera pas. Ensuite, si Layer-Cake est capable de surveiller les programmes télé, je parie qu'il enregistre aussi tout ce qui se raconte sur le Merge. Mais, si j'étais lui, je me concentrerais uniquement sur quelques individus. Par exemple, sur nos dirigeants et sur leurs familles. Il peut voir qui est connecté. Du coup, imaginons que vous alliez parler au Président. Tout le monde sait qu'il n'utilise pas de Merge. En revanche, sa femme et ses enfants en ont un. Vous pensez que Castilla va rester les bras croisés si vous lui dites la vérité ? Bien sûr que non. Et quand Layer-Cake remarquera que ces unités ont été désactivées – avec celles de leurs amis, de leurs collègues, de leurs généreux contributeurs, des agents chargés de leur sécurité –, Dresner va appuyer sur le bouton. »

Zellerbach avait raison.

« Cela dit, c'est une idée intéressante, continua Zellerbach, que le silence soudain mettait mal à l'aise.

— Marty, explique-toi.

— Penses-y un instant, Jon. Tout dépend des critères de sélection de Layer-Cake. Si tu connaissais le mot de passe de Dresner, tu ne reprogrammerais pas le logiciel pour qu'il élimine vite fait bien fait tous les membres d'Al-Qaeda ?

— Ce sont des meurtriers et des terroristes, dit Randi.

— D'accord. Mais est-ce le cas des physiciens iraniens ? Non. Sauf que leurs travaux desservent vos intérêts. Dans le fond, ce n'est pas l'arme elle-même qui vous dérange, mais le fait que vous n'en ayez pas le contrôle.

— Comment le stoppe-t-on ?

— Savons-nous où il se trouve ? demanda Randi.

— Non, répondit Klein. On peut essayer, mais il a toujours été très difficile à localiser. Je comprends mieux pourquoi.

— Qu'est-ce que vous feriez si vous arriviez à le retrouver ? dit Zellerbach. À moins qu'il soit le dernier des idiots, il a dû configurer le programme pour qu'il se déclenche automatiquement au cas où on lui retirerait son Merge ou si on lui faisait la peau.

— Est-ce qu'on pourrait l'endormir ? demanda Smith. Le garder dans un coma artificiel sans le séparer de son unité ?

— J'en doute. Le Merge surveille aussi les ondes cérébrales, et il l'aura réglé pour qu'il se déclenche à la moindre activité suspecte. Pour être honnête, même si vous aviez vingt-quatre heures pour le faire, vous ne pourriez jamais convaincre le monde entier de se déconnecter. Ce serait comme leur expliquer, preuves à l'appui, que les téléphones portables filent le cancer. La moitié de la population ne vous écouterait même pas.

— Très bien, dit Randi. On ne peut pas le tuer. On ne peut pas le droguer. On ne peut pas éteindre des centaines de milliers d'unités en même temps. Et on ne peut pas demander à nos dirigeants de se déconnecter. J'ai oublié quelque chose ?

— C'est l'homme le plus riche de la planète, et il va nous traquer à l'aide du moteur de recherche le plus sophistiqué de tous les temps.

— Je viens de jeter un œil aux chiffres, les interrompit Klein. Il y a environ huit millions de Merges en circulation.

— Purée ! s'exclama Randi. Même s'il décide de n'en tuer qu'un quart, ça fait déjà deux millions de morts. D'ailleurs, qu'est-ce qu'il attend ? Il sait pourtant que nous allons tout faire pour l'arrêter.

— Je ne sais pas, dit Smith. Peut-être qu'il n'arrive pas à se décider. Peut-être qu'il hésite. Merde, peut-être qu'il attend l'heure de pointe. Mais quelle que soit la raison, cela nous laisse un peu de temps. »

Randi s'enfonça dans la banquette. « Ouais. Mais du temps pour faire quoi ? »

69

Environs de Front Royal, Virginie, USA

« Ce n'est pas ce que je t'ai demandé, Marty », dit Smith en quittant l'autoroute pour s'engager sur une route de campagne. Il valait mieux s'éloigner le plus possible de la civilisation.

« Mais puisque je te dis que ça ne fonctionnerait pas, Jon. Tu pourrais éventuellement déconnecter l'intégralité de l'Afghanistan, puisque le pays dépend d'un satellite militaire, mais tu ne pourrais jamais fermer AT&T, Verizon et tous les autres opérateurs de téléphonie mobile du pays. Et, quand bien même tu y parviendrais, ça ne réglerait pas le problème d'Internet et des bornes WIFI. Il est impossible de débrancher tous les réseaux cellulaires en même temps – à un niveau national, et encore moins à un niveau international. Crois-moi, si c'était possible, il y a bien longtemps que je l'aurais fait. Je serais alors devenu une légende. On aurait construit une statue à mon effigie, écrit des chansons sur…

— Et si on réussissait à couper le courant ? » l'interrompit Randi avant qu'il se perde dans ses fantasmes de célébrité et de richesse. Les médicaments de Marty étaient restés chez lui, et son esprit commençait à s'égarer.

« Non, non, non ! Oubliez toutes vos idées d'actions coordonnées. Au moment où je vous parle, Layer-Cake surveille le web, les boîtes mail, les forums, les chat rooms et probablement la moitié des serveurs sécurisés de la planète. Ce logiciel est comme le père Noël. Il voit tout, rien ne lui échappe. Et vous voudriez organiser un truc à l'échelle planétaire ? Vous êtes complètement à côté de la plaque. On ne peut pas résoudre tous les problèmes avec un énorme marteau.

— Dans ce cas, dit Smith, aide-nous à trouver une solution.

— Je me suis remis à saigner. Je saigne… »

Il avait de plus en plus de mal à se concentrer, et ça n'allait pas s'arranger. Ils auraient pu s'arrêter dans une pharmacie, mais son traitement le rendrait léthargique pendant des heures. Or ils ne pouvaient pas se le permettre. Ils avaient besoin de lui.

« Tu t'en sors comme un chef, Marty. Allez, dis-moi ce qu'on rate.

— J'ai bien une idée, mais tu ne vas pas l'aimer et tu vas m'engueuler.

— Je te promets que non.

— Personne d'autre ne me tirera dessus ?

— Marty…

— D'accord. Une impulsion électromagnétique. »

Randi éclata de rire. « Tu voudrais qu'on fasse péter plusieurs bombes atomiques dans les airs pour griller tous les réseaux de la planète ?

— Je savais que ça ne vous plairait pas. Et puis, je ne suis même pas sûr que ça nous soit d'une grande utilité. Sans électricité, comment prévenir les gens qu'ils doivent éteindre leurs Merges avant que le courant ne revienne ? Avec des pigeons voyageurs ? Combien d'oiseaux faudrait-il ? Il y a sept milliards d'habitants sur terre. Un pigeon vole à une vitesse moyenne de 24 km/h. À combien s'élève la superficie de la Terre ? Environ cent cinquante millions de kilomètres carrés, c'est bien ça ? »

Fred Klein était toujours en ligne et il profita du monologue de Zellerbach pour intervenir : « J'ai bien peur que Marty ait raison, Jon. Même avec la coopération de la NSA, c'est infaisable. Et puis, Dresner serait immédiatement prévenu si nous essayions d'obtenir leur aide. C'est beaucoup trop risqué. »

Tout d'un coup, Smith se remémora une émission de télévision qu'il avait vue à propos de l'enlèvement de l'Église. Or voilà que Dresner s'apprêtait à leur jouer sa relecture tordue des Saintes Écritures. Des millions d'êtres humains risquaient à tout moment de s'écrouler, et ne resteraient alors sur terre que Ses innocents, frappés d'effroi dans le silence assourdissant qui s'ensuivrait.

Et ensuite ? Des tas de cadavres en putréfaction ? L'effondrement des systèmes politiques ? Une crise économique mondiale ? Des charniers ? Serait-ce le début d'une longue période de chaos ? Ou bien les responsables du chaos seraient-ils déjà morts ?

Son téléphone se mit à sonner. Les yeux de Smith s'écarquillèrent quand il lut le nom de celui qui tentait de le joindre. « Mon général ? Vous ne devinerez jamais qui m'appelle : Christian Dresner.

— Dresner ? fit Klein, aussi surpris que lui. Allez-y, décrochez et passez en mode conférence. Il ne pourra pas me localiser, je me suis connecté via un café situé au Cambodge. »

Smith tendit le bras, hésita un instant et appuya sur le bouton : « Allô ?

— Docteur Smith, je dois vous avouer que j'ai de plus en plus de respect pour vous. Ou bien est-ce de la méfiance ?

— Le sentiment est partagé.

— J'imagine que la disparition prématurée du major vous a permis d'entrevoir une partie de mon plan.

— Celui où vous allez assassiner des millions de gens pour la simple et bonne raison que vous n'appréciez pas leur mode de vie ? dit Randi.

— Ah ! Mademoiselle Russell. Une femme qui ne mâche pas ses mots. »

Smith lui lança un regard noir dans le rétroviseur. Elle lui fit un doigt d'honneur.

« Est-ce que monsieur Zellerbach est toujours avec vous ?

— Oui, fit Marty, plus impressionné qu'effrayé.

— Toutes mes félicitations. J'avais identifié trente-neuf individus capables de découvrir mon sous-système, or vous n'étiez pas sur cette liste. J'espère que vous me pardonnerez de vous avoir sous-estimé.

— Euh, ce n'est pas grave. »

Dresner éclata de rire. Vu les circonstances, Smith trouva ça presque déplacé. « Je vois que vous n'avez pas encore prévenu vos chers dirigeants. M. Zellerbach a dû vous expliquer que je gardais un œil sur l'ensemble des réseaux.

— En effet. Il semblerait que toute action de notre part entraînerait la mort de milliers d'individus.

— Un million dix-sept mille six cent douze personnes. Pour l'instant.

— Pour l'instant… » répéta Smith. Cette locution avait bien plus de sens qu'il n'y paraissait. « Sous-entendriez-vous que ce n'est pas assez ?

— Une fois de plus, vous m'impressionnez. Effectivement, ce n'est pas assez. Car il ne s'agit ni d'une vulgaire histoire de vengeance ni de tuer quelques criminels qui seraient aussitôt remplacés par d'autres individus tout aussi malintentionnés. Il s'agit de changer fondamentalement la société, et de m'assurer que nous survivrons assez longtemps pour que quelqu'un d'autre reprenne le flambeau et réussisse là où j'ai échoué.

— En faisant du Merge l'outil qui perfectionnera le genre humain.

— C'est une formulation un peu mélodramatique, mais oui, en gros, c'est ça.

— Donc, si nous essayons de vous arrêter maintenant, vous assassinerez un peu plus d'un million de personnes. Mais si nous ne faisons rien, dans quelques années, vous en tuerez dix fois plus.

— D'après mes estimations, je dirais plutôt cinq fois plus. Mais ces hommes et ces femmes ne vivent que de destruction, Jon. De haine. D'avidité. Ils transforment…

— Selon vous.

— Vous faites erreur. Vous oubliez que l'une des principales qualités de Layer-Cake est de modérer nos opinions en les confrontant à la réalité des faits. Aucun de mes préjugés n'est pris en compte par le système. C'est lui qui sélectionne ses cibles, pas moi. Or, comme vous le savez, il est d'une précision redoutable. »

Dresner ne mentait pas. De ce que Smith avait pu en voir, les jugements de Layer-Cake se révélaient presque toujours justes. Et, quand il lui arrivait de se tromper, c'était toujours en faveur de l'individu.

« Qu'importe qu'ils soient modérés, vos préjugés restent vos préjugés, s'exclama Randi. Hitler était persuadé d'avoir raison. Même chose pour Staline. Qu'est-ce qui différencie votre utopie de celles de ces monstres ?

— Je n'essaie pas de protéger mon royaume, mademoiselle Russell. Je ne suis ni raciste ni sexiste. Je ne défends aucune idéologie politique. Et le juge le plus impartial de l'histoire peut confirmer chacune de mes accusations. Si nous voulons que notre espèce survive et évolue, nous devons agir. Il faut protéger les plus faibles du joug des nouveaux dictateurs, de ces hommes qui assoient désormais leur pouvoir de façon permanente grâce à une technologie qui aurait fait saliver leurs prédécesseurs.

— Ainsi nous n'avons pas d'autre choix que d'accepter notre défaite, c'est ça ? dit Smith.

— Vous n'y êtes pas du tout, Jon. Je ne vous ai pas appelé pour pérorer. Je crois que nous devrions former une alliance.

— Je vous demande pardon ?

— C'est aux États-Unis que l'adoption du Merge a été la plus forte, et c'est en partie grâce aux applications que vous avez brillamment développées pour vos soldats. »

Il était abasourdi. Dresner avait raison. Parce qu'il n'avait jamais douté du potentiel du Merge, Smith avait offert à son ennemi une arme capable de décimer les défenses de l'Amérique en exactement dix-huit secondes.

« Cependant, les armées étrangères ne sont pas aussi bien équipées que la vôtre. Dans des pays musulmans comme le Pakistan, l'Afghanistan et l'Iran, les ventes ont augmenté mais restent assez faibles – même au sein des classes aisées. La Chine aussi est à la traîne. La pauvreté des zones rurales est en cause, mais aussi l'efficacité limitée de la version civile en situation de combat. En outre, il y a trop peu d'informations disponibles en ligne dans ces pays pour alimenter les évaluations de Layer-Cake. »

Smith voyait où il voulait en venir, et ça ne lui plaisait pas du tout. « Bref, nous sommes faits comme des rats. Si vous activez le sous-système maintenant, nous serons les plus touchés.

— Bouleversant, n'est-ce pas ? Mais il y a un moyen d'éviter cette tragédie. Whitfield m'a imposé l'accord d'exclusivité. Je vous propose donc que nous mettions en scène une fuite du système d'exploitation militaire afin de permettre aux autres nations d'y avoir accès. Ainsi vos adversaires adopteront le Merge à la vitesse grand V et, de mon côté, je consentirai à attendre que votre armée se soit déconnectée – en partie – du réseau avant de passer à l'acte. Ce qui, par la même occasion, me donnera un peu plus de temps pour vendre mes appareils aux fanatiques musulmans ainsi qu'aux classes dirigeantes d'Afrique et d'Asie du Sud-Est. Vous serez d'accord pour dire que le monde se porterait beaucoup mieux sans ces affreux individus.

— J'aurais donc la mort de millions de gens sur la conscience.

— Des terroristes, des dictateurs. Les Iraniens et les Pakistanais impliqués dans les programmes nucléaires de leur pays. Des criminels, des bellicistes chinois et russes…

— Et les hommes aux côtés desquels j'ai combattu.

— Layer-Cake se fiche bien d'une centaine de milliers de fantassins. De fait, vous seriez surpris de connaître le faible nombre de soldats qu'il a sélectionnés. Il s'intéresse surtout à ceux qui provoquent les guerres, à ceux qui en profitent. Et vous ne pouvez pas les sauver. La nature même de leur fonction est d'aller à la mort. »

Smith ne répondit pas.

« Dans une cinquantaine d'années, le Merge nous permettra d'atteindre la perfection à laquelle nous avons toujours aspiré. Imaginez un instant ce que l'humanité pourrait accomplir si nous ne dépensions pas toute notre énergie à élaborer de nouvelles stratégies pour nous détruire. Suis-je sur le point de commettre un acte terrible ? Tout à fait. Mais en quoi cette tragédie est-elle comparable aux guerres du siècle dernier ? Aux génocides ? Aux innombrables massacres d'innocents qui ont marqué notre évolution ? Demandez-vous plutôt combien de vies je vais sauver. Ne vous méprenez pas, Jon. J'offre une chance à l'humanité, une chance de survivre et de prospérer. Aussi, réfléchissez bien au rôle que vous voulez jouer dans cette histoire. »

Dresner raccrocha, et il régna un profond silence dans la voiture.

« Qu'est-ce que vous en pensez ? finit par leur demander Klein.

— Tu parles d'un pacte avec le diable, dit Randi.

— C'est sûr, fit Smith. Nous sauverions la vie de milliers d'Américains, mais à quel prix ! Je veux bien être un grand patriote, mais pas question d'avoir le sang d'autant d'étrangers sur les mains.

— Je suis bien d'accord, dit Klein. Pas question de négocier avec cet homme. Si nous continuons à chercher, nous finirons bien par trouver le moyen de l'arrêter. »

Smith se tourna vers Marty. Il était absorbé dans la contemplation du paysage et tapait du pied nerveusement.

« Marty ? »

Il ne répondit pas.

« Est-ce que tu crois qu'un virus pourrait paralyser son système ? Si tu peux l'écrire, je l'introduirai dans le réseau de ton choix. Ça ne te dirait pas de faire planter les ordinateurs du monde entier ?

— Non, ça ne marchera pas, dit Zellerbach. Non, non, non, non. »

Smith l'avait déjà vu dans cet état. Son esprit filait à mille à l'heure dans une centaine de directions différentes. Son génie n'avait plus de limites, mais il était incontrôlable. Ils allaient devoir s'arrêter dans une pharmacie.

« Ce n'est pas une question de réseaux, continua Zellerbach. Rien à voir. »

Randi se pencha entre les sièges avant. « Dans ce cas, de quoi s'agit-il ? Comment peut-on l'empêcher de le déclencher ?

— On ne peut pas.

— C'est inadmissible, répondit Klein.

— Layer-Cake, dit Zellerbach. Oubliez les réseaux, oubliez le Merge. La clé, c'est le moteur de recherche. Il faut parler à Javier.

— Qui est Javier ? »

Zellerbach redevint silencieux. Il se mit à marmonner et à compter sur ses doigts.

496

« Il parle peut-être de Javier de Galdiano, dit Klein. Il est le principal architecte du logiciel et la raison pour laquelle Dresner a installé sa filiale de recherche à Grenade en Espagne. Galdiano ne voulait pas quitter son pays.

— Marty, fit Smith. Regarde-moi. »

Aucune réaction. Smith posa alors sa main sur la nuque de son ami pour faire pivoter sa tête dans sa direction. Lorsque leurs regards se croisèrent, Zellerbach reprit un peu ses esprits.

« On… on ne peut pas l'empêcher de le déclencher, Jon. Il a programmé beaucoup trop de sécurités. Mais nous pourrions changer la manière dont Layer-Cake juge les gens.

— Comment ça ? dit Randi.

— Il suffirait que l'application pense que tout le monde est formidable. Alors le mécanisme de Dresner ne pourrait plus blesser personne.

— Est-ce que tu peux t'introduire dans le système, Marty ? Changer les paramètres ?

— Non. Personne ne peut y accéder depuis l'extérieur. Il faudrait que nous soyons au sein du bâtiment et que nous ayons le mot de passe de Javier.

— Que sait-on sur cet homme ? leur demanda Randi. Les labos de Dresner sont toujours très bien protégés, mais on pourrait le cueillir ailleurs. Il nous faut son adresse et les plans de son système de sécurité, s'il en a un. Comment se rend-il à son travail ? Est-ce qu'il a un chauffeur ? Une famille ? Des amis ? Est-ce qu'il pratique une activité sportive ? Le vélo et le ski sont très populaires dans la région.

— Je vais vous trouver tout ça, dit Klein. Mais ça risque de prendre un peu de temps.

— Jon, fit Zellerbach en tirant sur la manche de son ami.

— Une seconde, Marty. Il faut aussi examiner le système de sécurité du complexe. Même si on arrive à…

— Jon ! » répéta Zellerbach. Cette fois-ci, il attrapa l'épaule de Smith et la secoua de toutes ses forces.

« Qu'est-ce qu'il y a, Marty ?

— Je le connais.

— Tu connais qui ?

— Javier.

— Vous êtes amis ? Vous êtes proches ? »

Zellerbach se lança dans une longue tirade délirante : « En fait, je ne l'ai jamais rencontré, mais c'est un hacker, comme moi, nous sommes cinq en tout, un groupe de cinq pirates, et nous avons mis en place une compétition, on se lance des défis, et le vainqueur récupère le trophée, et c'est toujours le même trophée qui passe d'un gagnant à l'autre, tu comprends ? En ce moment, c'est Javier qui l'a. Il a pénétré dans mon système pour l'obtenir. Mon système ! Il est brillant, Jon. Tellement brillant.

— Est-ce que tu peux le contacter ?

— Oui. Nous communiquons sur une chat room privée, réservée à nous cinq.

— Dis-lui que tu vas en Espagne et que tu aimerais le voir.

— Un tête-à-tête ? C'est bizarre. Il ne voudra pas me rencontrer.

— Le trophée est en sa possession, n'est-ce pas ? les interrompit Klein. Et si vous le regagniez ? Pourriez-vous aller le récupérer en personne ?

— Oui, oui. C'est dans le règlement. Je pourrais faire ça. Sauf que je ne l'ai pas gagné, et il le sait bien.

— Quel est le dernier défi en date ? demanda Randi.

— Changer l'intégralité des écrans de veille de la NSA pour qu'ils diffusent des photos pornos gays. »

Klein éclata de rire. Non pas parce qu'il imaginait la scène, mais parce qu'il n'aurait aucun mal à remporter le concours de Zellerbach. « Aucun problème, dit-il.

— Non, non. C'est très difficile. Le défi a été lancé après la révocation de la loi *Don't ask don't tell*, et nous sommes tous les cinq encore loin de toucher au but. La sécurité de l'agence est balaise, et réussir à infecter tous les ordinateurs en même temps relève presque du miracle.

— Faites-moi confiance », répondit Klein.

70

Nord de Mitú, Colombie

« Voilà la bête ! » s'exclama Randi en laissant tomber son sac sur la piste en terre battue.

L'aéronef était un imposant avion à turbopropulseurs mais ses nombreuses modifications, sa rouille et sa peinture camouflage ne permirent à Smith d'identifier ni le fabricant ni le modèle. Il s'en approcha d'un air dubitatif et remarqua que la moitié des rivets avaient disparu et qu'un bon tiers des vitres étaient fêlées. Quand Zellerbach les rejoignit, il resta cloué sur place et oublia soudain le nuage de moustiques qui bourdonnait au-dessus de sa tête.

« C'est quoi ce truc ? L'avion dont tu nous as parlé ? Qu'est-ce qui n'allait pas avec celui qui nous a déposés ici ? »

Son inquiétude était compréhensible mais ils n'avaient pas eu le choix. Même si les appareils utilisés par Covert-One appartenaient à plusieurs sociétés-écrans, le système de renseignement de Dresner était si sophistiqué qu'ils ne pouvaient prendre absolument aucun risque. En revanche, ce coucou – bien qu'indigne de voler – ne pourrait mener ni à Fred Klein ni au Président.

« Il ne faut pas se fier aux apparences », dit Randi. Elle fit signe à Smith de venir l'aider à retirer le filet de camouflage qui recouvrait le fuselage. « En plus, mon ami y a laissé un ordinateur portable avec une connexion satellite ultrarapide.

— Je ne suis pas un gamin qu'on peut amadouer avec des bonbons.

— Comme tu veux. Si tu as apporté un magazine, tu peux aussi lire au soleil. »

Zellerbach contempla la jungle autour de lui, le vieux camion dans lequel ils étaient arrivés et le nuage de moustiques.

« Allez, Marty, dit Smith en ouvrant la porte. Il y a l'air conditionné. »

Bien sûr, c'était un mensonge – il y faisait chaud comme dans un four – mais le hacker en sueur fit un pas en avant.

Il jeta un œil à l'intérieur et plissa le nez tandis que Randi s'installait aux commandes. Tous les sièges étaient déchirés mais, sur un point, elle n'avait pas menti : au fond de l'appareil, un ordinateur portable reposait sur une table pliante.

« Il n'y a pas l'air conditionné.

— Il faut d'abord mettre le contact », lui promit Smith en entrelaçant ses doigts pour lui faire la courte échelle.

À son tour, il grimpa à l'intérieur et referma la porte. Lorsqu'il se retourna, Zellerbach examinait quelque chose sur le sol.

« Est-ce que c'est de la cocaïne ? » lui demanda-t-il en rapprochant son nez de la poudre suspecte. Aussitôt, Smith l'attrapa par le col de sa veste et le traîna jusqu'au PC.

« Ne dis pas n'importe quoi. Pourquoi n'allume-rais-tu pas ce truc pour voir si tu peux te connecter à Internet ? »

Encore un mensonge. L'avion appartenait à un trafiquant colombien qui avait aidé Randi à se débarrasser de deux terroristes du Hamas désireux de se lancer dans le trafic de stupéfiants. L'opération s'était déroulée comme sur des roulettes, et tout le monde y avait trouvé son compte, si bien que Randi et lui avaient décidé de rester en contact.

Une fois Zellerbach scotché à son écran, Smith se dirigea vers le cockpit et s'installa sur le siège du copilote. Les hélices se mirent à tourner.

« Il a de la gueule, ton zinc, cria-t-il en posant un casque sur ses oreilles. Mais tu es certaine qu'il pourra nous conduire de l'autre côté de l'Atlantique ?

— Diego m'a assuré que ça passerait sans problème. »

Elle inclina la commande des gaz en avant et l'avion se mit à cahoter vers la piste improvisée.

« Et tu lui fais confiance ?

— Si tu veux tout savoir, il en pince pour moi, et il meurt d'envie que je revienne travailler avec lui. Histoire que ses rivaux prennent eux aussi une retraite anticipée, si tu vois ce que je veux dire.

— Le boulot dont tout le monde rêve, en somme. »

Elle lui fit un grand sourire et tourna la tête vers la queue de l'aéronef : « Accroche-toi, Marty ! »

Malgré son apparence, l'avion s'éleva sans effort au-dessus de la jungle. Le visage de Randi arborant une expression de concentration intense, Smith resta silencieux. Là aussi, mieux valait ne pas prendre de risques.

Une fois à la bonne altitude, elle stabilisa l'appareil et se détendit un peu. Ils allaient pouvoir profiter d'un bref instant de calme avant la tombée de la nuit.

« Qu'est-ce que Fred t'a dit ? » lui demanda-t-elle.

Smith et lui s'étaient parlé lors du voyage vers l'Amérique du Sud – discrètement, afin de ne pas éveiller les soupçons de Zellerbach.

« Il a discuté avec le Président.

— Merde. J'en étais sûr. C'est une mauvaise idée, Jon. »

Certes, ç'était risqué. Mais trop de vies étaient en jeu pour que Klein agisse dans le dos de son patron.

« Il n'empêche que maintenant il peut compter sur Castilla. Avec l'aide de la Maison-Blanche, Fred peut étudier tous les moyens de limiter la casse au cas où Dresner appuierait sur le bouton. Ils ont notamment utilisé une enquête du FBI sur les vulnérabilités de notre réseau électrique afin d'évaluer le temps qu'il nous faudrait pour couper le courant. Il semblerait qu'on puisse plonger la plupart des grandes villes de la côte Est dans le noir en quelques secondes. Et, par la même occasion, débrancher le réseau militaire.

— Ce qui nous permettrait de sauver combien de personnes ?

— Environ 30 % des individus ciblés sur le sol américain.

— Mais les autres pays se feront massacrer.

— Malheureusement.

— À ton avis, qu'est-ce qui va se passer quand ils découvriront que nous savions mais que nous avons choisi de ne rien leur dire ? »

Il préférait ne pas y penser. Avec Dresner sur le qui-vive, ils n'avaient pas d'autre choix que de garder le silence. La moindre erreur leur serait fatale.

« Ils étudient aussi d'autres plans, Randi. Ils n'écartent aucune possibilité.

— Y compris celle d'accepter l'offre de Dresner ? »

C'était une question intéressante. Klein était contre mais Castilla était un homme politique, pas un espion.

« Probablement. Mais ça ne sert à rien de s'inquiéter. S'ils décidaient de faire un deal secret, au moins cette mission serait annulée. Dieu merci. »

Elle acquiesça d'un air entendu. Si leur plan foirait – et il y avait de grandes chances qu'il foire –, plus d'un million de personnes trouveraient la mort. Un sacré poids sur les épaules.

Ils pénétrèrent dans une épaisse masse nuageuse, et Randi se concentra pour monter au-dessus des cirrostratus. Dès que le bleu du ciel réapparut, elle se tourna vers Smith. « Et imaginons que Castilla décide de conclure un marché et que, dans cinq ans, vingt millions de gens tombent raides morts. Est-ce que tu participerais à la reconstruction ?

— De quoi ?

— De l'armée. Tu ne crois pas qu'on devrait plutôt en profiter pour décommissionner notre flotte, nos tanks, notre artillerie ? Il m'arrive parfois de penser que toutes ces infrastructures appartiennent au passé. De nos jours, il n'y en a plus que pour le nucléaire ou la guérilla. Mais comme on a l'habitude d'avoir tous ces trucs à notre disposition, on continue bêtement de les utiliser.

— Je ne sais pas ce que je ferais, dit-il. Et toi ? La CIA n'a vu venir aucun des événements majeurs de ces trente dernières années, de la chute de l'Union soviétique au Printemps arabe. Tu es certaine de mériter ton salaire ?

— Peut-être pas, admit-elle. Et si l'Agence n'avait jamais existé ? Est-ce que les Soviétiques nous auraient envahis ? Est-ce qu'Al-Qaeda nous aurait attaqués ? On n'est pas les plus mauvais mais, si on repartait à zéro, je ne suis pas certaine de vouloir réorganiser le monde de la même façon. »

Smith pencha la tête en arrière et esquissa un sourire.

« Qu'est-ce que nous ferions, toi et moi, dans un monde parfait ?

— Mon Dieu, dit-elle en frémissant. Tu imagines ? Tous ces sourires, toute cette gentillesse. Je serais obligée de…

— Jon ! cria Zellerbach depuis l'arrière de l'appareil. *Jon !* Viens vite ! Dépêche-toi ! »

Smith bondit de son siège et se précipita vers son ami qui gesticulait comme un fou devant son écran. « Qu'est-ce qu'il y a, Marty ? Tout va bien ?

— Je suis une légende ! dit-il. Un dieu ! Et je n'ai rien fait du tout ! »

Smith baissa les yeux et tomba sur la photo d'un homme nu dont les parties génitales avaient été pixélisées. Sur la page d'accueil du site de CNN, un article relatait qu'un hacker inconnu avait piraté les ordinateurs de la NSA et changé tous les écrans de veille avec des images similaires.

Une fois de plus, Fred Klein avait tenu sa promesse.

71

Grenade, Espagne

Smith ralentit encore en peu. Zellerbach était essouf-flé, et les escaliers qu'ils gravissaient semblaient inter-minables. Derrière eux, l'ancienne cité de Grenade s'étendait à perte de vue. Tout en gardant un œil sur les fenêtres des maisons chaulées, Smith faisait de son mieux pour éviter le regard des passants. Jusqu'ici, tout s'était bien déroulé, mais ça ne voulait rien dire. Ils ne sauraient s'ils avaient été identifiés que lorsque les balles se mettraient à siffler au-dessus de leurs têtes.

Zellerbach, qui jouait toujours aussi bien le rôle du grand blessé, se hissa jusqu'à lui en boitant et s'arrêta à l'ombre d'un olivier. En ce début d'après-midi, la tem-pérature avait déjà atteint 30 degrés, et le bulletin météo leur en avait promis cinq de plus avant le coucher du soleil.

« Ça va, Marty ? »

Incommodé par les lentilles de contact vertes que Randi avait passé dix minutes à placer sur ses cornées, il cligna plusieurs fois des yeux et, tel un chien dévoré par les puces, il gratta la fausse barbe qui recouvrait la moitié inférieure de son visage. L'ensemble, combiné à sa chemise trempée de sueur et son pantalon trop court, lui donnait l'air d'un fou.

Smith n'était pas mieux loti. Avec sa grosse casquette, il avait presque l'air d'un hydrocéphale, et ses joues étaient toutes gonflées par les boules de coton qu'il y avait enfoncées.

Peu de gens le savaient, mais Layer-Cake perfectionnait sa fonction de reconnaissance faciale en identifiant constamment les personnes situées autour de lui. Et, bien que Dresner leur eût assuré que les informations collectées étaient aussitôt effacées, Smith était en droit de penser que l'Allemand pouvait s'en servir à sa guise. Selon toute vraisemblance, l'intégralité des Merges de la planète était à la recherche de leurs visages afin d'envoyer leurs coordonnées GPS à leur maître.

Randi, qui avait déjà atteint le sommet de la colline, avait opté pour son déguisement préféré : un hijab, des lunettes de soleil noires et un long manteau qui donnait l'impression qu'elle avait pris une quinzaine de kilos – une tenue qui avait toujours déjoué la vigilance du système de recherche lors des tests effectués dans le Nevada.

« Un dernier effort, Marty. On y sera dans cinq minutes. »

Le hacker lui fit les gros yeux et gratta encore sa barbe. Puis il se remit en marche. Son trophée l'attendait.

Ils rattrapèrent Randi dans une rue pavée déserte et marchèrent tous les trois en direction d'une place bordée de terrasses de café. Comme il n'était pas encore midi, seuls quelques clients s'y trouvaient, buvant un espresso tout en lisant la presse ou caressant leurs chiens qu'ils étaient sortis promener.

Situé de l'autre côté de la place, le restaurant qu'ils cherchaient était le moins fréquenté de tous. Seules trois chaises étaient occupées – les deux premières par un jeune couple qui ne se quittait pas des yeux, et la troisième par un homme mince, la trentaine, avec des cheveux noirs ébouriffés et des vêtements froissés.

« C'est lui. C'est Javier », murmura Zellerbach. Randi contourna la terrasse par la droite pour se rapprocher de l'Espagnol par-derrière.

Elle ne fut pas surprise d'apercevoir un Merge accroché à sa ceinture et, d'un geste rapide, elle pressa le bouton pour l'éteindre juste avant que les deux autres ne s'assoient à la table de Galdiano.

« Hé ! » fit-il en pivotant pour rallumer l'appareil.

Smith agrippa son poignet. « Pour l'instant, on va le laisser éteint, d'accord ?

— Qui êtes-vous ? » demanda-t-il dans l'anglais parfait qu'il avait appris durant son séjour au MIT.

Smith ne répondit pas, mais Zellerbach agita la main comme un taré : « Javier ! C'est moi !

— Marty ? dit-il en essayant de distinguer son ami derrière son déguisement.

— Dans toute ma splendeur.

— Qui sont ces gens ? Pourquoi les as-tu amenés ici ? »

Galdiano était nerveux, ce qui n'avait rien d'étonnant. Il avait une famille, un travail très bien payé et une certaine réputation en Europe. Il avait réussi à convaincre la presse et les autorités que sa carrière de hacker était révolue, et il ne tenait pas à ce que son appartenance à un collectif de pirates s'ébruite. Surtout après ce que l'un d'entre eux venait d'accomplir.

« Ce sont mes amis. Jon et Randi.

— Pourquoi sont-ils ici?

— Ne t'inquiète pas. Ils sont au courant pour la NSA. »

Galdiano blêmit. Il ramassa ensuite un sac, le posa sur la table et l'ouvrit. « Tu devais venir seul, Marty. Si tu veux partager tes secrets avec tes amis, ça te regarde. Mais je te prierais de ne pas révéler les miens.

— Ne sois pas fâché », dit Zellerbach. Il sortit une énorme chaussure de clown du sac et la caressa comme s'il s'agissait d'une sainte relique. Il était complètement baba. Soudain, une grande tristesse s'empara de lui.

« Je ne peux pas l'accepter.

— Quoi? J'ai vu les images sur CNN. Tu l'as gagné.

— Non, ce n'est pas moi qui l'ai fait, c'est Jon. »

À la fois méfiant et intrigué, l'Espagnol se tourna vers Smith : « Je vous connais? Quel est votre pseudo? Comment avez-vous accédé à leur système depuis l'extérieur?

— Je vais vous répondre dans l'ordre : vous ne me connaissez pas. Je n'ai pas de pseudo, je m'appelle Jon. Et je n'ai pas eu besoin d'accéder à leur système. J'ai juste appelé un ami qui a ordonné à la NSA d'installer ces écrans de veille. »

Galdiano ne pouvait en conclure qu'une seule chose : son ami l'avait trahi.

Il essaya de se lever mais Randi posa la main sur son épaule : « Détendez-vous. Nous ne sommes pas venus pour vous arrêter. Nous avons besoin de votre aide.

— C'est la vérité, dit Marty en se penchant vers lui à la manière d'un conspirateur et en se grattant la barbe. Ce sont vraiment mes amis. Tu peux leur faire confiance. »

Galdiano regarda nerveusement autour de lui. « Que voulez-vous ? »

Smith fit un petit signe de tête à Zellerbach. Il était préférable que ce soit lui qui parle.

« Il y a un problème avec le Merge, Javier.

— Quel genre de problème ?

— Ça concerne les composants des futures mises à jour. Tu vois desquels je parle ? »

Smith étudia le visage de l'Espagnol pour y déceler le moindre signe indiquant qu'il était dans la confidence. Rien.

« Oui.

— Eh bien ils n'ont rien à voir avec les prochaines mises à jour. Il s'agit en réalité d'un sous-système caché.

— Un sous-système ? Qui servirait à quoi ?

— À tuer son utilisateur. J'ai découvert comment l'activer, et le cœur de l'homme auquel il était connecté s'est arrêté.

— Impossible. »

La serveuse s'approcha, et Randi lui passa commande en espagnol. « Quatre cafés, s'il vous plaît.

— Je voulais des churros au chocolat, se plaignit Zellerbach.

— Reste concentré, Marty. »

Galdiano essaya encore de se relever mais, cette fois-ci, ce fut Smith qui l'en empêcha.

« C'est un ramassis de conneries, soupira rageusement l'Espagnol. Je ne sais pas qui vous êtes mais je suis prêt à parier que vous travaillez pour le gouvernement américain. Je me trompe ? Encore deux espions paranoïaques qui voient le mal partout. Personne n'a autant donné à l'humanité que Christian Dresner. Et aujourd'hui il nous offre la technologie la plus révolutionnaire depuis l'imprimerie. Serait-il possible que vous lui en vouliez de ne pas réussir à la contrôler ? Ou peut-être que vous n'appréciez pas ce que Layer-Cake pense de vous et de vos semblables ?

— Marty ne vous a pas menti, dit Smith.

— Mais bien sûr. Et je suis supposé faire confiance à deux barbouzes et à un fou ? » Il se tourna vers Zellerbach. « Ne le prends pas mal.

— Penses-tu.

— Imaginons un instant que ce soit techniquement faisable, continua Galdiano, pourquoi Christian voudrait-il tuer ses clients ? Il a créé cette technologie pour les aider – afin qu'ils puissent voir le monde tel qu'il est vraiment. En plus d'être dingue, ça irait à l'encontre de tout ce qu'il a essayé d'accomplir durant son existence.

— Je dois admettre que la capacité de votre système à émettre des jugements subjectifs sur les individus est impressionnante, dit Smith après avoir décidé de changer d'approche.

— Ces jugements sont tout sauf subjectifs, protesta Galdiano. Bien au contraire. Il s'agit d'introduire la raison et la logique dans… » Il s'arrêta net lorsqu'il comprit où Smith voulait en venir. « Vous pensez que Christian va tuer tous ceux que Layer-Cake considère comme nocifs pour la société.

— Nous lui avons parlé, dit Zellerbach. Il l'a admis.

— Ce n'était peut-être pas lui. » Galdiano désigna Randi et Smith. « Ils t'ont peut-être piégé.

— Ils sont intelligents, mais pas à ce point – surtout en matière d'informatique. Je te le répète, Dresner a construit un sous-système qui peut tuer son utilisateur.

Je te le garantis. Il suffit de trouver la bonne combinaison de signaux. Je le sais parce qu'il m'a fallu presque deux semaines pour y arriver. »

L'Espagnol ne répondit pas immédiatement. Son cerveau ultrabrillant rassemblait et analysait tout ce qu'il venait d'entendre.

« Alors c'était toi, dit-il enfin. C'est toi qui as détourné tous ces serveurs aux quatre coins du globe, toi qui as fait planter le site d'Amazon.

— Par deux fois, précisa Zellerbach. Vu le nombre de possibilités, j'avais besoin de beaucoup, beaucoup de puissance de calcul. »

Galdiano ne savait plus quoi penser. Son scepticisme avait cédé la place au doute.

« Je ne vous ai pas donné mon nom de famille, Javier. C'est Smith. Colonel Jon Smith. Ça vous dit quelque chose ? »

Il acquiesça d'un air hébété. « Vous êtes chargé du développement de la version militaire. Mais si vous dites la vérité, où est le reste de vos hommes ? Pourquoi ne pas avoir contacté mon gouvernement ? Pourquoi ne pas m'avoir simplement kidnappé ? Comment se fait-il que le ciel ne soit pas noir d'hélicoptères et les rues remplies d'agents de la CIA ?

— Parce que Dresner surveille tous les réseaux. Il saurait si nous tentions d'agir à grande échelle. »

Le visage de l'Espagnol devint aussi inexpressif que celui de Marty lorsqu'il tentait de résoudre un problème complexe. Smith s'enfonça dans sa chaise et regarda la serveuse s'approcher avec son plateau. Il lui sourit poliment, et elle fit la distribution des cafés. Galdiano continuait de regarder dans le vide.

« Au fil des années, Christian m'a demandé d'accomplir plusieurs choses étranges, dit-il enfin. Mais c'est un génie un peu excentrique, alors je ne me suis jamais posé de questions.

— Et aujourd'hui vous comprenez pourquoi, n'est-ce pas ? » dit Randi.

Il acquiesça avec le même air hébété. « Vous n'imaginez pas à quel point Layer-Cake est puissant. Le logiciel mère prend en compte des tonnes de données auxquelles la version grand public n'a pas accès : vos antécédents bancaires, une liste complète de vos achats, vos dossiers médicaux et criminels, vos déclarations d'impôts…

— Des informations que tu as détournées, dit Zellerbach sans cacher son admiration.

— Oui, mais il n'avait jamais été question de les intégrer aux résultats publics. Christian voulait seulement les utiliser pour équilibrer les évaluations. Si nous trouvions des différences significatives entre votre système et le nôtre, nous pouvions corriger nos erreurs instantanément et réajuster l'algorithme. C'est pour cette raison que le programme est toujours aussi pertinent.

— Dresner a-t-il accès au logiciel mère ? lui demanda Randi.

— Il y est connecté en permanence : les évaluations de son Merge ne se basent pas sur les données publiques. Je n'avais jamais compris pourquoi – les différences entre les deux systèmes sont infimes.

— À moins que la vie de l'accusé soit en jeu, dit Smith.

— Oui, répondit-il tout bas, à moins que ce soit une question de vie ou de mort.

— Bon ! Est-ce que tu vas nous aider ? s'exclama Zellerbach.

— Vous aider à faire quoi ? dit Galdiano en le regardant droit dans les yeux.

— À l'arrêter. »

Malgré tout ce qu'il venait d'apprendre, il sembla un peu surpris par cette suggestion. « Je travaille pour Christian depuis l'âge de vingt ans. Je serais sûrement encore en prison s'il ne m'avait pas aidé. Il a toujours été bon avec moi et avec ma famille…

— Admettons qu'on vous ait menti, dit Smith, et que tout ceci ne soit qu'une nouvelle arnaque orchestrée par Marty pour gagner une deuxième godasse. On débranche Layer-Cake, et quoi ? L'humanité est obligée d'utiliser Google pendant quelques heures et, dans le pire des cas, vous êtes viré et vous passez le reste de votre existence à profiter de votre immense fortune.

— Mais si ce qu'on vous a raconté est vrai, ajouta Randi, vous sauvez la vie d'un million d'êtres humains. »

Galdiano resta silencieux un long moment. « Que voulez-vous que je fasse exactement ?

— Nous avons quelques idées, mais c'est vous l'expert. Peut-on désactiver tous les Merges en simultané ?

— Non.

— Est-ce qu'on pourrait les infecter avec un virus ?

— Impossible. On ne peut pas entrer une seule ligne de code dans le système sans qu'elle ait été approuvée par Christian lui-même. »

C'était décourageant mais il s'y attendait. Zellerbach leur avait dit la même chose.

« Dresner ? lui demanda Randi. Est-ce que vous pouvez nous aider à le trouver ?

— Physiquement ? Non. Nous communiquons par emails et vidéoconférences. Je peux compter sur les doigts d'une main les rares fois où je l'ai rencontré en chair et en os – et c'est toujours lui qui m'a convoqué. »

Là encore, Zellerbach ne s'était pas trompé, mais ils n'avaient rien à perdre à lui poser la question.

« Nous n'avons donc accès qu'à Layer-Cake.

— Oui, mais seulement depuis mon bureau. »

Smith regarda Zellerbach qui lui confirma que l'Espagnol disait la vérité.

« Est-ce que vous pouvez le fermer depuis votre terminal ?

— Non. Afin d'empêcher quiconque de l'arrêter, j'ai fait installer des clones du serveur un peu partout dans le monde. Et puis, si Christian vous surveille, il s'en rendra compte sur-le-champ. C'est un peu plus compliqué que de débrancher un PC.

— OK, fit Smith. Mais vous avez accès aux algorithmes qu'utilise Layer-Cake pour porter ses jugements.

— Bien sûr, répondit Galdiano, de plus en plus mal à l'aise, au fur et à mesure qu'il comprenait le rôle qu'il avait joué dans cette machination. C'est moi qui les ai écrits.

— Et qu'en est-il des évaluations sur Dresner lui-même ?

— Christian utilise les données du logiciel mère, mais tout ce qui le concerne circule aussi sur le système public. Où voulez-vous en venir ? Vous avez un plan ?

— Peut-être, dit Smith. Pouvez-vous nous faire entrer dans votre bureau ?

— Le niveau de sécurité est super élevé – encore une chose qui m'a toujours semblé étrange. Je ne vous parle pas de simples vigiles. Non, il s'agit de gros balaises équipés de flingues énormes.

— Vous devez bien recevoir la visite de consultants ou de journalistes ?

— En effet, je peux vous obtenir des badges visiteurs. Mais après ça, je ne vous garantis rien. L'année dernière, mes clés ont déclenché le portique de sécurité, et je suis passé à deux doigts d'une fouille anale. Alors que je dirige cet endroit. »

72

Environs de Grenade, Espagne

Une fois à l'intérieur, le hall du bâtiment se révéla encore plus impressionnant. Creusée dans la roche, l'immense caverne de verre, de béton et d'acier n'était accessible que par un unique escalier monumental. Accroché au plafond, un superbe mobile chromé ondulait lentement au-dessus d'une rangée de détecteurs de métaux, et le tout donnait à la grande salle un air de checkpoint futuriste. Les agents de sécurité étaient pour la plupart des Espagnols payés à l'heure qui n'avaient pas l'air bien méchants. Mais Smith en repéra trois qui ressemblaient davantage aux gorilles dont Galdiano leur avait parlé : des étrangers tout en muscles qui observaient minutieusement les entrées et sorties des employés de Layer-Cake.

Smith, Zellerbach et Randi suivirent l'Espagnol en bas des marches. Personne ne portait de badge : leur identification se faisait grâce à leurs ondes cérébrales. Dresner avait inclus cette fonction sur le système d'exploitation militaire, mais ils n'avaient pas eu le loisir d'en étudier toutes les possibilités.

« Trois invités m'accompagnent aujourd'hui, dit Galdiano à un vigile assis derrière un grand bureau. Ils n'ont pas de Merges, puis-je avoir trois badges ? »

L'homme scanna leurs visages afin d'obtenir leurs identités. Ils venaient tout juste de s'en créer de nouvelles, aussi le niveau de confiance que leur accorderait Layer-Cake serait-il très bas.

Ils furent malgré tout dispensés des formalités d'usage. Le Merge du vigile téléchargea leur photo en même temps qu'il récupérait et rassemblait les faux renseignements qu'ils avaient mis en ligne. Ils ne signèrent aucun registre et, moins d'une minute plus tard, leurs laissez-passer étaient prêts.

Galdiano franchit le portique en premier, suivi de Randi après qu'elle eut retiré tous ses objets métalliques : bijoux, ceinture, chaussures, sac à main. Néanmoins, Smith retint sa respiration : si l'alarme se déclenchait, leur plan tomberait à l'eau.

Heureusement, rien ne vint perturber la musique d'ambiance et les conversations de leurs voisins, et Randi ramassa ses affaires à la sortie du checkpoint. Puis Smith sortit son Merge éteint de sa poche et le déposa dans une corbeille en plastique avec son portefeuille. L'instant d'après, ils avaient tous passé la sécurité et pénétraient dans un ascenseur.

Galdiano utilisa une clé pour monter au dernier étage. Les portes s'ouvrirent sur un espace de travail en open space rempli de jeunes programmeurs. Au fond, ils aperçurent un bureau derrière une grande baie vitrée reposant sur une allège en métal d'un mètre de haut.

Tandis qu'ils traversaient la salle, l'Espagnol marmonna quelques bonjours et n'eut l'air vraiment soulagé qu'après avoir refermé la porte de son bureau. La pièce devait faire vingt mètres carrés et ressemblait un peu à la chambre dont aurait rêvé n'importe quel adolescent. Il y avait des vélos, de vieilles bornes d'arcade et même une cage de football grandeur nature et pleine de ballons. Seuls les moniteurs sur les murs, les deux terminaux et le minibar rappelaient que cet endroit était occupé par un adulte.

Galdiano se pencha sur un clavier, entra une commande, et la grande vitre s'assombrit. Randi s'en rapprocha. Elle ne distinguait désormais plus que les silhouettes des jeunes gens de l'autre côté.

« Est-ce qu'ils peuvent toujours nous voir ?

— Non, ils font désormais face à un miroir. »

Randi sortit deux flingues de sous son manteau et en lança un à Smith. Ils étaient fabriqués entièrement à partir de pièces non métalliques et fonctionnaient un peu à la manière de mousquets à platine à silex. Une bille en céramique entourée de poudre était enclenchée au fond du canon par un ressort en fibres de carbone avant d'être projetée par une étincelle quand on pressait la détente.

Bien qu'invisibles aux détecteurs de métaux, ces armes présentaient de nombreux désavantages. Le chargeur ne contenait que cinq coups, et il fallait environ quinze minutes pour le recharger.

Zellerbach se glissa derrière l'Espagnol et s'assit devant l'un des terminaux. « Tu peux me faire entrer ? »

Galdiano tapa son mot de passe, et l'animation d'un globe terrestre tournant sur lui-même au ralenti apparut. Marty pointa le curseur de la souris sur les points lumineux qui en recouvraient la surface. « Est-ce que ce sont les grappes de serveurs de Layer-Cake ?

— Oui.

— Il y en a combien ?

— Des centaines. »

Galdiano traversa la pièce pour aller s'asseoir devant le second terminal. « Tu m'envoies ton ver transformatique ?

— Ouais. Je me connecte juste à mon unité centrale… Voilà, tu vas le recevoir. »

Le ver transformatique de Marty était un bot informatique extrêmement sophistiqué qu'il avait d'abord conçu pour traquer et modifier toutes les pages web le concernant. C'est la raison pour laquelle Internet le présentait toujours comme un séduisant mélange d'Abraham Lincoln, d'Albert Einstein et de Fabio. Plus tard, il avait découvert qu'il pouvait aussi l'utiliser pour se venger de tous ceux qui l'avaient harcelé au lycée. D'ailleurs, quand il avait besoin de se changer les idées, Smith recherchait sur Google le nom de ses anciens coéquipiers de l'équipe de football. Le dernier en date était l'imbécile qui avait eu le malheur de lui baisser son pantalon dans la cour de récré : les dix premières pages de résultats renvoyaient toutes vers les faux comptes rendus de sa prétendue arrestation pour avoir tenté de voler une boîte de tampons extra-absorbants dans une épicerie.

« Je l'ai », fit Galdiano avant de lancer le programme. Une fenêtre s'ouvrit et le logiciel lui demanda le nom de sa prochaine victime. Il tapa celui de Christian Alphonse Dresner.

« Explique-moi comment ça marche, Marty.

— Il y a de nombreuses fonctions, mais tu n'as besoin que de la plus simple. Dans la première fenêtre, entre les mots-clés que tu veux associer à son nom, et le bot commencera à les insérer aussi sec sur les pages web le concernant.

— D'accord. Mais qu'est-ce qu'on veut dire sur lui ?

— Un truc qui le rende unique, dit Smith.

— Je le vois bien zoophile tendance teckels, dit Randi en continuant de monter la garde.

— Par exemple. Tapez ça, Javier, mais je doute que ça soit suffisant. Il nous faut autre chose.

— Il a essayé de noyer sa mère dans une marmite de beurre de cacahuète », continua Randi.

Cette fois-ci, ils se retournèrent tous les trois vers elle.

« Quoi ? J'ai encore plein d'autres idées, si vous voulez.

— Non, non, c'est parfait », dit Smith qui sentait l'angoisse lui tordre l'estomac.

L'Espagnol entra ces nouvelles informations. Il allait appuyer sur la touche Entrée quand sa main s'immobilisa. « Et si vos suspicions étaient justes et que Dresner surveillait aussi ce genre de choses ? Comment être sûrs que ce n'est pas ce qui va le pousser à activer son dispositif ? »

Fred et lui en avaient longuement discuté avant qu'il ne lui donne le feu vert. Mais il semblait peu probable que l'Allemand ait créé une alerte en lien avec ce qu'on racontait sur lui sur Internet – des milliers de pages le présentaient déjà soit comme le nouveau messie, soit comme l'incarnation du diable. Néanmoins, peu probable ne signifiait pas impossible.

« Randi ! fit-il en désignant un ordinateur portable posé sur une chaise en Lego. Prends cet ordi et lance une vidéo en direct.

— En direct de quoi ?

— Qu'importe, du moment qu'il y a du monde. »

Elle s'agenouilla et pianota sur le clavier. « OK, je suis connecté à une caméra de surveillance sur Time Square. Qu'est-ce que tu veux savoir ?

— Si les passants se mettent à tomber comme des mouches », dit-il en tendant le bras et en appuyant sur la touche Entrée. Sur l'écran, un compteur affichait le nombre de pages web infectées par le ver de Zellerbach. Cent… mille… dix mille.

« Est-ce qu'il se passe un truc ? demanda Smith.

— Non, personne n'est encore mort. »

Malgré l'air conditionné, une goutte de sueur coula le long de son nez, et s'en alla tomber sur le clavier de Galdiano. Il venait de pointer une arme sur la tempe d'un million de personnes et, heureusement, il était tombé sur une chambre vide. Mais la partie ne faisait que commencer.

De lui-même, l'Espagnol ouvrit une fenêtre dans le terminal de Layer-Cake et tapa les mots « zoophile teckels noyé mère beurre de cacahuète ».

Il y eut trop de résultats pour les passer en revue individuellement, mais ils semblaient tous liés à Christian Dresner.

« Ça a marché, dit Galdiano. Il n'y en a pas deux comme lui dans le monde. Pour l'instant.

— Et vous pouvez accéder à ses paramètres de recherche ?

— Oui, ils sont stockés avec ceux des autres utilisateurs.

— Parfait. Modifiez-les, mais ne les activez pas avant que je vous le dise. »

Smith fit un pas en arrière et attrapa le Merge attaché à sa ceinture. Il hésita un instant puis il l'activa en serrant les dents.

Mais il ne se passa rien d'anormal, et les icônes de base apparurent bientôt dans sa vision périphérique. Dresner ne se doutait sûrement pas qu'il tenterait de se reconnecter un jour.

« Tu es prêt, Marty ?

— Il m'aurait fallu une année pour bien me préparer.

— Je sais. Mais est-ce que tu peux néanmoins lui faire une bonne frayeur ?

— Oh, mais je vais lui en mettre plein les yeux, ou je ne m'appelle pas Marty Zellerbach. »

73

Nous suivons toujours la piste de l'avion-cargo qui s'est envolé de Colombie, mais nous ne savons pas où il a atterri, ni si Smith et Russell étaient à bord », dit Deuce Brennan.

Dresner agrippa fermement les bras de son fauteuil, et son arthrose le fit souffrir un peu plus. « En somme, vous ne savez rien.

— Je ne connais pas très bien Smith, monsieur, mais je peux vous assurer que Randi est une pro. Si elle a décidé de disparaître, elle va être très dure à pister.

— Tenez-moi au courant », dit-il avant de raccrocher.

Il resta assis, et son regard se promena dans la pièce presque vide – les murs blancs, le terminal, la porte coulissante qui le coupait du reste du monde. Qu'allait-il se passer maintenant ?

Il avait du mal à croire que Smith et Russell se planquaient pour éviter les hommes qu'il avait lancés à leurs trousses. Avaient-ils informé leurs supérieurs du dispositif caché ? De ses plans ? De son offre ? Si ça avait été le cas, ils l'auraient déjà contacté – afin de négocier l'accord qui leur aurait été le plus favorable.

Non, ils allaient essayer de l'arrêter. Mais comment ? Il surveillait tous les réseaux de communication et toutes les centrales électriques. Des algorithmes de dernière génération espionnaient les Merges des individus les plus importants de la planète, à la recherche du moindre indice d'une éventuelle contre-attaque. Il ratissait aussi Internet et les médias pour s'assurer qu'ils n'avaient toujours pas été prévenus de son plan.

Et il n'avait absolument rien trouvé.

Aussi aurait-il pu se persuader d'avoir la situation sous contrôle, et que les deux Américains agissaient en désespoir de cause. Mais Jon Smith était un formidable adversaire. S'il tentait quelque chose, c'est qu'il avait découvert une faiblesse dans son système.

Dresner activa une application, et une série de graphiques apparut devant ses yeux. Le cycle journalier venait à peine de débuter, et le nombre d'unités en ligne culminerait dans cinq heures. Cinq millions cinq cent mille personnes seraient alors connectées et, parmi celles-ci, un million trois cent mille avaient été sélectionnées par Layer-Cake. Ce n'était pas assez, mais pouvait-il se permettre d'attendre ? Quel genre de failles Smith avait-il découvert ? Qu'est-ce qui avait bien pu lui échapper ?

Comme pour répondre à ses questions, une légère alarme se mit à retentir. Il se précipita sur le terminal dans le coin de la pièce. Il rechignait à utiliser du matériel si peu pratique, mais, de son propre aveu, sa technologie était encore incapable de gérer la complexité de certaines données.

La fenêtre affichant la liste des réseaux du Merge s'était ouverte, et il constata que les connexions aux satellites militaires avaient toutes été coupées simultanément. Bien évidemment, c'était un coup de Smith, mais pourquoi ? Seulement 19 % des soldats américains dépendaient de ce réseau – en majorité des jeunes fantassins de bas étage qui auraient été épargnés par Layer-Cake. Qu'espérait-il donc accomplir qui justifiait qu'il prenne un tel risque ?

Le son de l'alarme changea de tonalité, et une autre fenêtre s'ouvrit sur l'écran : une sorte de virus attaquait maintenant les serveurs canadiens. Le système redirigeait au maximum le trafic vers le Mexique, mais il en résultait malgré tout un ralentissement de 2 % au niveau mondial. Comment un virus avait-il pu s'introduire aussi profondément dans son infrastructure ?

Une nouvelle alarme : un réseau T-Mobile avait planté en Europe du Sud, ainsi que plusieurs fournisseurs Internet indépendants en Amérique du Nord.

Son système de sécurité localisa l'origine des perturbations, et il n'en crut pas ses yeux. Il ne s'agissait pas d'une action collective lancée par la NSA et ses homologues étrangers – l'attaque venait des deux terminaux situés dans le bureau de Javier de Galdiano.

Dresner tenta de les éteindre à distance, mais l'accès lui fut refusé. Or la situation s'aggravait. Deux câblo-opérateurs californiens cessèrent de fonctionner. Quarante mille utilisateurs furent déconnectés, et la baisse du trafic passa à 12 %. Dans le Kansas, un nouveau serveur planta à cause d'une surtension électrique. Même chose en Arizona lorsque la température maximale dépassa la limite autorisée.

Dresner ferma toutes les fenêtres et démarra son logiciel de vidéoconférence. Il ne s'attendait pas à ce que

Galdiano réponde, aussi fut-il surpris quand le bureau de l'Espagnol apparut sur son écran. Il martelait les touches de son clavier avec fureur, et Jon Smith se tenait debout derrière lui. Devant le second terminal, un barbu qu'il suspecta d'être Martin Zellerbach turbinait avec la même intensité. Randi Russell faisait le guet devant la baie vitrée du bureau.

« Javier ! Que fais-tu ? »

Il espérait lire la peur dans le regard de son collègue – la preuve qu'il agissait sous la contrainte – mais il n'en fut rien.

« Ils m'ont dit que tu allais utiliser mon algorithme pour assassiner des millions de gens, Christian.

— Et tu les as crus ?

— Ils m'auraient menti ? Dans ce cas, tu devrais me virer dans la minute. Sauf qu'ils disent la vérité, n'est-ce pas ? »

Une grappe planta en Thaïlande, mais le virus canadien avait été isolé. Le serveur était de nouveau en ligne et la bande passante augmenta considérablement. Néanmoins, le trafic global était ralenti d'environ 30 % et le nombre total d'utilisateurs connectés ne dépassait pas 16 %.

« Personne ne fait chier Marty Zellerbach ! cria soudain le barbu. Je me suis déjà introduit dans l'ordinateur de Dieu ! »

Sa folie clinique ne l'empêchait pas d'être l'un des meilleurs hackers de la planète. Avec l'aide de Javier, pourraient-ils vraiment fermer l'intégralité de son réseau ?

Dresner voulut faire un reset des serveurs thaïlandais mais le panneau de configuration s'affichait désormais dans la langue du pays. Il fit un pas en arrière et utilisa son Merge pour contacter le chef de la sécurité du complexe espagnol.

« Monsieur Dresner ? dit l'homme, très étonné de recevoir un coup du fil du grand patron en personne. Que puis-je faire pour vous ?

— Un groupe d'individus tente de saboter Layer-Cake depuis le bureau de Javier de Galdiano. Il semblerait d'ailleurs que celui-ci soit impliqué. Il faut que vous repreniez à tout prix le contrôle de ces terminaux. »

Il y eut un silence déconcertant avant que son interlocuteur ne lui réponde enfin : « Très bien, monsieur. Mais les ascenseurs sont bloqués, ainsi que les verrous des portes qui mènent aux étages. »

Dresner frappa du poing sur la table. Bien entendu, Javier avait accès à l'ordinateur qui contrôlait le bâtiment.

« Combien de temps ?

— Mes hommes sont déjà au travail, monsieur. Ils auront percé la serrure dans moins de cinq minutes.

— Cinq minutes ? » répéta Dresner. Le système pourrait-il le supporter ?

« Faites vite », dit-il avant de raccrocher.

De nouveau, il consulta l'écran de son ordinateur. Le regard provocateur de Smith était braqué sur la caméra de surveillance.

« J'y suis presque ! » cria Zellerbach. Il postillonna si fort que Dresner put s'en rendre compte malgré la basse résolution de l'image. « Une fois que j'aurai téléchargé mon nouveau virus, l'intégralité du réseau cessera de fonctionner. Je vous garantis que Dresner n'a jamais rien vu de pareil. Ni lui ni personne ! »

Smith esquissa un sourire, et Dresner sut aussitôt à quoi son ennemi pensait : Victoire.

Il fallait qu'il se rende à l'évidence et qu'il accepte qu'il ne réaliserait jamais son ambition. Un vulgaire médecin militaire avait brisé son rêve. Mais il était encore temps d'agir et d'espérer que l'humanité parviendrait néanmoins à sauver son âme.

Dresner plongea son regard dans celui de Smith et contempla longuement son expression de suffisance. Puis il activa le dispositif caché du Merge.

« Vous n'avez pas idée de ce que vous venez de faire, colonel. »

74

Environs de Grenade, Espagne

« On a de la compagnie ! »
Smith se retourna vers Randi et aperçut les hommes armés qui avaient surgi de la cage d'escalier. Les programmeurs levèrent les yeux de leurs écrans et observèrent les gorilles avec un mélange de curiosité et de peur.

« Tout le monde à terre ! » cria Smith.

Javier, qui avait déjà eu affaire à eux, était déjà à plat ventre, prêt à presser la touche Entrée de son clavier.

En revanche, Zellerbach était toujours en transe – il marmonnait des mots inintelligibles en même temps qu'il semait le chaos dans le monde informatique de Dresner. Sachant qu'il ne pourrait pas attirer son attention, Smith courut vers son ami pour le plaquer au sol. Le hacker poussa un cri angoissé, mais se calma dès que Smith installa le terminal en face de lui.

Les vigiles s'étaient déployés afin de couvrir celui qui s'acharnait sur la porte du bureau. Les employés de Layer-Cake eurent alors la bonne idée de se ruer vers les sorties.

« Vous avez une idée du type de verre dont il s'agit, ou de son épaisseur ? demanda Randi.

— Je n'ai pas construit cet endroit ! répondit Galdiano en s'aplatissant davantage encore sur la moquette. Demandez à l'architecte. »

Elle pointa son pistolet expérimental sur l'homme qui essayait d'entrer. Elle prit quand même soin de se positionner de manière à ne pas se prendre la balle en pleine tête si celle-ci ricochait contre le verre. Puis elle appuya sur la détente.

La baie vitrée n'était pas blindée et elle vola en un millier d'éclats scintillants. Le projectile en céramique passa à côté du vigile et, maintenant qu'ils avaient le champ libre, les agents de sécurité leur tirèrent dessus avec tout ce qu'ils avaient.

Randi plongea pour s'abriter derrière l'allège métallique, et Smith rampa vers Galdiano ; l'Espagnol avait le mérite de ne pas avoir perdu son sang-froid. À couvert, Randi ne pouvait rien faire d'autre que tirer au hasard dans la direction de leurs assaillants. Le fracas des impacts contre la paroi était assourdissant, et l'allège commençait sérieusement à se bosseler. Heureusement pour elle, les gardes n'étaient pas équipés de gros calibres. Du moins pour le moment.

Smith n'était plus qu'à quelques centimètres de Galdiano lorsqu'une vive douleur s'empara de son bras gauche. Sur le coup, il pensa qu'il avait été touché, jusqu'à ce qu'il se rende compte que cette souffrance lui était inconnue – il n'avait jamais rien ressenti de tel.

« Javier ! cria-t-il en tentant d'atteindre le bouton de son Merge. Maintenant ! »

Galdiano resta immobile, et Smith se demanda s'il l'avait entendu. Alors seulement il vit la tache de sang qui s'était répandue sous le corps de l'Espagnol. Un million de vies étaient en jeu, aussi abandonna-t-il l'idée d'éteindre son unité pour ramper vers le clavier. La douleur s'intensifiait. Elle s'infiltrait dans sa poitrine et se resserrait autour de son cœur. Il s'écroula par-dessus le mort. Il ne pouvait plus respirer, et son bras droit était paralysé. Sa vision devint trouble. Dans un dernier effort, il tendit la main gauche et la laissa tomber sur le clavier ensanglanté.

75

Environs de Vientiane, Laos

Christian Dresner s'éloigna encore un peu de l'écran. Smith se traînait vers Javier de Galdiano, ignorant que ce dernier était mort. Zellerbach n'avait toujours pas lâché son terminal et continuait de pirater l'un après l'autre les serveurs de son réseau. Et Randi Russell livrait son baroud d'honneur : adossée contre une allège en métal, elle tirait de temps en temps à l'aveuglette sur les vigiles chargés de les éliminer.

Il se tourna vers un mur blanc, activa l'application vidéo de son Merge et se connecta à plusieurs caméras de surveillance à travers le monde. Leurs images apparurent instantanément, accompagnées de deux histogrammes : d'un côté, le bleu représentait le nombre d'utilisateurs connectés, et de l'autre, le rouge, les individus ciblés par son dispositif. Il se focalisa sur une rue très fréquentée du quartier financier de Londres – des hommes et des femmes en costume arpentaient le trottoir d'un pas rapide, et la chaussée était embouteillée.

Soudain, un homme fit une grimace et chancela en saisissant son épaule droite. Une femme essaya de lui venir en aide, mais ne parvint pas à le retenir lorsqu'il tomba à genoux. Elle se mit à crier à l'aide avant de se rendre compte que beaucoup d'autres piétons étaient affectés du même mal.

Les taxis, dont la majorité des chauffeurs avait été épargnée par Layer-Cake, roulaient normalement. Mais une grosse Mercedes fit soudain une embardée et fonça sur le trottoir. Immédiatement les passants innocents se dispersèrent en courant.

Dresner essayait de respirer calmement et de ne penser ni à ses échecs, ni à Smith et Russell, ni au futur. Il était difficile de prédire les conséquences de ce qu'il était en train d'accomplir et d'accepter qu'elles ne se manifestent que dans les mois, voire les années à venir.

En attendant, il devrait endurer cet instant terrible et solennel où des hommes et des femmes trouveraient la mort, où des enfants deviendraient orphelins, où des industries, des gouvernements et des armées vacilleraient.

Une autre voiture vira en direction du trottoir mais réussit à freiner à temps. Surpris, Dresner fit un pas en avant. Les victimes étendues sur le ciment ne bougeaient pas, mais elles ne semblaient pas mortes pour autant. Il avait assisté un nombre incalculable de fois aux essais effectués sur les cobayes nord-coréens, et il comprit que quelque chose clochait.

L'histogramme rouge qui flottait sur sa droite se mit à clignoter. Puis il disparut.

Galdiano.

L'Espagnol, qui avait un accès total à Layer-Cake, avait dû en profiter pour modifier les paramètres de sélection.

Dresner ferma son application vidéo et se précipita vers son terminal. Mais une violente douleur dans le bras droit le stoppa net. Son étonnement fut vite remplacé par le sentiment qu'une force invisible lui écrasait la poitrine – il n'arrivait plus à respirer.

Galdiano n'avait pas modifié les paramètres de Layer-Cake pour qu'il épargne l'humanité mais pour qu'il tue son créateur.

Sa vision commença à s'obscurcir. Il tenta d'éteindre son Merge mais ses doigts étaient trop engourdis. Ses jambes le lâchèrent. Il tomba à terre, la main toujours serrée sur le boîtier, incapable d'appuyer sur l'interrupteur.

La douleur était encore plus vive, et il s'écroula sur le flanc. Il essaya de désactiver le programme en se concentrant sur l'icône en forme de silhouette humaine qui clignotait dans son champ de vision. À la place du bouton sur lequel il avait cliqué quelques secondes auparavant, brillait désormais le mot « Annulation » en lettres écarlates.

Elles clignotèrent encore un moment, au rythme des battements de son cœur agonisant, avant de s'éteindre pour toujours.

Environs de Grenade, Espagne

« Jon ! » cria Randi tandis que les vigiles continuaient de mitrailler l'allège métallique.

Allongé par-dessus le corps sans vie de Galdiano, Smith ne bougeait plus.

Il y eut une détonation plus forte que les autres, et Randi se jeta en avant. Une balle traversa le métal, et elle reçut des éclats de shrapnel dans le dos. Les vigiles avaient fini par sortir l'artillerie lourde. Même si elle s'y attendait, elle aurait préféré bénéficier d'un peu plus de temps.

Son attention se porta alors sur les fenêtres de l'autre côté de la pièce : il n'en restait presque rien, seulement quelques malheureux éclats de verre qui s'accrochaient désespérément au châssis. Une bourrasque de vent chaud s'engouffra dans le bureau et fit tourbillonner la fumée qui l'avait envahi, sans pour autant dissiper la forte odeur de poudre. Allongé sur le ventre, Zellerbach pianotait toujours sur son clavier. Ce qu'il faisait était désormais inutile, mais il valait mieux pour lui qu'il reste absorbé dans son monde virtuel jusqu'à ce qu'un des Stormtroopers de Dresner lui fasse exploser la tête.

Elle pivota une nouvelle fois vers la droite, et la vision du corps inanimé de Smith la fit frissonner. Comment avaient-ils pu imaginer une seconde que ce plan insensé fonctionnerait? Probablement parce qu'ils s'étaient déjà retrouvés dans ce genre de situation impossible et qu'ils s'en étaient toujours sortis.

Mais pas cette fois.

Elle devait l'avoir fixé des yeux trop longtemps car sa vision se troubla. Elle éprouva alors une sensation étrange, et il lui fallut un moment pour comprendre ce qui lui arrivait. Elle pleurait.

Ressaisis-toi, Randi!

Elle se concentra et calcula qu'il ne lui restait plus qu'une balle. Certes, ses options étaient limitées. Limitées, mais pas inexistantes.

Elle devait d'abord récupérer l'arme de Jon – son chargeur était toujours plein. Elle pourrait ensuite utiliser les cadavres des deux hommes pour se protéger tandis qu'elle se rapprocherait des fenêtres. La façade du bâtiment était trop lisse pour qu'on puisse l'escalader, mais elle pourrait peut-être briser les fenêtres de l'étage inférieur et se balancer à l'intérieur.

Mais même si son plan fonctionnait, ses chances de sortir vivante du complexe étaient minces. Au moins, elle donnerait à ses adversaires un peu de fil à retordre. Ce serait beaucoup plus drôle que de rester allongée sur le sol en attendant qu'une balle vienne se loger dans son crâne.

Elle se remit en mouvement avec une lenteur inhabituelle. Sa blessure n'y était pour rien : c'était le corps sans vie de Smith qui la bouleversait. Pourtant, elle avait déjà perdu des amis et des coéquipiers. Pourquoi était-ce si différent?

Une nouvelle balle explosive traversa l'allège. Au milieu du chaos, elle crut apercevoir la tête de Jon bouger. Elle se frotta les yeux comme pour se réveiller. Pas question que son esprit lui joue des tours. Pas maintenant.

C'est alors que le dos et les épaules de Smith se soulevèrent, et il roula sur le côté. Elle resta bouche bée. Puis elle leva la tête vers le dernier moniteur encore en marche. À cause de la fumée, l'image était trouble, mais elle finit par distinguer quelque chose : Christian Dresner, étendu sur le sol.

Les balles sifflaient toujours au-dessus de sa tête, les vigiles continuaient de la pilonner avec leur foutue artillerie lourde, mais ça n'avait plus d'importance. Jon était vivant, et ils avaient réussi. Leur plan, aussi fou soit-il, avait fonctionné.

Néanmoins il était encore trop tôt pour se réjouir – ses chances de survie venaient d'en prendre un coup. Non seulement Smith la ralentirait, mais il refuserait probablement de lui servir de bouclier humain. Pour autant, elle ne voulait pas gâcher ce moment d'allégresse qui, de toute façon, n'allait pas durer.

Elle rampa vers l'Espagnol, roula par-dessus son corps et atterrit sur le dos, à côté de Smith.

« Tu l'as eu, Jon ! Dresner est mort. Mais il va nous arriver la même chose si on… »

Un vigile s'était avancé jusqu'à l'allège, et Randi aperçut le canon de son pistolet. Elle pointa son arme dans sa direction et attendit que le sommet de son crâne apparaisse pour tirer sa dernière cartouche. La balle passa assez près de sa tête pour qu'il se remette tout de suite à couvert, mais elle maudit quand même le mec qui avait fabriqué un flingue aussi peu précis.

Elle retourna Smith sur le ventre pour prendre son arme, puis elle le traîna jusqu'aux fenêtres. Il ne leur restait pas beaucoup de temps. Si l'un des agents de sécurité avait pu atteindre le muret, les autres ne tarderaient pas à l'imiter. Et lorsqu'ils seraient tous en position, ils bondiraient à l'intérieur du bureau et les canarderaient jusqu'à ce qu'il ne reste plus rien d'eux. *Game over.*

Smith parvenait désormais à se déplacer sans son aide. « Marty ! hurla-t-elle. Lâche ce putain d'ordinateur et rejoins-nous. On se casse ! »

Il ne réagit pas, et elle pesta à l'idée d'avoir à aller le chercher. Ce n'était vraiment pas le moment de jouer les casse-pieds.

Avant qu'elle ne reparte chercher Zellerbach, Smith lui agrippa le bras. Ne pouvant toujours pas parler, il pointa son doigt en direction des fenêtres. En faisant bien attention à ne pas se couper avec les derniers morceaux de verre, elle passa la tête à l'extérieur et comprit immédiatement où il voulait en venir. La façade du bâtiment était encore plus lisse que dans son souvenir – elle aurait beaucoup de mal à passer à l'étage inférieur et, vu leur condition physique, ce serait mission impossible pour ses deux camarades.

Soudain, la tête d'un autre vigile apparut au-dessus de l'allège. Randi fit feu, mais l'homme eut le temps de tirer quelques balles qui manquèrent de justesse la tête de Zellerbach et dégommèrent le pied d'un flipper. Randi cherchait désespérément quelque chose qui pourrait lui être utile. Avec un peu plus de temps, elle aurait pu tisser une corde avec des câbles, or le temps était un luxe dont elle ne disposait pas. Elle se retourna vers Smith dans l'espoir qu'il ait une dernière carte dans sa manche, mais il ne lui adressa qu'un sourire et un haussement d'épaules.

« Je suis entré dans le système ! » cria Zellerbach. L'instant d'après, le dispositif anti-incendie se déclencha et les arrosa avec de l'eau glacée.

« Tue-les tous, Marty ! » dit Randi qui appréciait les efforts de son ami. Avec un peu de chance, ces ordures rentreraient chez eux avec un gros rhume.

« Ça y est, j'ai accès aux dossiers du personnel ! »

Elle tira sur un homme qui se rapprochait en courant, tandis que Smith se planquait derrière un panier de basket. Vu la situation, c'était une couverture aussi efficace qu'une autre.

« Je compte sur toi pour leur sucrer leur treizième mois, Marty ! dit-elle après avoir décidé d'ignorer un vigile qui traversait l'open space.

— Combien de balles te reste-t-il ? » lui demanda Smith. C'était la première fois qu'il parlait depuis sa résurrection.

« Pas beaucoup. Mais c'est sans importance. Je n'atteindrais pas un éléphant dans un couloir avec cette saloperie. »

L'un des agents de sécurité ordonna l'assaut final, et Randi serra les dents.

Il y eut alors un silence de mort.

Elle continua néanmoins de braquer son arme en direction de l'allège, et Jon sortit de sa planque pour lui indiquer la position de leurs cibles. Mais plus rien ne bougeait. Aucun vigile ne se rua dans le bureau, personne n'aboya d'ordres ou ne tira de coups de feu. Il n'y avait plus que le bruissement du vent qui entrait par les fenêtres brisées.

Zellerbach repoussa son clavier et se redressa. Il leva ensuite une main pour fermer le sprinkler qui lui arrosait le visage.

« Marty ! cria Smith. Baisse-toi, nom de Dieu ! »

Au lieu de ça, il s'avança vers eux en faisant bien attention à ne pas marcher sur le verre qui jonchait le sol. « Je déteste cet endroit. Rentrons chez nous.

— Marty ! l'avertit Randi, prête à tirer sur quiconque menacerait la vie du hacker.

— N'ayez pas peur, dit Zellerbach en se dirigeant vers la porte. Figurez-vous que tous ces mecs avaient un faible pour les teckels et qu'ils haïssaient leur maman. »

Épilogue

Comté de Prince George, Maryland, USA

Jon Smith franchit le portail de l'Anacostia Yacht Club et profita un instant du calme apparent. La neige recouvrait les branches des arbres, il roulait dans une voiture louée et non volée et Randi était tranquillement assise à ses côtés, s'efforçant de bouger le moins possible à cause des points de suture qu'il venait de lui faire dans le dos.

Lorsqu'ils arrivèrent au sommet d'une petite pente, il se rapprocha du pare-brise pour admirer le cabriolet garé devant le bureau de Fred Klein : une Triumph de 1968.

Il se gara à côté et se précipita à l'extérieur pour mieux l'examiner. Elle était éblouissante – une restauration digne d'un pro et qui n'avait rien à voir avec le piètre travail qu'il avait effectué sur celle que Whitfield avait détruite. Ne voulant pas poser ses mains sur la splendide carrosserie et les chromes rutilants, il se mit à genoux et jeta un coup d'œil à l'intérieur. L'habitacle était tout aussi somptueux, et un trousseau de clés pendait au contact.

« Fred voulait te remercier, dit Randi. Il m'a demandé ce qui te ferait plaisir, et j'ai pensé à cette voiture.

— Il m'a demandé la même chose à ton sujet. » Smith fit le tour de la voiture pour admirer le reflet des nuages sur le capot.

« Et qu'est-ce que tu lui as répondu ?

— Deuce Brennan.

— Tu me connais par cœur », fit-elle en esquissant un sourire diabolique.

*

« Vous ne m'avez pas l'air si traumatisé, malgré le désastre que vous avez causé », s'exclama Maggie lorsqu'ils entrèrent dans son bureau.

Sa plaisanterie se voulait rassurante, mais Smith eut du mal à l'encaisser. Il n'avait presque pas dormi depuis son retour d'Espagne, et ce n'était toujours pas à l'ordre du jour. Le plan qu'ils avaient mis à exécution avait eu de lourdes conséquences, et le nombre des victimes ne cessait d'augmenter.

Klein apparut dans l'encadrement de sa porte. « Je suis content de vous voir. Entrez. »

Il offrit une chaise à Randi avant de s'installer derrière son bureau et d'allumer sa pipe. La ventilation se mit aussitôt en marche et aspira les volutes de fumée avant qu'elles n'atteignent les narines de Maggie Templeton.

« Ça va ? Vous n'êtes pas trop amochés ?

— Rien que le temps ne guérira pas, dit Smith. La voiture est phénoménale, Fred. Merci. »

Il lui adressa un mouvement de tête presque imperceptible.

544

« Et toi, Fred, comment vas-tu ? lui demanda Randi. J'imagine que, de ton côté aussi, la situation ne doit pas être simple.

— En effet, c'est catastrophique à tous les niveaux.

— Combien ? fit Smith.

— Le nombre n'est pas impor…

— Combien, Fred ? »

Il fronça les sourcils et tira une nouvelle fois sur sa pipe. Les médias de toute la planète ne parlaient plus que de ça, mais aucun d'entre eux n'était en mesure de donner les vrais chiffres de la tragédie.

« Un peu plus de trois mille morts dans le monde. Principalement des hommes et des femmes qui souffraient déjà de troubles cardiaques. Tu ne peux pas t'en vouloir, Jon. Sans toi, ç'aurait été encore pire. »

Trois mille personnes avaient été tuées et, parmi elles, neuf membres du Congrès, quatre dirigeants étrangers et de nombreux hommes d'affaires. Paradoxalement, grâce à leur excellente condition physique, les militaires n'avaient pas trop souffert.

« Est-ce que tu sais comment vous allez gérer tout ça ? lui demanda Randi.

— C'est compliqué. Dresner Industries a rappelé tous les Merges et s'apprête à faire faillite. Nous allons les aider à rembourser leurs clients, et nous utiliserons Layer-Cake pour traquer les unités qui sont encore dans la nature. L'idéal serait de toutes les retrouver, mais c'est probablement impossible. Pour ce qui est de la version officielle, nous cherchons toujours une histoire crédible pour convaincre l'opinion que c'était un accident. Heureusement pour nous, les médias se contentent d'attiser l'hystérie collective et n'enquêtent pas sur les liens qui relient tous les morts entre eux. Je pense que nous arriverons à étouffer l'affaire, mais ça ne va pas être facile.

— Et j'imagine que la technologie aussi va disparaître, jubila-t-elle. Définitivement. »

Klein laissa la parole à Smith. Il venait d'être nommé à la tête d'un groupe de réflexion ultrasecret chargé d'étudier la question.

« Nous pourrions reproduire le matériel et, même si le public n'a plus accès à Layer-Cake, le logiciel mère tourne toujours. Mais la clé a toujours été l'algorithme de Dresner – la pierre de Rosette qui nous permettrait de traduire le langage des machines en langage cérébral. Sans ça, tout le reste est inutilisable.

— Pourriez-vous retrouver cet algorithme ?

— Je ne pense pas. On en revient toujours au même problème : afin d'accéder au système d'exploitation de Dresner, nous avons besoin de savoir comment le Merge communique avec le cerveau…

— Et le seul moyen de le savoir est d'accéder au système d'exploitation de Dresner.

— Exactement. Il serait sans doute plus simple de tout réinventer plutôt que d'essayer de déchiffrer le code. Donc on se concentre là-dessus – on parle avec tous ceux qui ont participé au développement, on analyse des centaines de fichiers. Mais ça va prendre plusieurs dizaines d'années. Et encore, seulement si les Nord-Coréens acceptent de coopérer.

— Ce qui pour l'instant me semble peu probable », dit Klein.

Malgré tout ce qu'ils avaient enduré, Smith ne pouvait s'empêcher d'être déçu. « Quelle technologie incroyable.

Si Dresner avait pu vivre cinquante ans de plus, il aurait sûrement réussi son coup et il serait peut-être parvenu à nous perfectionner. »

Klein tira sur sa pipe. « Ah ! le grand mythe du surhomme… Ça n'en finira donc jamais ? L'eugénisme, le communisme, le fascisme, les génocides, et aujourd'hui le Merge. Peut-être ne sommes-nous pas censés être parfaits ?

— Exactement ! dit Randi. Qu'est-ce que je pourrais bien foutre de ma vie si les hommes passaient leurs journées à élaborer de nouveaux moyens de s'entraider ? » Elle se leva et la douleur la fit grimacer. « Et puisqu'on parle de ça, qu'en est-il de ma récompense pour le formidable travail dont je me suis acquittée dans cette affaire ? »

Klein ouvrit l'un de ses tiroirs et fit glisser une enveloppe marron sur son bureau. « Selon nos sources, Brennan aurait été aperçu dans un petit village sur la côte du Chili.

— Au Chili ? dit-elle en esquissant un sourire encore plus inquiétant que le précédent. Un peu de soleil ne me ferait pas de mal. »

Le Livre de Poche s'engage pour
l'environnement en réduisant
l'empreinte carbone de ses livres.
Celle de cet exemplaire est de :
550 g éq. CO_2
Rendez-vous sur
www.livredepoche-durable.fr

PAPIER À BASE DE
FIBRES CERTIFIÉES

Composition réalisée par Belle Page

Imprimé en France par CPI
en mai 2018
N° d'impression : 3028722
Dépôt légal 1ʳᵉ publication : juin 2018
LIBRAIRIE GÉNÉRALE FRANÇAISE
21, rue du Montparnasse - 75298 Paris Cedex 06